Von Terry Pratchett erschienen in der Reihe
HEYNE SCIENCE FICTION & FANTASY:

Das Licht der Phantasie · 06/4583
Das Erbe des Zauberers · 06/4584
Die dunkle Seite der Sonne · 06/4639
Gevatter Tod · 06/4706
Der Zauberhut · 06/4715
Pyramiden · 06/4764

TERRY PRATCHETT

Pyramiden

Ein Roman
von der bizarren Scheibenwelt

Deutsche Erstausgabe

Fantasy

WILHELM HEYNE VERLAG
MÜNCHEN

HEYNE SCIENCE FICTION & FANTASY
Band 06/4764

Titel der englischen Originalausgabe
PYRAMIDS
Deutsche Übersetzung von Andreas Brandhorst
Das Umschlagbild schuf Josh Kirby

15. Auflage

Redaktion: Friedel Wahren
Copyright © 1989 by Terry and Lyn Pratchett
Copyright © 1991 der deutschen Übersetzung
by Wilhelm Heyne Verlag GmbH & Co. KG, München
Printed in Germany 1999
Umschlaggestaltung: Atelier Ingrid Schütz, München
Satz: Schaber, Wels
Druck und Bindung: Elsnerdruck, Berlin

ISBN 3-453-04505-X

Inhalt

ERSTES BUCH

DAS BUCH VOM DIESSEITIGEN JENSEITS

Nur Sterne, in der Schwärze verstreut — als sei die Windschutzscheibe des göttlichen Wagens zerbrochen, ohne daß sich der Schöpfer die Mühe machte, alle Splitter einzusammeln.

Dies ist die Schlucht zwischen den Universen, das tiefe Nichts, das nur einige einsame Atome enthält, ein paar verirrte Kometen und ...

Halt. Moment mal. Eine dunkle Scheibe gleitet ein wenig zur Seite, und dadurch verschiebt sich der Blickwinkel. Was eben noch Teil des interstellaren Irgend Etwas zu sein schien, entpuppt sich jetzt als eine von Finsternis umhüllte Welt. Und tief unten — ja, genau dort — zeigen sich Dutzende, Hunderte von hellen Flecken. Nennen wir sie großzügig Lichter der Zivilisation.

Es ist wirklich erstaunlich, nicht wahr? Während sich die Welt langsam dreht, offenbart sie ihre wahre Natur. Ganz deutlich sieht man eine Scheibe, rund und flach, und sie wird auf dem Rücken von vier Elefanten getragen, die wiederum auf Groß-A'Tuin stehen — der einzigen Schildkröte, die einen Platz im Hertzsprung-Russel-Diagramm gefunden hat. Sie ist zehntausend Meilen lang, und Meteoriten haben pockennarbige Krater in ihrem Panzer hinterlassen. An einigen Stellen schimmert das Eis von Kometen, die sich in den Ruhestand zurückgezogen haben. Jeder Astronom, der Albedo-Messungen vornimmt, hätte seine Freude an Groß-A'Tuins Augen. Niemand weiß, warum die Himmelsschildkröte existiert und was sie (oder ihn; diese Frage ist noch nicht geklärt) dazu bewegt, vier Elefanten zu tragen, auf deren breiten Rücken die Scheibenwelt ruht. Wahrscheinlich hat es irgend etwas mit Quanten oder hyperphysikalischen Gesetzen zu tun, die das Gewicht von Wahrscheinlichkeit und Kausalität ausgleichen.

Nun, auf einer derartigen Welt können natürlich die seltsamsten Dinge geschehen.

Sie geschehen bereits.

Die Sterne tief unten sind Lagerfeuer und die Lichter ferner Ortschaften in Wäldern und Bergen. Dörfer wie verschwommen wirkende Nebel, Städte gewaltigen Milchstraßen gleich. Nur ein Beispiel: Die riesige Metropole Ankh-Morpork sieht aus, als stießen zwei Galaxien zusammen und verkeilten sich ineinander.

Doch dieser spezielle Ort ist weit von den Ballungszentren entfernt. Hier, wo das Runde Meer an der Wüste endet, erstreckt sich eine lange Reihe aus blauem Feuer. Flammen, so kalt wie die Gletscher in der Hölle, lodern gen Himmel. Gespenstisches Licht flackert über die Wüste.

Die Pyramiden im uralten Tal des Djel geben ihre gespeicherte Kraft frei, überantworten sie der Nacht.

Die von den parakosmischen Spitzen strömende Energie könnte in den folgenden Kapiteln viele Rätsel lösen. Vielleicht gibt sie Antwort auf Fragen wie: Weshalb verabscheuen Schildkröten alles Philosophische? Warum ist zuviel Religion schlecht für Ziegen? Und natürlich: Welche Aufgabe nehmen Dienstmädchen wahr? Was *tun* sie eigentlich?

Zweifellos wird sich herausstellen, was unsere Vorfahren zu sagen hätten, wenn sie heute am Leben wären. Viele Leute haben darüber nachgedacht. Was hielten unsere Ahnen von der modernen Gesellschaft? überlegen sie. Und: Würden sie unsere Errungenschaften bewundern? Dabei wird häufig ein wichtiger Punkt übersehen. Wenn unsere Vorfahren tatsächlich Gelegenheit bekämen, noch einmal zum Leben zu erwachen, so lauteten ihre ersten Worte bestimmt: »Warum ist es so zappenduster hier drin?«

Die kühle Morgendämmerung im Flußtal begann, und der Hohepriester Dios schlug die Augen auf. Schon seit einer ganzen Weile fand er keine Ruhe. Er konnte sich überhaupt nicht daran erinnern, wann er zum letzten

Mal geschlafen hatte. Der Schlaf ähnelte viel zu sehr jener anderen Sache, und außerdem schien er darauf verzichten zu können. Es genügt ihm, einfach nur still zu liegen, hier, an *diesem* Ort. Ein paar Stunden reichten aus, um sich von dem Gift der Müdigkeit zu befreien. Um neue Kraft zu schöpfen.

Zumindest für eine Weile.

Dios schwang die Beine über den Rand der steinernen Platte. Die rechte Hand wartete gar keine Anweisung des Gehirns ab, reagierte aus reiner Angewohnheit und schloß sich um den mit Schlangenzeichen geschmückten Amtsstab. Der Hohepriester blieb kurz stehen, um der Wand eine weitere Markierung hinzuzufügen, und dann verließ er die kleine Kammer. Er raffte den Umhang zusammen, als er durch den schmalen, schrägen Korridor wanderte, in helles Licht trat und die Beschwörung der Neuen Sonne murmelte. Die Nacht war vergessen. Ein neuer Tag erwartete ihn. Es ging darum, sorgfältig abgewogenen Rat zu geben und bei wichtigen Entscheidungen zu helfen — Dios sah seine oberste Pflicht darin, zu Diensten zu sein.

Der Hohepriester hatte nicht das seltsamste Schlafzimmer in der Welt. Es war nur das seltsamste Schlafzimmer, das man morgens wieder verließ.

Die Sonne schleppte sich über den Himmel.

Viele neugierige Gemüter haben sich nach dem Grund dafür gefragt. Einige Leute glauben, sie werde von einem ebenso riesigen wie unsichtbaren Mistkäfer gezogen. Nun, derartigen Erklärungen mangelt es an technischen Feinheiten, und hinzu kommt der Nachteil, das sie vermutlich der Wahrheit entsprechen.

Wie dem auch sei: Die Sonne brachte ihre Schicht hinter sich und erreichte ohne jeden Zwischenfall* den

---

* Anders ausgedrückt: Sie wurde *nicht* mit Eiern vollgestopft und im Sand vergraben.

Horizont. Wie es der Zufall wollte, fiel ihr verblassender Schein durch ein Fenster in Ankh-Morpork und glänzte in einem Spiegel.

Der Spiegel reichte vom Boden bis zur Decke, und dafür gab es einen guten Grund: Jeder Assassine, der etwas auf sich hielt, prüfte sein Erscheinungsbild, bevor er mit der Arbeit begann. Es galt als empörend, jemanden zu töten, wenn man schlecht gekleidet war.

Teppic musterte sich kritisch. Die Kleidung hatte ihn seine ganzen Ersparnisse gekostet und bestand zum größten Teil aus schwarzer Seide. Sie knisterte und schien zu flüstern, wenn er sich bewegte. Alles bestens.

Wenigstens ließen endlich die Kopfschmerzen nach. Teppic hatte den ganzen Tag über daran gelitten und schon befürchtet, mit purpurnen Flecken vor den Augen aufbrechen zu müssen.

Er seufzte, öffnete einen schwarzen Kasten, holte seine Ringe hervor und schob sie sich auf die Finger. Ein anderer Behälter enthielt mehrere Messer aus klatschianischem Stahl, die Klingen mit Lampenruß geschwärzt. Teppic zog mehrere kleine und sehr komplizierte Apparaturen aus Samtbeuteln und verstaute sie in seinen Taschen. Zwei lange Wurf-*Tlingas* verschwanden in den Stiefelscheiden, und ein langes, aus Seide bestehendes Seil — es endete an einem zusammenklappbaren Ankereisen — wurde um die Taille gebunden. Anschließend griff der junge Assassine nach einem Blasrohr, rückte es unter dem Mantel auf den Rükken und nahm einen dünnen Metallköcher mit mehreren Pfeilen: Ihre Spitzen steckten in winzigen Korken, und der Schnitzcode in den Schäften erlaubte es auch in stockfinsterer Nacht, die richtige Auswahl zu treffen.

Teppic zuckte zusammen, berührte vorsichtig die Klinge seines Rapiers und schlang sich das Bandelier über die rechte Schulter, da an der linken bereits eine Tasche mit Bleikugeln hing — Munition für die Schleuder. Er zögerte kurz, öffnete eine Schublade und beschloß, seiner Ausrüstung auch noch folgende Dinge hinzuzufügen: eine kleine Armbrust, ein Fläschchen mit Öl, ein Schlüsselbund mit Dietrichen, einen Dolch, einen großen Beutel mit verschiedenen Fußangeln und Haken, schließlich auch mehrere Schlagringe. Damit glaubte er endlich, gegen alle Widrigkeiten des Schicksals gewappnet zu sein.

Er drehte den Hut hin und her, betastete den dünnen Draht in der Krempe, setzte das unförmige Gebilde auf und warf noch einen letzten zufriedenen Blick in den Spiegel. Dann drehte er sich um — und kippte langsam zur Seite.

Hochsommer in Ankh-Morpork. Gestank und Temperatur schienen miteinander zu wetteifern.

Der breite Fluß hatte sich in ein lavazähes Rinnsal verwandelt, das sich zwischen Ankh — dem besseren Teil der Stadt (soweit eine solche Bezeichnung angemessen war) — und Morpork am anderen Ufer erstreckte. Wer Morpork ›schäbig, abscheulich und einfach gräßlich‹ nannte, bewies damit, daß er zu Untertreibungen neigte. Für gewöhnlich verglich man Morpork mit einer Jauchegrube. Es gab kaum eine Möglichkeit, Morpork noch schlimmer zu gestalten. Der Einschlag eines größeren Meteoriten hätte sicher zu einer erheblichen Verbesserung der architektonischen und sozio-kulturellen Struktur geführt.

Das Flußbett war weitgehend ausgetrocknet. Auf der Scheibenwelt wußte man noch nicht, was ›Beton‹ bedeutete, aber Architekten und Baumeister hätten sich nur den festgebackenen Schlamm ansehen müssen, um eine ungefähre Vorstellung zu gewinnen. Derzeit wirkte die Sonne wie eine große, an den Himmel genagelte Kupfermünze. Es herrschte eine enorme Hitze: Ankh-Morpork briet in der Nacht und brutzelte am Tag. Uraltes Holz ächzte und stöhnte; der traditionelle Matsch in Straßen und Gassen wich ockerfarbenem Staub, der sich in menschlichen Kehlen besonders wohl zu fühlen schien.

Es war nicht das übliche Wetter von Ankh-Morpork. Das Spektrum des üblichen Wetters reichte von Nieselregen bis zu Nebelschwaden, bescherte der Stadt kühle Tage und kalte Nächte. Jetzt hockte das normale Klima in der ausgedörrten Ebene und schwitzte wie eine Kröte auf einem Schamottestein. Selbst um Mitternacht ließ die Hitze kaum nach, umhüllte die Straßen wie mit brennendem Samt, versengte die Luft, kochte den Sauerstoff heraus.

Hoch oben im Gildenhaus der Assassinen klickte es leise, und ein Fenster schwang auf.

Teppic hatte sich höchst ungern von einigen der schwereren Waffen getrennt und atmete die heiße, tote Luft tief ein.

Es *war* soweit.

Die entscheidende Nacht. Vielleicht die wichtigste in seinem Leben.

Und hoffentlich nicht die letzte.

Angeblich hatte man eine recht gute Chance, wenn der Prüfer nicht ausgerechnet Mericet hieß. In dem Fall konnte man sich gleich die Kehle durchschneiden.

Jeden Donnerstag unterrichtete Mericet Strategie und Giftlehre, und Teppic kam nicht sehr gut mit ihm zurecht. In den Schlafsälen erzählte man sich die erstaunlichsten Geschichten über den alten Assassinen. Man bewunderte seine lange Liste von beruflichen Erfolgen, seine individuelle Technik ... Er hatte alle Rekorde gebrochen. Manche Leute behaupteten, es sei ihm sogar gelungen, den Patrizier von Ankh-Morpork zu töten. Natürlich nicht den gegenwärtigen. Einen der verstorbenen.

Vielleicht war in dieser Nacht Nivor an der Reihe, ein dicker, fröhlicher Lehrer, der als Feinschmecker galt und seinen Schüler am Dienstag zeigte, wie man Fallen stellte und worauf es bei einem guten Hinterhalt ankam. Teppic kannte sich bereits gut mit Fallen aus, und er mochte Nivor.

Oder Kompt de Yoyo, zuständig für Neuphilologie und Musik. In diesen beiden Fächern entsprachen Teppics Leistungen kaum dem Durchschnitt, aber Kompt kletterte gern und fand Gefallen an Jungen, die seine Leidenschaft teilten: Er liebt es, sich mit nur einer Hand am Rande eines hohen Daches festzuhalten und die Schwerkraft herauszufordern.

Teppic schwang ein Bein über den Fenstersims, entrollte sein Seil und holte aus. Zwei Stockwerke weiter oben verhakte sich das Ankereisen an der Dachrinne.

Assassinen benutzen nie die Treppe.

Um eine gewisse Kontinuität zu wahren und spätere Ereignisse verständlicher zu gestalten, sollte an dieser Stelle auf folgendes hingewiesen werden: Das größte mathematische Genie in der ganzen Scheibenweltgeschichte legte sich gerade nieder und nahm in aller Ruhe sein Abendessen ein.

In diesem Zusammenhang kann eine interessante Feststellung getroffen werden. Der Mathematiker gehörte zu einer speziellen Spezies, und aus diesem Grund bestand sein Abendessen aus der Mittagsmahlzeit.

Gongschläge hallten durch die weite Stadtlandschaft von Ankh-Morpork: Mitternacht. Vier Stockwerke über der Filigranstraße kroch Teppic an einer verzierten Brüstung entlang und lauschte dem viel zu lauten Pochen seines Herzens.

Vor dem letzten Glühen der untergegangenen Sonne zeichnete sich eine Gestalt ab. Teppic verharrte neben einer besonders abscheulichen Steinfigur und dachte über seine Möglichkeiten nach.

In der Gildenschule hielt sich hartnäckig ein ganz bestimmtes Gerücht: Wer seinen Prüfer vor dem Test inhumierte, hatte automatisch bestanden. Teppic zog ein Wurfmesser vom Typ Nummer Drei aus dem Oberschenkelfutteral und hielt es unschlüssig in der Hand. Wenn er versagte, wenn er das Ziel verfehlte, wenn er irgendeinen Fehler machte ... Dann lief er Gefahr, daß seine Ausbildung vorzeitig zu Ende ging, was den Verlust aller Privilegien nach sich zog.[*]

Die Silhouette rührte sich nicht. Teppic ließ seinen Blick über ein Durcheinander aus Schornsteinen, monströsen Statuen, Belüftungsschächten, Brücken und Leitern schweifen.

Na schön, dachte er. *Dort drüben steht eine Attrappe. Ich soll sie angreifen, und das bedeutet, der Prüfer beobachtet mich von einem anderen Ort aus.*

Bin ich imstande, ihn zu entdecken? Nein.

Andererseits: Vielleicht sollte Teppic *glauben*, daß es sich nur um eine Attrappe handelte. Aber wenn der Prüfer auch an diese Möglichkeit gedacht hatte ...

Der junge Assassine merkte, daß er mit den Fingern auf die Steinfigur trommelte. Er riß sich zusammen und versuchte, eine Entscheidung zu treffen.

Unten taumelten einige späte Kneipengäste durch den Lichtschein einer Laterne.

Teppic schob sein Messer in die Scheide zurück und richtete sich auf.

»Herr«, sagte er. »Ich bin hier.«

»Nun gut«, erwiderte eine trockene, recht undeutlich klingende Stimme. Sie ertönte direkt neben dem linken Ohr des Schülers.

Teppic blickte starr geradeaus. Bewegung kam in die Steinfigur, und Mericet wischte sich grauen Staub aus seinem knochigen Gesicht. Er nahm ein dünnes Rohr aus dem Mund, warf es beiseite, griff unter seinen Mantel und holte ein Klemmbrett hervor. Trotz der Hit-

---

[*] Dazu gehörte auch das Recht zu atmen.

ze trug er dicke Kleidung; vermutlich hätte Mericet selbst in einem Vulkan gefroren.

»Hmm«, brummte er und wählte einen deutlich mißbilligenden Tonfall, »Teppic. Tja.«

»Eine angenehme Nacht, Herr«, erwiderte der Schüler. Der Prüfer musterte ihn eisig und gab zu erkennen, daß Bemerkungen übers Wetter sofort zu Minuspunkten führten. Er hob einen Stift und notierte etwas.

»Du wirst zuerst einige Fragen beantworten«, sagte Mericet.

»Wie Sie wünschen, Herr.«

»Was ist die maximale zulässige Länge eines Wurfmessers?« zischte der Prüfer.

Teppic schloß die Augen. Während der vergangenen Woche hatte er sich eingehend mit dem *Handbuch für ehrenhafte Mörder* beschäftigt. Im Gedächtnis öffnete sich eine Schublade, und darin knisterte die Seite mit den benötigten Angaben. Man wird nie nach Längen und Gewichten gefragt, verkündeten einige Schüler, die glaubten, alle Weisheit für sich gepachtet zu haben. Oh, sicher, die Lehrer gehen natürlich davon aus, daß man Gewichte, Längen und Wurfdistanzen paukt, aber sie fragen nie danach. *Nie.*

Panik drehte den Zündschlüssel in Teppics Gehirn und gab Gas. Das Blatt erschrak, sprang aus der geöffneten Gedächtnisschublade und bot sich dem inneren Blick des jungen Assassinen dar.

»Ein Wurfmesser darf maximal zehn Fingerbreiten lang sein — oder zwölf bei feuchtem Wetter«, zitierte Teppic. »Die Wurfdistanz ...«

»Nenn mir drei Gifte, die durch das Ohr zum Einsatz gelangen.«

Wind flüsterte, doch er brachte keine Abkühlung, beschränkte sich nur darauf, die Hitze gleichmäßiger zu verteilen.

»Herr, Wespenmilch, achorionisches Purpur und Teufelssaft, Herr«, antwortete Teppic bereitwillig.

»Und Schpeim?« fragte Mericet blitzschnell und mit der Freundlichkeit einer kariösen Kobra.

»H-herr, Schpeim ist kein Gift, Herr«, brachte Teppic hervor. »M-man verwendet es als Gegenmittel, um bestimmte Schlangengifte zu neutralisieren, und man gewinnt es ...« Der junge Assassine beruhigte sich allmählich und kam zu dem Schluß, daß es sich manchmal auszahlte, stundenlang in alten Büchern zu lesen. »... man gewinnt es aus der Leber des aufblasbaren Mungo, der ...«

»Was bedeutet dieses Zeichen?« fauchte Mericet.

»... der sehr selten ist und nur ...« Teppic brach ab. Verwirrt betrachtete er die komplexe Rune auf der Karte, die ihm der Prüfer zeigte, hob dann wieder den Kopf und starrte an Mericets rechtem Ohr vorbei.

»Ich habe nicht die geringste Ahnung, Herr«, sagte er. Aus dem Ohrwinkel hörte er, wie der Lehrer leise durchatmete und noch leiser brummte. Es klang irgendwie zufrieden.

»Aber wenn man es umdreht«, fügte Teppic hinzu, »ergibt sich das von Dieben verwendete Symbol für ›Bellende und bissige Hunde in diesem Haus‹.«

Einige Sekunden lang herrschte völlige Stille, und schließlich räusperte sich Mericet. »Ist der Strangulationsstrick allen Kategorien erlaubt?«

»Herr, die Vorschriften lassen nur drei Fragen zu, Herr«, wandte Teppic ein.

»Ah, das ist also deine Antwort, wie?«

»Herr, nein, Herr. Eine harmlose Feststellung, Herr, weiter nichts. Herr, die Antwort auf Ihre Frage lautet: Der Strangulationsstrick kann von allen Kategorien getragen werden, aber nur Assassinen der dritten Stufe dürfen ihn als eine der drei Optionen verwenden, Herr.«

»Bist du ganz sicher?«

»Ich glaube schon, Herr.«

»Du willst nicht noch einmal darüber nachdenken?«

Mit der Stimme des Prüfers hätte man die Achse eines Lastkarrens schmieren können.

»Herr, nein, Herr.«

»Wie du meinst.«

Teppic entspannte sich. Der Umhang klebte ihm am schweißnassen Rücken fest.

»Ich möchte, daß du dich jetzt zur Buchhalterstraße begibst«, sagte Mericet wie beiläufig. »Beachte unterwegs alle Zeichen und so weiter. Ich warte im Raum unter dem Gongturm an der Ecke Revisionsgasse. Ah, und noch etwas: Bitte nimm das hier mit!«

Er reichte Teppic einen kleinen Umschlag.

Der Schüler bestätigte den Empfang mit einer Quittung. Mericet trat in den Schatten eines Schornsteins — und verschwand.

Soviel zur Zeremonie.

Teppic holte mehrmals tief Luft, öffnete den Umschlag und sah sich den Inhalt an: eine Gildenobligation über zehntausend Ankh-Morpork-Dollar, ausgestellt auf den ›Inhaber‹. Ein eindrucksvolles Dokument, gekrönt vom Gildenwappen: doppeltes Kreuz und verhüllter Dolch.

Nun, jetzt gab es kein Zurück mehr. Er hatte das Geld genommen. Entweder überlebte er — in dem Fall war es seine Pflicht, die Summe dem Witwen-und-Waisen-Fonds der Gilde zu spenden —, oder man nahm das Wertpapier seiner Leiche ab. Teppic entdeckte einige Eselsohren, aber keine Blutflecken.

Er überprüfte seine Messer, rückte den Schwertgürtel zurecht, sah sich noch einmal wachsam um und lief los.

Wenigstens hatte ihn das Glück nicht ganz im Stich gelassen. Die älteren Schüler sprachen davon, daß es nur ein halbes Dutzend Routen gab, die man bei der Prüfung benutzte. In Sommernächten ging es in den entsprechenden Bereichen recht lebhaft zu: Die Schüler der verschiedenen Klassen hangelten sich an Dachrinnen entlang, krochen über Turmzinnen und hasteten über hohe Brücken und Stege, die einzelne Gebäude der Stadt miteinander verbanden. Das Klettern erfreute sich bei den einzelnen Abteilungen der Gilde großer Beliebtheit, und Teppic wußte, daß sein Geschick in dieser Hinsicht nichts zu wünschen übrigließ: Er hatte die Assassinengruppe geleitet, die beim Ausscheidungswettkampf *Im Ersteigen Senkrechter Wände Ohne Jeden Halt* den Sieg über das favorisierte Skorpion-Team errang. Er rechnete nicht mit außergewöhnlichen Schwierigkeiten: Die Route zur Buchhalterstraße gehörte zu den einfachsten.

Teppic sprang, duckte sich auf einem Mauervorsprung, überquerte ein großes Haus, dessen Bewohner friedlich schliefen. Kurze Zeit später setzte er über einen anderthalb Meter breiten Spalt hinweg und erreichte das Dach der Sporthalle, die dem Reformierten Kult Junger Männer In Diensten Des Ichor-Gottes Bel Shamharoth zur Verfügung stand. Er setzte den Weg über grauen Schiefer fort, erklomm eine vier Meter hohe Wand, ohne merklich langsamer zu werden, schwang sich dann auf die Schindeln des Tempels, in dem man den Blinden Io verehrte.

Ein voller, orangefarbener Mond hing über dem Horizont, und Teppic spürte eine leichte Brise, die nach der schweißtreibenden Hitze in den Straßen so erfrischend wirkte wie eine kalte Dusche. Der junge Assassine lief noch etwas schneller, genoß den kühlen Wind, sprang vom Flachdach des Tempels herunter und rechnete damit, auf der kleinen, schmalen Holzbrücke zu landen, die über den Blechdosenweg hinwegführte.

Entgegen aller Wahrscheinlichkeit berührten seine Füße nur leere Luft. Irgend jemand hatte den Steg entfernt.

Bei solchen Gelegenheiten erinnert man sich; das ganze Leben läuft wie ein Film vor dem inneren Auge ab.

Teppics Tante weinte und stellte damit bemerkenswert gute schauspielerische Fähigkeiten unter Beweis: Die alte Dame war so unerschütterlich wie ein stures Nilpferd; ein harter Granitblock hätte mehr Gefühle haben können. Vater versuchte zur Abwechselung einmal, ernst und würdevoll auszusehen, während er betörende Vorstellungen von hohen Klippen und leckeren Fischen aus sich zu verbannen trachtete. Das Personal hatte an der einen Saalwand Aufstellung bezogen, und die lange Reihe reichte bis zur Haupttreppe: die Mägde rechts, Eunuchen und Diener links. Die Frauen machten einen Knicks, als Teppic an ihnen vorbeischritt, und dadurch verursachten sie einen hübschen Sinuswellen-Effekt, der sicher das Interesse des größten Mathematikers auf der Scheibenwelt geweckt hätte. Aber das mathematische Genie konnte ihn nicht zur Kenntnis nehmen, denn ein Stock lenkte es ab. Ein Stock, der von einer gestrengen Hand geschwungen wurde. Und die Hand gehörte zu einem kleinen, verärgerten Mann, der ein Nachthemd zu tragen schien.

»Aber es ist ein *Gewerbe*«, klagte Teppics Tante und putzte sich die Nase.

Der Vater klopfte ihr auf die Hand. »Unsinn, Blume der Wüste«, sagte er. »Mein Sohn ergreift einen *Beruf*. Da bin ich ganz sicher.«

»Wo liegt der Unterschied?« schluchzte Tante.

Vater seufzte. »Beim Geld, nehme ich an. Es tut ihm bestimmt gut, in die Welt hinauszuziehen, Freunde zu gewinnen und Erfahrungen zu sammeln. Das hält ihn beschäftigt, und dadurch kommt er nicht auf dumme Gedanken.«

»Aber warum soll er ausgerechnet *Assassine* werden? Er ist noch so jung und hat nie die *geringsten* Neigungen gezeigt ...« Tante betupfte ihre Augen. »Von meiner Familie hat er das nicht«, fügte sie vorwurfsvoll hinzu. »Dein Schwager ...«

»Onkel Vyrt«, sagte Vater.

»Er reist kreuz und quer durchs Land und bringt dauernd irgendwelche Leute um!«

»Ich glaube, die Angehörigen der Assassinen-Gilde verwenden andere Bezeichnungen«, erklärte Vater. »Sie sprechen von ›Vertrag erfüllen‹, ›eliminieren‹, ›inhumieren‹ und dergleichen. Soweit ich weiß.«

»Inhumieren?«

»Ich glaube, es ist wie exhumieren, o Flutwasser, das den Durst der Wüste löscht. Nur *bevor* man die Leiche begräbt.«

»Und *ich* glaube, es ist schrecklich.« Tante schniefte leise. »Aber wie ich von Lady Nooni hörte, besteht nur ein Junge von fünfzehn die Abschlußprüfung. Nun, vielleicht braucht er eine Gelegenheit, sich abzureagieren.«

König Teppicymon XXVII. nickte betrübt und trat ebenfalls nach draußen, um dem Sohn zum Abschied zuzuwinken. Im Gegensatz zu seiner Schwester war er keineswegs davon überzeugt, daß der Beruf des Assassinen nur Nachteile brachte. Schon seit einer ganzen Weile befaßte er sich (eher widerstrebend) mit Politik und vertrat folgende Ansicht: Meuchelmord mochte schlimmer sein als eine Debatte, aber er verdiente es zweifellos, dem Krieg vorgezogen zu werden, in dem manche Leute nur eine andere, etwas lautere und direktere Form der Diskussion sahen. Außerdem: Dem jungen Vyrt fehlte es nie an Geld, und er kehrte oft mit teuren Geschenken, exotischer Sonnenbräune und faszinierenden Geschichten zum Palast zurück, berichtete von fernen Ländern und Menschen, die er dort kennengelernt hatte, meist zum Kummer der betreffenden Personen.

Teppicymon XXVII. bedauerte es, daß Vyrt nicht zugegen war, um seinen Rat anzubieten. Seine Majestät hatte ebenfalls gehört, daß nur ein Schüler von fünfzehn tatsächlich zu einem Assassinen wurde. Er wußte nicht genau, was mit den anderen vierzehn Jungen geschah, aber wer in einer Schule für angehende Mörder bei der Abschlußprüfung durchfiel, durfte wohl kaum erwarten, daß man nur die Tafelkreide nach ihm warf. Vermutlich zeichnete sich selbst das Essen in der Mensa durch eine neue Dimension der Ungewißheit aus.

Dennoch galt die Schule der Assassinen als bestes Bildungsinstitut auf der Scheibenwelt. Ein qualifizierter Meuchelmörder sollte in jeder beliebigen Gesellschaft zurechtkommen und mindestens ein Musikinstrument spielen können. Wer von einem Absolventen der Gildenschule inhumiert wurde, durfte zufrieden darüber sein, daß ihn eine geschmackvolle und diskrete Person ins Jenseits geschickt hatte.

Was gibt es hier schon für meinen Jungen? dachte Vater. Ein zwei Meilen breites und hundertfünfzig Meilen langes Königreich, das während der Überschwemmungszeit fast vollständig unter Wasser stand, auf beiden Seiten von wesentlich mächtigeren Nachbarn bedroht, die seine Existenz nur deshalb duldeten, weil sie sonst ständig Krieg gegeneinander geführt hätten.

Oh, Djelibeby* war einst eine große Nation gewesen, damals, als in Emporkömmlingen wie Tsort und Ephebe nur Nomaden lebten, die sich Handtücher um den Kopf wickelten. Nur wenig erinnerte an jene ruhmreiche Zeit: ein viel zu teurer Palast, einige Ruinen in der Wüste und — der Pharao seufzte — die Pyramiden. Ja, an Pyramiden mangelte es nicht.

Seine Vorfahren hatten großen Wert auf derartige Bauwerke gelegt. Teppicymon XXVII. teilte ihre Vorliebe nicht. Die Pyramiden führten das Land allmählich in den Ruin, ließen keine vernünftige Finanzplanung zu. Die königlichen Schatzkammern waren erschreckend leer, und der einzige Grabesfluch, den sich die Familie des Pharaos leisten konnte, lautete schlicht und einfach: »Hau ab!«

---

* Wörtlich: ›Kind des Djel‹.

Nur die Pyramiden am Ende des Gartens gefielen Teppicymon. Es handelte sich um recht kleine Exemplare, und man errichtete sie immer dann, wenn eine der Katzen starb.

Voller Wehmut dachte Seine Majestät an Pteppics Mutter.

Er vermißte Artela. Die Priesterschaft reagierte mit ausgeprägtem Unbehagen, als er entschied, eine Ausländerin zu heiraten, und einige ihrer Angewohnheiten hatten selbst ihn überrascht und verwirrt. Vielleicht verdankte er es ihr, daß er Pyramiden verabscheute — in Djelibeby hätte man ebensogut das Atmen hassen können. Auf das Drängen seiner Frau hin versprach er, Pteppic in einem anderen Land zur Schule zu schicken. »Hier lernen die Leute überhaupt nicht«, betonte Artela immer wieder. »Sie erinnern sich nur.«

Leider hatte sie sich nicht daran erinnert, wie gefährlich es sein konnte, im Fluß schwimmen ...

Teppicymons Gedanken kehrten in die Gegenwart zurück, und er beobachtete, wie zwei Diener den schweren Koffer seines Sohns zur Kutsche trugen. Er gab einer seltsamen Versuchung nach, und zum erstenmal seit vielen Jahren legte er Pteppic eine väterliche Hand auf die Schulter.

»Äh ...«, begann er — und stellte fest, daß er gar nicht wußte, was er seinem Sohn sagen sollte. *Komisch, eigentlich haben wir uns nie richtg kennengelernt,* dachte er. *Ich hätte ihm sicher viel geben können. Zum Beispiel ab und zu eine Tracht Prügel. So was schadet nie.*

»Äh«, wiederholte er. »Nun, mein Junge.«

»Ja, Vater?«

»Es, äh, geschieht nun zum ersten Mal, daß du dich ganz allein auf die Reise begibst und dein Zuhause verläßt ...«

»Nein, Vater. Du weißt doch, daß ich den letzten Sommer bei Lord Fhem-pta-hem verbracht habe.«

»Ach, tatsächlich?« Der Pharao entsann sich, daß es

zu jenem Zeitpunkt im Palast ruhiger als sonst gewesen war. Er hatte vermutet, es liege an den neuen Wandteppichen.

»Wie dem auch sei«, fuhr er fort. »Du bist nun ein junger Mann, fast dreizehn.«

»Zwölf, Vater«, erwiderte Pteppic geduldig.

»Im Ernst?«

»Ich hatte im letzten Monat Geburtstag, Vater. Du hast mir eine Wärmpfanne geschenkt.«

»Habe ich das? Originell von mir. Nannte ich dir den Grund dafür?«

»Nein, Vater.« Pteppic sah auf und musterte das etwas verwunderte Gesicht des Pharaos. »Es ist eine *gute* Wärmpfanne«, versicherte er. »Sie gefällt mir sehr.«

»Oh. Das freut mich. Äh.« Seine Majestät klopfte dem Jungen auf die Schulter, so geistesabwesend wie jemand, der nachdenklich mit den Fingern auf einen Schreibtisch trommelt. Nach einer Weile schien ihm etwas einzufallen.

Die Diener hatten unterdessen das Gepäck verstaut. Der Kutscher hielt die Tür auf und wartete.

»Wenn ein junger Mann in die Welt hinauszieht«, sagte der Pharao unsicher, »so sollte er sich an einige, äh, wichtige Dinge erinnern ... Tja, die Welt ist ziemlich groß, und es gibt alle Arten von ... Vor allen Dingen in den Städten, wo es noch zusätzliche ...« Er zögerte, hob den Arm und vollführte eine vage Geste.

Pteppic griff nach der Hand seines Vaters und drückte sie wieder herab.

»Sei unbesorgt«, sagte er. »Der Hohepriester Dios hat mir alles erklärt und darauf hingewiesen, daß ich mich regelmäßig waschen muß. Er meinte auch, ich solle ständig die Augen offenhalten.«

Seine Majestät blinzelte verblüfft.

»Ständig? Selbst in der Nacht?«

»*Gerade* nachts, Vater.«

»Bemerkenswert. Um nicht zu sagen: eigenartig. Hat

Dios dir beigebracht, wie man mit offenen Augen schläft?«

»War nicht nötig. Ich habe es von dir gelernt, Vater.«

»Von mir?« *Ich habe dem Jungen etwas beigebracht,* dachte Teppicymon XXVII. *Ja, ich kann stolz auf mich sein.* »Oh. Äh. Das freut mich. Es freut mich sogar sehr. Du bist also nicht unvorbereitet.«

»Ich glaube, ich sollte jetzt aufbrechen, Vater. Sonst verpasse ich die Flut.«

Der Pharao nickte gutmütig und suchte in den Taschen seines Umhangs.

»Äh, ich wollte dir etwas geben, äh . . .«, brummte er, holte einen kleinen Lederbeutel hervor und reichte ihn Pteppic. Unmittelbar darauf massierte er wieder die Schulter des Jungen.

»Eine Kleinigkeit für dich«, sagte Seine Majestät. »Sag deiner Tante nichts davon. Oh, das dürfte ohnehin kaum möglich sein. Wahrscheinlich hat sie sich in ihrem Zimmer hingelegt. Weißt du, es war einfach zuviel für sie.«

Daraufhin erledigte Pteppic — beziehungsweise Teppic — die letzte Förmlichkeit. Er ging zu der Statue, die Khuft darstellte, den Gründer Djelibebys, und dort opferte er ein Huhn — damit ihn die sanfte Hand des Ahnen durch die Fremde geleitete. Er wählte ein recht kleines Huhn, und als Khuft damit fertig war, servierte man es dem Pharao zum Abendessen.

Djelibeby stand zurecht in dem Ruf, ein eher unwichtiges und provinzielles Königreich zu sein. In allen Fluß-Reichen, die etwas auf sich hielten, kam es dann und wann zu übernatürlichen Plagen. Was Djelibeby betraf, lag die schlimmste Heimsuchung bereits hundert Jahre zurück, und man nannte sie die ›Plage des Frosches‹*.

---

* Es war allerdings ein sehr großer Frosch. Er versteckte sich irgendwo in den Belüftungsschächten und raubte sowohl der königlichen Familie als auch dem Personal auf Wochen hinaus den Schlaf.

An jenem Abend, als der Zweimaster das Djel-Delta verlassen hatte und übers Runde Meer in Richtung Ankh-Morpork segelte, entsann sich Teppic an den Lederbeutel und nahm ihn zur Hand. Das Geschenk zeigte nicht nur, wie sehr Pharao Teppicymon XXVII. seinen Sohn liebte, sondern bewies auch einen chronischen Verwirrungszustand. Der Beutel enthielt: einen Korken, eine halb gefüllte Dose mit Sattelseife, eine kleine Bronzemünze mit ungewissem Wert sowie eine alte und daher recht geruchsintensive Sardine.

Es ist weithin bekannt, daß die Sinne plötzlich sehr viel schärfer werden, wenn man sich vom Tod bedroht sieht. Angeblich handelte es sich um eine instinktive Reaktion, die es dem Betreffenden ermöglichen soll, einen Ausweg aus seiner praktisch ausweglosen Lage zu finden.

Solchen Annahmen muß hier widersprochen werden. Die Sinnesschärfung bietet ein gutes Beispiel für jenes Phänomen, das in psychologischen Fachkreisen als ›Verdrängung‹ bekannt ist. Augen, Ohren und der ganze Rest versuchen verzweifelt, ihre Aufmerksamkeit nicht auf das unmittelbare Problem richten zu müssen — bei Teppic bestand es aus einem ziemlich harten Kopfsteinpflaster, das sich etwa fünfundzwanzig Meter unter ihm erstreckte und schnell näher kam —, in der vagen Hoffnung, es löse sich von ganz allein.

Womit in diesem besonderen Fall durchaus gerechnet werden darf.

Was auch immer der Grund sein mag: Teppic wurde sich plötzlich auf seltsam intensive Art der Umgebung bewußt. Blasser Mondschein strich über die Dächer; der Duft von frischem Brot wehte aus einer nahen Bäckerei; irgendwo in der Ferne weinte ein kleines Kind; ein Hund bellte. Und hinzu kam ein dumpfes Rauschen. Viel zu deutlich spürte Teppic, daß die Luft sehr dünn war und nicht den geringsten Halt bot ...

In jenem Jahr kamen mehr als siebzig neue Schüler zum Gildenhaus. Die Assassinen stellten keine Aufnahmebedingungen: Ihre Schule stand allen offen, und man konnte sie leicht wieder verlassen — die Schwierigkeit bestand nur darin, nicht hinaus*getragen* zu werden. Auf dem Hof vor dem Zugang herrschte ein dichtes Gedränge an Jungen, die zwei Dinge gemeinsam hatten — viel zu große Koffer, auf denen sie saßen, und Kleidung, in die sie erst noch hineinwachsen mußten. Sie sahen darin aus wie in Kokons gehüllte Raupen, die auf eine rätselhafte Metamorphose warteten. Einige Optimisten brachten Waffen mit, die sofort beschlagnahmt und im Verlauf der nächsten Wochen nach Hause geschickt wurden.

Teppic sah sich aufmerksam um. Es hatte gewisse Vorteile, das einzige Kind von Eltern zu sein, die so sehr mit ihren eigenen Angelegenheiten beschäftigt waren, daß sie die Existenz des Sohnes häufig vergaßen.

Teppics Gedächtnis zeigte ihm eine freundliche, immerzu lächelnde und gleichzeitig extrem egoistische Mutter, die sich für den Mittelpunkt der Welt zu halten schien. Nun, es kam ganz auf die Perspektive an. Sie hatte Katzen gemocht. Artela verehrte sie nicht nur, wie *alle* djelibebischen Bürger, sondern entwickelte eine echte, aufrichtige Sympathie. Teppic wußte, daß Katzen in Fluß-Reichen aus naheliegenden Gründen sehr geschätzt wurden, aber wenn er an solche Geschöpfe dachte, stellte er sich anmutige, würdevolle Tiere vor. Die Katzen seiner verstorbenen Mutter hingegen waren klein, fauchten ständig, legten die Ohren an, sträubten das Fell und machten sich einen Spaß daraus, zu kratzen und zu beißen.

Der Pharao verbrachte den größten Teil seiner Zeit damit, sich Sorgen um das Königreich zu machen. Ab und zu behauptete er, eine Möwe zu sein — wahrscheinlich lag es an seiner Vergeßlichkeit. Manchmal fragte sich Teppic, welches Wunder seine Empfängnis ermöglicht hatte: Teppicymon XXVII. und seine Gemahlin schienen in zwei verschiedenen Welten zu leben und sich für völlig unterschiedliche Dinge zu interessieren. Vielleicht hatten sie sich irgendwann durch Zufall im Schlafzimmer getroffen, und dann ...

Dann kam ihr Sohn zur Welt. Nein, nicht sofort. Neun Monate später. Seine Erziehung fand auf einer Mal-sehen-wie's-klappt-Basis statt. Mit anderen Worten: Man überließ ihn sich selbst und einigen Lehrern, die nur wenig zu seiner Entwicklung beitrugen, viel größeres Interesse an den Dienerinnen und Mägden zeigten. Die von Teppics Vater beauftragten Unterweiser boten die angenehmste Gesellschaft, erst recht dann, wenn sich der Pharao bei der Auswahl von seinen ... animalischen Instinkten leiten ließ. Einen herrlichen Winter lang kümmerte sich ein älterer Ibis-Wilderer um Teppic. Einer seiner Pfeile hatte das Ziel verfehlt; als er im königlichen Garten danach suchte, vernahm er ein sonderbares, möwenartiges Krächzen und begegnete dem Pharao, der gerade versuchte, sich Flügel wachsen zu lassen. Als Vogelliebhaber verstanden sich die beiden Männer prächtig.

Teppic erinnerte sich an wilde Verfolgungsjagden, hörte noch einmal die zornigen Stimmen der Soldaten, die ihm und seinem unkonventionellen Lehrer dicht auf den Fersen waren. In Gedanken durchstreifte er die Nekropolis, nahm an herrlichen Raufereien teil. Und er lernte den Quetscher kennen, eine höchst interessante Erfindung. Wer den Apparat bediente, begab sich in nicht unerhebliche Gefahr, aber Mühe und Risiko lohnten: Der Quetscher verwandelte ganze Schwärme nichtsahnender Wasservögel in sofort verwertbare Pastete.

Darüber hinaus bekam Teppic Zugang zur Bibliothek und konnte sogar in den Büchern blättern, die in normalerweise abgesperrten Regalen standen — einige spezielle Fähigkeiten ermöglichten es dem Wilderer, auch bei schlechtem Wetter sein Einkommen zu sichern. Der Sohn des Pharao nutzte die gute Gelegenheit, um seine literarischen Kenntnisse zu erweitern. Als besonders informativ erwies sich *In den Schlafzimmern des Palastes*, von Einem Ehrenmann Aus Dem Khalianischen Übersetzt. Der Band gehörte zu einer Begrenzten Auflage Mit Anschaulichen Illustrationen Für Den Anspruchsvollen. Zunächst empfand Teppic die detaillierten Beschreibungen als sehr verwirrend, doch im Laufe der Zeit gelang es ihm, sie immer besser zu verstehen. Als ein junger, weltfremder und von Priestern beauftragter Lehrer begann, ihn mit bestimmten athletischen Techniken vertraut zu machen — angeblich waren sie von den klassischen Pseudopolitanern überliefert worden —, dachte Teppic eine Zeitlang nach, griff dann nach einem Hutständer und schickte seinen Unterweiser mit einem wohlgezielten Hieb zu Boden.

Eigentlich brauchte Teppic gar keine Hilfe. Er eignete sich das Wissen selbst an. Die Bildung rieselte auf ihn herab, wie Schuppen aus einer oft benutzten Perücke.

In der Welt außerhalb seines Kopfes begann es zu regnen. Eine weitere neue Erfahrung. Er hatte natürlich schon gehört, daß Wasser in Form kleiner Tropfen vom Himmel fallen konnte, aber nun erlebte er so etwas zum ersten Mal. In Djelibeby regnete es nie.

Wie heruntergekommene Amseln wirkende Meister schritten zwischen den wartenden Jungen umher, aber Teppic schenkte ihnen kaum Beachtung. Seine Aufmerksamkeit galt einigen älteren Schülern, die an den Torsäulen standen. Sie trugen ebenfalls dunkle Umhänge, aber die Tönungen unterschieden sich vom Schwarz voll ausgebildeter Assassinen.

Der Autor erlaubt es sich, an dieser Stelle die tertiären Farben zu erwähnen. Sie gehören zu dem Spektrum, das sich auf der anderen Seite des Schwarzen erstreckt. Derartige Farben bekommt man nur, wenn man die Schwärze in einem achtseitigen Prisma aufspaltet. Mit nichtmagischen Worten lassen sie sich kaum beschreiben, aber um Ihnen zumindest eine ungefähre Vorstellung zu vermitteln: Solche Farben sieht man, wenn man etwas Verbotenes raucht und dann die Unterseite eines Starenflügels betrachtet.

Die größeren Jungen maßen ihre neuen Schulkameraden mit kritischen Blicken.

Teppic beobachtete sie. Abgesehen von den Farben entsprach ihre Aufmachung der neuesten Mode, die derzeit zu weiten Hüten, gepolsterten Schultern, schmalen Taillen und spitzen Schuhen neigte. Wer diese Garderobe bevorzugte, mußte damit rechnen, wie ein schlecht gekleideter Nagel auszusehen.

Ich werde so sein wie sie, dachte der Sohn des Pharao.

Nur besser angezogen, fügte er in Gedanken hinzu.

Er erinnerte sich an einen der kurzen, geheimnisvollen Besuche Vyrts. Sein Onkel hatte damals auf einer Stufe der Palasttreppe Platz genommen und folgende Worte gesprochen, während er über den breiten Djel blickte: »Satin und Leder taugen nichts. Und das gilt auch für Schmuck jeder Art. Man muß sich von allen Dingen trennen, die knirschen oder klimpern. Ich empfehle rauhe Seide oder Samt. Weißt du, es kommt nicht darauf an, wie viele Leute man inhumiert. Weitaus wichtiger ist, daß man nicht *selbst* inhumiert wird.«

Wenn sich Hast mit Unvorsichtigkeit paarte, präsentierte ein spöttisch lächelndes Schicksal irgendwann die Rechnung. Teppic fiel einem bestimmt sehr harten Kopfsteinpflaster entgegen, drehte sich in *leerer* Luft, streckte verzweifelt die Arme aus, berührte einen kleinen Mauervorsprung und bekam dadurch ein neues Bewegungsmoment. Er stieß an verwittertes Gestein, und der Aufprall war heftig genug, um ihm den restlichen Atem aus den Lungen zu pressen. Vergeblich versuchte er, sich irgendwo festzuhalten ...

»Junge!«

Teppic sah auf. Neben ihm stand eine Gestalt, die eine purpurne Schärpe über ihrem schwarzen Umhang trug — der erste echte, authentische Assassine, dem er begegnete. Abgesehen von Vyrt. Der Mann wirkte recht freundlich und gutmütig. Man konnte sich vorstellen, wie er in einem Metzgerladen Würstchen rollte.

»Meinen Sie mich?« fragte Teppic.

»Du wirst aufstehen, wenn du mit einem Meister sprichst«, sagte das rosafarbene Gesicht.

»Werde ich das?« Teppic überlegte fasziniert, wie sich so etwas bewerkstelligen ließ. Bisher hatte Disziplin nur eine untergeordnete Rolle in seinem Leben gespielt. Die meisten Lehrer reagierten so bestürzt auf den Anblick eines Königs, der auf irgendwelchen Schränken hockte und leise krächzte, daß sie den Unterricht möglichst rasch beendeten und sich dann in ihrem Zimmer einschlossen.

»Werde ich das, *Herr*«, sagte der Assassine und sah auf eine Liste herab.

»Wie heißt du, Junge?« fügte er hinzu.

»Ich bin Prinz Pteppic aus dem Alten Königreich, dem Königreich der Sonne«, erwiderte Teppic. »Vermutlich ist Ihnen die Etikette unbekannt, und daher möchte ich Sie auf folgendes hinweisen. Es ist nicht nötig, daß Sie mich Herr nennen. Es *ist* nötig, daß Sie sich verbeugen und die Stirn an den Boden pressen, wenn Sie wünschen, irgendeine Bemerkung an mich zu richten.«

»Pateppic, wie?« fragte der Meister.

»Nein, *P*teppic.«

»Ah, Teppic«, sagte der Assassine, hakte einen Namen ab und bedachte den Jungen mit einem großzügigen Lächeln.

»Nun, Euer Majestät«, fuhr er fort. »Ich bin Leckerschmeck Nivor, dein Hausmeister. Du gehörst jetzt zum Viper-Haus. Meines Wissens gibt es auf der Scheibenwelt mindestens elf Königreiche der Sonne. Bis zum Ende der Woche wirst du einen kurzen Aufsatz schreiben, der genaue Informationen über die betreffenden Reiche enthält: geographische Besonderheiten, politische Struktur, Hauptstadt beziehungsweise wichtigster Regierungssitz. Darüber hinaus wirst du eine Route nennen, die ins Schlafzimmer eines Staatsoberhauptes deiner Wahl führt. Nun, in einem Punkt kannst du ganz sicher sein: Es gibt nur *ein* Viper-Haus. Guten Morgen, Junge.«

Der Meister ging fort und wandte sich an einen anderen Schüler.

»Eigentlich ist er kein übler Kerl«, erklang eine Stimme hinter Teppic. »Die benötigten Angaben findest du in der Bibliothek. Ich zeige sie dir, wenn du möchtest. Übrigens: Ich heiße Schelter.«

Teppic drehte sich um. Die Stimme gehörte einem Jungen in seinem Alter. Schelter trug ebenfalls einen schwarzen Umhang — Einfaches Schwarz für die Erste Studienphase —, und das Ding erweckte den Eindruck, als sei es hier und dort am Körper festgenagelt. Der junge Bursche streckte die Hand aus, und Teppic blickte höflich darauf herab.

»Ja?« fragte er.

»Wie heißt du, Kumpel?«

Teppic straffte die Schultern. Er hatte die Respektlosigkeit allmählich satt. »Kumpel? Wisse hiermit, daß Pharaonenblut in meinen Adern fließt!«

Schelter neigte unbeeindruckt den Kopf zur Seite, und ein dünnes Lächeln umspielte seine Lippen.

»Möchtest du, daß es dort bleibt?« erwiderte er.

Einige in weiße Kittel gekleidete junge Männer traten aus der nahen Bäckerei, um der Ofenhitze zu entkommen und die vergleichsweise kühle Nachtluft zu genießen. Ein Zigarettenstummel wurde von Hand zu Hand gereicht, und leise Stimmen wehten durch die schmale

Gasse. Teppic hing weit oben in der Dunkelheit. Seine Hände hatten überraschenden Halt an einem Fensterbrett gefunden, und die Füße tasteten nach irgendeinem Riß im Mauerwerk.

Immer mit der Ruhe, dachte er. *Deine Lage ist bestimmt nicht so ernst, wie es zunächst den Anschein haben mag.* Es fiel ihm schwer, daran zu glauben. *Du bist schon mit ganz anderen Dingen fertig geworden. Denk nur an den Palast des Patriziers im letzten Winter. Die Dachrinnen liefen über, und eine dicke Eisschicht bedeckte die Wände. Hier beträgt der Schwierigkeitsgrad 3 oder höchstens 3,2. Zusammen mit Schelter hast du solche Mauern erklettert, anstatt durch die Straßen zu schlendern. Es ist nur eine Frage der Perspektive.*

Perspektive. Teppic blickte in die Tiefe. Zwanzig Meter unter ihm flirrte Hitze übers Kopfsteinpflaster. *Verdammt und zugenäht! Reiß dich endlich zusammen. Halt dich fest. Und laß dir was einfallen.* Der rechte Fuß fand brüchigen Mörtel, und die Zehen bohrten sich sofort hinein. Glücklicherweise warteten sie nicht auf eine Anweisung des Gehirns, das die Augen zukniff und versuchte, sich irgendwo zu verkriechen.

Teppic holte tief Luft, spannte die Muskeln und griff mit einer Hand nach dem Gürtel. Er riß einen Dolch hervor und rammte ihn zwischen zwei Ziegelsteine, bevor die Gravitation Verdacht schöpfte. Der Junge zögerte kurz und schnaufte, hoffte inständig, daß die Schwerkraft erneut das Interesse an ihm verlor. Dann schwang er seinen Leib zur Seite und wiederholte den Vorgang.

Ein Bäcker in der Gasse erzählte einen Witz und strich sich geistesabwesend Mörtelstaub vom linken Ohr. Als seine Kollegen lachten, richtete sich Teppic im Mondschein auf. Er balancierte auf zwei Messern aus klatschianischem Stahl, und seine Hände tasteten langsam über die Mauer, glitten zu dem Fenster, dessen Sims dem Schicksal eine Stundung der Rechnungssumme abgerungen hatte.

Das Fenster war geschlossen. Bestimmt öffnete es sich, wenn Teppic ihm einen ordentlich Stoß versetzte — aber dadurch lief er Gefahr, erneut den Halt zu verlieren und in die Leere zu stürzen. Er seufzte, holte mit der Behutsamkeit eines Uhrmachers den Diamantschneider hervor und ritzte einen Kreis ins Glas ...

»Die Vorschriften verlangen, daß du ihn selbst trägst«, sagte Schelter.

Eine derartige Vorstellung erschien Teppic absurd. Skeptisch betrachtete er den Koffer.

»Bei mir zu Hause gibt es Leute, die sich um solche Sachen kümmern«, sagte er. »Eunuchen und so.«

»Du hättest einen von ihnen mitbringen sollen.«

»Oh, sie reisen nicht gern.« Das stimmte nicht ganz: Teppic hatte es strikt abgelehnt, sich von einem kleinen Gefolge begleiten zu lassen, woraufhin Dios tagelang schmollte. Der Hohepriester betonte immer wieder, es gehöre sich nicht für ein Mitglied der königlichen Familie, ganz allein in die Welt hinauszuziehen, doch Teppic beharrte auf seinem Standpunkt. Er war ziemlich sicher, daß es kaum einen Assassinen gab, der seinem Beruf in der Gesellschaft von Dienerinnen und Hornisten nachging.

Jetzt bedauert er, so hartnäckig gewesen zu sein. Er zog versuchsweise an dem Koffer — und schaffte es, ihn auf die Schulter zu heben.

»Deine Alten sind sicher sehr reich, stimmt's?« fragte Schelter, als sie sich dem Hauptgebäude näherten.

Teppic dachte kurz nach. »Wie man's nimmt«, antwortete er. »Die Alten vererben ihr Vermögen meistens — wenn sie überhaupt eins haben. Oder sie nehmen es in die Pyramiden mit.« Er schürzte die Lippen. »Eine interessante Frage: Können einbalsamierte Tote reich sein?«

»Du bist also Waise?« erkundigte sich Schelter voller Mitgefühl.

»Wie? Nein, wenigstens nicht ganz. Nur zur Hälfte.«
Schelters Verwirrung nahm zu. »In deiner Heimat scheint es recht seltsam zuzugehen. Bist du wirklich sicher, daß wir von deinen Eltern sprechen?«

»Ach, *das* meinst du«, entgegnete Teppic und seufzte. »Nun, mein Vater ist Pharao. Und meine Mutter war eine Konkubine. Glaube ich.«

»Konkubine? Ich dachte bisher, das sei eine Gemüsesorte.«

»Ich bezweifle es — obgleich ich eingestehen muß, daß dieses Thema bei uns im Palast nie zur Sprache kam. Wenigstens nicht auf diese Art und Weise. Weißt du, wir halten nichts von Kannibalismus. Wir sind *zivilisiert*. Außerdem: Meine Mutter starb, als ich noch klein war.«

»Wie schrecklich«, sagte Schelter fröhlich

»Sie nahm ein nächtliches Bad im Fluß«, fügte Teppic hinzu. »Sehr zur Freude der Krokodile.«

»Grauenhaft«, verkündete Schelter und lächelte. »Mein Vater ist Geschäftsmann«, erklärte er, als sie das Tor durchschritten.

»Faszinierend«, erwiderte Teppic pflichtbewußt. Die neuen Erfahrungen folgten viel zu schnell aufeinander. »Ich bin nie Geschäftsmann gewesen, habe jedoch gehört, daß solche Leute Respekt verdienen.«

Während der nächsten beiden Stunden gab sich Schelter weltmännisch und weihte Teppic in die Geheimnisse der Schlafsäle und Klassenzimmer ein. Mit den sanitären Anlagen wartete er bis zum Schluß — aus gutem Grund.

»Überhaupt *keine*?« fragte er.

»Nun, wir benutzen Eimer und so«, antwortete Teppic vage. »Und dann sind da noch die Diener.«

»Dein Königreich ist nicht zufällig ein bißchen altmodisch?«

Teppic nickte betrübt. »Es liegt an den Pyramiden«, sagte er. »Das ganze Geld geht für Pyramiden drauf.«

»Bestimmt sind sie wertvoll«, vermutete Schelter.

»Eigentlich nicht. Sie bestehen nur aus Stein.« Teppic seufzte. »An Steinen herrscht bei uns kein Mangel. Ebensowenig an Sand. Wir sind im wahrsten Sinne des Wortes *stein*reich. Wenn du jemals Steine und Sand brauchst, so wende dich getrost an uns. Teuer wird's erst, wenn es um das *Innere* der Pyramiden geht. Wir vermeiden es noch immer, Großvaters Grabstätte zu bezahlen, und sie ist gar nicht besonders groß, besteht nur aus drei Kammern.« Teppic zuckte mit den Schultern und sah aus dem Fenster. Inzwischen befanden sie sich wieder in einem der Schlafsäle.

»Das ganze Königreich ist verschuldet«, sagte er leise. »Selbst unsere Schulden haben Schulden. Um ganz ehrlich zu sein: Aus diesem Grund bin ich hier. Jemand aus meiner Familie muß endlich damit beginnen, Geld zu verdienen. Ein königlicher Prinz kann sich nicht mehr darauf beschränken, repräsentative Aufgaben wahrzunehmen. Er muß die Ärmel hochkrempeln und sich *nützlich* machen.«

Schelter lehnte sich ans Fensterbrett.

»Wie wär's, wenn ihr einige der Grabbeigaben aus den Pyramiden holt?« schlug er vor.

»Soll das ein Witz sein?«

»Nein. Entschuldige bitte.«

Teppic starrte kummervoll nach draußen und beobachtete die Gestalten auf dem Hof.

»Hier herrscht ein erstaunlich reger Betrieb«, sagte er, um das Thema zu wechseln. »Ich habe mir die Schule nicht so groß vorgestellt.« Er schauderte. »Und auch nicht annähernd so kalt.«

»Es kommt immer wieder vor, daß Schüler beschließen, ihre Sachen zu packen und zu gehen«, brummte Schelter. »Weil sie glauben, die Kurse seien zu schwer. Man muß einfach wissen, was was und wer wer ist. Siehst du den Burschen dort drüben?« Er streckte die Hand aus.

Teppic blickte in die entsprechende Richtung. Schelters Zeigefinger deutete auf einige ältere Schüler, die an den Torsäulen standen.

»Meinst du den großen? Mit dem Gesicht, das aussieht wie ein Stiefelabsatz?«

»Er heißt Fliemoe. Wir nennen ihn Achduschreck. Halt dich von ihm fern. Erst recht dann, wenn er dich in sein Zimmer einlädt.«

»Und der mit den Locken?« fragte Teppic. Er zeigte auf einen kleinen Jungen, der vor einer mitgenommen wirkenden Frau stand. Sie befeuchtete ihr Taschentuch und rieb dem Knaben Schmutzflecken von Stirn und Wangen. Anschließend rückte sie sein Halstuch zurecht.

Schelter beugte sich vor. »Oh, einer von den neuen Schülern«, sagte er. »Arthur Soundso. Offenbar ein Muttersöhnchen. Meine Güte, sieh dir bloß mal seine Mami an. Man könnte sie mit einer Mumie verwechseln.«

»Das bezweifle ich«, erwiderte Teppic düster. »Das bezweifle ich sogar sehr. Mit *Mumien* kenne ich mich aus.«

Ein rundes Glasstück fiel nach innen und zersplitterte auf dem Boden des Zimmers. Einige Minuten lang blieb alles still, und dann bewegte sich der Pumphebel einer kleinen Ölkanne. Die ganze Zeit über hatte ein Schatten auf der Fensterbank gelegen, wie eine Erweiterung der Nacht — einige Schmeißfliegen darunter machten die unliebsame Erfahrung, daß die Dunkelheit der Nacht bemerkenswert massiv und schwer sein konnte. Jetzt erwies er sich als Arm, der in einer Hand endete. Selbst eine langsame Schnecke wäre schneller gewesen als die Fingerkuppen, die über Staub und Glas tasteten, sich dem Riegel näherten.

Eine kaum hörbares Schaben, und das Fenster schwang mit gut geschmierter Lautlosigkeit auf.

Teppic *huschte* über den Sims und verschwand in der Finsternis des Zimmers.

Eine Zeitlang herrschte jene Stille, die von jemandem hervorgerufen wird, der sich mit größter Vorsicht bewegt. Erneut das Pumpen der Ölkanne, gefolgt von einem metallenen Flüstern. Teppic schob den Bolzen der Falltür zur Seite, die Zugang zum Dach gewährte.

Er wartete, bis sich seine Lungen wieder mit Luft füllten, und genau in diesem Augenblick hörte er das Geräusch. Auf der Dezibel-Skala mußte es irgendwo unter der Marke Null angesiedelt werden, und Teppic schaltete einen inneren Verstärker hinzu. Kein Zweifel: Jemand hockte auf dem Dach und hatte gerade die Hand auf ein Blatt Papier gelegt, damit es nicht raschelte.

Teppic ließ den Bolzen los, durchquerte das dunkle Zimmer, glitt an einer Holzwand entlang und erreichte eine Tür. Diesmal ging er nicht das geringste Risiko ein, öffnete die Ölkanne und ließ einen stillen Tropfen auf die Angeln fallen.

Einige Sekunden später verließ er den Raum. Eine Ratte patrouillierte gelangweilt im zugigen Korridor und hätte fast ihre eigene Zunge verschluckt, als Teppic vorbei*schwebte*.

Er passierte eine weitere Tür, schlich durch mehrere muffig riechende Kammern und gelangte schließlich an eine Treppe. Die Entfernung zur Falltür betrug jetzt etwa dreißig Meter, und unterwegs hatte Teppic nirgends einen Kamin gesehen. Mit anderen Worten: In diesem Bereich gab es keine Schornsteine auf dem Dach, die ihn daran hinderten, den Unbekannten anzuvisieren.

Er ging in die Hocke und holte seine Messerrolle hervor, die einen rechteckigen Schatten in der Finsternis bildete. Nach kurzem Nachdenken wählte er einen Wurfdolch vom Typ Nummer Fünf. Nur wenige Assassinen verstanden es, richtig damit umzugehen, und Teppic gehörte zu ihnen.

Kurz darauf hob er vorsichtig den Kopf und spähte übers Dach. Der rechte Arm neigte sich nach hinten, bereit dazu, in einem ebenso komplexen wie schnellen Bewegungsablauf jene Kraft zu entfalten, die notwendig war, um mehrere Unzen Stahl durch die Nacht zu schleudern.

Mericet saß an der Falltür und sah auf sein Klemmbrett herab. Teppic bemerkte einen kleinen, hölzernen Steg, der einige Meter entfernt an der Brüstung lehnte — der Grund für seinen Sturz in die Tiefe.

Er zweifelte nicht daran, völlig lautlos gewesen zu sein. Wahrscheinlich hörte der Prüfer das Geräusch seines verblüfften Blickes.

Mericet hob den kahlen Kopf.

»In Ordnung«, sagte er, »du kannst deinen Weg jetzt fortsetzen.«

Teppic spürte, wie ihm kalter Schweiß ausbrach. Er betrachtete den Steg, starrte den Prüfer an und stellte plötzlich fest, daß er noch immer ein Messer in der Hand hielt.

»Ja, Herr«, sagte er. Was angesichts der Umstände nicht zu genügen schien. »Danke, Herr«, fügte er hinzu.

Die erste Nacht im Schlafsaal prägte sich fest in Teppics Gedächtnis ein. Das Zimmer war groß genug, um alle achtzehn Jungen des Viper-Hauses zu beherbergen — und so zugig, daß man ständig den Eindruck gewann, sich im Freien zu befinden. Der Architekt schien großen Wert darauf gelegt zu haben, alles möglichst unbequem zu gestalten. Das Ergebnis bestand in einem Raum, in dem es noch kälter sein konnte als draußen.

»Ich dachte, wir bekämen Einzelzimmer«, sagte Teppic.

Schelter hatte sich den besten Platz im ganzen Kühlschrank gesichert und nickte gönnerhaft.

»Später«, erwiderte er, legte sich wieder hin und verzog das Gesicht. »Allem Anschein nach hat man bei diesen Betten spitze Federn verwendet.«

Teppic schwieg. Sein Schlafplatz bot weitaus mehr Komfort als der im Palast von Djelibeby. In dieser Hinsicht zeigte der Pharao typische adlige Großzügigkeit: Bei seinem Sohn tolerierte er Wohnbedingungen, die selbst eine mittellose Sandfliege abgelehnt hätte.

Teppic streckte sich auf der dünnen Matratze aus und begann mit einer eingehenden Analyse der jüngsten Ereignisse. Er gehörte nun zur Gilde. Schon seit sieben Stunden war er Schüler der Assassinen, aber man hatte ihm noch nicht gestattet, ein Messer zur Hand zu nehmen. Nun, morgen begann ein neuer Tag ...

Schelter drehte den Kopf.

»Wo steckt Arthur?« fragte er.

Teppic sah zum Bett auf der anderen Seite. Ein herzergreifend kleiner Beutel mit Kleidung lag genau in der Mitte, aber von seinem Besitzer fehlte jede Spur.

»Glaubst du, er ist weggelaufen?« erkundigte sich Teppic und ließ den Blick durch die Schatten schweifen.

»Möglich wär's«, antwortete Schelter. »So was geschieht recht häufig. Muttersöhnchen, die zum ersten Mal auf sich allein gestellt sind ...«

Die Tür am Ende des Saals öffnete sich langsam, und Arthur kam rückwärts herein, zerrte an der Leine eines großen und sehr sturen Ziegenbocks. Das Tier widersetzte sich jedem einzelnen Schritt, und dadurch kam der Junge nur langsam voran.

Die übrigen Schüler beobachteten stumm, wie Arthur den Ziegenbock an seinem Bett festband und folgende Dinge aus dem Beutel holte: mehrere große schwarze Kerzen, ein Kräuterbündel, einen Strick, an dem einige kleine Totenschädel baumelten, und ein Stück Kreide. Das glänzende, rosarote Gesicht zeigte energische Entschlossenheit, und die Botschaft der funkelnden Augen lautete: *Glotzt nicht so blöd. Ich weiß genau, was ich tue.* Der Knabe malte einen doppelten Kreis um sein Bett, ließ sich dann auf die Knie sinken und füllte den Platz zwischen ihnen mit den okkultesten Symbolen, die Teppic jemals gesehen hatte. Arthur rückte sie hin und her, nickte zufrieden, plazierte die schwarzen Kerzen an strategischen Punkten und entzündete sie. Ein leises Zischen erklang, und Teppic nahm einen seltsamen Geruch wahr, der höchst unangenehme Vorstellungen in ihm weckte.

Arthur griff nach einem kurzen Messer mit rotem Heft, stand auf, näherte sich der Ziege ...

Ein Kissen traf ihn am Hinterkopf.

»Garn! Du verdammter Mistkerl!«

Der kleine Junge ließ sein Messer fallen und brach in Tränen aus. Schelter setzte sich auf.

»Du bist es gewesen, Käseweiß!« sagte er. »Ich hab's genau gesehen!«

Garn Käseweiß — ein hagerer Junge mit rotem Haar und einem Gesicht, das einer großen Sommersprosse gleichkam — starrte ihn finster an.

»Mir reicht's langsam«, erwiderte er. »Mit dieser ganzen Religion kommt man überhaupt nicht mehr zur Ruhe. Ich meine, heutzutage sprechen nur noch kleine Kinder ein Gebet, bevor sie zu Bett gehen. Himmel, wir sind hier, um das Handwerk der *Assassinen* zu erlernen ...«

»Halt dein verdammtes Schwatzmaul, Käseweiß!« rief Schelter. »Wenn die Leute ihre Religion ernst nähmen, ginge es in der Welt weitaus besser zu. Ich weiß, daß ich nicht oft genug bete, aber ...«

Ein geworfenes Kissen hinderte Schelter daran, den Satz zu beenden. Er sprang aus dem Bett, stürmte auf den rothaarigen Jungen zu und holte mit geballten Fäusten aus.

Die anderen Schüler versammelten sich vor den beiden Streithähnen. Teppic schlug die Decke zurück und schlenderte zu Arthur, der auf der Kante seines Bettes saß und leise schluchzte.

Er klopfte ihm unsicher auf die Schulter. Solche Gesten schienen eine beruhigende Wirkung zu haben.

»Mach dir nichts draus«, sagte er und fügte versuchsweise hinzu: »Kumpel.«

»Aber...«, begann Arthur. »Die Runen sind verwischt, und es ist bereits zu spät! Heute nacht kommt der Große Orm, um meine Eingeweide an seinem Stock aufzuwickeln!«

»Im Ernst?«

»Und er saugt mir die Augen aus, hat meine Mutter gesagt!«

»Donnerwetter!« sagte Teppic fasziniert. »Tatsächlich?« Glücklicherweise stand sein Bett direkt auf der anderen Seite; er hatte also einen Logenplatz. »Was hat es mit deiner Religion auf sich?«

»Ich gehöre zu den Unerschütterlich Strenggläubigen Ormiten«, antwortete Arthur und putzte sich die Nase. »Mir ist aufgefallen, daß du nicht betest«, fügte er hinzu. »Hast du keinen Gott?«

Teppic zögerte kurz. »Doch, ich glaube schon. Ich bin sogar ziemlich sicher.«

»Offenbar liegt dir nicht viel daran, mit ihm zu sprechen.«

Teppic schüttelte den Kopf. »Ich *kann* nicht mit ihm sprechen«, sagte er. »Zumindest nicht hier. Er wäre kaum in der Lage, mich zu hören.«

»*Mein* Gott hört mich *überall*«, verkündete Arthur stolz.

»Meiner hat bereits Schwierigkeiten, jemanden zu verstehen, der auf der anderen Seite des Zimmers steht«, erwiderte Teppic. »Was manchmal recht peinlich ist.«

»Du bist doch kein Offlianer, oder?« fragte Arthur. Dem Krokodilgott Offler fehlten Ohren.

»Nein.«

»*Welchen* Gott verehrst du denn?«

»Nun, von *verehren* kann eigentlich keine Rede sein«,

sagte Teppic und spürte vages Unbehagen. »Nein, eine derartige Bezeichnung ist unangemessen. Was natürlich nicht heißen soll, daß es irgend etwas an ihm auszusetzen gibt. Wenn du's unbedingt wissen willst: Er ist mein Vater.«

Arthur riß die tränenfeuchten Augen auf.

»Du bist der Sohn eines *Gottes?*« hauchte er.

»Bei mir zu Hause muß ein König auch göttliche Pflichten wahrnehmen«, sagte Teppic rasch. »Aber mein Vater hat nicht besonders viel zu tun. Die Priester kümmern sich um alle wichtigen Regierungsaufgaben. Mein Vater sorgt nur dafür, daß der Fluß jedes Jahr über die Ufer tritt, und außerdem dient er der Großen Kuh des Himmelsbogens. Besser gesagt: Er *hat* ihr gedient.«

»Die Große Kuh des ...«

»Meine Mutter«, murmelte Teppic. »Weißt du, äh, ich spreche nicht gern darüber. Es bringt mich in Verlegenheit.«

»Neigt dein Vater dazu, harte Strafen zu verhängen?«

»Ich glaube nicht. Ich habe ihn nie dabei beobachtet.«

Arthur beugte sich zur Seite und streckte die Hand nach dem unteren Ende des Bettes aus. Der Ziegenbock hatte das allgemeine Durcheinander genutzt, um die Leine durchzubeißen. Er verschwand gerade durch die Tür und beschloß, alles Religiöse aufzugeben.

»Mir droht gräßliches Unheil«, behauptete Arthur. »Könntest du deinen Vater darum bitten, dem Großen Orm alles zu erklären?«

»Sicher, warum nicht?« entgegnete Teppic und verbarg seine Skepsis. Was Erklärungen betraf, hatte Teppicymon XXVII. nie großes Geschick bewiesen. »Ich schreibe ihm einen Brief. Gleich morgen.«

»Normalerweise befindet sich der Große Orm in einer der Unteren Höllen«, sagte Arthur. »Von dort aus beobachtet er uns. Beziehungsweise mich. Nur Mutter und ich sind übriggeblieben, und meine Mama ließe sich bestimmt nie etwas zuschulden kommen, das Strafe erfordert. Deshalb kann der Große Orm seine ganze Aufmerksamkeit auf mich konzentrieren.«

»Ich werde dem Brief einen entsprechenden Hinweis hinzufügen«, versicherte Teppic.

»Glaubst du, der Große Orm erscheint heute nacht?« fragte Arthur nervös.

»Ich bezweifle es. Um ganz sicher zu gehen, spreche ich mit meinem Vater. Er wird dem Großen Orm sagen, daß er in der Unteren Hölle bleiben kann.«

Am anderen Ende des Schlafsaals kniete Schelter auf Käseweiß' Rücken und stieß den Kopf des rothaarigen Jungen immer wieder an die Wand.

»Sag es noch einmal!« befahl er. »Worauf wartest du noch? ›Wer genug Mut hat …‹«

»›Wer genug Mut hat, seine Gebete in Gegenwart …‹ Ich verfluche dich, du verdammter …«

»Ich kann dich nicht hören, Käseweiß«, sagte Schelter.

»›… in Gegenwart der Schulkameraden zu sprechen, ist ein ganzer Mann.‹«

»Genau. Vergiß es nicht.«

Als das Licht gelöscht wurde, streckte sich Teppic erneut auf der Matratze aus und dachte über Religion nach. Zweifellos ein recht schwieriges und komplexes Thema.

Im Djel-Tal gab es viele Götter, die in keiner Beziehung zum Rest der Welt standen — darauf waren die Bewohner des Alten Königreichs sehr stolz. Es handelte sich um weise und gerechte Götter, die das Leben der Menschen mit klugem Weitblick bestimmten. Völlig klar. Trotzdem ergaben sich einige Fragen.

Teppic wußte zum Beispiel, daß sein Vater die Sonne aufgehen ließ und auch für regelmäßige Überschwemmungen sorgte. Eine elementare Erkenntnis. Seit Khufts Lebzeiten kümmerten sich die Pharaonen um solche Dinge — man konnte sie jetzt nicht einfach in Frage stellen. Andererseits: Ließ Teppicymon XXVII. die Sonne nur im Flußtal aufgehen oder auch in anderen Regionen der Scheibenwelt? Wahrscheinlich beschränkte sich Vater darauf, die Sonne nur im Tal aus ihrer Nachtruhe zu wecken — immerhin wurde er nicht jünger. Die Vorstellung, daß die Sonne überall aufging und *nicht* in Djelibeby, erschien Teppic absurd, und daraus ergab sich eine ebenso verwirrende wie plausible Schlußfolgerung: Vermutlich ging die Sonne selbst dann auf, wenn der Pharao vergaß, sie zu rufen. Teppic runzelte die Stirn und vertiefte diesen Gedanken. Er mußte zugeben, daß er nie irgendeine Sonnenaufgangs-Zeremonie erlebt hatte. Man sollte eigentlich erwarten, daß der König beim Morgengrauen nach draußen ging, um ein Ritual durchzuführen, aber statt dessen stand er immer erst nach dem Frühstück auf. Und die Sonne kletterte trotzdem am Firmament empor.

Es dauerte eine Weile, bis Teppic einschlief. Im Gegensatz zu Schelter fand er das Bett viel zu weich. Hinzu kamen kalte Luft und ein stockfinsterer Nachthimmel jenseits der Fenster. In Djelibeby waren die Nächte nie finster. Die Entladungsblitze der Pyramiden flackerten gespenstisch, wirkten jedoch gleichzeitig seltsam vertraut und beruhigend, so als wachten die Ahnen über das Tal. Die schwarze Dunkelheit bereitete Teppic Unbehagen ...

Während der nächsten Nacht kam es zu einem weiteren Zwischenfall im Schlafsaal. Ein Junge von der Küste hatte beim Werken einen Bastkäfig gebaut, senkte ihn vorsichtig auf den Schüler im Nebenbett hinab und holte dann Streichhölzer hervor. Er konnte gerade noch daran gehindert werden, den Käfig mitsamt seinem schreienden Inhalt in Brand zu setzen. In der folgenden Nacht hielt ein anderer Knabe den Zeitpunkt für gekommen, einen privaten Gottesdienst zu veranstalten. Schnocksel — er stammte aus einem abgelegenen Ort im Wald — beschmierte sich mit grüner Farbe und suchte nach Freiwilligen, die bereit waren, ihren Darm um einen Baumstamm wickeln zu lassen. Donnerstagabend brach ein regelrechter Krieg zwischen Anhängern der Göttlichen Mutter aus. Die eine Front verehrte ihre Manifestation als Mond; die andere hielt das für Unsinn und vertrat den Standpunkt, der Mond sei nur ein Trick, um Leichtgläubige in die Irre zu führen — in Wirklichkeit sei die Himmelsmama eine enorm dicke Frau mit enorm dickem Hinterteil.

Als die Schlacht begann, hielten die Meister eine Intervention für angebracht. Sie meinten, Religion sei zwar eine gute Sache, aber man könne es auch damit übertreiben.

Teppic war ziemlich sicher, daß Unpünktlichkeit doppelte oder gar dreifache Minuspunkte einbrachte. Wartete Mericet bereits im Turm? *Nein, unmöglich. Ich nehme die direkte Route. Der Prüfer muß also irgendwo hinter mir sein. Und der Steg? Mericet kann ihn nicht vor mir erreicht haben. Das ist völlig ausgeschlossen. Er hat ihn entfernt, bevor wir uns begegneten, und er begab sich aufs Dach, während ich die Mauer erkletterte, das Fenster öffnete und ...* Teppic drehte diese Überlegungen mehrmals hin und her, betrachtete sie von allen Seiten, aber es gelang ihm nicht, sich von ihnen überzeugen zu lassen.

Er eilte am Dachrand entlang, hielt nach lockeren Schindeln und dünnen Drähten Ausschau. Seine Phantasie stattete jeden Schatten mit lauernden Gestalten aus.

Vor ihm ragte der Gongturm in die Höhe. Teppic blieb stehen und betrachtete ihn. Er hatte ihn schon viele Male gesehen und ihn auch erklettert, obwohl der Schwierigkeitsgrad nur 1,8 betrug — abgesehen von der Messingkuppel ganz oben; sie erforderte den Einsatz zuverlässiger Saugnäpfe. Ein vertrautes Wahrzeichen, weiter nichts. Und gerade das gab ihm nun zu denken. Der Turm zeichnete sich vor dem grauen Himmel ab, stellte eine massive Herausforderung dar.

Teppic schlich langsam über das schiefe Dach und näherte sich dem Turm von der Seite. Plötzlich fiel ihm ein, daß die Kuppel seine Initialen trug, auch die Schelters und vieler anderen Schüler. *Sie bleiben auch dann dort oben, wenn ich heute nacht sterbe.* Ein Gedanke, der Trost spendete. Wenn auch nicht sehr viel.

Er entrollte das Seil, holte damit aus und warf es. Das Ankereisen verhakte sich an der Brüstung direkt unter der Kuppel. Teppic zog an dem Seidenstrick, hörte ein leises Klicken auf der anderen Seite und nickte.

Dann atmete er tief durch, stützte sich an einem Schornstein ab und zerrte mit aller Kraft.

Ein Teil der Brüstung löste sich völlig lautlos, kippte und fiel.

Es krachte, als schwerer Stein auf ein Dach weiter unten prallte und über Schindeln rutschte. Kurz darauf erklang ein neuerliches Donnern, diesmal von der Straße her. Ein Hund bellte.

Die Stille kehrte zurück. Dort, wo Teppic eben noch gestanden hatte, bewegte eine leichte Brise die kochende Luft.

Nach einigen Minuten trat der Schüler hinter einem anderen Schornstein hervor, und seine Mundwinkel verzogen sich zu einem grimmigen Lächeln.

Eine der Pflichten des Prüfers bestand darin, fair zu sein. Die Klienten eines Assassinen waren notwendigerweise reich genug, um außerordentlich raffinierten Schutz zu bezahlen. Ein Gildenmitglied mit genügend Ersparnissen konnte es sich sogar leisten, anderen Assassinen Aufträge zu erteilen.[*] Mericet hatte eine lange und sehr erfolgreiche Karriere hinter sich, dabei sicher

---

[*] Es heißt oft, das Leben in Ankh-Morpork sei billig. Das stimmt natürlich nicht. Meistens kostet das Leben viel Geld; nur der *Tod* ist gratis.

eine Menge Geld verdient. Wenn man die Sache aus dieser Perspektive betrachtete, ergaben der verschwundene Steg und die präparierte Brüstung durchaus einen Sinn. Das Gebot der Fairneß hinderte den Prüfer natürlich daran, *direkt* etwas zu unternehmen, aber wenn sich der Schüler von ganz allein umbrachte ...

Teppic schob sich näher an den hohen Turm heran und fand dort ein Abflußrohr. Es überraschte ihn nicht sonderlich festzustellen, daß jemand Allesrutsch auf das Metall geschmiert hatte, und kurz darauf bestätigte sich ein zweiter Verdacht: Seine vorsichtig tastenden Finger berührten vergiftete Nadeln, mit schwarzer Farbe getarnt und im Innern des Rohrs festgeklebt. Mit einer kleinen Zange entfernte er eine und roch daran.

Destillierte *Bläher*-Flüssigkeit. Ziemlich teuer — und sehr wirkungsvoll. Teppic zog eine gläserne Phiole aus der Gürteltasche und sammelte so viele Nadeln wie möglich ein. Dann streifte er die gepanzerten Handschuhe über und begann die Kletterpartie mit der Geschwindigkeit eines trägen Faultiers.

»Nun, wenn ihr durch die Stadt unterwegs seid und eurer Arbeit nachgeht, könnte es durchaus passieren, daß es zu Meinungsverschiedenheiten mit anderen Angehörigen der Gilde kommt. Selbst Konfrontationen zwischen den hier Anwesenden wären denkbar. So etwas läßt sich nicht immer *was machst du da Schelter nein sei still ich will es gar nicht wissen komm nach dem Unterricht zu mir* vermeiden. Jeder Assassine hat das Recht, sich nach bestem Wissen zu verteidigen. Aber es gibt einige Feinde, die euch ständig folgen und auf die ihr nur schlecht vorbereitet seid *wie heißen Sie Käseweiß?*«

Mericet wandte sich ruckartig von der Tafel ab, wirbelte so plötzlich herum wie ein Geier, der gerade ein Todesröcheln gehört hat. Er richtete seinen Kreidestift auf Käseweiß, der erschrocken schluckte.

»Diebe, Herr?« brachte er hervor.

»Komm her, Junge!«

In den Schlafsälen kursierten Gerüchte darüber, was Mericet in den vergangenen Jahrzehnten mit unaufmerksamen Schülern angestellt hatte. Die hinter vorgehaltener Hand erzählten Geschichten nannten keine Einzelheiten, aber es gelang ihnen problemlos, Entsetzen zu vermitteln. Die Klasse entspannte sich. Für gewöhnlich konzentrierte sich Mericet immer nur auf ein Opfer, und deshalb gab es für die anderen kaum etwas zu befürchten. Sie versuchten, möglichst intelligent und interessiert zu wirken, um nicht den Zorn des Lehrers auf sich zu lenken. Und gleichzeitig genossen sie die Vorstellung. Käseweiß errötete bis zu den Ohrenspitzen, stand auf und stapfte mit zitternden Knien durch den Mittelgang.

Der Meister musterte ihn nachdenklich.

»Nun gut«, sagte er. »Stellen wir uns vor, wie unser *lieber* Käseweiß über hohe, steile Dächer schleicht. Man beachte seine angestrengt lauschenden Ohren, die festen Knie.«

Die Klasse kicherte gehorsam. Käseweiß richtete einen kurzen Blick auf seine Kameraden, grinste dumm und rollte mit den Augen.

»Aber wer sind die düsteren Gestalten, die ihm auf Schritt und Tritt folgen, hm? *Da du das so lustig findest, Teppic... Vielleicht hast du die Güte, Käseweiß aufzuklären.*«

Teppic wurde schlagartig ernst.

Mericets Blick bohrte sich in ihn hinein. *Er ist wie der Hohepriester Dios*, dachte er. *Selbst* Vater *fürchtet sich vor ihm.*

Teppic wußte, wie er reagieren sollte, aber der Trotz errang einen weiteren Sieg über das Pflichtbewußtsein. Er lehnte es ab, sich einschüchtern zu lassen.

»Schlechte Vorbereitung«, sagte er. »Sorglosigkeit. Konzentrationsmangel. Nachlässige Pflege der Werkzeuge. Und natürlich übermäßiges Selbstvertrauen.«

Mericet hielt weiterhin einen stechenden Blick auf ihn gerichtet, aber damit konnte er Teppic nicht beeindrucken. Der Sohn des Pharao hatte mit den Palastkatzen geübt.

Schließlich deuteten die Lippen des Lehrers ein Lächeln an, in dem jeder Humor fehlte. Er warf die Kreide hoch, fing sie wieder auf und sagte: »Teppic hat vollkommen recht. Insbesondere in Hinsicht auf das übermäßige Selbstvertrauen.«

Ein Sims führte zu einem einladendend weit geöffneten Fenster. Öl glänzte darauf, und Teppic nahm sich mehrere Minuten Zeit, um kleine Steigeisen in Mauerrisse zu schrauben, bevor er den Weg fortsetzte.

Direkt neben dem Fenster verharrte er und zog mehrere Metallstäbe hinter dem Gürtel hervor. Sie waren mit Gewinden versehen, und innerhalb weniger Sekunden entstand ein fast hundert Zentimeter langer Stab, an dem der Schüler einen Spiegel befestigte.

In dem dunklen Zimmer rührte sich nichts. Nach einer Weile zog Teppic den Stab zurück, verstaute den Spiegel wieder und ersetzte ihn mit seiner von Handschuhen beschwerten Kapuze. Als er den Stab noch einmal hob, mußte der Eindruck entstehen, als komme ein Kopf zum Vorschein. Der Junge rechnete damals, das leise Zischen eines heranrasenden Pfeils oder Armbrustbolzens zu hören, aber nichts dergleichen geschah.

Trotz der warmen Nacht fröstelte er. Schwarzer Samt sah recht gut aus, aber damit erschöpften sich seine Vorteile auch schon. Aufregung und Anstrengung führten dazu, daß Teppic mehrere Liter Schweiß mit sich trug.

Er kroch noch etwas näher heran.

Ein dünner schwarzer Draht spannte sich auf dem kleinen Vorsprung, und an dem Schiebefenster darüber hatte jemand ein Sägemesser befestigt. Teppic atmete erleichtert auf. Er verwendete einige Blockierkeile, schnitt dann den Draht durch. Die obere Fensterhälfte kam einen Zoll weit herab, knirschte und verharrte. Der Schüler lächelte zufrieden.

Er verlängerte den Stab, hielt ihn ins Zimmer und strich über den Boden. Nirgends ein Hindernis. Als er einen zweiten Draht in Brusthöhe entdeckte, zog er den Stab zurück, befestigte einen Haken an der Spitze, streckte ihn noch einmal durchs Fenster und zog.

Eine Armbrust entlud sich, und der stählerne Bolzen schlug alten Mörtel von der Wand.

Der Haken am Ende des Stabes wich einem Lehmklumpen, und damit fand Teppic mehrere Fußangeln auf dem Boden. Er betrachtete sie voller Interesse und stellte fest, daß sie aus Kupfer bestanden. Wenn er den üblichen Magneten benutzt hätte, wäre er nicht darauf aufmerksam geworden.

Er überlegte eine Zeitlang. Seine Gürteltasche beinhaltete auch sogenannte Pfaffen. Unter normalen Umständen stellten sie nur eine Behinderung dar, und außerdem war es mit ihnen kaum möglich, sich lautlos in einem Zimmer zu bewegen. Aber Teppic zog sie trotzdem an. (Pfaffen sind mit Metall verstärkte Überschuhe. Sie schützen die Sohlen. Das ist ein Assassinen-Witz.) Mericet liebte es, Gift zu verwenden. Bläher! Wenn er die Fußangeln damit behandelt hatte, und wenn Teppic dumm genug gewesen wäre, mit einem normalen Stiefel auf solche Stacheln zu treten ... In dem Fall konnte man auf eine Beerdigung verzichten; es genügte, die Wände zu streichen.*

Die Regeln. Mericet mußte sich an die Regeln halten.

---

* Die Substanz ›Bläher‹ wird von dem Tiefseefisch *Singularis minutia gigantica* gewonnen, der Feinde abwehrt, indem er sich auf das Vielfache seiner Größe aufbläht. Bei Menschen besteht die Wirkung darin, daß jede einzelne Körperzelle versucht, sich auf etwa das Zweitausendfache auszudehnen. Das Ergebnis ist unausweichlich fatal und sehr laut.

Er konnte nicht einfach töten, ohne jede Vorwarnung. Er durfte den Schüler nur dazu verleiten, sich selbst umzubringen, mit Sorglosigkeit und übermäßigem Selbstvertrauen.

Teppic kletterte durchs Fenster, sank zu Boden und wartete, bis sich seine Augen an die Dunkelheit gewöhnten. Mehrmals bewegte er den Stab hin und her, doch offenbar gab es keine weiteren Drähte. Es knirschte leise, als der rechte Pfaffe eine Fußangel zermalmte.

»Laß dir ruhig Zeit!«

Mericet stand in einer Ecke, und Teppic hörte das leise Kratzen eines Schreibstifts auf Papier, als der Prüfer etwas notierte. Er versuchte, alle Gedanken an den alten Assassinen aus seinem bewußten Ich zu verdrängen. Konzentration war gefragt.

Jemand lag auf dem Bett, vollkommen zugedeckt.

Die letzte Prüfung. In diesem Zimmer entschied sich alles. Wer bestanden hatte, schwieg sich darüber aus. Und wer versagte, bekam keine Gelegenheit, irgendwelche Fragen zu beantworten.

Teppic erstellte eine mentale Optionsliste. Bei solchen Gelegenheiten ist göttlicher Rat willkommen. *Hörst du mich, Vater?*

Er beneidete seine Mitschüler, die an immaterielle Götter glaubten, an heilige Entitäten, deren Domizil sich auf hohen Bergen oder so befand. Es fiel nicht weiter schwer, an solche Götter zu *glauben*. Aber wenn man einen Gott jeden Morgen beim Frühstück sah, stellte sich ein gewisser Gewöhnungseffekt ein.

Teppic holte einige Objekte hervor und schraubte die geschmierten Einzelteil einer Armbrust zusammen. Diese Waffe verwendete er nicht gern, aber er hatte keine Messer mehr, und seine Lippen waren zu trocken, um das Blasrohr zu benutzen.

In der Ecke klickte etwas. Mericet klopfte mit seinem Schreibstift an die Zähne.

Vielleicht lag eine Puppe unter der Decke. Durchaus möglich. In Gedanken schüttelte Teppic den Kopf. Nein, es mußte ein Mensch sein. Ein *lebender* Mensch. Die Gerüchte in der Schule ... Der Junge überlegte, ob er noch einmal den Stab benutzten sollte. Ein kleiner Stoß genügte sicher, um Aufschluß zu gewinnen.

Langsam hob er die Armbrust und zielte.

»Wenn du soweit bist ...«, sagte Mericet.

Die letzte und wichtigste aller Prüfungen.

Sie sollte zeigen, ob der Schüler in der Lage war, jemanden zu töten.

Teppic hatte die ganze Zeit über versucht, eine wichtige Erkenntnis aus sich zu verdrängen.

Er konnte niemanden umbringen.

Am Oktatag stand Politische Zweckdienlichkeit auf dem Stundenplan. Der Lehrer hieß Lady T'malia und war eine Lehre*rin* — eine der wenigen Frauen, die in der Gilde einen hohen Rang bekleideten. In den Ländern am Runden Meer vertrat man gemeinhin die Ansicht, daß man seine Lebenserwartung erhöhte, wenn man darauf verzichtete, Ihrer Ladyschaft beim Essen Gesellschaft zu leisten. Die Ringe der linken Hand enthielten genug Gift, um alle Einwohner einer kleinen Stadt zu inhumieren. T'malia zeichnete sich durch jene Art von kalkulierter Schönheit aus, die jeden Morgen nach dem Aufstehen drei Stunden harte Arbeit und die kompetente Hilfe von begabten Künstlern, Handpflegern, Stukkateuren, Mieder-Designern und diversen Make-up-Spezialisten erfordert. Wahrscheinlich mußte ab und zu auch ein Architekt eingreifen. Das Korsett soll hier nicht unerwähnt bleiben: Wenn sich die Unterweiserin bewegte, hörte man das leise Knacken von Fischbeinstäben, die großem Druck standhalten mußten.

Die Jungen lernten. Wenn T'malia sprach, beobachteten die Schüler nicht etwa ihre Figur. Nein, sie behielten ihre Finger im Auge.

»Beschäftigen wir uns einmal mit der Situation vor der Gründung unserer Gilde«, schlug Ihre Ladyschaft vor. »Sowohl in dieser Stadt als auch an vielen anderen Orten wird der Fortschritt von den dynamischen Interaktionen zwischen großen und sehr mächtigen Kartellen bestimmt.

Bevor die Gilde der Assassinen existierte, führten die Aktivitäten der einzelnen Konsortien immer wieder zu bedauerlichen Kontroversen, die man mit einem eklatanten Mangel an Objektivität aus der Welt zu schaffen versuchte. So etwas ließ sich in keiner Weise mit den Interessen der Allgemeinheit vereinbaren. Um es anders auszudrücken: Damals herrschten Disharmonie und permanente Ungewißheit.

Und doch. Und doch.« T'malia preßte die Hände an die Brust. Irgend etwas knirschte, und es klang so, als ächzten die Decksplanken einer Galeone im Sturm.

»Die historischen Gegebenheiten verlangten ebenso wirkungsvolle wie verantwortungsbewußte Maßnahmen, um das Unschlichtbare zu schlichten«, fuhr die Lehrerin fort. »Dadurch entstanden die Grundlagen der Gilde. Unsere Ahnen hatten wirklich *Glück*«, — der plötzlich schrille Klang ihrer Stimme weckte einige Schüler aus sehr privaten Überlegungen —, »in einer solchen Epoche zu leben. Damals hoben beherzte, unerschrockene Männer das Banner einer festen, prinzipienreichen Moral und schmiedeten das ultimate politische Schwert, das *nicht* für den Krieg bestimmt war. Welches *Glück* ist es für euch, in einer Gilde zur Schule zu gehen, die so hohe Ansprüche an Benehmen, Umgangsformen und esoterisches Geschick stellt, die euch eine Macht gibt, wie sie einst nur den Göttern zustand. O ja, die Welt ist das Opfer eurer Wahl ...«

Während der Mittagspause begaben sich einige Jungen zu den Ställen, und Schelter übersetzte die kompliziertesten Ausführungen Ihrer Ladyschaft.

»Ich weiß, was ›mit einem eklatanten Mangel an Objektivität aus der Welt schaffen‹ bedeutet«, sagte Käseweiß stolz. »Es bedeutet, daß man die Leute mit einer Axt inhumierte.«

»Unsinn«, widersprach Schelter.

»Du hast die Weisheit mit Löffeln gefressen, was?«

»Mit Messer und Gabel«, erklärte Schelter und fügte würdevoll hinzu: »Meine Familie ist schon seit vielen Jahren im Geschäft.«

Käseweiß schnaufte abfällig. »Im *Geschäft*. Pah!«

Schelter ließ sich nie darüber aus, um welches Geschäft es sich handelte. Offenbar ging es darum, gewisse Dinge zu bewegen und Bedürfnisse zu befriedigen. Aber es blieb ein Geheimnis, welche Dinge und Bedürfnisse auf Bewegung und Befriedigung warteten.

Schelter versetzte Käseweiß eine kameradschaftliche Ohrfeige und erläuterte, daß ›mit einem eklatanten Mangel an Objektivität aus der Welt schaffen‹ nicht nur eine besonders gründliche Inhumierung bedeutete. Seiner Ansicht nach war damit gemeint, auch die Kollegen, Partner und Angestellten der betreffenden Person an den ›wirkungsvollen sowie verantwortungsbewußten Maßnahmen‹ teilhaben zu lassen. Vermutlich durften nicht einmal die entsprechenden Geschäftsräume, das Gebäude und ein großer Teil der unmittelbaren Nachbarschaft verschont bleiben — um zu zeigen, daß sich das Opfer den Zorn von Leuten zugezogen hatte, in deren Vokabular das Wort ›Erbarmen‹ fehlte.

»Donnerwetter!« entfuhr es Arthur.

»Oh, das ist noch gar nichts«, sagte Schelter. »Ich erinnere mich da an einen Silvesterabend ... Mein Großvater und seine Buchhalter besuchten eine außerordentlich wichtige Geschäftskonferenz, an der auch die Repräsentanten eines mittwärtigen Unternehmens teilnahmen. Fünfzehn Personen verschwanden einfach. Ihre Leichen wurden nie gefunden. Tja, eine unangenehme Sache. Bringt Unruhe in die Geschäftswelt.«

»In die ganze Geschäftswelt oder nur in den Teil, der

mit dem Gesicht nach unten im Fluß schwimmt?« fragte Teppic

»Genau darum geht's. Die Gilde ist wirklich besser.« Schelter dachte kurz nach. »Ich meine, sie löst Probleme auf eine *saubere* Art und Weise. Deshalb gab mir mein Vater den Rat, die Gildenschule zu besuchen. weißt du, heutzutage muß man sich ums *Geschäft* kümmern. Man kann nicht die ganze Zeit mit Public Relations verplempern.«

Das Ende der Armbrust zitterte.

Alles andere an der Schule gefiel Teppic recht gut: das Klettern, der Musikunterricht, die allgemeine Bildung. Es belastete ihn nur, daß man irgendwann jemanden umbringen mußte. Er hatte noch nie einen lebenden Menschen getötet.

Jetzt ist es soweit, dachte er bestürzt. *Hier und jetzt stellt sich heraus, ob ich in der Lage bin, jemanden zu inhumieren. Oh, warum kann man keine Assassine sein, ohne seine Mitmenschen ins Jenseits zu schicken?*

Und: *Wenn du versagst, Teppic, bist du erledigt.* Dann ein beruhigender Gedanke: *Wenigstens endest du nicht in einer Pyramide.*

Mericet stand nach wie vor in der Ecke und summte leise vor sich hin.

Für ihre Lizenz mußte die Gilde gewisse Anforderungen an die Mitglieder stellen. Sie vermied es, sorglose, halbherzige und inkompetente Assassinen aufzunehmen. Man begegnete *nie* jemandem, der beim letzten Test durchfiel.

Solche Schüler verschwanden einfach. Lösten sich in Luft auf. Oder auch nicht. Vielleicht lag einer von ihnen auf dem Bett. Wer? Schelter? Schnocksel? Einer der anderen Jungen? Für sie alle fand in dieser Nacht die Abschlußprüfung statt. *Und wenn ich es nicht schaffe, den Abzug zu betätigen ... Dann stopft Mericet mich unter die Decke.*

Teppic versuchte, einen sehr widerspenstigen Zeigefinger zu krümmen.

»Ähem«, räusperte sich der Prüfer.

Teppics Kehle war völlig trocken. Panik quoll wie das Abendessen eines Betrunkenen in ihm empor.

Seine Zähne wollten klappern. Der Rücken gefror. Die Kleidung — klamme, durchgeschwitzte Stoffetzen. Die Zeit dehnte sich wie ein Gummiband.

Nein. Er brachte es nicht fertig. Die plötzliche Entscheidung traf ihn mit der Wucht eines Ziegelsteins, der durch eine dunkle Gasse flog, und sie war fast ebenso überraschend. Teppic verspürte keinen Haß auf die Gilde, und er brachte Mericet kaum mehr als eine gelinde Antipathie entgegen. Aber es gehörte sich nicht, jemanden auf diese Art zu prüfen. Es war einfach nicht richtig.

Er beschloß durchzufallen. Es mochte interessant sein, die Reaktion des alten Assassinen zu beobachten.

Ich werde würdevoll versagen, dachte Teppic.

Er wandte sich Mericet zu, blickte ruhig in die Augen des Prüfers, neigte die Armbrust nach rechts und drückte ab.

Ein leises, metallenes Pochen erklang.

Gefolgt von einem Klicken, als der Bolzen an einem Nagel im Fensterbrett abprallte. Das Geschoß sauste über den geduckten Mericet hinweg, traf einen Fackelhalter an der Wand und raste mit dem Fauchen einer übergeschnappten Katze an Teppics Gesicht vorbei.

Das Pochen wiederholte sich, aber diesmal hatte es eine andere Ursache: Der Bolzen bohrte sich in die Decke.

»Danke«, sagte Mericet. »Bitte hab ein wenig Geduld.«

Mericet blickte auf das Klemmbrett herab, und seine Lippen bewegten sich lautlos.

Er griff nach dem Stift, der an einer fransigen Schnur baumelte, notierte etwas auf rosarotem Papier.

»Ich bitte dich nicht darum, mir das Blatt aus der

Hand zu nehmen«, sagte er. »Wir wollen schließlich kein Risiko eingehen, oder? Ich lasse es auf dem Tisch an der Tür zurück.«

Der Prüfer lächelte. Es war kein besonders freundliches Lächeln. Es wirkte dünn und ausgetrocknet, als sei die Wärme schon vor langer Zeit herausgekocht worden. Normalerweise erwartete man ein solches Lächeln von Leuten, die seit zwei Jahren tot in einer besonders heißen Wüste lagen. Nun, wenigstens gab sich Mericet Mühe.

Teppic blieb stocksteif stehen. »Ich habe bestanden?« fragte er.

»Das scheint der Fall zu sein.«

»Aber ...«

»Du weißt sicher, daß es mir nicht gestattet ist, die Prüfung mit Schülern zu erörtern. Doch folgende Bemerkung dürfte zulässig sein: Ich halte nichts von diesen modernen Abprall-Techniken.« Damit verließ Mericet das Zimmer.

Teppic wankte zu dem kleinen, staubigen Tisch an der Tür und starrte entsetzt auf das Blatt herab. Aus reiner Angewohnheit holte er eine Zange hervor, und damit hob er das Dokument.

Es schien völlig echt und authentisch zu sein. Teppic betrachtete das Gildensiegel und den krakeligen Schnörkel von Mericets Unterschrift. Er hatte ihn oft genug gesehen, meistens unter Aufsätzen, neben Hinweisen wie *Orrttograffie miehserabel. Erwahrte dich zu ainem persöhnlichen Geschpräch.*

Teppic trat ans Bett heran und zog die Decke zurück.

Es war fast ein Uhr morgens, doch in Ankh-Morpork begann gerade erst der Abend.

Auf den Dächern der Stadt, im Reich der Diebe und Assassinen, herrschte Dunkelheit. Aber unten in den Straßen ging es zu wie an einem verkaufsoffenen Samstag, der mit vielen Sonderangeboten lockte.

Teppic wanderte geistesabwesend und benommen durch die Menge. Wer eine derartige Verhaltensweise offenbarte, buchte für gewöhnlich eine Reise zum schlammigen Grund des Flusses, aber der Sohn des Pharao trug schwarze Assassinen-Kleidung, und dieser Umstand bewirkte eine erstaunliche Kausalität: Vor ihm bildete sich eine Lücke im Gedränge, und hinter ihm schloß sie sich wieder. Selbst Taschendiebe hielten sich von ihm fern — man konnte nie wissen, was der Mantel eines Meuchelmörders enthielt. Teppic wanderte ziellos durchs Tor des Gildenhauses, wählte als Sitzplatz eine schwarze Marmorbank und stützte das Kinn auf die Hände.

Er fand sich plötzlich in einer Sackgasse seines Lebens wieder. Bisher hatte er nicht gewagt zu überlegen, was *nach* der Abschlußprüfung geschehen sollte. In seiner Vorstellung dauerte die Schule ewig.

Jemand berührte ihn an der Schulter. Teppic drehte den Kopf und sah Schelter, der sich neben ihn setzte und wortlos ein rosarotes Blatt hervorholte.

»Gebongt«, sagte er.

»Du hast ebenfalls bestanden?« fragte Teppic.

Schelter lächelte. »Klar doch«, erwiderte er. »Mein Prüfer hieß Nivor. Absolut kein Problem. Nur beim Not-Sturz ergaben sich gewisse Schwierigkeiten. Wie ist es dir ergangen?«

»Mir? Oh, es lief alles glatt.« Teppic versuchte, sich wieder unter Kontrolle zu bringen. »So glatt wie... glattes Eis.«

»Was von den anderen gehört?«

»Nein.«

Schelter lehnte sich zurück. »Käseweiß schafft es bestimmt«, sagte er wie beiläufig. »Und auch Arthur. Bei den übrigen bin ich mir nicht ganz so sicher. Ich schlage vor, wir geben ihnen zwanzig Minuten Zeit, einverstanden?«

Teppic schnitt ein kummervolles Gesicht.

»Schelter, ich …«

»Ja?«

»Als es ernst wurde …«

»Ich bin ganz Ohr.«

Teppic starrte aufs Kopfsteinpflaster. »Ach, nichts«, murmelte er.

»Du hattest Glück. Bei der Tour über die Dächer konntest du wenigstens frische Luft atmen. Ich mußte durch die Abwasserkanäle, und anschließend blieb mir nichts anderes übrig, als den Herrenaustatter-Turm aufzusuchen. Um mich umzuziehen.«

»Bei dir war's eine Attrappe, oder?« fragte Teppic.

»Heiliger Himmel, bei dir etwa nicht?«

»Aber man ließ uns im Glauben, es sei eine richtige Person«, klagte Teppic.

»Wirkte ziemlich echt, nicht wahr?«

»*Zu* echt!«

»Tja, was soll's«, sagte Schelter fröhlich. »Wir haben die Abschlußprüfung bestanden. Kein Problem.«

»Aber hast du dich nicht gefragt, wer unter der Dek-ke liegt und warum …«

»Ich hatte nur Angst, die Gestalt zu verfehlen«, gestand Schelter ein. »Und ich dachte mir: Mach dir keine Sorgen, alter Knabe; bestimmt ist es nur eine Puppe.«

»Aber ich …« Teppic unterbrach sich. Sollte er Schelter alles erklären? Nein, das schien keine gute Idee zu sein.

Sein Freund klopfte ihm auf den Rücken.

»Kopf hoch, Junge«, sagte er. »Wir haben's geschafft, Mann!«

Dann hob er die rechte Hand, preßte den Daumen an Zeige- und Mittelfinger — der traditionelle Assassinen-Gruß.

Ein an Zeige- und Mittelfinger gepreßter Daumen … Der hagere Professor Krux, Erster Tutor der Gilde, blickte auf seine Schüler herab.

»Wir *morden* nicht«, sagte er. Der Professor sprach immer sanft, aber seine Stimme klang irgendwie durchdringend und konnte selbst das Heulen eines Orkans übertönen.

»Wir nehmen nicht an *Hinrichtungen* teil. Ebensowenig an *Massakern*. Das *Foltern* — in diesem Punkt könnt ihr ganz sicher sein — überlassen wir anderen. Niemand von uns befleckt sein Gewissen mit Verbrechen der Leidenschaft oder des Hasses. Profitgier ist uns fremd. Wir inhumieren nicht, weil wir Gefallen daran finden oder für eine *Sache* eintreten. Es geht uns keineswegs darum, irgendwelche Voreile zu erringen. Um es noch einmal zu betonen: Derartige Motive sind in höchstem Maße verdächtig. Wenn ihr jemandem ins Gesicht seht, der bereit ist, für eine *Sache* zu töten, so riechen eure Nasen zweifellos den Geruch des Abscheus. Solltet ihr jemals Gelegenheit bekommen, eine flammende Rede zu hören, die einen Heiligen Krieg beschwört, so nehmen eure Ohren gewiß das heisere Krächzen des Unheils wahr, während der Schuppenschwanz des Verhängnisses über die Reinheit der Sprache kratzt.

Nein, wir inhumieren, weil man uns dafür bezahlt.

Und da gerade wir über den Wert des menschlichen Lebens Bescheid wissen, ist es nur angemessen, daß man uns *gut* bezahlt.

Gibt es ein besseres Motiv, das auf jede Heuchelei verzichtet?

Nullus totus ohne monetus. So heißt unser wichtigster Grundsatz. Vergeßt das nicht. Ohne Geld muß niemand dran glauben.«

Professor Krux legte eine kurze Pause ein.

»Und stellt immer eine Quittung aus«, fügte er hinzu.

»Es ist alles in bester Ordnung«, sagte Schelter. Teppic nickte düster. Genau das mochte er so an Schelter: Er hatte die beneidenswerte Fähigkeit, nie ernsthaft über das nachzudenken, was er anstellte.

Eine Gestalt trat zögernd durchs offene Tor.* Das Licht der Fackel im Pförtnerhäuschen fiel auf blondes, lockiges Haar.

»Ihr habt's also geschafft«, sagte Arthur und seufzte erleichtert.

Während der vergangenen sieben Jahre hatte er sich erheblich verändert. Da der Große Orm durch Abwesenheit glänzte und nicht darauf bestand, organischen Tribut für Mangel an Frömmigkeit zu verlangen, gab Arthur schließlich die Angewohnheit auf, sich dauernd seinen Mantel über den Kopf zu ziehen. Seine zierliche Gestalt gab ihm einige berufliche Vorteile in engen Nischen und schmalen Passagen. Die angeborene Tendenz zu kanalisierter Gewalt offenbarte sich, als es Fliemoe ›Achduschreck‹ und einige seiner Kumpel für lustig hielten, die neuen Schüler in einen großen Sack zu stopfen. Sie wollten mit Arthur beginnen. Es erforderte die Kraft aller Jungen im Schlafsaal, den kleinen Knaben zu bändigen und ihm die Reste eines zerschmetterten Stuhls aus den Händen zu ziehen. Später munkelte man, Arthur sei ein Nachkomme Johann Ludorums, der als bester Assassine in der ganzen Gildengeschichte galt. Söhne toter Assassinen bekamen ein Stipendium — extra zu diesem Zweck gab es einen Sozialfonds.

Von Anfang an hatte niemand daran gezweifelt, daß Arthur die Abschlußprüfung bestehen würde. Er brauchte keinen Nachhilfeunterricht, und man gestattete ihm den Umgang mit exotischen Giften. Vielleicht

---

* Das Tor des Gildenhauses wurde nie geschlossen. Angeblich stand es immer offen, weil der Tod nie Feierabend machte, aber hier soll der eigentliche Grund genannt werden: Im Laufe der Jahrhunderte waren die Angeln verrostet, und niemand hatte sich die Mühe gemacht, irgend etwas dagegen zu unternehmen.

blieb er im Gildenhaus, um nach seinem Studium wissenschaftliche Arbeit zu leisten.

Die drei jungen Männer warteten, bis die Gongs in der Stadt zweimal schlugen. Das heißt: Jeder einzelne Gong schlug zweimal und schien darauf zu warten, daß die Reihe an ihn kam. Was Uhrwerke betraf, fehlte es der Technologie in Ankh-Morpork an der notwendigen Präzision. Außerdem: Viele Bürger der Stadt stellten sich unter ›Stunden‹ etwas vor, das mit dem Kreditwesen in Zusammenhang stand.

Das *Bong-bong* dauerte eine Zeitlang, und schließlich einigten sich alle Viertel der Metropole darauf, daß es mindestens fünf Minuten nach zwei war. Teppic und seine beiden Begleiter blickten stumm auf ihre Schuhe herab.

»Tja, das wär's«, sagte Schelter.

»Armer Käseweiß«, murmelte Arthur. »Eine tragische Sache, wenn man genauer darüber nachdenkt.«

»In der Tat«, bestätigte Schelter. »Er schuldet mir noch einen AM-Dollar. Nun, wir sollten jetzt aufbrechen. Ich habe eine Überraschung für uns vorbereitet.«

Pharao Teppicymon XXVII. kletterte aus dem Bett und preßte sich die Hände auf die Ohren, um das Rauschen des Meeres nicht mehr zu hören. In dieser Nacht war es lauter als sonst.

Das Donnern der Brandung nahm immer zu, wenn er die Gedanken treiben ließ. Er brauchte irgend etwas, um sich abzulenken. Eine Zeitlang überlegte er, ob er Ptraci rufen sollte, sein Lieblings-Dienstmädchen. Sie stellte wirklich etwas *Besonderes* dar. Ihr Gesang stimmte den Pharao immer fröhlich. Wenn sie verstummte, schien die ganze Welt heiterer zu sein.

Oder der Sonnenaufgang. Er bot immer einen angenehmen Anblick. Teppicymon saß gern auf dem höchsten aller Palastdächer, in eine warme Decke gehüllt. Von dort aus beobachtete er, wie sich der Nebel über dem Fluß lichtete und goldener Glanz über die Landschaft strömte. Dann hatte er immer das angenehme Gefühl, erneut gute Arbeit geleistet zu haben. Obgleich er noch immer nicht genau wußte, worauf es bei einem ordentlichen Sonnenaufgang ankam ...

Seine Majestät trat in die Pantoffeln, verließ das königliche Schlafzimmer und stapfte durch den breiten Flur, der zur hohen Wendeltreppe führte. Der Schein einiger aus Binsen und Talg hergestellter Kerzen fiel auf die Statuen anderer lokaler Götter. Die Bildnisse an den Wänden zeigten Gestalten mit Hundeköpfen, Fischleibern und Spinnenarmen. Sie boten Teppicymon einen vertrauten Anblick. Ohne die entsetzlichen Darstellungen wären die Alpträume seiner Kindheit nicht annähernd so lebhaft gewesen.

Das Meer. Er hatte es nur einmal gesehen, als Knabe. Er erinnerte sich nicht an Einzelheiten, nur an die Größe. Und das Rauschen. Und die Möwen.

Die Möwen ließen ihn nicht zur Ruhe kommen. Sie schienen es weitaus besser zu haben als Menschen. Teppicymon hoffte, eines Tages als Möwe aus dem Jenseits zurückzukehren, aber solche Optionen standen einem Pharao leider nicht offen. Pharaonen kehrten nie zurück, und dafür gab es einen guten Grund: Sie *gingen* erst gar nicht. Sie blieben *hier*.

»Was *ist* das?« fragte Teppic skeptisch.

»Probier's mal«, erwiderte Schelter. »Schieb's einfach in den Mund. Eine solche Chance bekommst du nie wieder.«

»Scheint viel zu schade zu sein, mit dem Besteck darin herumzuwerkeln«, sagte Arthur vorsichtig und betrachtete seinen Teller. Seltsame Objekte bildeten ein interessantes Muster darauf. »Was hat es mit den roten Dingern auf sich?«

»Ankh-Morpork-Rettich«, sagte Schelter und winkte ab. »Nur eine Beilage. Na, worauf wartet ihr noch?«

Teppic griff nach der hölzernen Gabel und spitzte einen dünnen weißen Fischstreifen auf. Der Chefkoch des *Heiß Und Fettig* beobachtete ihn mit jener Art von Argwohn, die man einem unangenehm riechenden Kleinkind entgegenbringt. Er schien nicht die geringste Absicht zu haben, die metaphorischen Windeln zu wechseln, und den übrigen Gästen des Restaurants erging es ebenso.

Teppic kaute vorsichtig, schmeckte etwas Gummiartiges, das man für gewöhnlich in einem verstopften Abflußrohr vermutete.

»Na?« fragte Schelter gespannt. Einige Speisende an den Nebentischen klatschten.

»Nicht übel«, log Teppic. »Was ist es?«

»Tiefsee-Blähfisch«, sagte Schelter.

»Sei unbesorgt«, fügte er hastig hinzu, als Teppic mit bedeutungsvoller Miene die Gabel sinken ließ. »Es droht nicht die geringste Gefahr, wenn man Magen, Leber und alle Teile des Verdauungstrakts entfernt, darum kostet es so viel, weißt du, es gibt keinen zweitbesten Blähfisch-Koch, es ist die teuerste kulinarische Spezialität auf der ganzen Scheibenwelt, Poeten verfassen Gedichte darüber ...«

»Wahrscheinlich *vor* der Mahlzeit«, murmelte Teppic und faßte sich wieder. Offenbar war das Essen mit der absolut notwendigen Sorgfalt zubereitet worden, denn er saß noch immer auf seinem Stuhl und klebte nicht etwa an der Wand. Mißtrauisch beäugte er das geschnittene Gemüse, das den Rest des Tellers beanspruchte.

»Ich nehme an, das Zeug hier hat's ebenfalls in sich, oder?« fragte er.

»Nun, wenn man es nicht sechs Wochen lang einweicht und anschließend mit Allesgiftweg behandelt, könnte es mit der Magensäure reagieren, was ziemlich dramatische Folgen hätte«, sagte Schelter. »Tut mir leid. Ich dachte, wir sollten die bestandene Prüfung mit einer möglichst kostspieligen Mahlzeit feiern.«

»Ich verstehe. Bratwurst und Kartoffelsalat *für Männer*«, kommentierte Teppic.

»Stehen auch Gewürzgurken auf der Speisekarte?« erkundigte sich Arthur mit vollem Mund. »He, ich gäbe ein Königreich für leckeres Erbsenmus.«

»Ich nicht«, sagte Teppic.

Wenigstens der Wein war gut. Obgleich er ein wenig in der Kehle brannte. Es handelte sich nicht um einen erlesenen Jahrgang, aber er erklärte, warum Teppic den ganzen Tag an Kopfschmerzen gelitten hatte.

In diesem besonderen Fall bekam man den Kater *vorher*. Schelter bestellte vier Flaschen, die gewöhnlichen Weißwein enthielten. Er war deshalb so unerhört teuer, weil man die Trauben noch nicht geerntet hatte.[*]

Auf der Scheibenwelt ist das Licht langsam und träge. Es hat nicht die geringste Eile, irgendeinen Ort zu erreichen. Warum auch? Bei Lichtgeschwindigkeit befindet sich alles an der gleichen Stelle.

Pharao Teppicymon XXVII. beobachtete, wie die goldene Scheibe der Sonne hinter dem Horizont hervorkroch. Einige Kraniche glitten durch den Dunst.

Kummer prickelte in dem Monarchen. Niemand hatte ihm erklärt, *wie* man die Sonne aufgehen, den Fluß über die Ufer treten und das Korn reifen ließ. Wahrscheinlich hielt man es nicht für erforderlich, ihm ein entsprechendes Handbuch zu geben. Immerhin war er

---

[*] Sogenannter Umgekehrter Wein wird aus Trauben hergestellt, die zu der recht exotischen Spezies reannueller Pflanzen gehören, für deren Wachstum starke magische Felder erforderlich sind. Normale Pflanzen gedeihen, nachdem man die Saat ausgebracht hat. Bei den reannuellen Sorten ist es genau *umgekehrt*. Wer reannuellen Wein genießt, wird auf ganz gewöhnliche Weise betrunken, aber das Verdauungssystem reagiert eher sonderbar auf die Äthanol-Moleküle, was zu einem bemerkenswerten Phänomen führt: Der Katzenjammer wird um einige Stunden in die Vergangenheit versetzt, und deshalb hat man Kopfschmerzen, bevor man einen einzigen Tropfen getrunken hat. Daher die Redensart: den Kater in Alkohol ersäufen.

ein *Gott*, und Götter wußten Bescheid. So hieß es. So sollte es sein. Aber der Pharao hatte nicht die geringste Ahnung, worauf es bei seinen göttlichen Pflichten ankam. Jeden Morgen stand er mit der Hoffnung auf, daß alles reibungslos klappte, und das schien den Ausschlag zu geben. Das Problem war nur: Wenn es einmal *nicht* klappte, blieb ihm der Grund dafür ein Rätsel. Ab und zu träumte er von einem Hohenpriester Dios, der ihn des Nachts aus dem Bett holte und meinte, es hätte längst ein neuer Tag beginnen müssen. In seinen Schreckensvisionen sah Teppicymon einen schwarzen, sternenbesetzten Himmel, einen Palast, in dem alle Fackeln brannten. Draußen auf dem großen *dunklen* Platz standen Tausende von braven Bürgern, starrten ihn erwartungsvoll an.

Und er konnte nur sagen: »Tja, äh ...«

Diese Vorstellung entsetzte ihn. Man denke nur daran, daß der Fluß langsam zufror, daß ewiger Frost die Palmen heimsuchte, daß ihre in der Kälte erstarrten Blätter abfielen und auf dem Boden zersplitterten. Und überall lagen erfrorene Vögel.

Ein Schatten kroch heran. Der Pharao hob den Kopf, und durch einen dichten Tränenschleier beobachtete er den leeren Horizont. Eine königliche Kinnlade klappte voller Grauen herunter.

Teppicymon stand auf, warf die Decke beiseite und hob beschwörend beide Arme. Doch die Sonne kehrte nicht zurück. *Ich bin ein Gott*, dachte er. *Dies ist mein Job. Es ist meine Aufgabe, die Nacht rechtzeitig zu beenden. Und jetzt habe ich versagt. O Gott!*

Er hörte bereits die zornigen Stimmen seines Volkes, ein Donnern, das ihm entgegenflutete, immer lauter wurde und kurz darauf einen vertrauten Rhythmus bekam. Schließlich übte es keinen Druck mehr aus, sondern zog ihn mit sich, in Richtung einer nassen blauen Wüste, über der immer die Sonne schien. Schlanke Leiber kreisten am Himmel und krächzten leise.

Teppicymon stieg auf die Zehenspitzen, neigte den Kopf zurück, breitete die Schwingen aus und sprang.

Als er durch die Luft sauste, hörte er ein Pochen hinter sich. Und die Sonne glitt hinter Wolken hervor.

Später hatte der Pharao ausreichend Gelegenheit, verlegen zu sein.

Die drei frischgebackenen Assassinen taumelten langsam durch die Straße, liefen dabei mehrmals Gefahr, das Gleichgewicht zu verlieren und zu fallen. Aber die Schwerkraft drückte immer wieder ein Auge zu. Sie versuchten, das Lied ›Des Zauberers Stab hat einen Knauf‹ zu singen, gaben jedoch nach der zweiten Strophe auf — der Text schien viel zu kompliziert zu sein.

»Es is’ groß un’ rund und wiecht drei ...«, begann Schelter. »He, worauf bin ich gerade getre’n?«

»Hat jemand eine Ahnung, wo wir sind?« fragte Arthur. Seine Stimme klang erstaunlich klar.

»Wir ... wir wollten zum Gildenhaus zurück«, sagte Teppic. »Aber dies ist die falsche Richtung. Vor uns fließt der Fluß. Ich meine, der Strom strömt ... Ich kann ihn riechen.«

Vorsicht klopfte an die vom Alkohol verriegelte Tür hinter Arthurs Stirn.

»Um diese Tageszeit ...«, begann er. »Äh, um diese Nachtzeit könnten sich hier gefährliche L-l ... Loi ... Leute herumtreiben.«

»Ja«, brummte Schelter zufrieden. »Wir. Es schteht auf dem Zertifikat. Esch ischt mit Schnörkel und Siegel bestätigt. Beschtimmt wagt esch niemand, unsch zu beläschtigen.«

»Genau«, pflichtete ihm Teppic bei und lehnte sich an eine nahe Wand. »Wenn uns jemand zu nahe tritt, machen wir ihn fix und fertig, und dann kriegt er noch ’n Tritt obendrein.«

»Genau!«

Sie torkelten über die Messingbrücke.

In den dunklen Schatten der Nacht trieben sich *tat-sächlich* gefährliche Leute herum, und derzeit befanden sie sich knapp zwanzig Schritte hinter Teppic und seinen beiden Gefährten.

Das komplexe System der Verbrecher-Gilden hat keineswegs dazu beigetragen, Ankh-Morporks Sicherheitsprobleme zu lösen. Die Gefahren sind nur wirkungsvoller gestaltet und auf ein Niveau zuverlässiger Regelmäßigkeit gehoben worden. Im Vergleich mit der alten Garde haben die wichtigsten Gilden weitaus mehr Erfolg damit, in der Stadt Ordnung zu schaffen. Um nur ein Beispiel zu nennen: Wenn die Diebesgilde einen freischaffenden Dieb ohne gültige Lizenz findet, so nimmt sie ihn in Gewahrsam, beauftragt einen Sozialarbeiter mit einer genauen Milieu-Analyse und nagelt dem Verhafteten die Knie zusammen, damit es ihm während der Wartezeit nicht zu langweilig wird.[*] Es gibt immer einige abenteuerlustige Gemüter, die ein ereignis- und abwechslungsreiches Leben außerhalb des Gesetzlosen vorziehen, und fünf Männer, die dieser Beschreibung genügten, näherten sich dem Trio. Sie wollten Teppic und seinen Freunden ein schlichtes Angebot unterbreiten, das aus drei Punkten bestand: a) durchgeschnittene Kehle, b) entleerte Taschen und c) ein formloses Flußbegräbnis im Schlamm nach Wahl.

Normalerweise hielten sich andere Leute von Assassinen fern, weil sie instinktiv spürten, daß jemand, der für sehr viel Geld mordet, nicht das Wohlwollen der Götter genießt (die es meistens vorziehen, Seelen für sehr wenig Geld oder gratis zu bekommen). Sie glaubten, so etwas zöge unweigerlich Hybris nach sich, göttlichen Zorn. Nun, die Götter sind große Befürworter der Gerechtigkeit, soweit sie Menschen betrifft; sie ge-

---

[*] Als die Diebesgilde im Jahr Des Heranstürmenden Faultiers einen Generalstreik erklärte, verdoppelte sich die Kriminalitätsquote in der Stadt.

hen damit so großzügig und geradezu verschwenderisch um, daß sich manchmal selbst meilenweit entfernte Personen in Salzsäulen verwandeln.

Es sei jedoch darauf hingewiesen, daß Assassinen-Schwarz nicht immer abschreckende Wirkung hat. In manchen Kreisen gewinnt man besonderes Ansehen, wenn man einen Mörder ermordet, was manchmal zu außergewöhnlichen Kettenreaktionen führen kann, die — wenn es sich um geschlossene Gesellschaften handelt — erst dann enden, wenn nur ein Überlebender übrigbleibt (der dann mit seinem neu erworbenen Ansehen nicht viel anfangen kann).

Die drei jungen Burschen auf der Messingbrücke litten an einer akuten Alkoholvergiftung, und die Gestalten hinter ihnen wollten dafür sorgen, daß sie sich nicht davon erholten.

Schelter stieß gegen eins der heraldischen, aus Holz bestehenden Nilpferde* am seewärtigen Rand der Brücke, prallte ab und beugte sich übers Geländer.

---

* Eine der beiden Legenden** über die Gründung von Ankh-Morpork berichtet folgendes: Die Erbauer der Stadt waren zwei verwaiste Brüder, die von einem Nilpferd gefunden und großgezogen wurden. (Angeblich hieß es *Orijeple*, obgleich einige Historiker behaupten, dabei handele es sich um die fehlerhafte Übersetzung des Wortes *Orejaple*, was im Hippopotamischen ungefähr »He, in der Vitrine dort drüben stehen einige Flaschen vom Guten; sollen wir einen kippen?« bedeutet.) An der seewärtigen Seite der Messingbrücke stehen acht heraldische Nilpferde und blicken in Richtung Meer. Es heißt, sie liefen weg, wenn der Stadt jemals Gefahr drohen sollte.

** Die zweite Legende (sie wird nur selten erzählt) beschreibt uns andere Ereignisse. Die beiden Waisenkinder waren noch nicht verwaist (noch nicht einmal geboren, um ganz genau zu sein), als mehrere kluge Männer eine von den Göttern geschickte Flut überlebten, indem sie ein riesiges Schiff bauten und daran jeweils zwei Exemplare aller damals auf der Scheibenwelt existierenden Spezies unterbrachten. Nach einigen Wochen sammelte sich soviel Dung an, daß das Schiff immer tiefer im Wasser lag. Schließlich konnten die weisen Männer den Gestank nicht mehr ertragen. Sie kippten ihren Kahn zur Seite und nannten die entsprechende Stelle Ankh-Morpork.

»Ich fühle mich schiemlich schlecht«, brachte er hervor.

»Laß es dir besser gehen«, sagte Arthur. »Raus mit dem Zeug. Dazu ist der Fluß schließlich da.«

Teppic seufzte. Er mochte Flüsse, und seiner Ansicht nach sollten sie mit hübschen Seerosen und hungrigen Krokodilen ausgestattet sein. Der Ankh deprimierte ihn immer ein wenig: Wenn man eine Seerose hineinfallen ließ, löste sie sich einfach auf. Der breite Strom entwässerte die schlammigen Ebenen bis hin zu den Spitzhornbergen, und wenn er durch Ankh-Morpork geflossen war (Bevölkerung: eine Million), konnte man ihn nur noch als Fluß bezeichnen, weil er sich etwas schneller bewegte als die Ufer. Ein oder zwei Liter Erbrochenes fügten der zähen Masse wenigstens etwas Flüssigkeit hinzu.

Teppic starrte auf das schmale Rinnsal zwischen den Brückenpfeilern herab, beobachtete dann den grauen Horizont.

»Die Sonne geht auf«, verkündete er.

»Kann mich nich' daran erinnern, *das* gegessen zu haben«, murmelte Schelter.

Teppic wich zurück, und ein Messer sauste dicht an seiner Nasenspitze vorbei, bohrte sich ins breite Hinterteil des nächsten Nilpferds.

Fünf Gestalten erschienen im Dunst. Aus einem Reflex heraus drängten sich die drei jungen Assassinen zusammen.

»Wenn ihr noch näher kommt, erwartet euch eine unangenehm riechende Überraschung«, stöhnte Schelter und preßte sich beide Hände auf die Magengrube. »Die Reinigung eurer Kleidung wird ein Vermögen kosten.«

»Tja, wen haben wir denn hier?« fragte einer der Diebe. Die Umstände schienen eine derartige Bemerkung zu verlangen.

»Diebesgilde, nicht wahr?« entgegnete Arthur.

»Nein«, widersprach der Anführer. »Wir sind die kleine, nicht repräsentative Minderheit, die den Rest in Verruf bringt. Bitte gebt uns eure Waffen und Wertgegenstände. Das ändert natürlich nichts an eurem Schicksal. Wir finden es nur äußerst unangenehm und entwürdigend, Leichen zu berauben.«

»Wie wär's, wenn wir weglaufen?« fragte Teppic leise. Es klang nicht sehr begeistert.

»Das halte ich für keine gute Idee«, flüsterte Arthur. »Es fällt mir schwer genug, auf den Beinen zu bleiben. Derzeit halten meine Füße nicht viel von einem Wettrennen. Sie sind *müde*. Sie möchten nach Hause, ins Bett.«

»Es wird euch wirklich leid tun, wenn ich mich noch einmal übergebe«, sagte Schelter.

»Du solltest statt dessen *aufgeben*«, riet ihm der Anführer und lächelte süffisant.

Teppic dachte an die Wurfmesser in seinen Ärmeln. Welche Chance hatte er, eins zu ziehen und lange genug zu überleben, um es zu werfen? Vermutlich nur eine sehr geringe.

Bei solchen Gelegenheiten ist religiöser Trost recht willkommen. Teppic drehte sich um und blickte zur Sonne, als sie sich hinter einigen Wolken hervorschob.

Genau in ihrer Mitte sah er einen kleinen Punkt.

Der verstorbene Pharao Teppicymon XXVII. öffnete die Augen.

»Ich bin geflogen«, hauchte er. »Ich kann mich deutlich daran erinnern, Schwingen gespürt zu haben. Was mache ich hier?«

Er versuchte aufzustehen. Für einen Sekundenbruchteil fühlte er eine seltsame Schwere, doch die Last wich sofort von ihm, und er kam praktisch mühelos auf die Beine. Verwirrt blickte er zu Boden.

»Ach du meine Güte«, sagte er.

In der Kultur des Alten Königreichs nahmen der Tod

und die Ereignisse danach einen zentralen Platz ein. Das Leben hingegen spielte nur eine untergeordnete Rolle, galt als lästige Einleitung einer wesentlich bedeutsameren Existenzphase. Die meisten Menschen begnügten sich damit, die vielen Jahre vor dem Tod mit Geduld hinzunehmen, aber einige konnten es nicht abwarten und beschleunigten den natürlichen Prozeß, indem sie sich Messer in die Brust stießen oder Gift nahmen. Der Pharao kannte sich mit der Philosophie seiner Heimat gut genug aus, um sofort zu begreifen, daß er gestorben war. Der Anblick seines blutigen Leichnams leistete einen nicht unbeträchtlichen Beitrag zu dieser Erkenntnis.

Alles wirkte sonderbar grau, und die Landschaft erweckte einen gespenstischen Eindruck, als könne er einfach hindurchmarschieren. *Na klar*, dachte Teppicymon. *Wahrscheinlich bin ich tatsächlich dazu imstande.*

Er rieb sich das Analogon seiner Hände. *Ja, jetzt ist es soweit. Jetzt fängt's an, interessant zu werden. Jetzt kann ich endlich richtig* leben.

GUTEN MORGEN, sagte jemand hinter ihm.

Der Pharao drehte sich um.

»Hallo«, antwortete er. »Sie sind vermutlich ...«

ICH BIN DER TOD, sagte Tod.

Teppicymon hob überrascht die Brauen.

»Ich dachte immer, der Tod sähe aus wie ein riesiger, dreiköpfiger Kotkäfer.«

Tod zuckte mit den Achseln. NUN, JETZT WISSEN SIE BESCHEID.

»Was halten Sie da für ein Ding in der Hand?«

DIES HIER? ES IST EINE SENSE.

»Ein höchst seltsames Objekt, finden Sie nicht?« sagte der Pharao. »Ich war fest davon überzeugt, der Tod trüge den Dreschflegel der Gnade und Eine Gerechte Sichel.«

Tod überlegte.

WORIN? fragte er schließlich.

»Wie bitte?«

SPRECHEN WIR NOCH IMMER VON EINEM RIE-
SIGEN KÄFER?

»Oh. In seinen Beißzangen, nehme ich an. Aber ich
glaube, eine der Fresken im Palast zeigt ihn mit Armen.« Der Pharao zögerte. »Wenn ich jetzt genauer
darüber nachdenke, erscheint es mir irgendwie komisch. Ein Käfer mit Armen, meine ich. Und einem Ibis-
kopf, falls mich mein Gedächtnis nicht trügt.«

Tod seufzte. Er stand abseits des Zeitstroms; für ihn
gab es keine Unterschiede zwischen Vergangenheit und
Zukunft. Dennoch erinnerte er sich daran, einmal versucht zu haben, sich seinen Kunden in der von ihnen
gewünschten Gestalt zu zeigen. Allerdings gab es dabei
einige Schwierigkeiten: Er konnte erst dann in Erfahrung bringen, welche Manifestation des Todes ein
Klient erwartete, wenn die entsprechende Person gestorben war. Da ohnehin niemand bewußt damit rechnete, irgendwann das Zeitliche zu segnen, beschloß
Tod, bei der üblichen Tradition zu bleiben. Sein beque-
mes, schwarzes Kapuzengewand hatte den Vorteil,
überall akzeptiert zu werden, wie eine gute Kreditkarte.

»Na schön«, sagte der Pharao. »Ich schlage vor, wir
machen uns jetzt auf den Weg.«

WOHIN?

»Das sollten *Sie* doch wissen, oder?«

ICH BIN NUR HIER, UM DAFÜR ZU SORGEN,
DASS SIE ZUM RICHTIGEN ZEITPUNKT STERBEN.
WAS DANACH GESCHIEHT, LIEGT GANZ BEI IH-
NEN.

»Nun ...« Der Pharao kratzte sich am Kinn. »Wahrscheinlich muß ich warten, bis alle Vorbereitungen und
so abgeschlossen sind. Bis man mich einbalsamiert und
eine verdammte Pyramide gebaut hat. Ich nehme an,
mir bleibt nichts anderes übrig, als mich in Geduld zu
fassen. Äh.«

DA HABEN SIE VERMUTLICH RECHT. Tod

schnippte mit den Fingern, und ein prächtiges weißes Roß, das die ganze Zeit über im Palastgarten gegrast hatte, trabte heran.

»Nun, tja«, erklärte der Pharao. »Ich werde einfach nicht hinsehen. Wissen Sie, zuerst holt man die Weichteile heraus.« Ein Schatten von Sorge fiel auf Teppicymons Gesicht. Was ihm bisher vollkommen vernünftig erschienen war, verdiente nach dem Tod zumindest eine kleine Prise Skepsis.

»Es geht darum, den Körper zu konservieren, so daß er in der Unterwelt ein neues Leben beginnen kann«, fügte er ein wenig verwirrt hinzu. »Und dann wird man mit Binden umwickelt. Wenigstens *das* erscheint logisch.«

Er rieb sich die Nase. »Aber später bringt man Speis und Trank in die Grabkammer. Eigentlich ein bißchen seltsam.«

WO BEFINDEN SICH DIE EINGEWEIDE ZU JENEM ZEITPUNKT?

»Das ist eine weitere komische Sache«, erwiderte der Pharao, und Zweifel vibrierte in seiner Stimme. »Sie liegen in Krügen, und die Krüge stehen im Nebenzimmer. In der Pyramide meines Vaters haben wir sogar ein großes Kutschenmodell untergebracht.«

Die Falten fraßen sich tiefer in Teppicymons Stirn. »Sie wurde mit Blattgold geschmückt. Und sie soll von vier hölzernen Ochsen gezogen werden. Wohin? frage ich mich. Der Ausgang ist mit einem großen und schweren Stein versperrt . . .«

Er versuchte nachzudenken und stellte erstaunt fest, wie leicht es ihm fiel. Neue Ideen strömten in seinen Geist, und sie erwiesen sich als herrlich kühl und klar, standen mit folgenden Phänomenen in Zusammenhang: mit dem Licht, das über Felsen und Sand hinwegschimmerte, mit dem reinen Himmelsblau, mit den mannigfaltigen Möglichkeiten einer Welt, die sich auf allen Seiten erstreckte. Teppicymon besaß jetzt keinen

Körper mehr, der ihn mit profanen Dingen belastete, und deshalb schien die Welt voller Überraschungen zu sein. Unglücklicherweise ergab sich fast sofort eine Schlußfolgerung, die dem Pharao vages Unbehagen bescherte: Was er bisher als wahr und richtig erachtet hatte, war ebenso zuverlässig wie hohes Sumpfgras — man konnte nie wissen, was sich darunter verbarg. Hinzu kam eine andere sehr unangenehme Tatsache. Man würde ihn in einer Pyramide begraben, obwohl er endlich bereit war, die Welt in vollen Zügen zu genießen.

Wenn man stirbt, verliert man zuerst das Leben und dann die Illusionen.

OFFENBAR HABEN SIE EINE MENGE GEDANKENARBEIT ZU LEISTEN, sagte Tod und schwang sich auf sein Pferd. WENN SIE MICH JETZT BITTE ENTSCHULDIGEN WÜRDEN ...

»Einen Augenblick ...«

JA?

»Als ich fiel ... Ich hatte wirklich das Gefühl, wie eine Möwe zu fliegen.«

DER UNSTERBLICHE TEIL VON IHNEN IST GEFLOGEN. SIE SIND JETZT DURCH UND DURCH STERBLICH.

»Sterblich?«

JA. GLAUBEN SIE MIR. ÜBER SOLCHE DINGE WEISS ICH BESCHEID.

»Oh! Nun, ich würde Ihnen gern noch einige Fragen stellen ...«

KANN ICH MIR DENKEN. LEIDER SEHE ICH MICH AUSSERSTANDE, SIE ZU BEANTWORTEN. Tod bohrte knöcherne Hacken in die Flanken des Pferds und verschwand.

Der Pharao drehte sich um, als zwei Diener an der Palastmauer entlangliefen und sich vorsichtig der Leiche näherten.

»Fühlen Sie sich wohl, o strahlender Herr der Sonne?« erkundigte sich der eine.

»Ob ich mich wohl fühle?« entgegnete Teppicymon. Ungewißheit nagte an einigen seiner wichtigsten Annahmen in bezug auf die Struktur des Universums, und so etwas ist nicht dazu geeignet, gute Laune zu schaffen. »Zufälligerweise bin ich derzeit tot. Bemerkenswert, nicht wahr?« fügte er bitter hinzu.

»Können Sie uns hören, o heiliger Bringer des Morgens?« fragte der andere Diener.

»Ich bin gerade dreißig Meter tief gefallen und auf den Kopf geprallt!« rief der Pharao. »Vielleicht sind dabei auch meine Ohren in Mitleidenschaft gezogen worden.«

»Ich glaube, er kann uns *nicht* hören, Jahmet«, sagte der erste Bedienstete.

»He, Lakaien!« donnerte Teppicymon. Es gab da eine außerordentlich bedeutsame Botschaft, die er übermitteln wollte, und die Diener waren so unerhört *frech*, einfach nicht auf ihn zu achten. »Setzt euch mit meinem Sohn in Verbindung und sagt ihm, er soll die Sache mit den Pyramiden vergessen, zumindest so lange, bis ich gründlich darüber nachgedacht habe, ich bin auf einige Dinge aufmerksam geworden, die sich zu widersprechen scheinen, ich meine die Vorbereitungen auf das Leben nach dem Tod und ...«

»Soll ich schreien?« fragte Jahmet.

»Bestimmt kannst du nicht laut *genug* schreien. Ich befürchte, der Pharao ist tot.«

Jahmet blickte auf die langsam steif werdende Leiche herab.

»Verdammter Mist«, sagte er. »Dieser Tag fängt ja gut an. Zumindest der Morgen ist im Eimer.«

Die Sonne wußte natürlich nichts davon an, daß ihr Leuchten einem Abschiedsgruß gleichkam. Völlig gleichgültig und apathisch setzte sie ihren Weg über den Himmel fort. Eine Möwe sauste aus der goldenen Scheibe hervor, flog wesentlich schneller, als es sich für einen Vogel gehörte. Sie raste in Richtung Ankh-Morpork, näherte sich der Messingbrücke und acht reglosen Gestalten, hielt genau auf ein erstaunt blickendes Gesicht zu ...

Möwen waren keine Seltenheit in Ankh-Morpork. Aber als dieses besondere Exemplar über die Gruppe hinwegsegelte, stieß es einen langen kehligen Schrei aus, der drei Diebe dazu veranlaßte, ihre Messer fallen zu lassen. Kein Geschöpf mit Federn wäre imstande gewesen, einen solchen Laut von sich zu geben — er zeichnete sich durch akustische Krallen und Klauen aus.

Der Vogel (bleiben wir bei dieser Bezeichnung) drehte ab, landete auf einem hölzernen Nilpferd und beobachtete die Gestalten aus glühenden roten Pupillen.

Der Chefdieb wandte den faszinierten Blick von der Möwe ab, als Arthur im Plauderton sagte: »Dies ist ein Wurfmesser vom Typ Drei. Für den Umgang mit Wurfmessern habe ich eine Zwei Plus bekommen. Auf welches Auge möchtest du verzichten?«

Der Anführer musterte ihn. Was die beiden anderen jungen Assassinen betraf ... Einer von ihnen starrte noch immer auf den Vogel. Der andere beugte sich übers Geländer und konzentrierte sich darauf, seinen Magen zu entleeren.

»Du bist ganz allein«, sagte er, »und wir sind fünf.«

»Gleich sind nur noch vier übrig«, erwiderte Arthur.

Teppic bewegte sich wie in Trance und streckte dem Vogel die Hand entgegen. Eine normale Möwe hätte sicher die Gelegenheit genutzt, den Daumen abzubeißen, aber *dieses* Geschöpf hüpfte auf den Arm und *nickte* zufrieden.

Die Diebe nahmen das zum Anlaß, unruhig zu werden. Arthurs Lächeln stimmte sie keineswegs zuversichtlicher.

»Ein hübscher Vogel«, sagte der Anführer in dem fröhlichen Tonfall eines Mannes, der seine Besorgnis nicht länger leugnen kann. Teppic streichelte die Möwe geistesabwesend.

»Ich schlage vor, ihr geht jetzt«, sagte Arthur. Der Vogel gurrte leise — es klang irgendwie drohend — und breitete die Flügel aus, um das Gleichgewicht zu wahren. Eigentlich hätte er unbeholfen wirken sollen, aber statt dessen brachte sein Gebaren verborgene Kraft zum Ausdruck, als sei er die Reinkarnation eines Adlers. Die Möwe öffnete den Schnabel, offenbarte eine kleine purpurne Zunge — und gab zu erkennen, daß nicht nur Picknick-Brötchen auf ihrem Speisezettel standen.

»Sicher ein magisches Wesen, wie?« fragte ein Dieb. Einer seiner Kollegen hielt ihm hastig die Hand auf den Mund.

»Nun, es ist schon ziemlich spät«, sagte der Anführer. »Früh, meine ich. Entschuldigt bitte das Mißverständnis ...«

Teppic bedachte ihn mit einem warmen verträumten Lächeln.

Dann hörten sie alle ein beharrliches Zischen. Sechs Köpfe drehten sich; sieben Augenpaare (Schelters befand sich bereits in der richtigen Position) sahen nach unten.

Zwischen den Brückenpfeilern schwoll das Rinnsal des Ankh an, wuchs in die Breite und strömte über ausgedörrten, festgebackenen Schlamm.

Dios, Premierminister und Hoherpriester unter Hohenpriestern, war nicht besonders religiös. Derartige Eigenschaften gereichten einem Hohenpriester eher zum Nachteil; sie beeinträchtigten die Objektivität, konnten sogar dazu führen, daß man *unglaubwürdig* wurde. Ein Hoherpriester, der an die eigenen Predigten glaubte, stellte seine beruflichen Qualifikationen in Frage.

Was keineswegs heißen sollte, daß Dios etwas gegen den Glauben *an sich* hatte. Das Volk mußte von der Existenz göttlicher Entitäten überzeugt sein; andernfalls blieben die Tempel leer, und jeder Priester, der etwas auf sich hielt, verabscheute die Einsamkeit. Ja, Götter waren notwendig. Dios zog es nur vor, daß sie ihn in Ruhe ließen, damit er sich um seine eigenen Angelegenheiten kümmern konnte.

Glücklicherweise hatte ihn die Natur mir allen erforderlichen Dingen ausgestattet. Wenn einem die Gene eine hochgewachsene Gestalt gaben, einen kahlen Kopf und auch noch eine Nase, mit der man Granit pflügen konnte, so verfolgten sie ganz bestimmte Absichten.

Dios' Instinkte mißtrauten Menschen, denen die Religion zu leicht fiel. Derartige Personen neigten zu Wankelmütigkeit, wanderten in der Wüste umher und sahen Visionen — als ob sich die Götter zu so etwas herabließen. Darüber hinaus brachten sie nie etwas zustande. Irgendwann kamen sie auf den Gedanken, Rituale nützten überhaupt nichts. Dios wußte mit jener Art von felsenfester Sicherheit, auf der man ein ganzes Universum errichten konnte, daß die Götter von Djelibeby großen Gefallen an Ritualen fanden. Ein Gott, der keine Rituale mochte, war wie ein wasserscheuer Fisch.

Der Hohepriester saß auf der Treppe vor dem Thron, legte sich den Amtsstab quer über die Knie und gab die Befehle des Pharaos weiter. Der Umstand, daß derzeit überhaupt kein Pharao existierte, der Anweisungen geben konnte, spielte dabei nur eine untergeordnete Rolle. Dios nahm die Pflichten des Premierministers lange genug wahr (er vermied es, an die genaue Anzahl der Jahre zu denken), um zu wissen, welche Befehle ein vernünftiger Pharao erteilte; seine Lippen verkündeten nur königlichen Willen.

Außerdem lag das Antlitz der Sonne auf dem Thron, und nur darauf kam es an. Es handelte sich um eine den ganzen Kopf umhüllende Maske aus massivem Gold, und der amtierende Herrscher trug sie bei öffentlichen Anlässen. Frevler mochten ihre starre Mimik mit der eines Mannes vergleichen, der an Verstopfung litt. Seit Tausenden von Jahren symbolisierte sie das Königtum in Djelibeby. Sie sorgte auch dafür, daß es schwerfiel, die einzelnen Pharaonen voneinander zu unterscheiden.

Was ebenfalls eine wichtige symbolische Bedeutung hatte, an die sich allerdings niemand erinnern konnte.

Von solchen Dingen wimmelte es im Alten Königreich. Zum Beispiel der Stab des Hohenpriesters: Symbolische Schlangen wanden sich symbolisch um einen allegorischen Kamelstock. Das Volk glaubte, dadurch gewinne Dios' Macht über Götter und Tote, aber vermutlich war es nur eine Metapher. Mit anderen Worten: eine Lüge.

Dios verlagerte das Gewicht auf die andere Backe.

»Ist der Pharao bereits in die Kammer des diesseitigen Jenseits gebracht worden?« fragte er.

Der Halbkreis aus nicht ganz so hohen Hohenpriestern nickte.

»Der Einbalsamierer Dil kümmert sich gerade um ihn, o Dios.«

»Gut. Weiß der Pyramidenbauer Bescheid?«

Hoot Koomi, Hoherpriester Khefins, des Zweigesichtigen Gottes Aller Tore, trat einen Schritt vor.

»Ich habe mir die Freiheit genommen, ihn zu verständigen, o Dios«, sagte er glatt.

Dios trommelte mit den Fingern auf seinen Stab. »Ja«, murmelte er, »das kann ich mir denken.«

In der Priesterschaft galt es als abgemacht, daß Koomi die Nachfolge des Premierministers antreten sollte, vorausgesetzt natürlich, Dios traf irgendwann die Entscheidung zu sterben — es schien keine sehr lohnende Tätigkeit zu sein, auf Dios' Tod zu warten. Der höchste Hohepriester konnte sich nicht recht mit der Vorstellung anfreunden, seinen Amtsstab jemand anders zu überlassen. Dem eigenen Gewissen vertraute er an, er sei nur dann bereit, seinen liebgewonnenen Platz zu räumen, wenn tagsüber blaue Monde am Himmel leuchteten und sich Vögel in fliegende Schweine verwandelten. Anschließend klopfte er seinem Unterbewußtsein auf die Schulter und fügte in einem verschwörerischen mentalen Tonfall hinzu, zwischen Koomi und einem heiligen Krokodil gebe es nur einen wichtigen Unterschied: Das Krokodil ließ keinen Zweifel an seinen Absichten.

»Na schön«, sagte er laut.

»Wenn ich Sie an etwas erinnern darf, Euer Lordschaft ...«, begann Koomi. Dios starrte finster, und den anderen Hohenpriestern gelang es mit routiniertem Geschick, ihre Gesichter völlig ausdruckslos zu gestalten.

»Ja, Koomi?«

»Der Prinz, o Dios. Hat er bereits eine Nachricht erhalten?«

»Nein.«

»Er weiß also nichts vom Tod seines Vaters?« fügte Koomi hinzu.

»Er wird davon erfahren«, sagte der Premierminister fest.

»Wie, o Dios?«

»Er wird davon *erfahren*. Und nun ... Sie können gehen. Sorgen Sie dafür, daß es Ihren Göttern an nichts fehlt.«

Gehorsam verließen die Hohenpriester den Saal, und Dios blieb allein auf der Throntreppe zurück. Er hatte dort so häufig Platz genommen, daß die steinerne Stufe eine kleine Mulde aufwies, die genau den Maßen seines Gesäßes entsprach.

Dios war völlig sicher, daß der Prinz früher oder später vom Tod seines Vaters erfuhr. Wahrscheinlich früher. Auf das Wie kam es gar nicht an. Um das Wie kümmerte sich die göttliche Vorsehung; es gehörte einfach dazu. Als der Premierminister an Pteppic dachte, regte sich etwas in den dunkelsten Gewölben seines

Ichs, in jenen Selbstwinkeln, wo viele Jahre des Rituals und verantwortungsbewußter Pflichterfüllung andere Arten von Mulden hinterlassen hatten. Dios entdeckte leises Unbehagen. Es fühlte sich in seiner Seele gar nicht wohl. Für gewöhnlich beschränkte sich das Unbehagen darauf, andere Menschen zu belasten. Dios verdankte seine lange Karriere der Tatsache, daß er in seinem Bewußtsein nie Platz für Zweifel ließ. Und doch ... Ein fransiger Gedankenfetzen hielt mit sturer Beharrlichkeit an der Vermutung fest, daß es mit dem neuen König Schwierigkeiten geben konnte.

Nun, bestimmte lernte der Junge bald. Sie lernten alle.

Erneut verlagerte Dios das Gewicht — und schnitt eine Grimasse. Die Schmerzen kehrten zurück, und das durfte er nicht zulassen. Sie behinderten ihn bei der Arbeit, und seine Arbeit kam an erster Stelle — sogar vor dem König.

Er beschloß, noch einmal die Nekropolis zu besuchen. Heute nacht.

»Er ist nicht mehr er selbst. Man sieht es deutlich.«

»Wer ist er dann?« fragte Schelter.

Sie platschten durch die Straße und torkelten immer wieder, aber diesmal lag es nicht am Alkohol. Der Grund war: Zwei Jungen versuchten, den dritten davor zu bewahren, an die eine oder andere Wand zu prallen. Teppic setzte zwar einen Fuß vor den anderen, doch sein Gehirn schien nicht daran beteiligt zu sein.

Um sie herum wurden Türen aufgerissen und Flüche geflucht. Bestimmte Geräusche deuteten darauf hin, daß man schwere Möbel aus dem Erdgeschoß ins erste Stockwerk brachte.

»In den Bergen muß es ziemlich gerappelt haben«, sagte Arthur. »Ich meine, jede Menge Blitz und Donner und Regen. So weit tritt der Ankh nicht einmal im Frühling über die Ufer.«

»Vielleicht sollten wir Federn unter Teppics Nase verbrennen«, schlug Schelter vor.

»Am besten die der komischen Möwe«, knurrte Arthur.

»Möwe?«

»Du hast sie ja gesehen.«

»Was ist damit?«

»Du *hast* sie doch gesehen, oder?« Das dunkle Feuer der Ungewißheit brannte in Arthurs Augen. Die Möwe war während der allgemeinen Aufregung verschwunden.

»Meine Aufmerksamkeit galt anderen Dingen«, sagte Schelter zurückhaltend. »Vielleicht lag es an den Pfefferminzwaffeln, die man uns mit dem Kaffee servierte. Sie schmeckten irgendwie komisch.«

»Ganz schön unheimlich, der Vogel«, murmelte Arthur. »Wie wär's, wenn wir eine kleine Pause einlegen, damit ich das Wasser aus meinen Stiefeln schütten kann?«

Sie verharrten in unmittelbarer Nähe einer Bäckerei, deren Türen geöffnet waren, so daß die Brotlaibe abkühlen konnten. Schelter und Arthur lehnten ihren Gefährten an die Wand.

»Er sieht aus, als habe ihm jemand einen Schlag an den Kopf versetzt«, sagte Schelter. »Der Eindruck täuscht, nicht wahr?«

Arthur nickte. Ein vages Lächeln klebte an Teppics Lippen, und sein Blick verlor sich in irgendeiner fremden Dimension.

»Wir sollten ihn zurückbringen, damit er vom Gildensanitäter untersucht werden ...«

Arthur unterbrach sich, als er ein seltsames Rascheln hörte. Die Brotlaibe hüpften fröhlich hin und her. Einige fielen zu Boden und zitterten dort wie auf dem Rücken liegende Käfer.

Dann platzten sie auf und entwickelten Dutzende von grünen Trieben.

Innerhalb weniger Sekunden wuchs hohes Korn mit dicken Ähren. Schelter und Arthur setzten den Weg fort, brachen den Weltrekord im Hundert Meter Gemütlich Gehen, während sie Teppic zwischen sich festhielten.

»Stellt *er* das alles an?«

»Ich habe da so ein komisches Gefühl ...« Arthur drehte den Kopf und sah einige Bäcker, die mit verständlicher Überraschung auf die Vollkorn-Ergebnisse ihrer nächtlichen Arbeit starrten. Der junge Assassine blieb so plötzlich stehen, daß seine beiden Kollegen wie ein Ruder herumschwangen.

Nachdenklich beobachteten sie die Straße.

»So etwas sieht man nicht jeden Tag«, sagte Schelter schließlich.

»Meinst du das Gras, das überall dort wächst, wo Teppics Füße den Boden berühren?«

»Ja.«

Sie wechselten einen kurzen Blick und betrachteten Teppics Stiefel. Bis zu den Waden stand er in saftigem Grün, das aus dem viele Jahrhunderte alten Kopfsteinpflaster sproß.

Wortlos griffen sie nach den Ellbogen ihres Freundes und hoben ihn an.

»Der Sani«, sagte Arthur.

»Genau«, pflichtete ihm Schelter bei.

Sie wußten beide, daß die Behandlung wahrscheinlich mehr erforderte als nur einen heißen Umschlag.

Der Arzt lehnte sich zurück.

»Völlig klare Sache«, sagte er und überlegte angestrengt, »ein Fall von *Mortis portalis tackulatum* mit Komplikationen.«

»Was bedeutet das?« fragte Schelter.

»Anders ausgedrückt ...«, sagte der Doktor, »er ist so tot wie ein rostiger Türnagel.«

»Und die Komplikationen?«

Der Arzt verzog das Gesicht. »Er atmet noch immer«, antwortete er. »Sein Puls schlägt Purzelbäume, und die Haut ist so heiß, daß man Spiegeleier darauf braten könnte.« Er zögerte und kam zu dem Schluß, daß seine Erklärungen zu einfach waren. Die Medizin gehörte zu den jüngsten Wissenschaften auf der Scheibenwelt, und sie hatte nur dann eine Zukunft, wenn man sie nicht ohne weiteres verstand.

Sorgfältig legte er sich die einzelnen Silben zurecht. »*Pyrocerebrum oeurf culinaire*«, sagte er.

»Hm«, kommentierte Arthur. »Können Sie ihm helfen?«

»Nein. Er ist tot. Alle medizinischen Tests beweisen es. Daher gebe ich Ihnen folgenden, äh, Rat. Begraben Sie ihn. Sorgen Sie dafür, daß er es bequem und kühl hat. Sagen Sie ihm, daß er nächste Woche noch einmal zu mir kommen soll, vorzugsweise am Tag.«

»Aber er atmet noch immer!«

»Typische Reflexe, die einen Laien verwirren können«, kommentierte der Arzt würdevoll.

Schelter seufzte. Die übrigen Angehörigen der Gilde hatten unübertroffene Erfahrung mit scharfen Messern und menschlicher Anatomie, und vermutlich wären sie weitaus eher in der Lage gewesen, eine elementare Diagnose zu erstellen. Sicher, gewöhnliche Assassinen töteten ab und zu, aber wenigstens verlangten sie von ihren Opfern nicht, dankbar zu sein.

Teppic öffnete die Augen.

»Ich muß nach Hause zurückkehren«, sagte er.

»Tot, nicht wahr?« brummte Schelter.

Der Doktor verteidigte seine medizinische Ehre. »Es kommt recht häufig vor, daß eine Leiche nach dem Tod sonderbare Geräusche von sich gibt«, behauptete er kühn. »Manchmal erschrecken Freunde und Verwandte, wenn ...«

Teppic richtete sich ruckartig auf.

»Unter Umständen kommen Muskelkrämpfe im steif

werdenden Körper hinzu ...«, begann der Arzt, obgleich es ihm jetzt an Überzeugungskraft fehlte. Plötzlich fiel ihm etwas ein.

»Es handelt sich um eine sehr seltene und geheimnisvolle Krankheit«, sagte er. »Derzeit leiden ziemlich viele Personen daran. Verursacht wird sie von, äh, winzigen Dingen, die man überhaupt nicht entdecken kann«, fügte er hinzu, lächelte zufrieden und beglückwünschte sich zu seiner guten Idee. Patienten erwarteten solche Erklärungen.

»Vielen, vielen Dank«, sagte Schelter, zog die Tür auf und geleitete den Arzt in Richtung Schwelle. »Wenn wir uns das nächste Mal richtig gut fühlen, lassen wir uns von Ihnen untersuchen.«

»Wahrscheinlich hat er Grüppe«, erklärte der Doktor, als Schelter ihn in den Flur schob. »Ja, eine Grüppe mit colateralen Komplexkomplikationen. Derzeit leiden viele Leute an ...«

Die Tür fiel hinter ihm ins Schloß.

Teppic schwang die Beine vom Bett und massierte sich die Schläfen.

»Ich muß nach Hause«, wiederholte er

»Warum?« fragte Arthur.

»Ich weiß es nicht. Das Königreich braucht mich.«

»Nun, es ging dir ziemlich schlecht ...«, gab Arthur zu bedenken.

Teppic winkte. »Ich brauche jetzt keine guten Ratschläge«, sagte er. »Es ist auch nicht nötig, daß jemand darauf hinweist, ich solle mich ein wenig ausruhen. Solche Dinge spielen keine Rolle mehr. Ich werde so schnell wie möglich in meine Heimat zurückkehren. Dies ist mehr als nur eine Absichtserklärung. Ich habe euch gerade gesagt, was *geschehen wird*. Du kannst mir helfen, Schelter.«

»Wie?«

»Dein Vater hat ein sehr schnelles Schiff, das er benutzt, um Schmuggelware zu transportieren«, stellte

Teppic monoton fest. »Er wird es mir leihen. Als Gegenleistung biete ich ihm günstige Konditionen für seine zukünftige Handelstätigkeit. Sicher erreichen wir Djelibeby rechtzeitig, wenn wir innerhalb einer Stunde aufbrechen.«

»Mein Vater ist ein ehrlicher Geschäftsmann!«

»Ganz im Gegenteil. Im letzten Jahr bezog er siebzig Prozent seines Einkommens aus dem ›steuerfreien‹ Handel mit folgenden Gegenständen ...« Teppics Blick reichte in die Ferne. »Illegaler Transport von Träumgutkraut: neun Prozent. Verbotener Verkauf von Ichwillnichtmehrgehorchen ...«

»Nun, er ist zu dreißig Prozent ehrlich«, warf Schelter ein. »Und damit dürfte er ehrlicher sein als die meisten anderen. Sag mir, woher du darüber Bescheid weißt. Und zwar fix.«

»Keine ... Ahnung«, erwiderte Teppic. »Als ich ... schlief, hatte ich das Gefühl, *alles* zu wissen. Alles über alles. Ich glaube, mein Vater ist tot.«

»Oh«, sagte Schelter. »Tja. Tut mir leid.«

»O nein«, entgegnete Teppic, »kein Problem! Bestimmt entspricht es dem Wunsch meines Vaters. Vermutlich freute er sich darüber. In unserer Familie beginnt das eigentlich Leben erst mit dem Tod. Bestimmt findet Vater großen Gefallen daran.«

Der Pharao saß auf einer Steinplatte im zeremoniellen Vorbereitungszimmer. Er beobachtete, wie man seiner Leiche die Eingeweide entnahm und sie in den Kanopen* unterbrachte.

Wer von diesem Vorgang direkt betroffen ist, hat nur selten Gelegenheit, interessiert zuzusehen.

Teppicymon spürte einen Anflug von Ärger. Zwar war er kein offizieller Eigentümer seines Körpers mehr, aber es bestand nach wie vor eine okkulte Verbindung

---

* Altägyptisches Eingeweidegefäß nach der Küstenstadt Kanopos.

zu ihm. Es fiel ihm schwer, guter Laune zu sein, während zwei Handwerker in einem herumwühlten und weiche *Dinge* herauszogen.

Die lockeren Bemerkungen konnten seine Stimmung ebenfalls nicht verbessern. Vielleicht lag es daran, daß sie gewissen Teilen seiner weltlichen Existenz galten.

»Sieh mal, Meister Dil«, sagte Gern, ein untersetzter junger Mann mit roten Wangen — der neue Lehrling des Obersten Einbalsamierers. »Sieh nur ... hier.« Er zog *etwas* lang, das zu den *Lieblings*körperteilen des verstorbenen Teppicymon gehörte. »Ich wußte gar nicht, daß der Pharao ...«

»Die Dienstmädchen«, brummte Dil. »Das Zauberwort heißt Training.«

»Braucht er *es* in der Unterwelt?«

»Ja«, sagte Teppicymon.

»Nein«, antwortete Meister Dil nach kurzem Nachdenken. »Ich glaube nicht. Weg damit!«

Der Pharao stöhnte leise, schüttelte kummervoll den Kopf und dachte an Ptraci.

Gern öffnete einen Krug, und ein leises *Plopp* ertönte.

Dil deutete auf das Tablett mit den Werkzeugen. »Sei so nett und gib mit einen Hirnhaken Nummer Drei.«

»Sofort, Meister«, sagte Gern bereitwillig.

»Und stoß mich nicht an. Diese Sache erfordert eine ruhige Hand.«

»Klar, Meister.«

Der Pharao beugte sich näher.

Gern neigte den Kopf von einer Seite zur anderen, während Dil zog und zerrte. Schließlich pfiff der Lehrling leise durch die Zähne.

»Was für eine komische Farbe!« platzte es aus ihm heraus. »Damit hätte ich nicht gerechnet. Ist das königliche Essen der Grund, Meister?«

Dil seufzte. »Leg es einfach in den Behälter, Gern.«

»Geht klar, Meister. Meister?«

»Mhm?«

»Wo verbirgt sich der Gott, Meister?«

Dil spähte in Teppicymons Nasenlöcher und versuchte, sich zu konzentrieren.

»Das entsprechende Körperteil wird entfernt, bevor man die Leiche zu uns bringt«, erklärte er geduldig.

»Dachte ich mir schon«, murmelte Gern. »Ich meine, es gibt hier keinen Krug dafür.«

»Nein. Natürlich nicht. Es müßte ein ziemlich seltsamer Krug sein, Gern.«

Der Lehrling wirkte enttäuscht. »Oh«, sagte er. »Er ist also ganz normal, oder?«

»Soweit es den organischen Aspekt betrifft«, entgegnete Dil. Seine Stimme klang ein wenig dumpf.

»Meine Mutter meinte, als Pharao sei er ganz in Ordnung gewesen«, fuhr Gern im Plauderton fort. »Was glaubst du?«

»Über so etwas sollte man sich erst Gedanken machen, wenn wir Gelegenheit erhalten, unsere Pflicht zu erfüllen«, erwiderte Dil. »Nun, ich glaube, dieser Pharao war besser als die meisten anderen. Zwei ordentliche Lungenflügel. Einwandfreie Nieren. Große, völlig unverstopfte Nasennebenhöhlen; so etwas weiß ich zu schätzen.« Er betrachtete die Leiche und traf ein professionelles Urteil. »Ja, mit solchem Material arbeitet man gern.«

»Meine Mutter meinte, er hatte das Herz am richtigen Fleck«, sagte Gern.

Teppicymon stand in unmittelbarer Nähe und nickte betrübt. *Ja*, dachte er. *Krug drei, oberstes Regal.*

Dil nahm ein Tuch, wischte sich die Hände ab und seufzte. Wer seit fünfunddreißig Jahren im Bestattungsgeschäft arbeitete, entwickelte philosophischen Gleichmut und wurde früher oder später zum Vegetarier. Hinzu kam eine charakteristische Sensibilisierung des Gehörs: Der Meister gewann den Eindruck, als wiederhole jemand sein Seufzen.

Teppicymon wanderte kummervoll zur anderen Seite

der Kammer und blickte in die trübe Flüssigkeit des Vorbereitungsbottichs.

Wirklich komisch. Zu seinen Lebzeiten erschien ihm alles so vernünftig und *offensichtlich*. Als Toter gelangte er zu dem Schluß, daß man mit derartigen Ritualen nur Zeit verschwendete.

Die Zeremonie begann ihn zu langweilen. Er beobachtete, wie Dil und sein Lehrling Ordnung schufen, Kräuter und Harz verbrannten, ihn — die Leiche — anhoben, respektvoll durchs Zimmer trugen und vorsichtig in die ölige Konservierungsmasse herabließen.

Teppicymon XXVII. blickte niedergeschlagen in den Bottich und starrte auf seinen Leib, der wie die letzte eingelegte Gurke im Glas wirkte.

Nach einer Weile drehte er den Kopf und richtete seine Aufmerksamkeit auf die Säcke in der Ecke. Sie enthielten Stroh. Niemand brauchte ihm zu sagen, welchem Zweck es diente.

Das Boot glitt nicht etwa durchs Wasser. Auf den Spitzen von zwölf Rudern sauste es über die Wellen *hinweg*, flog wie ein Vogel. Der mattschwarze Rumpf sah aus wie der Leib eines Hais.

Es befand sich kein Trommler an Bord, der den Rhythmus schlug. Das Boot verzichtete auf sein Gewicht. Außerdem wäre er ohnehin nicht in der Lage gewesen, schnell genug zu schlagen.

Teppic saß zwischen den beiden Reihen aus stummen Ruderern und starrte auf die schmale Tür der kleinen Frachtkammer. Er versuchte, nicht daran zu denken, was sie enthielt. Dieses Schiff war zweifellos dazu bestimmt, kleine Ladungen ziemlich schnell zu transportieren, ohne daß irgend jemand etwas bemerkte. Wahrscheinlich wußte nicht einmal die Schmugglergilde Bescheid. *Das Geschäftsleben scheint recht interessant zu sein*, dachte der Sohn des Pharao.

Es fiel dem Steuermann verdächtig leicht, das Delta

zu finden — Teppic fragte sich, wie oft der leise flüsternde Schatten des Bootes über den Fluß gehuscht war —, und der exotische Duft einer namenlosen Fracht wich vertrauteren Gerüchen: Krokodildung; Riedgras; Seerosen; Mangel an sanitären Anlagen. Hinzu kamen intensive Aromen, die Vorstellung von Löwen und Nilpferden weckten.

Einer der Ruderer klopfte dem jungen Assassinen auf die Schulter und half ihm von Bord. Teppic trat in kniehohes Wasser, und als er sich nach einigen Schritten umdrehte, war das Boot kaum mehr als ein Schemen, der bereits wieder flußabwärts schwebte.

Er gab seiner natürlichen Neugier nach und überlegte, wo es tagsüber versteckt sein mochte. Es schien sich um ein Boot zu handeln, das normalerweise nur des Nachts unterwegs war und Aufmerksamkeit scheute; vielleicht verbarg es sich im hohen Sumpfgras des Deltas.

Teppic wußte natürlich, daß er als Nachfolger seines Vaters gewisse Pflichten wahrnehmen mußte. Er beschloß, regelmäßig Patrouillen in den Sumpf zu schicken — ein Pharao sollte wissen, was in seinem Reich geschah.

Plötzlich verharrte er im lehmbraunen Wasser. Er hatte *alles* gewußt.

Er erinnerte sich an einen Arthur, der von Möwen, Flüssen und Brotlaiben erzählte, aus denen grüne Halme wuchsen — das typische Gerede eines Betrunkenen. Als Teppic nach einem tranceartigen Schlaf erwachte, zitterte das Gefühl in ihm, einen kostbaren Schatz verloren zu haben. Die überaus bedeutsamen Erkenntnisse eines realen Traums verflüchtigten sich mit der Rückkehr einer realeren Realität. Ja, er hatte alles gewußt. Doch als er sich daran zu entsinnen versuchte, tropften die Reminiszenzen aus seinem Kopf, wie Wasser aus einem lecken Eimer.

Aber diese eigentümliche Erfahrung blieb nicht ohne

Folgen. Zuvor lebte er von einem Tag zum anderen, ließ seine Existenz von Zufällen bestimmen. Jetzt erstreckte sich ein gerade Pfad mit unübersehbaren Wegweisern vor ihm. Das Schicksal mochte ihn daran hindern, ein richtiger Assassine zu sein, aber er war sicher, ein guter Pharao werden zu können.

Teppic stapfte an Land. Das Boot hatte ihn eine knappe Meile vor dem Palast abgesetzt, und am anderen Ufer flackerten die vertrauten Entladungsblitze der Pyramiden.

Die Heime der Toten boten sich in verschiedenen Größen dar, aber was die Form betraf, herrschte keine annähernd so große Mannigfaltigkeit. Am Stadtrand standen die Pyramiden dicht an dicht, als liebten ihre Bewohner die Gesellschaft der Lebenden.

Selbst die ältesten waren vollständig und komplett. Niemand hatte sich den einen oder anderen Stein ausgeliehen, um Häuser oder Straßen zu bauen. Dieser Umstand erfüllte Teppic mit Stolz. Niemand hatte die Zugänge aufgebrochen, um festzustellen, ob einige der Mumien irgendwelche kostbaren Gegenstände besaßen, die sie nicht mehr brauchten. Es verstrich kein einziger Tag, ohne daß man Tabletts mit Speisen in den kleinen Vorkammern abstellte — ein großer Teil des Palastpersonals kümmerte sich um die Verpflegung der Toten.

Manchmal verschwand das Essen, manchmal nicht. Aber in dieser Hinsicht vertraten die Priester einen unerschütterlich festen Standpunkt. Ganz gleich, ob leere oder gefüllte Teller zurückblieben: Die Toten *hatten ihre Mahlzeiten eingenommen*. Niemand wußte, ob es ihnen schmeckte; sie beklagten sich nie, verlangten nie eine zusätzliche Portion.

Sorgt dafür, daß es den Toten an nichts fehlt, sagten die Priester. Dann schenken sie euch ihr Wohlwollen.

Ein vernünftiger Rat — immerhin waren die Toten weit in der Mehrzahl.

Teppic schob das Riedgras beiseite, strich seine Kleidung glatt, klopfte einige Lehmbrocken von den Ärmeln und marschierte in Richtung Palast.

Weiter vorn, eine dunkle Silhouette vor dem Entladungslicht der Pyramiden, stand die große Statue Khufts. Vor siebentausend Jahren hatte Khuft sein Volk aus ... Teppic erinnerte sich nicht mehr daran. Wahrscheinlich handelte es sich um einen Ort, an dem sich Khufts Volk aus guten Gründen nicht wohl gefühlt hatte — manchmal bedauerte der junge Assassine und Pharao seine lückenhaften Geschichtskenntnisse. ... geführt und in der Wüste gebetet, woraufhin ihm die lokalen Götter das Alte Königreich zeigten. Er hatte es betreten, fürwahr, und Besitz davon ergriffen, auf daß es zur Heimat seiner Nachkommen werde. Irgend etwas in der Art. Wahrscheinlich gab es in der Legende viele Fürwahrs und Wahrlich, die mit Milch und Honig in Zusammenhang standen. Teppic betrachtete das patriarchalische Gesicht, den ausgestreckten Arm, ein Kinn, das harten Felsen zertrümmern konnte, und dieser Anblick vermittelte ihm eine deutliche Botschaft.

Er befand sich wieder zu Hause. Und er war fest entschlossen, für immer zu bleiben.

Die Sonne ging auf.

Das größte mathematische Genie auf der ganzen Scheibenwelt (das letzte im Alten Königreich) streckte sich in seinem Stall und zählte die Strohhalme auf dem Boden. Dann schätzte es die Anzahl der Nägel in der Wand. Anschließend verbrachte es einige Minuten damit, den Nachweis zu erbringen, daß ein automorphes Resonanzfeld von semiunendlichen Primzahlfaktoren und sieben Komma fünf eins unbestimmten Integrale bestimmt wird. Um sich die Zeit zu vertreiben, kaute es sein Frühstück ein zweites Mal.

ZWEITES BUCH

DAS BUCH
DER TOTEN

Zwei Wochen verstrichen. Rechtzeitige Rituale und Zeremonien gewährleisteten, daß die Welt unter dem Himmel blieb und die Sterne weiterhin in der Nacht leuchteten. Es war wirklich erstaunlich, was Rituale und Zeremonien zu leisten vermochten.

Der neue Pharao prüfte sein Erscheinungsbild im Spiegel und runzelte die Stirn.

»Woraus besteht das Ding?« fragte er. »Das Spiegelbild ist irgendwie undeutlich.«

»Aus Bronze, Gebieter.« Dios reichte ihm den Dreschflegel der Gnade. »Aus polierter Bronze.«

»In Ankh-Morpork hatten wir Glasspiegel mit Silber an der Rückseite. Es gab nichts an ihnen auszusetzen.«

»Ja, Gebieter. Hier haben wir Bronzespiegel.«

»Bleibt mir wirklich nichts anderes übrig, als die goldene Maske zu tragen?«

»Das Antlitz der Sonne, Gebieter. Viele tausend Jahre alt. Ja, Gebieter. Bei allen öffentlichen Anlässen.«

Teppic betrachtete die Maske. Ein hübsches Gesicht, wenn auch ein wenig starr. Ein angedeutetes Lächeln umspielte die gelben Lippen. Er erinnerte sich daran, daß sein Vater einmal vergessen hatte, die Maske abzunehmen, als er ins Kinderzimmer kam. Die Schreie des jungen Teppic waren selbst im Palastkeller zu hören gewesen.

»Ziemlich schwer«, stellte er fest.

»Das Gewicht der Jahrhunderte«, sagte Dios und wartete, bis Teppic die Maske aufsetzte, bevor er ihm die Sichel der Gerechtigkeit gab.

»Sind Sie schon lange Priester, Dios?«

»Seit vielen Jahren diene ich als Mann und Eunuch, Gebieter. Und nun ...«

»Mein Vater meinte, Sie hätten selbst Opa als Hoherpriester gedient. Sie müssen sehr alt sein.«

»Ich habe mich gut gehalten, Herr«, erwiderte Dios und wählte seine Worte mit besonderer Sorgfalt. »Die Götter schenkten mir ihren Segen. Und nun, Gebieter: Wenn Sie bitte auch dies hier halten würden ...«

»Was ist das?«

»Die Wabe des Zuwachses, Gebieter. Sehr wichtig.« Teppic nahm sie entgegen.

»Ich nehme an, Sie haben viele Veränderungen erlebt«, sagte er höflich.

Ein Schatten des Schmerzes fiel auf die Züge des Hohenpriesters und floh sofort wieder. »Nein, Gebieter«, entgegnete er glatt. »In dieser Hinsicht hatte ich eine Menge Glück.«

»Oh. Und das hier?«

»Das Bündel des Überflusses, Gebieter. Von größter Bedeutung. Außerordentlich symbolisch.«

»Wenn Sie es mir unter den Arm schieben könnten ... Haben Sie schon mal was von sanitären Anlagen gehört, Dios?«

Der Priester wandte sich an einen Diener und schnippte mit den Fingern. »Nein, Gebieter«, sagte er und beugte sich vor. »Dies ist die Natter der Weisheit. Ich schiebe sie hier hinter den Gürtel, in Ordnung?«

»Sanitäre Anlagen sind wie Eimer, nur nicht so, äh, geruchsintensiv.«

»Klingt schrecklich, Gebieter. Der Geruch hält Dämonen fern, soweit ich weiß. Dies ist die Kürbisflasche des Himmelswassers. Wenn Sie ein wenig den Kopf heben könnten ...«

»Muß ich all diese Dinge bei mir führen?« fragte Teppic. Es fiel ihm ziemlich schwer, klar und deutlich zu sprechen.

»Die Tradition verlangt es, Gebieter. Nun, wenn wir die heiligen Objekte ein wenig ordnen könnten, um zusätzlichen Platz zu schaffen ... Hier haben wir den Dreizackigen Speer des Erdwassers. Vielleicht sind wir in der Lage, ihn mit *diesem* Finger zu halten. Übrigens,

Gebieter: Wir sollten Vorbereitungen für unsere Hochzeit treffen.«

»Ich bin mir nicht sicher, ob wir gut zueinander passen, Dios.«

Der Hohepriester lächelte mit dem Mund. »Dem Gebieter gefällt es, ein wenig zu scherzen, Gebieter«, sagte er gewandt. »Es ist unbedingt notwendig, daß Sie heiraten.«

»Leider hatte ich nur in Ankh-Morpork Gelegenheit, Erfahrungen mit dem anderen Geschlecht zu sammeln«, sagte Teppic wie beiläufig. Die weltmännische Bemerkung galt Frau Stehkragen, seiner Aufwartedame in der Abschlußklasse. Und einem der Dienstmädchen, das dem Schüler mütterliche Gefühle entgegenbrachte und ihm beim Essen immer zusätzlichen Bratensaft gab. (Aber dann dachte Teppic an den jährliche Assassinenball, und sein Herz klopfte schneller. Von jungen Assassinen erwartete man, daß sie sich gut benahmen und ausgezeichnet tanzten. Hinzu kamen erstklassige Kleidung aus schwarzer Seide und lange Beine, Attribute, die bei gewissen älteren Frauen nicht ohne Wirkung blieben. Die ganze Nacht über wirbelten Teppic und seine Freunde in weiblicher Gesellschaft über die Tanzfläche, bis Moschusduft und Begierde die Luft in Öl verwandelten. Mit seinem unschuldigen Gesicht und dem ungezwungenen Gebaren erzielte Schelter besonders leichte Erfolge, und selbst Wochen nach dem Ball kehrte er abends spät zurück. Beim Unterricht fiel er durch sein häufiges Schnarchen auf ...)

»Derartige Partnerinnen kommen nicht in Frage, Gebieter. Sie brauchen eine Lebensgefährtin, die mit unserer Kultur vertraut ist. Ihre Tante steht zur Verfügung, Gebieter.«

Irgend etwas klapperte. Dios seufzte und bedeutete den Dienern mit einem Wink, diverse Zeremoniengegenstände aufzuheben.

»Ich schlage vor, wir beginnen noch einmal von vorn,

Gebieter. Dies ist der Kohlkopf Pflanzlichen Wachstums ...«

»Entschuldigung«, brachte Teppic hervor. »Haben Sie eben gesagt, ich soll meine Tante heiraten?«

»In der Tat, Gebieter«, bestätigte Dios. »Familieninterne Hochzeiten sind eine stolze Tradition des Königshauses.«

»Aber meine Tante ist meine *Tante*.«

Der Hohepriester rollte mit den Augen. Er hatte den verstorbenen Pharao immer wieder darauf hingewiesen, wie wichtig es sei, seinen Sohn richtig zu erziehen. Doch derartige Ermahnungen kratzten nur an einer Mauer aus sturer Sturheit, konnten nicht einmal den Mörtel von ihr lösen. Jetzt mußte er sich selbst darum kümmern. *Die Götter stellen mich auf die Probe*, dachte er. *Es dauerte Jahrzehnte, um einen ordentlichen Monarchen zu schaffen, und mir bleiben nur wenige Wochen.*

»Ja, Gebieter«, sagte er geduldig. »Natürlich. Darüber hinaus ist sie Ihr Onkel, Ihre Kusine und Ihr Vater.«

»Einen Augenblick. Mein Vater ...«

Dios hob beschwichtigend die Hand. »Nur eine Formsache«, sagte er. »Ihre Ururgroßmutter erklärte einst, aufgrund politischer Zweckdienlichkeit müsse sie Pharao sein, und meines Wissens wurde der entsprechende Erlaß nie widerrufen.«

»Aber sie *war* eine Frau, nicht wahr?«

Dios wirkte schockiert. »O nein, Gebieter. Sie ist ein Mann. Sie hat ihr Geschlecht mit einem königlichen Dekret geändert.«

»Eine männliche Tante ...«

»Ja, Gebieter. Da ich bin ich völlig sicher.«

»Kaum ein geeigneter Ehepartner«, sagte Teppic fest.

»Leider haben wir keine Schwestern.«

»Schwestern!«

»Es wäre verwerflich, Ihr heiliges Blut zu verunreinigen, Gebieter«, sagte der Hohepriester. »Die Sonne könnte Anstoß daran nehmen. Nun, Gebieter, dies ist das Schulterblatt der Reinlichkeit. Wo möchten Sie es verstauen?«

Pharao Teppicymon XXVII. beobachtete, wie man ihn ausstopfte. Zum Glück verspürte er seit einiger Zeit keinen Appetit mehr — es war fraglich, ob er jemals wieder in der Lage sein würde, ein Brathähnchen zu verspeisen.

»Mit Nadel und Faden kannst du wirklich gut umgehen, Meister.«

»Sei still und halt den Daumen drauf, Gern.«

»Meine Mutter näht fast ebensogut«, plauderte der Lehrling. »Sie hat eine Schürze mit hübschen Stickereien, meine Mutter.«

»Du sollst stillhalten.«

»Enten und Hennen und so«, fügte Gern hinzu.

Dil konzentrierte sich auf seine Arbeit. Er war durchaus stolz auf seine fachliche Kompetenz. Die Gilde der Einbalsamierer und Artverwandter Berufe hatten ihn mehrmals dafür ausgezeichnet.

»Bestimmt bist du sehr, sehr zufrieden«, verkündete Gern.

»Wie?«

»Nun, meine Mutter sagt immer, nach dem Ausstopfen und Zusammennähen lebe der Pharao irgendwo weiter. In der Unterwelt oder so. Mit deinen Nähmustern.«

Und mit einigen Sack Stroh sowie mehreren Eimern Pech, dachte das Phantom Teppicymons. *Und der Verpakkung von Gerns Lunchpaket.* Er machte dem Lehrling deshalb keine Vorwürfe — Gern wußte nicht mehr, wo er es hingelegt hatte. *Den Rest der Ewigkeit muß ich mit Einwickelpapier anstelle meines Magens verbringen. Und dem Stummel einer vergessenen Bockwurst.*

Inzwischen empfand er eine gewisse Sympathie für Dil und auch Gern. Außerdem: Irgend etwas schien ihn noch immer mit seinem Körper zu verbinden — der Pharao spürte zunehmendes Unbehagen, wenn er sich mehr als hundert Meter entfernte —, und das gab ihm Gelegenheit, die beiden Einbalsamierer besser kennenzulernen.

Eigentlich seltsam. Während seines ganzen Lebens im Königreich hatte sich Teppicymon darauf beschränkt, mit Priestern zu reden. Er zweifelte kaum daran, daß es auch noch andere Leute gab — Diener, Gärtner und so weiter —, aber aus seiner Perspektive betrachtet waren es nur Kleckse. Er stand ganz oben: Unter ihm kamen: Familie, Priester, Adlige — und Kleckse. Oh, es gab natürlich nichts an ihnen auszusetzen. Fraglos handelte es sich um hervorragende Kleckse, die besten, die sich ein Pharao als Untertanen wünschen konnte. Aber es blieben Kleckse.

Jetzt nahm er zum ersten Mal Anteil an einem klecksigen Leben. Er erfuhr von Dils scheuen Hoffnungen auf eine Karriere in der Gilde, von Gerns Versuchen, Glwenda zu gefallen, der Tochter eines Knoblauchbauern. Mit fasziniertem Erstaunen erfuhr er von einer Welt, in der ebenso subtile Unterschiede in Rang und Status existierten wie im Universum des Palastes. Die interessantesten Fragen lauteten: Würde es Gern gelingen, das Wohlwollen von Glwendas Vater zu gewinnen, auf daß er seine Angebetete endlich ins eheliche Schlafzimmer führen konnte? Leistete Dil so gute Arbeit — *an mir*, dachte Teppicymon —, daß ihn die Gilde der Einbalsamierer und Artverwandter Berufe mit dem Orden Höchst Gepriesener Neunzig-Grad-Abweichung Vom Kohlensauren Natron-Quartier ehrte?

Seltsam: Der Tod kam einer Lupe gleich, unter der ein winziger Wassertropfen seinen komplexen Mikrokosmos offenbarte.

Teppicymon fühlte die immer stärker werdende Versuchung, Dil in die Grundregeln der Politik einzuweihen und Gern auf die Vorteile von Körperhygiene und sauberer Kleidung hinzuweisen. Mehrmals versuchte er, sich den Einbalsamierern mitzuteilen. Was seine Präsenz betraf ... Sie spürten *etwas*, kein Zweifel. Aber sie glaubten schlicht und einfach, es sei zugig in der Kammer.

Der Pharao sah, wie Dil zum Tisch trat, mit einem dicken Musterbuch für Binden zurückkehrte und es nachdenklich an jenes Objekt hielt, das Teppicymon widerstrebend als seine Leiche anerkannte.

»Leinen«, sagte der Meister. »Das Leinen steht ihm gut.«

Gern neigte den Kopf zur Seite.

»Wie wär's mit Hanf und Jute?« schlug er vor. »Oder vielleicht Kattun ...«

»Nein, kein Kattun. Kattun kommt nicht in Frage. zu dick. Zu grob.«

»Er könnte hineinmodern. Mit der Zeit.«

Dil schnaufte abfällig: »Hineinmodern?« wiederholte er. »*Hinein*modern? Mit der Zeit. Ich frage dich: Was mag geschehen, wenn in tausend Jahren Grabräuber hierherkommen und Teppicymon der Siebenundzwanzigste in Kattun liegt? Vielleicht gelänge es ihm, durch den Korridor zu wanken und einen Frevler zu erwürgen, aber dann fielen bestimmt die Binden ab. Zumindest die Ellbogen kämen frei, und so etwas darf auf keinen Fall passieren. Ich könnte es nicht ertragen.«

»Aber in tausend Jahren bist du tot, Meister!«

»Tot? Was hat das denn damit zu tun?« Dil blätterte in dem dicken Buch. »Hanf und Jute sind nicht übel. Eine Menge Spielraum. Gute Dehnungseigenschaften. Damit kann er durch die Gänge *laufen*, wenn's nötig wird.«

Der Pharao seufzte. Er hätte einen leichteren Stoff vorgezogen, zum Beispiel Taft.

»Und mach endlich die Tür zu«, sagte Dil. »Hier drin zieht's.«

»Und nun wird es Zeit; daß wir unseren verstorbenen Vater besuchen«, sagte Dios. Er gestattete sich ein dünnes Lächeln. »Bestimmt freut er sich bereits darauf.«

Teppic überlegte. Die Vorstellung, einen ausgestopften, mit Binden umwickelten Leichnam zu betrachten, stimmte ihn keineswegs fröhlich, aber vielleicht hielt ein derartiges Ritual den Hohenpriester davon ab, ihm vorzuschlagen, irgendwelche Verwandten zu heiraten. Er hoffte, königliche Würde zu zeigen, als er sich bückte, um eine der Palastkatzen zu streicheln. Das Tier schnüffelte an der Hand, dachte angestrengt nach — es verdrehte dabei die Augen — und biß ihn in den Zeigefinger.

Teppic fluchte hingebungsvoll.

»Katzen sind heilig«, sagte Dios schockiert.

»Das mag bei langbeinigen Katzen mit silbrig glänzendem Fell und gelangweilten Mienen der Fall sein«, erwiderte Teppic. »Aber diese besondere Spezies ... Ich bin sicher, heilige Katzen lassen keine toten Ibisse unter dem Bett liegen. Heilige Katzen, denen draußen genug Sand zur Verfügung steht, kommen nicht herein, um ihre Geschäfte auf den königlichen Sandalen zu erledigen.«

»Katzen sind Katzen«, sagte Dios vage. Und: »Wenn wir jetzt so freundlich wären, uns zu folgen ...« Er deutete auf einen fernen Torbogen.

Teppic folgte dem Hohenpriester langsam. Er schien seit hundert Jahren hier zu Hause zu sein, aber es gelang ihm nicht, sich wohl zu fühlen. Die Luft war zu trocken, die Kleidung zu unbequem, die Temperatur zu hoch. Selbst mit den Gebäuden schien etwas nicht in Ordnung zu sein. Man nehme nur die Säulen. Die Säulen in seiner Heima ... Ähem. Die Säulen der Gilde wiesen hübsche Kannelierungen, marmorne Trauben und andere Verzierungen auf. Die djelibebische Version bot dem Auge des Betrachters birnenförmige Haufen dar, deren steinerne Masse sich im unteren Bereich konzentrierte.

Mehrere Diener setzten sich in Bewegung und trugen verschiedene zeremonielle Gegenstände.

Teppic versuchte, Dios' Gangart nachzuahmen, und nach einer Weile erinnerte sich sein Körper. Ganz einfach: Man neigte den Oberkörper *hier*hin, drehte den Kopf *dort*hin, hielt die Arme in einem Winkel von fünfundvierzig Grad ausgestreckt, wobei die Handflächen nach unten zeigten — und versuchte dann, das Gleichgewicht zu wahren und nicht die Orientierung zu verlieren.

Der Amtsstab des Hohenpriesters pochte immer wieder auf die Fliesen. Ein barfüßiger Blinder hätte sich bestens im Palast zurechtfinden können: Er brauchte nur den kleinen Dellen im Boden zu folgen.

»Ich fürchte, wir werden feststellen, daß sich unser Vater seit der letzten Begegnung ein wenig verändert hat«, sagte Dios im Plauderton, als sie an einem Gemälde vorbeiwogten — auf dem Bild empfing Königin Khaphut den Tribut aller Königreiche der Welt.

»Nun, ja«, antwortete Teppic. Dios' Tonfall überraschte ihn ein wenig. »Er ist tot, nicht wahr?«

»Das kommt hinzu«, bestätigte der Hohepriester. Teppic begriff, daß sich Dios' Worte nicht auf so banale Dinge wie den gegenwärtigen physischen Zustand Seiner Majestät bezogen.

Mit entsetzter Bewunderung starrte er auf den Rücken des alten Mannes. Dios war keineswegs grausam oder gleichgültig. Offenbar hielt er den Tod für eine ärgerliche Sandbank im ewigen Strom des Lebens: Der Umstand, daß Menschen starben, stellte für den Hohenpriester nur eine Unannehmlichkeit dar, eine Unterbrechung in der allgemeinen Routine.

Was für eine seltsame Welt, dachte Teppic. *Schattenhaft, ohne jeden Wandel. Und ich bin Teil davon.*

»Wer ist das?« fragte er und deutete auf ein besonders großes Fresko. Es zeigte einen hochgewachsenen Mann mit schornsteinartigem Hut und einem Bart, der wie ein Seil wirkte. Er stand in einem Streitwagen, der über Dutzende von kleineren Menschen hinwegrollte.

»Der Name steht in der Umrahmung«, sagte Dios geziert.

»Wo?«

»In dem kleinen Oval, Gebieter.«

Teppic beugte sich vor und starrte auf die Hieroglyphen.

»»Dünner Adler, Auge, Schlangenlinie, Mann mit Stock, sitzender Vogel, Schlangenlinie««, las er. Der Hohepriester schnitt eine Grimasse.

»Ich glaube, wir müssen uns mehr mit dem Studium moderner Sprachen beschäftigen«, sagte er und atmete tief durch. »Er heißt Pta-ka-ba. Er ist König, als das Djel-Reich vom Runden Meer bis zum Ozean am Rand reicht, als uns fast der halbe Kontinent Tribut leistet.«

Teppic begriff plötzlich, warum ihm die Ausdrucksweise des Hohenpriesters so seltsam erschien. Dios neigte zu verbalgrammatikalischer Akrobatie, wenn es darum ging, eine Vergangenheitsform zu vermeiden. Er deutete auf ein anderes Gemälde.

»Und die Frau dort?« fragte er.

»Sie ist Königin Khat-leon-ra-pta«, sagte Dios. »Sie herrscht im Zweiten Reich und erobert das Wiewunderland mit Schläue.«

»Aber sie ist tot, oder?« erkundigte sich Teppic.

»Das scheint der Fall zu sein«, erwiderte Dios nach einer kurzen Pause. Ja, er zog das Präsens vor.

»In Ankh-Morpork habe ich sieben Sprachen gelernt«, sagte Teppic und dachte erleichtert daran, daß die Benotungen in drei Fällen ein Geheimnis der Gilde blieben.

»Tatsächlich, Gebieter?«

»Ja. Morporkianisch, Vanglemeschtisch, Ephebisch, Laotanisch und ... einige andere.«

»Oh.« Dios nickte, lächelte und ging durch den Korridor. Er hinkte ein wenig, aber sein Schritt war trotzdem wie das Ticken von Jahrhunderten. »Die Sprachen der barbarischen Länder.«

Teppic musterte seinen Vater. Die Einbalsamierer hatten wirklich gute Arbeit geleistet und warteten auf ein Lob.

Ein Teil von ihm, der noch immer in Ankh-Morpork lebte, sagte laut: Dies ist eine Leiche, und das Umwickeln mit Binden holt den Toten bestimmt nicht ins Leben zurück. Wenn man in Ankh oder Morpork stirbt, wird man begraben, verbrannt oder den Raben zum Fraß vorgeworfen. Hier bedeutet der Tod nur, daß man keine Parties mehr besuchen kann; aber dafür wird einem das beste Essen serviert. Das ist doch lächerlich! Wie sollst du ein solches Königreich regieren? Die Leute hier scheinen den Tod mit Taubheit zu vergleichen — man muß nur ein bißchen lauter sprechen.

Doch eine zweite, ältere Stimme hielt dem entgegen: Seit siebentausend Jahren herrschst du über ein derartiges Reich. Im Vergleich mit dem Stammbaum eines hiesigen Melonen-Bauern sind ausländische Könige wie Eintagsfliegen. Uns gehörte der ganze Kontinent, bevor wir ihn verkauften, um all die Pyramiden zu bezahlen. Wir *denken* nicht einmal an andere Staaten, die weniger als dreitausend Jahre alt sind. Und mit dieser Einstellung kommen wir bestens zurecht.

»Hallo, Vater«, sagte Teppic.

Das Phantom Teppicymons des Siebenundzwanzigsten hatte bisher in einer Ecke gestanden und seinen Sohn beobachtet. Jetzt durchquerte es das Zimmer und eilte herbei.

»*Dir scheint es gut zu gehen!*« grüßte der verstorbene Pharao. »*Freut mich sehr, dich wiederzusehen. Hör mal, es gibt da einen wichtigen Punkt, den wir besprechen sollten. Hör gut zu, es geht um den Tod und so ...*«

»Er sagt, es freue ihn, dich wiederzusehen«, stellte Dios fest.

»Er hat zu Ihnen gesprochen?« fragte Teppic und bohrte in den Ohren. »Ich habe überhaupt nichts gehört.«

»Die Toten teilen sich nur den Priestern mit«, sagte der Priester. »So ist es bei uns Brauch.«

»Kann er mich verstehen?«

»Natürlich.«

»Ich habe über die ganze Sache mit den Pyramiden nachgedacht. Nun, äh, ich bin nicht mehr so sicher, ob es die Mühe lohnt, solche Bauwerke zu errichten.«

Teppic beugte sich vor. »Tantchen läßt dich grüßen«, sagte er laut. Er überlegte kurz. »Das heißt, meine Tante, nicht deine.« *Hoffe ich wenigstens,* dachte er.

»Hallo? Hallo? Kannst du mich hören?«

»Er erwidert den Gruß aus der jenseitigen Welt«, sagte Dios.

»Ja, schon, meinetwegen, aber HÖR mal, Sohn, ich möchte nicht, daß du nur meinetwegen eine Py...«

»Wir bauen dir eine prächtige Pyramide, Vater. Du wirst staunen. Keine Sorge: Viele Leute werden sich um dich kümmern.« Teppic richtete seinen Blick auf Dios. »Das gefällt ihm doch, oder?«

»Ich will keine Pyramide!« rief der Pharao. *»Es gibt da eine höchst interessante Ewigkeit, mit der ich mich eingehender beschäftigen möchte. Ich verbiete es dir, mich in einer verdammten Pyramide einzusperren!«*

»Er hält das für angemessen und fügt hinzu, du seiest ein pflichtbewußter Sohn«, übersetzte Dios.

»Kannst du mich sehen? Wie viele Finger halte ich hoch? Glaubst du etwa, es sei lustig, den Rest des Todes unter einer Million Tonnen Fels zu verbringen und zu beobachten, wie man sich langsam in Staub verwandelt? Haben nicht einmal Tote das Recht, sich ein wenig auszuleben?«

»Es ist sehr zugig hier drin, Gebieter«, sagte Dios. »Vielleicht sollten wir die Kammer verlassen.«

»*Außerdem kannst du dir gar keine Pyramide leisten!*«

»Und wir geben dir deine Lieblingsfresken und -statuen mit.« Teppic suchte nach den richtigen Worten. »Deine ganzen Sachen. Du möchtest doch nicht darauf verzichten, oder?«

»Er will doch nicht darauf verzichten, oder?« wandte er sich an Dios, als sie zum Thronsaal zurückkehrten. »Ich meine, er wird doch glücklich sein, oder? Oder?«

»Ganz bestimmt, Gebieter«, entgegnete der Hohepriester. »Ich habe nicht den geringsten Zweifel daran, Gebieter.«

Ich schon, dachte Teppic.

Teppicymon XXVII. blieb im Einbalsamierungszimmer zurück und versuchte ohne großen Erfolg, Gern auf die Schulter zu klopfen. schließlich gab er auf und nahm neben seiner Leiche Platz.

»*Wenn ich dir einen guten Rat geben darf, Junge*«, sagte er bitter, »*setz keine Kinder in die Welt. Nachkommen bereiten einem nur Probleme.*«

Und dann die Große Pyramide.

Teppics Schritte hallten von den marmornen Fliesen wider, als er um das Modell herumging. Er wußte nicht genau, welche Reaktion man jetzt von ihm erwartete. Vermutlich gerieten Könige und Pharaonen häufig in eine solche Situation, und der geschickte Ausweg hieß: Interesse zeigen.

»Nicht übel, nicht übel«, sagte er. »Wie lange befassen Sie sich schon mit der Entwicklung von Pyramiden?«

Ptaclusp, Architekt und Gelegenheits-Pyramidenbauer in Diensten der Obrigkeit, verbeugte sich tief.

»Mein ganzes Leben lang, o Licht des Mittags.«

»Sicher eine faszinierende Tätigkeit«, meinte Teppic.

Ptaclusp sah Dios an, der kurz nickte.

»Sie hat ihre Vorteile, O Quell Aller Wasser«, antwortete er vorsichtig. Er war nicht an Pharaonen gewöhnt, die wie ganz normale Menschen sprachen. Es verunsicherte ihn, erschütterte sein Selbstvertrauen.

Teppic deutete auf das Modell.

»Ja«, sagte er und gestikulierte vage. »Nun. Gut. Äh. Vier Wände und eine spitze Spitze. Alles so, wie es sein soll. Ausgezeichnet. Erstklassig.« Die Stille um ihn herum verdichtete sich.

»Gute Arbeit«, fuhr er fort. »Ich meine, es kann nicht der geringste Zweifel daran besteht. Dies — ist — eine — Pyramide. Und was für eine! Ja, in der Tat.«

Selbst das schien noch nicht zu genügen. Teppic fragte sich, was er hinzufügen konnte. »Die Leute werden sie noch in Jahrhunderten sehen und, äh, sagen: Dies *ist* eine Pyramide. Äh.«

Er hüstelte. »Die Wände sind hübsch schräg«, krächzte er.

»Aber«, sagte er.

Zwei Augenpaare musterten ihn. Stumm.

»Äh«, sagte er.

Dios wölbte eine Braue.

»Gebieter?«

»Wenn ich mich recht entsinne, hat mein Vater einmal gesagt, daß er nach seinem Tod, äh, ja, er spielte mit dem Gedanken, ich meine, er hätte es vorgezogen, äh, um ganz genau zu sein, äh, es wäre ihm lieber gewesen und so, äh, im Meer bestattet zu werden.«

Teppic duckte sich innerlich, doch es erklangen keine empörten Stimmen.

»Sicher meinte er das Delta«, sagte Ptaclusp. »Am Delta ist der Boden sehr weich. Es dauert Monate, um ein richtiges Fundament zu schaffen, und das Risiko eines riskanten Einsinkens läßt sich nicht ganz beseitigen. Hinzu kommt die Feuchtigkeit. In Pyramiden sollte es nicht feucht sind. So etwas schadet der Mumie.«

»Nein.« Teppic schwitzte unter dem heißen Blick des Hohenpriesters. »Ich glaube, mein Vater dachte an eine Bestattung *im* Meer.«

Ptaclusp runzelte die Stirn. »Ziemlich schwierig«, sagte er nach einer Weile. »Aber eine interessante Idee. Ich schätze, man *könnte* ein kleines Exemplar bauen — etwa eine Million Tonnen schwer — und als Basis Pontons oder etwas in der Art verwenden ...«

»Nein«, wiederholte Teppic und versuchte, nicht laut zu lachen. »Ich glaube, der Wunsch meines Vaters besteht darin, *ohne* ...«

»Teppicymon XXVII. möchte ohne Verzögerungen zu Grabe getragen werden«, sagte Dios. Seine Stimme erinnerte Teppic an geölte Seide. »Außerdem verlangt er die Ehre, daß Sie eine besonders gute Pyramide für ihn bauen, Architekt.«

»Nein, das haben Sie bestimmt falsch verstanden«, warf Teppic ein.

Die Mimik des Hohenpriesters erstarrte, und Ptaclusp wäre am liebsten unsichtbar geworden. Er versuchte, möglichst unauffällig zu wirken, starrte so konzentriert auf den Boden, als hinge sein Überleben davon ab, sich alle Details der Fliesen genau einzuprägen.

»Falsch verstanden?«« sagte Dios.

»Nun, ich möchte Ihnen keineswegs zu nahe treten«, entgegnete Teppic. »Ich weiß natürlich, daß Sie es gut meinen, aber, äh, in diesem Zusammenhang drückte sich mein Vater sehr klar aus ...«

»Ich meine es gut?« fragte Dios und drehte jedes einzelne Wort wie eine bittere Frucht im Mund herum. Ptaclusp räusperte sich leise, beendete die Beobachtung des Bodens und begann mit der Decke.

Dios ächzte. »*Gebieter*«, sagte er, »wir haben immer Pyramiden gebaut. Alle unsere Pharaonen sind in Pyramiden aufgebahrt. So ist es bei uns Brauch. Und so wird es auch Brauch bleiben.«

»Ja, aber ...«

»In dieser Hinsicht erübrigen sich Diskussionen«, fuhr Dios fort. »Wer sollte sich etwas anderes wünschen? Kompetentes Geschick, das die Entweihungen der Zeit fernhält ...« Jemand zog den geölten Samt aus der Stimme, schob stählerne Rüstungsplatten und außerordentlich spitze Speere hinein. »Bis in alle Ewigkeit vor den Unbilden des Wandels geschützt ...«

Teppic sah auf die Finger des Hohenpriesters. Die Knöchel standen weiß hervor, schienen sich voller Zorn durch die Haut bohren zu wollen.

Sein Blick glitt an einem von grauem Stoff umhüllten Arm empor und erreichte Dios' Gesicht. *Meine Güte!* fuhr es Teppic durch den Sinn. *Er sieht wirklich so aus, als hätten es die Götter satt, auf seinen Tod zu warten, als sei er bereits ausgestopft und mumifiziert.* Dann bemerkte er den Glanz in den Pupillen des Hohenpriesters, und eine innere Glocke läutete, schlug lauten Alarm.

Teppic hatte das Gefühl, als ziehe man ihm langsam das Fleisch von den Knochen. Er gewann den recht unangenehmen Eindruck, so wichtig zu sein wie eine Eintagsfliege. Er war eine notwendige Eintagsfliege, sicher, eine Eintagsfliege, der gewisser Respekt gebührte — aber trotzdem ein Insekt mit allen entsprechenden Rechten. In Dios' starrem brennenden Blick blieb ihm so viel freier Willen wie unbeschwerten Papyrusrollen während eines heulenden Orkans.

»Es ist der erklärte Wille des Pharaos, in einer Pyramide bestattet zu werden«, sagte Dios. Der Schöpfer mußte einen ähnlichen Tonfall benutzt haben, als er den Mond und die Sterne plante.

»Äh«, machte Teppic.

»Dem Pharao steht die beste aller Pyramiden zu«, sagte der Hohepriester.

Teppic gab auf.

»Oh«, erwiderte er. »Ja. Gut. In Ordnung. Die beste der besten. Völlig klar.«

Ptaclusp lächelte erleichtert, schwang eine Wachstafel herum, griff in die Tasche des staubigen Umhangs und holte einen Stift hervor. Es kam darauf an, das Geschäft so schnell wie möglich abzuschließen. Wenn man in einer solchen Situation zögerte, saß man plötzlich auf eins Komma fünf Millionen Tonnen reserviertem Kalkstein fest.

»Wir nehmen also das Standardmodell, o Wasser in der Wüste?«

Teppic sah Dios an, der ins Nichts starrte, die Bulldoggen der Entropie allein mit Willenskraft zum Gehorsam zwang.

»Wie wär's mit einer größeren Version?« schlug der Sohn des verstorbenen Teppicymons hilflos vor.

»Die Ausführung Superluxus Läßt Keine Wünsche Offen«, sagte Ptaclusp. »Ein ausgesprochen exklusives Modell, o Fundament des Universums. Überdauert mindestens zwei Ewigkeiten. In diesem Äon bieten wir auch verschiedene Formen von parakosmischer Bedeutung, die der Struktur ohne zusätzliche Kosten hinzugefügt werden. Gratis sozusagen.«

Er hob erwartungsvoll den Kopf, hielt unwillkürlich den Atem an.

»Ja«, sagte Teppic. »Ja, klingt gut.«

Dios holte tief Luft. »Der Pharao verlangt mehr als nur das«, verkündete er.

»Tatsächlich?« fragte Teppic skeptisch.

»Ja, Gebieter«, bestätigte Dios glatt. »Es ist Ihr Wunsch, daß man ein besonders großes Monument für Ihren Vater errichtet.« *Ein Wettkampf*, dachte Teppic. *Die Regeln sind mir unbekannt. Ich weiß nicht einmal, worum es geht. Himmel, ich werde verlieren.*

»Sind Sie ganz sicher? Oh. Ja. Äh. Vermutlich haben Sie recht. Ja.«

»Eine Pyramide, wie man sie an den Ufern des Djel noch nie zuvor gesehen hat«, sagte Dios. »So lautet der königliche Befehl. Es ist nur recht und billig.«

Billig wohl kaum, dachte Teppic.

»Ja, ja, etwas in der Art«, erwiderte er. »Äh. Zweimal die normale Größe«, fügte er verzweifelt hinzu und stellte zufrieden fest, daß er Dios für den Bruchteil einer Sekunde aus der Fassung brachte.

»Gebieter?«

»Es ist nur recht und billig«, sagte Teppic.

Der Hohepriester setzte zu einem Einwand an, bemerkte Teppics Gesichtsausdruck und klappte den Mund wieder zu.

Ptaclusp schrieb eifrig, und sein Adamsapfel hüpfte auf und ab. Eine solche Chance bekam man nur einmal in seinem Berufsleben.

»Ich schlage eine hübsche schwarze Marmorfassade vor«, murmelte er, ohne aufzusehen. »Für die Außenseite. Vielleicht haben wir im Steinbruch *gerade genug* Material. O König der Himmelsaugen«, sagte er rasch.

»Gute Idee«, antwortete Teppic.

Ptaclusp griff nach einer zweiten Wachstafel. »Soll der Schlußstein aus Elektrum bestehen? Es ist billiger, ihn gleich von Anfang an einzuplanen. Manche Kunden entscheiden sich zuerst für Silber, und später sagen sie dann: Ach, hätte ich doch nur ...«

»Elektrum, ja.«

»Und die üblichen Büroräume.«

»Wie bitte?«

»Die Grabkammer und das Vorzimmer. Ich empfehle das Modell Memphis. Es genügt selbst den höchsten Ansprüchen und berücksichtigt auch einen Raum, in dem man diverse Schätze unterbringen kann. Sie wissen schon: all die kostbaren Dinge, die man nicht zurücklassen möchte.« Ptaclusp drehte die Tafel um und nahm sich die andere Seite vor. »Außerdem natürlich eine ähnliche Suite für die Königin, nehme ich an? O Pharao, der niemals stirbt.«

»Äh? O ja«, sagte Teppic und warf Dios einen kurzen Blick zu. »Ja, genau. Das ganze Drum und Dran.«

»Und dann das Labyrinth«, fuhr Ptaclusp fort und versuchte, seine Stimme möglichst ruhig klingen zu lassen. »Sehr beliebt in dieser Epoche. Und auch wichtig. Ich meine, es hat keinen Sinn, ein Labyrinth hinzuzufügen, nachdem die Grabräuber ihre Säcke gefüllt haben. Vielleicht bin ich ein wenig altmodisch, aber ich gebe immer den Rat, Platz für ein ordentliches Labyrinth zu lassen. Mein Motto lautet: Die Räuber gelangen hinein — aber nie wieder heraus. Ein gutes Labyrinth kostet etwas mehr, aber was bedeutet Geld unter den gegenwärtigen Umständen? O Herr des Wassers.«

Es bedeutet eine ganze Menge, wenn man keins hat, flüsterte eine leise Stimme in Teppics Kopf. Er achtete nicht darauf, ließ sich allein vom Schicksal leiten.

»Ja«, entgegnete er und straffte die Schulter, »ein Labyrinth. Nein, gleich zwei.«

Ptaclusps Stift bohrte sich durch die Wachstafel.

»Eins für den Pharao, das andere für seine Gemahlin«, krächzte er. »Natürlich. Angemessen. Recht und billig. Mit den üblichen Fallen? In dieser Hinsicht bieten wir eine breite Auswahl: Fallgruben, fatale Sackgassen, Schmetterkugeln, herabfallende Speere, vergiftete Pfeile ...«

»Ja, ja«, sagte Teppic. »Wir nehmen sie. Wir nehmen sie alle. Ja, alle.«

Der Architekt atmete tief durch.

»Darüber hinaus sollten wir auch an die notwendigen Säulen, Sphingen, Bildnisse, Inschriften und dergleichen denken ...«

»Eine Menge davon«, sagte Teppic. »Wir überlassen es Ihnen.«

Ptaclusp wischte sich den Schweiß von der Stirn.

»Gut«, brachte er heiser hervor. »Wunderbar.« Er putzte sich die Nase. »Wenn Sie gestatten, o Säer der Saat ... Ihr Vater kann wirklich stolz auf einen so pflichtbewußten Sohn sein. Wenn Sie erlauben ...«

»Ich erlaube Ihnen, jetzt zu gehen«, warf Dios ein. »Sie werden sofort mit der Arbeit beginnen.«

»Unverzüglich, das versichere ich Ihnen«, sagte Ptaclusp. »Äh.«

Er schien mit einem höchst wichtigen philosophischen Problem zu ringen.

»Ja?« fragte Dios kühl.

»Es ist äh. Da wäre noch zu klären, wie äh. Um nicht zu sagen äh. Sie sind natürlich ein guter und geschätzter Kunde, aber leider äh. An Ihrer Kreditwürdigkeit besteht nicht der geringste Zweifel äh. Ich möchte keineswegs behaupten, daß äh.«

Der Hohepriester musterte ihn eisig. Sein Blick hätte selbst eine Sphinx veranlaßt, zu blinzeln und den Kopf zur Seite zu drehen.

»Sie möchten etwas sagen?« erkundigte er sich. »Seine Majestät hat nur *wenig* Zeit.«

Ptaclusps Lippen zitterten und verwandelten sich in einen Filter, der Worte wie ›Bezahlung‹ zurückhielt. Selbst Götter wurden unsicher, wenn ihnen Dios mit einem derartigen Blick begegnete. Auch die hölzernen Schlangen des Amtsstabs schienen den Architekten zu beobachten.

»Äh, nein, nein. Entschuldigung. Ich habe nur, äh, laut gedacht. Ich gehe jetzt, nicht wahr? Es gibt viel zu tun. Äh. Eine Menge Arbeit wartet auf mich. Äh.« Er verbeugte sich tief.

Er war bereits auf halbem Wege zum Tor, als ihm der Hohepriester nachrief: »Fertigstellung in drei Monaten. Rechtzeitig zur Überschwemmung.«*

»*Was?*«

---

* Das Alte Königreich erstreckt sich, wie bereits erwähnt, an einem Fluß, und deshalb hält man sich dort nicht damit auf, das Jahr in so banale Dinge wie Sommer, Frühling und Winter einzuteilen. Der Kalender basiert vielmehr auf dem Pulsschlag des Djel, und die drei Jahreszeiten heißen Saatzeit, Überschwemmung und Matsch. Eine logische, rationale und durchaus praktische Tradition; nur die Barbershop-Quartetts halten nicht viel davon.**

** Der Grund: Man kommt sich wie ein Narr vor, wenn man ›In der Überschwemmung blühen die Blumen‹ singt.

»Sie sprechen mit dem eintausenddreihundertachtundneunzigsten Monarchen«, sagte Dios streng.

Ptaclusp schluckte. »Bitte entschuldigen Sie, äh«, hauchte er. »Ich wollte sagen: *Was*, o großer Pharao? Ich meine, allein der Transport der Steine dauert mindestens äh.« Die Unterkiefer des Architekten mahlten, als er sich verschiedene Bemerkungen zurechtlegte und sie (in seiner Phantasie) in den gletscherkalten Blick des Hohenpriesters schleuderte. »Tsort wurde nicht an einem Tag erbaut«, murmelte er.

»Kein Wunder«, erwiderte Dios. »Die Baumeister bekamen ihre Anweisungen nicht von mir.« Er lächelte, und Ptaclusp erzitterte innerlich. »Sie dürfen uns eine zusätzliche Summe in Rechnung stellen.«

»Was allerdings nicht bedeutet, daß Sie auch zah ...«, begann Ptaclusp und biß sich auf die Zunge.

»Wenn Sie nicht rechtzeitig fertig sind, müssen Sie mit einer schrecklichen Strafe rechnen«, sagte Dios. »Die übliche Klausel.«

Ptaclusp brachte nicht den Mut auf, dem Hohenpriester zu widersprechen. »Selbstverständlich«, flüsterte er und gab sich geschlagen. »Es ist mir eine Ehre. Wenn Eure Eminenzen mich nun entschuldigen würden ... Es bleibt noch einige Stunden lang hell, und diese Zeit möchte ich nutzen.«

Teppic nickte.

»Danke«, sagte der Architekt. »Mögen Ihre Lenden Früchte tragen, o Pharao. Ich wünsche Ihnen göttlichen Segen, Lord Dios.«

Ptaclusp eilte durchs Tür und stürmte die Treppe herab.

»Es wird eine prächtige Pyramide sein«, sagte Dios. »Zu groß, aber prächtig.« Er blickte an den Säulen vorbei zur Nekropolis, die sich am anderen Ufer des Djel erstreckte.

»Prächtig«, wiederholte er und verzog kurz das Gesicht, als Schmerz in seinen Knien brannte. In der kommenden Nacht mußte er erneut den Fluß überqueren; es blieb ihm gar nichts anderes übrig. Er hatte viel zu lange damit gewartet. Entsetzen vibrierte in ihm, als er sich vorstellte, dem Königreich nicht mehr dienen zu können...

»Ist alles in Ordnung mit Ihnen, Dios?« fragte Teppic.

»Gebieter?«

»Ich glaube, Sie sind ein wenig blaß.«

Panik huschte durch das faltige, zerfurchte Gesicht des Hohenpriesters. Er richtete sich zu seiner vollen Größe auf.

»Seien Sie unbesorgt, Gebieter — ich bin bei bester Gesundheit. Es geht mir ausgezeichnet, Gebieter!«

»Sie haben es nicht ein wenig übertrieben?«

Diesmal war der Schrecken noch etwas deutlicher.

»Übertrieben, Gebieter? Was?«

»Sie sind ständig beschäftigt, Dios. Sie stehen als erster auf, gehen als letzter zu Bett. Sie sollten es ruhiger angehen.«

»Ich lebe nur, um zu dienen, Gebieter«, sagte der Hohepriester fest. »Ich lebe nur, um zu dienen.«

Teppic gesellte sich ihm auf dem Balkon hinzu. Die Sonne neigte sich dem Horizont entgegen und glühte auf eine von Menschen geschaffene Gebirgskette herab. Es handelte sich nur um das Zentralmassiv; die Pyramiden reichten vom Delta bis zum zweiten Katarakt, wo der Djel in den Bergen verschwand. Hinzu kam: Die Pyramiden standen auf dem fruchtbarsten Land, in unmittelbarer Nähe des Stroms. Selbst die Bauern hätten es als einen blasphemischen Frevel empfunden, etwas anderes vorzuschlagen.

Einige der kleinen Pyramiden bestanden aus grob behauenen Steinblöcken, denen es auf geheimnisvolle Weise gelang, noch älter auszusehen als die Berge am Rande der Wüste. Nun, die Berge existierten seit dem Anbeginn der Zeit — Begriffe wie ›jung‹ und ›alt‹ blieben ohne Bedeutung für sie. Doch die ersten Pyramiden wurden von Menschen errichtet, kleinen Säcken aus denkendem Wasser, zusammengehalten von fragilen Kalzium-Ansammlungen. Sie hatten den Fels in Stücke geschnitten und ihm anschließend eine bessere Form gegeben. Die von ihnen geschaffenen Bauwerke waren *alt*.

Im Laufe der Jahrtausende veränderte sich die architektonische Mode. Bei den neueren Pyramiden zog man glatte Außenflächen und hohe Spitzen vor, aber es gab auch abgeflachte Versionen mit Glimmerfliesen. Für einen guten Kletterer boten selbst die steilsten von ihnen nur einen Schwierigkeitsgrad von höchstens 1,0. Einige der Säulen und Tempel im Bereich der Pyramiden — sie wirkten wie Schleppkähne vor den Schlachtschiffen der Ewigkeit — schienen dagegen weitaus interessanter zu sein.

Schlachtschiffe der Ewigkeit, dachte Teppic. *Voller Stolz segeln sie durch den Nebel der Zeit, und alle Personen an Bord reisen in der Ersten Klasse . . .*

Einige Sterne hatten früher als sonst Ausgang bekommen, und Teppic sah zu ihnen empor. *Vielleicht gibt es auch noch woanders Leben*, überlegte er. *Möglicherweise auf den Sternen. Wenn wirklich Myriaden von Universen existieren, dicht an dicht aneinandergereiht, nur durch die Dicke eines Gedankens voneinander getrennt, so muß es dort oben von den seltsamsten Wesen wimmeln.*

Aber ganz gleich, wo sie sind und welche Mühe sie sich geben, wie sehr sie sich auch anstrengen: Sie können nicht annähernd so hinverbrannt dumm sein wie wir. Ich meine, in dieser Hinsicht haben wir eine lange Tradition. Man gab uns einen Funken Idiotie, und im Verlauf vieler hunderttausend Jahre entfachten wir ein großes Feuer daraus.

Er wandte sich an Dios und fühlte sich verpflichtet, ihre Beziehung ein wenig zu verbessern.

»Man *spürt* ihr Alter«, sagte er im Plauderton.

»Gebieter?«

»Die Pyramiden, Dios. Sie sind alt.«

Der Hohepriester blickte über den Fluß. »Tatsächlich?« erwiderte er. »Ja, das stimmt vermutlich.«

»Bekommen Sie ebenfalls eine?« fragte Teppic.

»Eine Pyramide?« Dios dachte kurz nach. »Es ist bereits alles geregelt, Gebieter. Einer Ihrer Vorfahren war so freundlich, alle notwendigen Vorbereitungen für mich zu treffen.«

»Das ist sicher eine große Ehre für Sie«, sagte Teppic. Dios nickte würdevoll. Normalerweise waren die Salons der Ewigkeit für die Angehörigen der königlichen Familie reserviert.

»Natürlich handelt es sich um ein sehr kleines Exemplar. Schlicht und einfach. Aber es genügt mir völlig. Ich stelle keine hohen Ansprüche.«

»Wirklich nicht?« erwiderte Teppic und gähnte. »Das freut mich für Sie. Nun, wenn Sie nichts dagegen haben, ziehe ich mich jetzt zur Nachtruhe zurück. Es war ein langer Tag.«

Dios verneigte sich so, als wiese seine Gestalt irgendwo in der Mitte Angeln auf. Teppic hatte bereits bemerkt, daß der Hohepriester mindestens fünfzig verschiedene Versionen des Verneigens beherrschte, und jede einzelne vermittelte eine subtile Botschaft. Diese sah aus wie Nummer Drei, Ich bin Ihr demütiger Diener.

»Außerdem ein sehr guter und angenehmer Tag, wenn ich das hinzufügen darf, Gebieter.«

Teppic kramte in den Schubladen seines Vokabulars. »Glauben Sie?« fragte er schließlich.

»Die Wolkenmuster beim Sonnenaufgang zeichneten sich durch einen ganz besonderen ästhetischen Aspekt aus. Sie verstehen Ihr Handwerk, Gebieter.«

»Sind Sie sicher?« Teppic überlegte. »Muß ich auch einen, äh, Beitrag zum Sonnenuntergang leisten?«

»Seine Majestät beliebt zu scherzen«, sagte Dios. »Die Sonne geht von allein unter, Gebieter. Haha.«

»Haha«, wiederholte Teppic.

Dios ließ seine Fingerknöchel knacken. »Der Trick besteht darin, sie morgens über den Horizont zu locken.«

Die von Knoten hinterlassenen, inzwischen vergilbten Schriftrollen behaupteten, die große orangefarbene Sonne werde jeden Abend von der Himmelsgöttin Was verspeist. Angeblich ließ sie nur einen kleinen Teil übrig, aus dem während der Nacht eine neue Sonne für den nächsten Morgen wachsen konnte. Dios wußte, daß dies den Tatsachen entsprach.

Im *Buch Der Grube In Der Man Bleiben Soll* stand geschrieben, die Sonne sei das Augen von Yay: Jeden Tag krieche es über den Himmel, auf der endlosen Suche nach den Zehennägeln.* Dios wußte, daß dies der Wahrheit gerecht wurde.

Bei den geheimen Ritualen des Rauchenden Spiegels ging es um eine Sonne, die ein rundes Loch in einer sich drehenden blauen Seifenblase darstellte. Die Blase gehörte zum Körper der Göttin Nesch, und das Sonnenloch gewährte einen Blick in die Feuerwelt im Innern des göttlichen Leibs. Die Sterne waren winzige Öffnungen, durch die es regnete. Dios zweifelte nicht an dieser Realität.

Volkssagen erklärten die Sonne als eine Kugel aus Feuer, die jeden Tag um die Welt kreiste. Außerdem schilderten sie die Welt als gewaltige Scheibe, die auf dem Rücken einer riesigen Schildkröte durch die immerwährende Schwärze des Universums getragen wurde. Es fiel Dios nicht unbedingt leicht, sich mit einer solchen Vorstellung anzufreunden, aber er wußte trotzdem, daß sie die Wirklichkeit erklärte.

Des weiteren wußte Dios, daß Net der Oberste Gott

---

* Wörtlich ›Dhar-ret-kar-mon‹ bzw. ›abgeschnittener Nagel‹. Manche Gelehrten vertreten jedoch den Standpunkt, es müsse ›Dar-rhet-kare-mhun‹ heißen, was soviel bedeutet wie ›Heißluft-Abbeizmittel‹.

war, ebenso wie Fon. Und natürlich auch Hast, Set, Bin, Sot, Io, Dhekl und Ptooie. Er wußte, daß Herpetin Dreibein ganz allein in der Totenwelt regierte und ihren Thron mit folgenden heiligen Entitäten teilte: Synkope, dem welsköpfigen Silur und Jetztbistdudran, der Göttin aller nymphomanischen Ehefrauen.

Dios war der höchste Hohepriester einer Nationalreligion, die siebentausend Jahre lang gegärt und gebrodelt hatte, ohne jemals einen Gott abzuweisen — schließlich konnte er sich irgendwann einmal als nützlich erweisen. Er wußte, daß viele widersprüchliche Dinge stimmten. Andernfalls hätten Ritual und Glauben ihre Bedeutung verloren, und wenn so etwas geschah, drohte das Ende der Welt. Eine derartige Denkweise führte dazu, daß es in den Gedanken der djelibebischen Priester Platz für viele unterschiedliche Ideen gab. Sie stellten eine intellektuelle Anpassungsfähigkeit unter Beweis, die selbst einen Quantenmechaniker überfordert hätte.

Dios' Stab klopfte über die marmornen Fliesen, als er durch dunkle abgelegene Korridore hinkte und kurz darauf eine kleine Anlegestelle erreichte. Unbeholfen kletterte er in ein Boot, löste die Leine und ruderte über den finsteren Djel.

Kälte kroch dem Hohenpriester durch Hände und Füße. *Ich bin wirklich ein Narr gewesen,* dachte er. *Warum habe ich so lange gewartet?*

Das Boot neigte sich auf den Wellen hin und her; die Schwärze der Nacht verschlang das letzte Licht der untergegangenen Sonne. Am anderen Ufer gehorchten die Pyramiden uralten Gesetzen, und ihre Entladungsblitze flackerten gen Himmel.

Es flackerte auch im Haus von Ptaclusp & Co., Nekropolis-Architekten In Diensten Der Dynastien. Allerdings stammte das Licht von gewöhnlichen Fackeln. Der Vater und seine beiden Söhne saßen an einer großen Wachstafel und führten ein sehr angeregtes Gespräch.

»Es geht nicht darum, *wann* der Pharao bezahlt, sondern *ob*«, sagte Ptaclusp IIa. »Ich meine, es spielt dabei nur eine untergeordnete Rolle, ob die Schatzkammern des Palastes gefüllt sind oder nicht. Die Majestäten scheinen finanzielle Verpflichtungen für etwas zu halten, das nur ihre Untertanen betrifft. Dynastien wie Tsort bezahlen zwar erst nach hundert Jahren oder so, aber wenigstens verzichten sie darauf, die Rechnungen einfach zu ignorieren. Warum hast du nicht ...«

»Seit dreitausend Jahren bauen wir Pyramiden an den Ufern des Djel«, warf Vater Architekt ein. »Und wir mußten noch keinen Konkurs anmelden, oder? Nein. Die anderen Königreiche sehen zum Djel und sagen: He, Donnerschlach, da gibt's eine Familie, die sich wirklich mit Pyramiden auskennt. Und dann sagen sie: Sieht wirklich toll aus; genau das Richtige, um unsere Landschaft zu schmücken. Und dann fügen sie hinzu: Wir möchten ebenfalls eine Pyramide, mit allem, was dazu gehört, Mumie inklusive.« Der Vater legte eine kurze Pause ein. »Außerdem haben wir es hier mit echten Eminenzen zu tun. Sie sind nicht wie die Königsgeschlechter in anderen Ländern: jetzt auf dem Thron und in tausend Jahren passé. Die Pharaonen sind halbe Götter. Ich meine, Halbgötter. Und von Göttern erwartet man nicht, daß sie ihre Rechnungen bezahlen, oder? Sie laufen nicht mit einem Portemonaie herum.«

»Dann sollte man auch uns einen Platz im Tempel freihalten«, grummelte IIa. »Wenn Geldmangel und Pleite Zeichen von Göttlichkeit sind, gibt es bald Ptaclusp-Priester.«

»Du kennst dich noch nicht richtig mit dem Geschäft aus, Sohn. Du glaubst, es ginge nur darum, die Bücher in Ordnung zu halten. Nun, da irrst du dich.«

»Es ist eine Frage der Masse. Und des Verhältnisses zwischen Kraft und Gewicht.«

Zwei Augenpaare starrten Ptaclusp IIb an, der auf einige Zettel starrte. Der junge Mann drehte seinen Stift in aufgeregt zitternden Händen hin und her.

»Im unteren Bereich müssen wir Granit verwenden«, sagte IIb mehr zu sich selbst. »Kalkstein gäbe nach und könnte dem Energiefluß nicht standhalten. Was die energetischen Interaktionen betrifft ... *Meeiine* Güte, sie dürften enorm sein. Ich meine, wir reden hier nicht von einem normalen Entladungspotential. Das Ding ist wie eine gigantische Nudelrolle, die auf den Kopf eines unvorsichtigen Heimkehrers herabsausen könnte. Wenn ihr versteht, was ich meine.«

Ptaclusp rollte mit den Augen. Seine Dynastie war erst eine Generation alt, und schon ergaben sich Schwierigkeiten. Der eine Sohn ein geborener Buchhalter, der andere in die läppischen Neuheiten der kosmischen Technik vernarrt. *Zu meiner Zeit gab es so etwas nicht*, dachte Vater betrübt. *Man zeichnete die Pläne, schnappte sich zehntausend freiberufliche Steinschlepper auf einer Tageslohn-Basis und ließ sie ein paar Überstunden machen, am Wochenende mit Zuschlag. Sie brauchten die Blöcke nur aufzuschichten. Irgend etwas Kosmisches brauchten wir nicht.*

Nachkommen! Die Götter bescherten ihm einen Sohn, der den Atem in Rechnung stellte, wenn er ›Guten Morgen‹ sagte. Und der andere verehrte Geometrie, hockte die ganze Nacht am Zeichenbrett und entwarf Aquädukte. Man sparte und legte auf die hohe Kante, um sie zur besten Schule zu schicken, und sie dankten es einem, indem sie gebildet zurückkehrten.

»Ich verstehe *nicht*, was du meinst«, brummte er.

»Die Entladungen ...« IIb drehte seinen Abakus, schob die kleinen Keramikperlen hin und her. »Gehen wir mal von der zweifachen Größe des Superluxus-Modells aus. Dann haben wir eine Masse von ... Plus zusätzlich codierte Dimensionen mit okkulter Bedeutung, wie es der Katalog vorsieht ... wißt ihr, mit den vor hundert Jahren gebräuchlichen primitiven Techniken wären wir nicht einmal in der Lage gewesen, ein solches Ding zu bauen ...« Der Abakus rasselte, und IIbs Hände bewegten sich so schnell, daß sie zu konturlosen Schemen wurden.

IIa schnaufte leise und konzentrierte sich auf sein eigenes Recheninstrument.

»Kalkstein zum Preis von zwei Talenten je Tonne ...«, sagte er. »Abnutzung der Werkzeuge ... Lohn ... Lagergeld ... Ausfall durch Bruch ... Wiederbeschaffungskosten für schwarzen Marmor ... Verwaltungs- und Aufsichtsgebühren ... Oh, oh, *oh* ...«

Ptaclusp seufzte. Zwei Abakusse, die den ganzen Tag über rasselten — der eine veränderte das Antlitz der Welt, und der andere berechnete den Preis dafür. *Was ist mit den zwei Holzstäben und dem Senkblei geschehen?*

Die letzten Perlen klickten.

»Ein wahrer Quantensprung in der Pyramidologie«, sagte IIb, lehnte sich zurück und lächelte verträumt.

»Ein wahrer Kwan ...«, begann IIa.

»Quantensprung«, wiederholte IIb und genoß das Wort.

»Es wäre ein wahrer Quantensprung im Bankrott«, stellte IIa fest. »Man müßte eine neue Bezeichnung dafür erfinden.«

»Wir könnten unseren Rivalen ein Schnippchen schlagen«, sagte IIb. »Denk nur an den enormen Reputationsvorteil.«

»Repu ...« IIa verschluckte sich fast. »Ich wußte gar nicht, daß wir ein Pleite-Wettrennen mit der Konkurrenz veranstalten.«

»Die Pyramide wäre ein unübersehbares Zeichen architektonischer Kunst! Zahllose Menschen werden sie in den kommenden Jahrtausenden bewundern und ausrufen: ›Was Pyramiden angeht, hatte Ptaclusp echt was auf dem Kasten.‹«

»Man wird sie ›Ptaclusps Größenwahn‹ nennen!«

Die beiden Brüder standen auf, und nur wenige Zentimeter trennten ihre Nasen voneinander.

»Du hast da ein Problem, Brüderchen: Du kennst die Kosten bestimmter Dinge, aber nicht ihren Wert!«

»*Dein* Problem besteht darin, daß du davon ... keine Ahnung hast!«

»Es ist die Pflicht der Menschheit, Großes zu schaffen!«

»Ja, aber auf einer soliden finanziellen Basis, bei Khuft!«

»Das Streben nach Wissen ...«

»Das Streben nach Redlichkeit ...«

Ptaclusp überließ seine Söhne sich selbst und blickte auf den Hof. Angestellte eilten im unsteten Schein der Fackeln hin und her, machten Bestandsaufnahme.

Der Architekt hatte ein kleines bescheidenes Unternehmen von seinem Vater übernommen: ein Lager mit Steinblöcken, ein paar Sphingen, Säulen und anderen Dingen. Hinzu kam ein Stapel unbezahlter Rechnungen, die meisten davon an den Palast adressiert: »Bedauerlicherweise haben Sie es bisher versäumt, uns einen seit neunhundert Jahren ausstehenden Betrag zu überweisen. Wir wären Ihnen außerordentlich dankbar, wenn Sie das in den nächsten Tagen nachholen könnten. Hochachtungsvoll ...« Trotzdem: Damals hatte die Arbeit ziemlich viel Spaß gemacht. Der Mitarbeiterstab beschränkte sich auf ihn, fünftausend Steinschlepper und Frau Ptaclusp, die sich um die Bücher kümmerte.

Man mußte Pyramiden bauen, sagte Vater immer. Den eigentlichen Gewinn erzielte man mit Mastabas, kleinen Familiengräbern, Gedenksäulen und Instandhaltungsarbeiten in der Nekropolis. Aber wenn man keine Pyramiden errichtete, war man bald aus dem Geschäft. Selbst der einfachste Knoblauchpflanzer, der nach etwas Dauerhaftem suchte (vielleicht mit preisgünstigen grünen Marmorsplittern), wandte sich nur an einen Architekten, der ordentliche Pyramiden vorweisen konnte.

Ptaclusp beherzigte den Rat seines Vaters. Er baute gute stabile Pyramiden. Ständig achtete er darauf, daß die Anzahl der Seiten stimmte, daß die Mäuern fest genug waren, um nicht während der nächsten fünftausend Jahre vom Sand abgeschabt zu werden. Und tatsächlich: Er bekam auch lohnende Aufträge ...

Die größte Pyramide auf der ganzen Scheibenwelt — was für eine Herausforderung!

Und sie mußte in drei Monaten fertig sein ...

Wenn nicht, drohten schreckliche Strafen. Dios hatte vergessen darauf hinzuweisen, *wie* schrecklich die Strafen sein würden, aber Ptaclusp wußte, daß es dem Hohenpriester nicht an Phantasie mangelte. Er dachte an die Krokodile im Fluß — sie erschienen ihm schrecklich genug.

Ptaclusp sah an den langen Reihen der Statuen entlang, und sein Blick verweilte kurz auf Hut dem Geierköpfigen Gott Unerwarteter Besucher — ein Bildnis, das er vor Jahren beim Ausverkauf eines Konkurrenten erworben hatte. Einer seiner Kunden lehnte es ab, weil er Schnäbel nicht ausstehen konnte, und selbst ein großzügiger Rabatt bewegte ihn nicht dazu, seine Meinung zu ändern. Tja, gewisse Verluste mußte man hinnehmen.

Die größte Pyramide aller Zeiten ...

Und nachdem man sich abgemüht hatte, um den Majestäten eine Fahrkarte in die Ewigkeit zu geben — bekam man dann die Erlaubnis, die langjährigen Erfahrungen für eigene Zwecke zu verwenden? Für ein hübsches Pyramidchen, in dem sich Herr und Frau Ptaclusp zur vorletzten Ruhe legen konnten, bevor sie in der Unterwelt ein neues Leben begannen? Natürlich nicht. Selbst Vater hatte sich nur eine kleine Mastaba leisten dürfen. Oh, sicher, es war eine der besten am ganzen Fluß; der rote Marmor stammte aus dem fernen

Wiewunderland, und viele Leute wünschten sich ein ähnliches Grab. Das Geschäft erlebte dadurch einen neuen Aufschwung, und das lag sicher auch in Vaters Interesse ...

Die größte Pyramide aller Zeiten ...

Und man würde sich überhaupt nicht daran erinnern, wer darin bestattet lag.

Es spielte keine Rolle, ob man sie ›Ptaclusps Größenwahn‹ oder ›Ptaclusps bestes Werk‹ nannte. Auf das erste Wort kam es an.

Der Architekt trank einen letzten Schluck aus dem Kelch des erhofften Ruhms, kehrte in die Wirklichkeit zurück und stellte fest, daß seine Söhne noch immer miteinander stritten.

Zwischen Menschen und Steinen gab es einen wichtigen Unterschied, fand Ptaclusp. Steine schwiegen, waren herrlich still.

»Haltet endlich die Klappe!« rief er.

Die beiden jungen Männer brummten leise und setzten sich wieder.

»Ich habe eine Entscheidung getroffen«, verkündete Ptaclusp.

IIb griff nach seinem Stift und malte Männchen. IIa klopfte auf seinen Abakus.

»Wir übernehmen den Auftrag«, sagte ihr Vater. »Und wenn ein Sohn zu widersprechen wagt, wird er in die Äußere Dunkelheit verbannt, wo man heulende Stimmen hört und leicht die Zähne verliert!« rief Ptaclusp über die Schulter.

Die beiden Brüder blieben allein zurück und starrten sich finster an.

»Übrigens«, sagte IIa schließlich. »Was bedeutet ›Quantum?‹«

IIb zuckte mit den Achseln. »Es bedeutet, daß man eine weitere Null hinzufügen muß.«

»Oh«, murmelte IIa. »Das ist alles?«

Im ganzen Flußtal von Djel flackerte es über den Pyramiden, als sich die während des Tages angesammelte Energie entlud.

Lange lautlose Flammen leckten von den Schlußsteinen. Sie zuckten wie Blitze, waren so kalt wie Eis.

Über Hunderte von Meilen hinweg glühten die Zeichen der Toten in der Wüste — das Leuchten der Ewigkeit. Entlang des Djel formte der schimmernde Glanz ein langes Band aus Feuer.

Es befand sich auf dem Boden, und das eine Ende wies ein Kopfkissen auf — es mußte ein Bett sein.

Doch in Teppic regten sich Zweifel, als er sich von einer Seite zur anderen drehte. Vergeblich versuchte er, eine Stelle der Matratze zu finden, die etwas weicher war als der Rest. *Das ist doch absurd*, fuhr es ihm durch den Sinn. *Ich bin mit solchen Betten aufgewachsen. Und mit Kissen, die man aus hartem Fels meißelte. Ich wurde in diesem Palast geboren. Dies ist mein Heim, und damit muß ich mich abfinden ...*

Gleich morgen früh werde ich jemanden beauftragen, mir ein richtiges Federbett aus Ankh-Morpork zu holen. So will es der Pharao.

Und sanitäre Anlagen. Eine großartige Idee. Wirklich erstaunlich, was man mit einem Loch im Boden anstellen konnte.

Ja. Sanitäre Anlagen. Und Türen. Teppic war ganz und gar nicht daran gewöhnt, daß ständig einige Diener in der Nähe weilten, um Anweisungen von ihm entgegenzunehmen. Aus diesem Grund empfand er es als sehr peinlich, seine Notdurft zu verrichten. *Dann das Volk*, fügte er in Gedanken hinzu. *Ich möchte mein Volk kennenlernen. Ich habe keine Lust, dauernd im Palast zu bleiben.*

Er kniff die Augen zu. Wie sollte man schlafen, wenn der Nachthimmel über dem Fluß in Flammen zu stehen schien?

Irgendwann zerrte reine Erschöpfung Körper und Geist in eine Zone, die an den Schlaf grenzte, und es dauerte nicht lange, bis seltsame Bilder durchs Unterbewußtsein strichen.

Teppic spürte die Verlegenheit der Ahnen, als zukünftige Archäologen die Hieroglyphen der noch nicht gemalten Fresken seiner Regierungszeit übersetzten: »›Schnörkel, an Verstopfung leidender Adler, Schlangenlinie, Hinterteil eines Nilpferds, Schnörkel‹: Im Jahre des Cephnet-Zyklus ließ Sonnengott Teppic sanitäre Anlagen installieren und verachtete die Kissen seiner Vorfahren.«

Er träumte von Khuft, sah ihn als einen große bärtigen Mann, der mit Donner und Blitz sprach, den Zorn des Himmels auf jenen Nachkommen herabrief, der sich von der ruhmreichen Vergangenheit abwandte.

Dios schwebte an seinem inneren Auge vorbei und meinte, aufgrund eines vor mehreren tausend Jahren erlassenen Dekrets sei Teppicymon XXVIII. verpflichtet, eine Katze zu heiraten.

Verschiedenköpfige Götter wetteiferten um seine Aufmerksamkeit, wollten ihm Einzelheiten göttlicher Pflichten erklären, während im Hintergrund eine ferne Stimme schrie und ständig wiederholte, sie wolle nicht unter mehreren Millionen Tonnen Stein begraben werden. Aber Teppic bekam keine Gelegenheit, sich darauf zu konzentrieren, denn er sah sieben fette und sieben magere Kühe — eine von ihnen blies in eine Posaune.

Nun, diese Traumsequenz erschien ihm bereits vertraut. Sie wiederholte sich in jeder Nacht ...

Dann beobachtete er einen Mann, der mit Pfeilen auf Schildkröten schoß ...

Dann wanderte er durch die Wüste und fand eine kleine, nur wenige Zentimeter hohe Pyramide. Wind kam auf und strich den Sand beiseite. Doch es war gar kein Wind: Die Pyramide wuchs allmählich, streckte ihre glänzenden Mauern dem Himmel entgegen ...

Sie wurde größer, immer größer, so groß, daß sich die ganze Welt auf einen Fleck in ihrer Mitte reduzierte.

Und im Zentrum der Pyramide geschah etwas Sonderbares.

Und dann wurde die Pyramide wieder kleiner, nahm die Welt mit sich, und verschwand ...

Nun, wenn man ein Pharao ist, muß man mit besonders seltsamen Träumen rechnen.

Ein neuer Tag dämmerte, und das war natürlich dem Pharao zu verdanken, der noch immer im Bett lag und seine zusammengerollte Kleidung als Kissen benutzte. Im steinernen Labyrinth des Palastes erwachten die ersten Bediensteten.

Das Boot des Hohenpriesters glitt über den Fluß und stieß mit einem leisen Pochen ans hölzerne Kai. Ein *anderer* Dios ging an Land, eilte in Richtung Palast und erreichte die Treppe. Er nahm gleich drei Stufen auf einmal und rieb sich die Hände, als er daran dachte, daß der Tag gerade erst begonnen hatte. Viele leere Stunden, die er mit nützlicher Arbeit und Ritualen füllen konnte. *Ich lebe nur, um zu dienen ...*

Der Oberste Bildhauer und Hersteller von Mumien-Sarkophagen klappte seinen Meßstab zusammen.

»Sie haben wirklich gute Arbeit geleistet, Meister Dil«, sagte er.

Dil nickte. Unter Handwerkern konnte man auf falsche Bescheidenheit verzichten

Der Bildhauer gab ihm einen Stoß. »Wir sind ein tolles Team, was?« meinte er. »Sie stopfen den Pharao aus, und ich stopfe ihn rein.«

Dil nickte erneut, wenn auch etwas langsamer. Der Bildhauer blickte auf das wächserne Oval in seinen Händen herab.

»Leider kann ich mich nicht dazu durchringen, Gefallen an der Totenmaske zu finden«, sagte er.

Gern sah erschrocken von einer verstorbenen Katze der Königin auf. Sein Meister hatte ihm erlaubt, sie ganz allein zu präparieren.

»Ich habe mir große Mühe gegeben«, erwiderte er betroffen.

»Vielleicht liegt's genau daran«, sagte der Bildhauer.

»Ich weiß, was Sie meinen.« Dil seufzte niedergeschlagen. »Es ist die Nase, nicht wahr?«

»Ich dachte eher an das Kinn.«

»Und das Kinn.«

»Ja.«

»Ja.«

Schweigend betrachteten sie das wächserne Gesicht des Pharaos. Teppicymon XXVII. betrachtete es ebenfalls.

»*Mit meinem Kinn ist alles in Ordnung.*«

»Vielleicht sollten wir einen Bart hinzufügen«, schlug Dil vor. »Dann wär's nicht mehr ganz so schlimm.«

»Und die Nase?«

»Wir verkürzen sie um einen Zentimeter. Und auch die Jochbeine müßten etwas nachgearbeitet werden.«

»Ja.«

»Ja.«

Gern blinzelte entsetzt. »Ihr sprecht vom Gesicht des verstorbenen Pharaos«, sagte er. »Es darf nicht verändert werden. Man würde es sicher bemerken.« Er zögerte. »Oder nicht?«

Die beiden Handwerker — die beiden *Künstler* — wechselten einen kurzen Blick.

»Man wird es bestimmt bemerken, Gern«, sagte Dil geduldig. »Aber *schweigend*. Ohne irgendwelche Worte darüber zu verlieren. Die Leute erwarten von uns, daß wir gewisse Dinge, äh, *verbessern*.«

Der Oberste Bildhauer lächelte fröhlich. »Du glaubst doch wohl nicht, daß jemand an uns herantritt und sagt: ›Das ist völlig verkehrt. In Wirklichkeit sah er aus wie ein kurzsichtiges Huhn.‹«

»*Vielen Dank für das Kompliment. Ja, herzlichen Dank. Sehr nett.*« Der Pharao wandte sich ab und nahm neben dem Katzenkadaver Platz. Offenbar hatten lebende Menschen nur dann Respekt vor den Toten, wenn sie sicher sein konnten, daß die Toten nicht zuhörten.

»Nun ...«, antwortete der Lehrling unsicher. »Ich muß zugeben, er hält kaum einen Vergleich mit den Fresken stand.«

»Genau darum geht's, nicht wahr?« fragte Dil bedeutungsvoll.

Gerns großes, ehrliches und pickliges Gesicht veränderte sich langsam, wie eine Kraterlandschaft, über die einige Wolken hinwegzogen. Er ahnte allmählich, daß man ihn in ein wichtiges Geheimnis seiner Zunft einweihte.

»Soll das etwa heißen, auch die *Maler* haben einige, äh, Verbesserungen vorgenommen?«

Dil musterte ihn und runzelte die Stirn.

»Über solche Dinge sprechen wir nicht«, sagte er.

Gern versuchte, seine Mimik unter Kontrolle zu bekommen und würdevollen Ernst zum Ausdruck zu bringen.

»Oh«, murmelte er. »Ja. Ich verstehe, Meister.«

Der Bildhauer klopfte ihm auf den Rücken.

»Du bist ein kluger Bursche, Gern«, behauptete er. »Du denkst mit. Nun, es ist schon schlimm genug, im Leben häßlich zu sein. Stell dir mal vor, wie gräßlich es wäre, in der Unterwelt keine, äh, ästhetische Erneuerung zu erfahren.«

Pharao Teppicymon XXVII. schüttelte den Kopf. *Im Leben müssen wir alle gleich aussehen*, dachte er betrübt. *Und jetzt sorgt man dafür, daß wir uns auch im Tod nicht voneinander unterscheiden. Was für ein Königreich.* Er senkte den Kopf und beobachtete die Seele der verstorbenen Katze, die gerade ihr Fell leckte. Zu seinen Lebzeiten hatte er solche Tiere gehaßt, aber jetzt freute er sich fast darüber, Gesellschaft zu haben. Vorsichtig strich er dem Wesen über den flachen Kopf. Die Katze schnurrte kurz und versuchte dann, ihm die Haut von den Fingern zu kratzen — sie hatte wenig Erfolg damit.

Kurze Zeit später hörte Teppicymon entsetzt, daß die beiden Meister und der Lehrling über eine Pyramide sprachen. Über *seine* Pyramide. Sie sollte die größte werden, die jemals errichtet worden war. Als Bauplatz hatte man besonders fruchtbaren Boden im besten Viertel der Nekropolis ausgewählt. Im Vergleich zu *seiner* Pyramide würden alle anderen wie etwas aussehen, das Kinder im Sandkasten bauten. Der Plan sah vor, sie mit marmornen Gärten und granitenen Obelisken zu umgeben. Das prächtigste, wundervollste und teuerste Grabmal, das jemals ein Sohn seinem Vater geschenkt hatte.

Teppicymon stöhnte.

Ptaclusp stöhnte.

Damals, als sein Vater noch lebte, war alles besser gewesen. Man brauchte nur ziemlich viele, hübsch rund zugeschnittene Baumstämme und zwanzig Jahre Zeit, was durchaus seine Vorteile hatte: Es ersparte eine Menge Ärger, wenn während der Überschwemmung alle Felder unter Wasser standen. Jetzt genügte ein aufgeweckter, *gebildeter* Bursche, der mit einem Stück Kreide umzugehen verstand und die richtigen Beschwörungen kannte.

Nun, eine recht eindrucksvolle Sache — wenn man so etwas mochte.

Ptaclusp IIb wanderte um einen großen Steinblock herum, schrieb hier eine Gleichung und brachte dort eine hermetische Inschrift an. Er sah auf und nickte seinem Vater zu.

Ptaclusp eilte zum Pharao zurück, der mit seinem Gefolge auf der Klippe am Steinbruch stand. Helles Sonnenlicht glitzerte über seine goldene Maske. Ein königlicher Besuch, auch das noch ...

»Wir können anfangen, wenn Sie möchten, o strahlender Himmelsbogen«, sagte der Architekt. Er begann zu schwitzen und hoffte ungeachtet aller Anzeichen ...

Bei den Göttern! Der Pharao wollte erneut mit ihm *plaudern*.

Ptaclusp warf dem Hohenpriester einen flehentlichen Blick zu. In Dios' faltigem Gesicht zuckte kaum merklich ein Muskel, und die Botschaft lautete: Tut mir leid; ich kann Ihnen nicht helfen. *Das geht wirklich zu weit,* dachte der Architekt. *Und ich bin nicht einmal der einzige. Der Oberste Einbalsamierer Dil mußte erst gestern eine halbe Stunde von Seiner Familie Erzählen, und das ist völlig falsch, ich meine, man erwartet vom Pharao, daß er in seinem Palast bleibt, hier wird gearbeitet, und außerdem ...*

Seine Majestät schlenderte näher, und sein lässiges Gebaren sollte dem Baumeister das Gefühl geben, unter Freunden zu sein. *O nein.* Grauen erfaßte Ptaclusp. *Vielleicht erinnert er sich sogar An Meinen Namen.*

»Ich muß sagen, in den vergangenen neun Wochen haben Sie Erstaunliches geleistet«, begann der Pharao. »Äh. Ptaclusp, nicht wahr?«

Der Architekt schluckte, und Verzweiflung keimte in ihm auf, trug Früchte der Panik.

»Ja, o Quelle des Wüstenwassers«, erwiderte er. »O Hüter des ...«

»Ich glaube, ›Euer Majestät‹ oder ›Gebieter‹ genügt«, sagte Teppic.

Ptaclusp erzitterte und sah noch einmal zu Dios. Der Hohepriester schnitt eine Grimasse und nickte.

»Der Pharao möchte ganz«, — in den zerfurchten Zügen zeigte sich so etwas wie Schmerz —, »formlos und ungezwungen mit Ihnen sprechen. Er liebt die Umgangsformen barba ... fremder Länder.«

»Bestimmt sind Sie sehr stolz auf Ihre begabten und fleißigen Söhne«, sagte Teppic und deutete nach unten. Im Steinbruch herrschte reger Betrieb.

»Wie Sie befehlen, o ... Gebieter«, murmelte Ptaclusp, der glaubte, gerade eine Anweisung empfangen zu haben. Warum begnügte sich der Pharao nicht damit, die Untertanen herumzukommandieren, so wie seine Vorgänger und all die anderen Majestäten? *Warum muß er mich unbedingt freundlich und zuvorkommend behandeln?* dachte Ptaclusp kummervoll. *Als sei auch* ich *in der Lage, die Sonne aufgehen zu lassen . . .*

»Es muß ein faszinierendes Gewerbe sein«, fuhr Teppic fort.

»Wie Sie wünschen, Gebieter«, sagte Ptaclusp. »Wenn Euer Majestät jetzt das Zeichen geben würden . . .«

»Wie *funktioniert* das alles?«

»Bitte um Verzeihung, Gebieter.« Ptaclusp glaubte zu spüren, wie ihm etwas den Hals zuschnürte.

»Sie sorgen dafür, daß die Steinblöcke fliegen, nicht wahr?«

»O ja, Gebieter.«

»Höchst interessant. Wie bewerkstelligen Sie das?«

Ptaclusp hätte sich fast die Zunge durchgebissen. Verlangte der Pharao etwa von ihm, daß er Berufsgeheimnisse preisgab? Entsetzlich! Glücklicherweise griff Dios ein.

»Mit gewissen Zeichen und Symbolen, Gebieter«, sagte er. »Man sollte besser nicht nach ihrem Ursprung fragen. Solche Dinge gehören zu den Wundern der . . .«, — Dios zögerte kurz —, ». . . der Neuzeit.«

»Vermutlich geht's so schneller, als wenn man das schwere Zeug herumschleppen müßte«, sagte Teppic.

»Die alte Bautechnik hatte ihren Reiz, Gebieter«, entgegnete der Hohepriester. »Wenn Sie jetzt soweit sind . . .«

»Wie? Oh. Ja. Natürlich. Von mir aus kann's losgehen.«

Ptaclusp wischte sich den Schweiß von der Stirn, eilte zum Rand der Klippe und winkte mit seinem Taschentuch.

Alles wird durch einen Namen definiert. Wenn man den Namen wechselt, verändert man die Natur der Sache. Das ist der wichtigste parakosmische Aspekt — obwohl es natürlich noch andere gibt.

Ptaclusp IIb hob seinen Stock und klopfte behutsam auf einen Stein.

Die Luft flirrte, und Staub wallte, als der Block langsam aufstieg und einen knappen Meter über dem Boden schwebte. Mehrere Ankerseile hielten ihn fest.

Und das war's auch schon. Teppic hatte mehr erwartet, ein lautes Donnern, vielleicht auch den einen oder anderen Blitz. Aber nichts dergleichen geschah. Die Arbeiter wandten sich bereits dem nächsten Stein zu, und einige Männer zogen den ersten zum Bauplatz.

»Sehr beeindruckend«, sagte Teppic enttäuscht.

»In der Tat, Gebieter«, bestätigte Dios. »Und nun müssen wir zum Palast zurückkehren. Es wird bald Zeit für die Zeremonie der Dritten Stunde.«

»Ja, ja, in Ordnung«, erwiderte Teppic mürrisch. Und an den Baumeister gerichtet: »Gute Arbeit, Ptaclusp. Machen Sie weiter so.«

Der Architekt verneigte sich wie eine von Aufregung und Nervosität heimgesuchte Wippe.

»Vielen Dank, o Gebieter«, sagte er und nahm seinen ganzen Mut zusammen. *Jetzt oder nie.* »Darf ich dem Gebieter die neuesten Pläne zeigen?«

»Der Pharao hat sie bereits genehmigt«, brummte Dios. »Und wenn ich mich nicht sehr irre, hat der Bau schon begonnen.«

»O ja, das stimmt«, sagte Ptaclusp hastig. »Aber was den Zugangsweg betrifft, sehen Sie hier, vor dem Tor, ein hübscher Platz, noch völlig leer, bestens geeignet für eine Statue Huts des Geierköpfigen Gottes Unerwarteter Besucher, verursacht nur unwesentliche Mehrkosten ...«

Der Hohepriester sah auf die Skizzen herab.

»Und das hier sollen Schwingen sein?« fragte er.

»Da fällt mir ein, wir haben gerade ein Sonderange-bot, Statuen des Geierköpfigen Gottes Unerwarteter Besucher kosten derzeit *überhaupt nichts*, sie sind völlig gratis, um nicht zu sagen kostenlos ...« Ptaclusp mußte sich unterbrechen, um nach Luft zu schnappen.

»Ist das eine Nase?« erkundigte sich Dios.

»Mehr ein Schnabel, mehr ein Schnabel«, antwortete Ptaclusp. »Hören Sie, o Priester, ich schlage vor ...«

»Nein«, sagte Dios. »Nein, ich glaube, so etwas eig-net sich nicht.« Er sah sich nach Teppic um, stöhnte lei-se, gab dem Architekten die Zettel und lief los.

Unterdessen schlenderte Teppic zu den kutschenarti-gen Wagen zurück, nahm melancholisch die allgemeine Hektik zur Kenntnis, blieb stehen und beobachtete ei-nige Arbeiter, die einen Eckstein vorbereiteten. Sie er-starrten, als sie den königlichen Blick spürten, erwider-ten ihn unsicher.

»Gut, gut«, sagte Teppic und inspizierte den Block — seine Kenntnisse der Steinmetzkunst hätte man in ein Sandkorn meißeln können. »Ein wirklich prächtiges Stück Fels.«

Er sah einen der Männer an.

»Sie sind Steinmetz, nicht wahr?« fragte er und stell-te fest, daß dem Arbeiter die Kinnlade herunterklappte. »Das muß ein sehr interessanter Beruf sein.«

Die Augen des Mannes traten aus den Höhlen. Er ließ den Meißel fallen und antwortete mit einem un-deutlichen »Aargh!«

Hundert Meter entfernt stürmte Dios mit wehendem Umhang über den Pfad. Der Hohepriester raffte sein Gewand zusammen und galoppierte weiter. Die Sanda-len wirbelten Sand auf.

»Wie heißen Sie?« erkundigte sich Teppic.

»Aaaargh«, erwiderte der entsetzte Mann.

»Tja, faszinierend«, sagte Teppic, griff nach der schlaffen Hand des Arbeiters und schüttelte sie.

»Gebieter!« rief Dios. »Nein!«

Der Steinmetz wirbelte um die eigene Achse, hielt seine Hand am Gelenk, kämpfte dagegen an und schrie ...

Teppic umfaßte die Armlehnen des Throns und musterte den Hohenpriester.

»Aber es war doch nur eine freundliche Geste, weiter nichts. In meiner Heimat ...«

»*Ihre Heimat ist hier, Gebieter!*« donnerte Dios.

»Trotzdem. Ich meine: einfach abhacken? Das erscheint mir ziemlich grausam.«

Dios trat vor, und seine Stimme klang wieder so, als habe man sie gründlich geölt.

»Grausam, Gebieter? Man wird die notwendige Sorgfalt walten lassen, und außerdem bekommt der Mann vorher ein schmerzstillendes Mittel. Er verliert seine Hand, nicht das Leben.«

»Aber *warum?*«

»Ich habe es Ihnen bereits erklärt, Gebieter. Er kann die Hand nicht noch einmal benutzen, ohne sie zu beschmutzen. Das weiß er natürlich — immerhin ist er sehr fromm. Wissen Sie, Gebieter, Sie sind ein *Gott*, Gebieter.«

»Aber *Sie* berühren mich. Ebenso die Bediensteten.«

»Ich bin Priester, Gebieter«, entgegnete Dios sanft. »Und das Personal hat eine Sondergenehmigung.«

Teppic biß sich auf die Lippe.

»Es ist barbarisch«, sagte er.

Dios' Gesicht blieb unbewegt.

»Niemand wird ihm die Hand abschneiden«, fuhr Teppic fort. »Ich bin der Pharao. Ich will, daß der Steinmetz seine Hand behält.«

Der Hohepriester verneigte sich, und Teppic erkannte die Version Nummer 49: erschrockene Verachtung.

»Wie Sie wünschen, o Quell aller Weisheit. Aber wenn Sie gestatten, Gebieter: Vielleicht nimmt der Mann diese Angelegenheit selbst in die, äh, Hand.«

»Was soll das heißen?« fragte Teppic scharf.

»Wenn die Kollegen des Arbeiters nicht rechtzeitig zur Stelle gewesen wären, Gebieter, hätte er sich die Hand, äh, eigenhändig abgehackt. Mit einem Meißel, wie ich hörte.«

Teppic starrte Dios groß an und dachte: *Ich bin ein Fremder in meinem eigenen Land.*

»Ich verstehe«, sagte er nach einer Weile.

Der junge Pharao überlegte.

»Na schön. Offenbar läßt sich die Operation nicht vermeiden. Aber ich möchte, daß er eine Pension bekommt, klar?«

»Ihr Wille ist mir Befehl, Gebieter.«

»Ich meine ein *angemessenes* Ruhegeld.«

»Ja, Gebieter«, sagte Dios ruhig. »Es soll ihm an nichts fehlen, Gebieter. Nur an der Hand, Gebieter.«

»Und vielleicht könnten wir ihm einen leichten Job im Palast beschaffen.«

»Derzeit herrscht kein Mangel an einhändigen Steinmetzen, Gebieter«, gab Dios zu bedenken und wölbte die linke Braue.

»Vielleicht ist eine andere Stelle für ihn frei.«

»Gewiß, Gebieter. Wie Sie wünschen, Gebieter. Ich stelle fest, ob es irgendwo an Personal fehlt. Vielleicht können wir eine zusätzliche Hand gebrauchen.«

Teppic bedachte den Hohenpriester mit einem finsteren Blick. »Ich *bin* der Pharao«, betonte er.

»Es vergeht keine Minute, ohne daß ich daran denke, Gebieter.«

»Dios?« fragte Teppic, als sich der Priester umwandte.

»Gebieter?«

»Schon vor einigen Wochen habe ich ein Federbett aus Ankh-Morpork bestellt. Sie wissen nicht zufällig, was daraus geworden ist?«

Dios vollführte eine umfassende Geste.

»Man hat mir berichtet, daß sich vor der khalianischen Küste viele Piraten herumtreiben, Gebieter«, sagte er.

»Vermutlich sind die Piraten auch dafür verantwortlich, daß ich bisher vergeblich auf den angeforderten Spezialisten von der Gilde der Klempner, Installateure und Fallnichtrein* gewartet habe«, kommentierte Teppic ironisch.

»Ja, Gebieter. Oder vielleicht Räuber, Gebieter.«

»Oder ein zweiköpfiger Riesenvogel hat angegriffen und den Fachmann fortgetragen«, warf Teppic ein.

»Selbst das wäre möglich, Gebieter«, erwiderte der Hohepriester. Sein Gesicht war erstarrte Höflichkeit.

»Sie können jetzt gehen, Dios.«

»Gebieter. Darf ich Sie daran erinnern, Gebieter, daß die Gesandten von Tsort und Ephebe zur fünften Stunde auf Sie warten?«

»Ja. Gehen Sie jetzt.«

Dios verließ den Thronsaal, und Teppic blieb allein zurück. Mit anderen Worten: Er blieb in der Gesellschaft eines Fächerwedlers, eines Dieners und zweier großer Wächter aus Wiewunderland, die an der Tür standen. Hinzu kamen einige Dienstmädchen.

O ja. Dienstmädchen. Teppic wußte noch nicht recht, was er von ihnen halten sollte. Offenbar wurden sie von Dios ausgewählt — der Hohepriester schien sich um alles im Palast zu kümmern —, und zumindest in dieser Hinsicht bewies er guten Geschmack, der vor allen Dingen olivfarbener Haut, Busen und Beinen galt. Die Kleidung der derzeit präsenten Dienstmädchen hätte ausgereicht, um eine kleine Untertasse zu bedecken. Woraus sich eine seltsame Wirkung ergab: Die jungen Damen wirkten so attraktiv wie mobile Einrich-

---

* Fallnichtrein: jemand, der Jauchegruben baut und reinigt. In Ankh-Morpork befindet sich der Grundwasserspiegel für gewöhnlich in Bodenhöhe, und daher gibt es für solche Leute genug zu tun. Darüber hinaus genießen sie erheblichen Respekt: Passanten wechseln immer die Straßenseite, wenn sie einen Fallnichtrein sehen.

tungsgegenstände, so aufreizend feminin wie geschlechtslose Säulen. Teppic seufzte, als er sich an die Frauen in Ankh-Morpork erinnerte. Sie mochten von Kopf bis Fuß in Brokat gehüllt sein, aber dennoch gelang es ihnen, Dutzende von jungen, phantasievollen Männern bis zu den Haarwurzeln erröten zu lassen.

Geistesabwesend griff er nach der Obstschale. Eins der Mädchen eilte sofort herbei, schob behutsam seine Hand fort und griff nach einer Weintraube.

»Bitte *schäl* sie nicht«, sagte Teppic. »Die *Schale* ist besonders lecker. Außerdem enthält sie alle wichtigen Vitamine und Spurenelemente.« Kummervoll fügte er hinzu: »Allerdings weißt du sicher nichts davon, denn man hat sie erst vor kurzer Zeit erfunden. Ich meine, im Verlauf der letzten siebentausend Jahre.«

Soviel zum Strom der Zeit, dachte er niedergeschlagen. *Wenn er wirklich fließt, befinden wir uns auf einer Insel. Vielleicht liegt es an den Pyramiden. Sie sorgen dafür, daß hier alles langsamer abläuft. Man könnte sie mit einem — wie heißt der Gegenstand, den Matrosen auf hoher See über Bord werfen? Nein, ›blinder Passagier‹ ist falsch ... — Treibanker vergleichen. Hier ist das Morgen wie ein aufgewärmtes Gestern.*

Das Dienstmädchen lächelte und schälte die Weintraube, während sich die Sekunden dehnten.

Am Bauplatz der Großen Pyramide gehorchten die Steinblöcke den geheimnisvollen Gesetzen einer umgekehrten Explosion. Sie *glitten* vom Steinbruch heran, schwebten gemächlich über die Landschaft, gefolgt von rechteckigen Schatten.

»Eins muß ich dir lassen«, sagte Ptaclusp zu seinem Sohn. Sie standen Seite an Seite im Beobachtungsturm. »Es ist wirklich bemerkenswert. Eines Tages wird man sich fragen, wie wir das fertiggbracht haben.«

»Die Sache mit den rund zugeschnittenen Baumstämmen und Peitschen ist ein alter Hut«, erwiderte

IIb. »Man kann ihn getrost im Kleiderschrank vergessen.« Der junge Architekt lächelte, aber ein Hauch von
Unsicherheit zupfte an seinen Mundwinkeln.

Es *war* erstaunlich. Sogar noch weitaus erstaunlicher,
als es eigentlich sein sollte. Bei diesem Job konnte man
abergläubisch werden, wenn man nicht aufpaßte.

IIb hielt es für völlig normal, daß Dinge dazu neigten, eine Pyramide zu bilden — nun, zumindest einen
Kegel. Er hatte an diesem Morgen experimentiert.
Korn, Salz, Sand ... Nein, Wasser nicht. In dieser Hinsicht mußte er eine Enttäuschung hinnehmen. Nun,
wenn man genauer darüber nachdachte, stellten Pyramiden nur Kegel dar, die etwas besser aussehen wollten.

Vielleicht habe ich es ein wenig mit den parakosmischen
Beigaben übertrieben, dachte IIb.

Sein Vater klopfte ihm auf den Rücken.

»Gut gemacht«, lobte er. »Weißt du, man könnte fast
meinen, die Pyramide baue sich von ganz allein.«

IIb schnappte nach Luft und biß sich ins Handgelenk,
ein eher kindliches Reaktionsmuster, das sich immer
dann wiederholte, wenn er nervös wurde. Ptaclusp bemerkte nichts davon. Seine Aufmerksamkeit galt einem
Vorarbeiter, der zum Turm lief und mit seinem zeremoniellen Meßstab winkte.

Ptaclusp beugte sich über die Brüstung.

»Was ist los?« rief er.

»Bitte kommen Sie sofort, o Meister!«

Auf der Plattform in halber Höhe der Pyramide —
man arbeitete dort an den Innenausstattungen der einzelnen Kammern — erschien die Bezeichnung ›eindrucksvoll‹ nicht mehr angemessen. Das Wort ›schrecklich‹ beschrieb die Ereignisse weitaus besser.

Die Steinblöcke vollführten einen langsamen Tanz,
stapelten sich wie von Geisterhand bewegt aufeinander. Arbeiter ritten auf ihnen, um dem Kalkstein die
Richtung zu weisen, riefen mit lauten Stimmen und

winkten. Die Aufseher weiter unten winkten ebenfalls und *schrien*, um den allgemeinen Lärm zu übertönen. Niemand wußte, wer wem Anweisungen erteilte. Die Steine mißachteten das akustische Durcheinander, beschränkten sich darauf, den Flug zum Bauplatz zu beenden und ihren gebührenden Platz in der architektonischen Struktur einzunehmen.

Ptaclusp betrat die Pyramide und bahnte sich einen Weg durch das Gedränge. Hier herrschte wenigstens Stille. Gespenstische, unheimliche Stille.

»Na schön«, brummte er. »Was geht hier ... Oh.«

Ptaclusp IIb blickte über die Schulter seines Vaters und schob das Handgelenk in den Mund.

Das Ding war völlig verschrumpelt. Und alt. Irgendwann einmal mochte es ein lebendes Etwas gewesen sein. Jetzt lag es wie eine vergessene Backpflaume auf der Steinplatte.

»Mein Mittagessen«, klagte der Chef-Stukkateur. »Mein armes und *leckeres* Mittagessen. Ich habe mich wirklich auf den Apfel gefreut.«

»Es kann noch nicht beginnen«, flüsterte IIb. »Es ist völlig unmöglich, daß sich schon jetzt Zeitknoten bilden. Ich meine, wie soll die Pyramide denn wissen, daß sie eine *Pyramide* werden soll?«

»Ich habe die Hand danach ausgestreckt, und es fühlte ...« Der Stukkateur holte tief Luft. »Es fühlte sich sehr unangenehm an.«

»Außerdem handelt es sich auch noch um einen negativen Knoten«, fügte IIb hinzu. »So etwas dürfte *überhaupt nicht* passieren.«

»Ist das Gebilde noch immer da?« fragte Ptaclusp. »Bitte sag ja.«

»Wenn noch mehr Steinblöcke die richtige Position einnehmen, verschwindet es sicher«, sagte IIb und sah sich aus weit aufgerissenen Augen um. »Äh, im Zentrum des Massenwandels, äh, verknoten sich die Knoten«.

Ptaclusp nahm seinen Sohn beiseite.

»Worauf willst du hinaus?« flüsterte er so leise wie ein Kamel.*

»Wir sollten so schnell wie möglich einen Schlußstein anbringen«, murmelte IIb. »Damit sich die gefangene Zeit entladen kann. Dann gäbe es keine Probleme mehr ...«

»Wie sollen wir einen Schlußstein auf die Spitze setzen, wenn noch gar keine Spitze existiert?« fragte Ptaclusp. »Bei alle Göttern, was hat man dir denn in der Schule beigebracht? Pyramiden speichern erst *nach* ihrer Fertigstellung temporale Energie. Wenn sie *Pyramiden* sind. Es handelt sich um Pyramidenenergie. Sie heißt so, weil sie sich nur in Pyramiden sammelt. Deshalb nennt man sie *Pyramiden*energie.«

»Bestimmt hat es irgend etwas mit der Masse zu tun oder so«, sagte IIb. »Und der Baugeschwindigkeit. Die Zeit sitzt in der allgemeinen Struktur fest. Ich meine, rein theoretisch können sich während der Konstruktion einige Knoten bilden, aber sie müßten so schwach sein, daß man sie gar nicht bemerkt. Wenn man in einem derartigen Bereich stehenbleibt, wird man nur einige Stunden älter oder jünger ...« Der junge Architekt gestikulierte hilflos.

»Ich erinnere mich da an einen Zwischenfall«, sagte Ptaclusp langsam. »Als wir das Grab für Kheneth XIV. bauten, meinte der Freskenmaler, er habe zwei Stunden gebraucht, um das Gemälde im Zimmer der Königin fertigzustellen. Wir antworteten, es seien drei Tage vergangen. Und wir nutzten die gute Gelegenheit, um ein Bußgeld zu verhängen. Ja, ich erinnere mich ganz genau.«

»Das hast du eben gerade gesagt!« platzte es aus IIb heraus.

»Was?«

---

* Obgleich Kamele eigentlich nicht flüstern. Sie spucken lieber.

»Das über den Freskenmaler. Vor wenigen Sekunden.«

»Nein«, widersprach Ptaclusp. »Du hättest ohnehin nicht zugehört.«

»Ich könnte schwören, *daß* ich zugehört habe«, erwiderte sein Sohn. »Wie dem auch sei: Diese Angelegenheit ist noch weitaus schlimmer. Es könnte häufiger geschehen.«

»Wir müssen mit weiteren Phänomen dieser Art rechnen?«

»Ja«, bestätigte Ilb. »Eigentlich sollten sich keine negativen Knoten bilden, aber es deutet alles darauf hin. Langsame und umgekehrte Energieströmungen sind völlig normal, auch kurze Schleifen. Aber in diesem besonderen Fall befürchte ich alle Arten von temporalen Anomalien. Wir sollten die Arbeiter fortschicken.«

»Du könntest nicht irgendeine Möglichkeit finden, die Männer in Schnell-Zeit arbeiten zu lassen, während wir sie für Langsam-Zeit bezahlen?« fragte Ptaclusp. »Nur so ein Gedanke. Dein Bruder macht bestimmt einen entsprechenden Vorschlag.«

»Nein! Die Leute sollen verschwinden! Wir müssen die übrigen Blöcke hierher schaffen und dann den Schlußstein anbringen!«

»Schon gut, schon gut. Ich habe nur laut gedacht. Als ob wir nicht genug Probleme hätten ...«

Ptaclusp betrat die Pyramide und bahnte sich einen Weg durch das Gedränge. Hier herrschte wenigstens Stille. Gespenstische, unheimliche Stille.

»Na schön«, brummte er. »Was geht hier ... Oh.«

Ptaclusp Ilb blickte über die Schulter seines Vaters und schob das Handgelenk in den Mund.

Das Ding war völlig verschrumpelt. Und alt: Irgendwann einmal mochte es ein lebendes Etwas gewesen sein. Jetzt lag es wie eine vergessene Backpflaume auf der Steinplatte.

»Mein Mittagessen«, klagte der Chef-Stukkateur.

»Mein armes und *leckeres* Mittagessen. Ich habe mich wirklich auf den Apfel gefreut.«

Ptaclusp zögerte. Dies alles erschien ihm seltsam vertraut. Irgend etwas wiederholte sich. Ein überwältigendes Gefühl des *Reja vu*[*] erfaßte ihn.

Er begegnete dem entsetzten Blick IIbs. Sie drehten sich synchron um, voller Furcht davor, was sich ihren Augen darbieten mochte.

Sie sahen sich selbst, Vater und Sohn, die hinter Vater und Sohn standen. IIb behauptete gerade, er habe die letzte Bemerkung des Meister-Architekten schon einmal gehört.

Er hat recht, dachte Ptaclusp erschrocken. *Dort drüben stehe ich. Seltsam, von außen betrachtet sehe ich irgendwie anders aus. Und* hier *bin ich noch einmal. Eine zweite Ausführung. Eine um wenige Minuten ältere Version.*

Eine Schleife. Wie ein Strudel im Fluß der Zeit. Und ich habe mich zweimal darin gedreht.

Der andere Ptaclusp sah ihn an.

Eine lange qualvolle Sekunde temporaler Anspannung folgte, untermalt von einem sonderbaren Geräusch — es klang so, als versuche eine kleine Maus, eine möglichst große Kaugummiblase aufzublähen. Dann riß die Schleife, und der zweite — der erste? — Ptaclusp löste sich auf.

»Ich kenne die Ursache«, brachte IIb undeutlich hervor — sein Handgelenk steckte noch immer im Mund. »Die Pyramide ist zwar noch nicht fertig, aber irgendwann *wird* sie es sein. Die Konsequenzen wirken sich in ihrer subjektiven Vergangenheit aus, in unserer Gegenwart. Vater, wir müssen die Bauarbeiten sofort einstellen. Ich habe mich geirrt, diese Pyramide ist zu groß ...«

»Sei still!« erwiderte Ptaclusp scharf. »Kannst du berechnen, wo sich die Knoten bilden? Und komm her.

---

[*] Wörtlich: »Ich werde noch einmal hier sein.«

Die Arbeiter starren dich an. Reiß dich zusammen, Sohn.«

Aus einem Reflex heraus griff IIb nach dem Abakus an seinem Gürtel.

»Die Antwort lautet: äh, ja, vielleicht«, sagte er klein-laut. »Im Prinzip ist es nur eine Funktion von Masse, Verteilung und ...«

»In Ordnung«, brummte Ptaclusp. »Fang mit deinem Gleichungskram an. Und schick alle Vorarbeiter zu mir.«

In den Augen des Meister-Architekten funkelte es. Er schob das Kinn vor, als fordere er den Granit des Schicksals heraus. *Vielleicht liegt es an der Pyramide,* überlegte er. *Sie hat meine Denkweise verändert. Ich denke wesentlich schneller als sonst.*

»Und dein Bruder soll ebenfalls herkommen«, fügte er hinzu.

Es ist der Pyramideneffekt. Bei allen Göttern, ich erinnere mich an meine eigenen Ideen!

Konzentrier dich nicht zu sehr darauf. Sei praktisch.

Ptaclusp sah sich um und starrte auf die nackten Wände. *Von Anfang an stand fest, daß wir die Pyramide nicht rechtzeitig fertigstellen konnten,* dachte er erfreut. *Und jetzt ist das auch gar nicht mehr nötig. Wir können uns so viel Zeit nehmen, wie wir wollen!*

»Ist alles in Ordnung mit dir?« fragte IIb. »Fühlst du ich wohl, Vater?«

»War das eine deiner Zeitschleifen?« antwortete Pta-clusp verträumt. Was für eine Idee! Von jetzt konnten sie jeden Vertrag erfüllen, ganz gleich, welche Klauseln er enthielt. Sie würden Bonusse für vorzeitige Fertig-stellung bekommen, und es spielte keine Rolle, wie lan-ge der Bau dauerte!

»Nein! Vater, wir sollten ...«

»Bist du ganz sicher, daß du feststellen kannst, wo sich die Schleifen bilden?«

»Ja, ich glaube schon, aber ...«

»Gut.« Ptaclusp zitterte vor Aufregung. Vielleicht mußten sie den Arbeitern mehr Lohn zahlen, aber die Vorteile überwogen bei weitem. Außerdem: Bestimmt ließ sich IIa etwas einfallen: Mit dem Finanzwesen konnte er ebensogut umgehen wie ein Zauberer mit Magie. Nun, wahrscheinlich noch viel besser. *Meine Jungen müssen sich damit abfinden,* dachte Ptaclusp. *Sie haben sich darüber beschwert, mit Freiberuflern oder Wiewunderländern zu arbeiten. Sie haben immer wieder betont, daß sie nur ordnungsgemäß bezahlte Gildenmitglieder einstellen wollen. Wie sollen sie Einwände erheben, wenn ich ihnen vorschlage, sich selbst zum Bauplatz zu schicken?*

IIb trat einen Schritt zurück und hielt sich an seinem Abakus fest.

»Vater?« fragte er argwöhnisch. »An was denkst du gerade?«

Ptaclusp strahlte. »An Doppelgänger«, erwiderte er.

Politik schien interessanter zu sein, und Teppic hoffte, einen nützlichen Beitrag zu leisten.

Djelibeby war alt und genoß Respekt. Aber unglücklicherweise beschränkte sich das Königreich nur auf einen langen Streifen am Fluß, und es fehlte ihm an jener Art von Macht, die aus scharfen Schwertklingen bestand. Dios wies darauf hin, es sei nicht immer so gewesen. Früher einmal hatte Djelibeby die Welt allein mit der unwiderstehlichen Kraft seiner hohen Ideale regiert, und das fünfundzwanzigtausend Soldaten starke Heer verbrachte den größten Teil seiner Zeit in den Garnisonen (neunzig Prozent davon befanden sich in den eroberten Ländern).

Jetzt kam dem Alten Königreich eine subtilere Macht zu. Es erstreckte sich als kleiner Staat am Djel — eine Pufferzone zwischen den beiden großen Nationen Tsort und Ephebe, die gleichzeitig Bedrohung und Schild waren. Seit mehr als tausend Jahren besannen sich die Pharaonen auf geschickte Diplomatie, gute Manieren

und die Beinarbeit eines adrenalinsüchtigen Tausend-
füßlers, um an beiden Flußufern den Frieden zu bewahren. Der Umstand, siebentausend Jahre alt zu sein,
kann eine ausgezeichnete Waffe darstellen, wenn man
ihn richtig nutzt.

»Sie meinen, wir befinden uns hier auf neutralem
Boden?« fragte Teppic.

»Tsort ist eine Wüstenkultur wie wir«, sagte Dios
und preßte die Fingerspitzen aneinander. »Im Laufe der
Zeit haben wir maßgeblichen Einfluß darauf ausgeübt.
Was Ephebe betrifft ...« Er rümpfte die hohepriesterli-
che Nase. »Die Epheber haben einige seltsame Ansichten.«

»Wie meinen Sie das?«

»Sie glauben, die Welt werde von Geometrie bestimmt, Gebieter. Von Linien, Winkeln und Zahlen.«
Dios runzelte die Stirn. »So etwas kann zu recht unvernünftigen Vorstellungen führen, Gebieter.«

»Ah«, machte Teppic und beschloß, so bald wie möglich mehr über die ›unvernünftigen Vorstellungen‹ herauszufinden. »Also stehen wir insgeheim auf der Seite
von Tsort, nicht wahr?«

»Nein. Es ist wichtig, daß Ephebe stark bleibt.«

»Aber wir haben mehr mit Tsort gemeinsam.«

»Wir lassen die Tsortaner in diesem Glauben, Gebieter.«

»Aber Tsort *ist* doch eine Wüstenkultur, oder?«

Dios lächelte. »Ich fürchte, dort nimmt man Pyramiden nicht sehr ernst, Gebieter.«

Teppic überlegte.

»Na schön. Auf welcher Seite stehen wir?«

»Auf unserer, Gebieter. Es gibt immer eine Alternati-
ve. Bitte denken Sie daran, Gebieter, daß für Ihre Familie bereits die dritte Dynastie begann, bevor unsere
Nachbarn herausfanden, wie man Kinder zeugt.«

Die tsortanische Delegation erweckte den Eindruck,
als habe sie sich gründlich — fast verzweifelt — mit der

djelibebischen Kultur auseinandergesetzt. Gleichzeitig wurde deutlich, daß sie nichts davon verstand. Die Tsortaner hatten einfach all die Aspekte genommen, die ihnen gefielen und sie anschließend zu einem auf subtile Art und Weise falschen kulturellen Mosaik zusammengesetzt. Zum Beispiel bewegten sich die Gesandten im Drei-Dreher-Gang, der in Fresken gezeigt wurde und am djelibebischen Hof nur bei bestimmten Anlässen Verwendung fand. Ab und zu schnitten die Männer Grimassen, wenn ihre Wirbelsäulen knackten. Sie trugen die Khruspids des Morgens, die Armreifen des Diesseitigen Jenseits, den traditionellen Yet-Kilt und kein Wunder, daß die Dienstmädchen Mühe hatten, sich ein Lächeln zu verkneifen — dazu passende Beinschienen!*

Selbst Teppic hüstelte. *Was soll's?* dachte er. *Sie wissen es nicht besser. Sie sind wie Kinder.*

Diesem Gedanken folgte ein anderer, der gewisse Ernüchterung brachte. *Aber diese Kinder könnten uns innerhalb einer Stunde von der Landkarte fegen.*

Damit begnügten sich die Synapsen noch nicht. Sie feuerten erneut und schickten eine dritte Botschaft hinterher: *Um Himmels willen, es ist doch bloß Kleidung! Fängst du etwa an, die ganze Sache ernstzunehmen?*

Die Epheber erschienen in dezenten weißen Togen und sahen sich erstaunlich ähnlich. Vielleicht stand irgendwo in ihrem Land eine Presse, die kleine, kahlköpfige Männer mit krausen weißen Bärten herstellte.

Die Emissäre verharrten vor dem Thron und verneigten sich.

---

* An dieser Stelle ist eine genauere Erklärung angebracht. Man stelle sich einen ausländischen Botschafter vor, der mit folgender Aufmachung am britischen Hof Eindruck machen möchte: eine Melone auf dem Kopf, in der Gürtelscheide ein schottisches Schwert, ein Brustharnisch aus dem Krieg zwischen den englischen Royalisten und dem Parlament, Seppelhose und Jakobiner-Haarschnitt. Er hätte ungefähr die gleiche Wirkung erzielt.

»Hallo«, sagte Teppic.

»Seine Majestät Pharao Teppicymon XXVIII., Herr des Himmels, Lenker des Sonnenwagens, Steuermann der Sonnenbarke, Hüter des Geheimen Wissens, Lord des Horizonts, Bewahrer des Weges, Dreschflegel der Gnade, der Hochgeborene, der Ewig Lebende Herrscher, befiehlt Ihnen, Platz zu nehmen«, sagte Dios.

Teppic suchte nach den richtigen Worten für eine Rede. In Ankh-Morpork hatte er viele Ansprachen gehört, und vermutlich klangen sie in allen Teilen der Welt gleich.

»Ich bin sicher, wir ...«

»Seine Majestät Pharao Teppicymon XXVIII., Herr des Himmels, Lenker des Sonnenwagens, Steuermann der Sonnenbarke, Hüter des Geheimen Wissens, Lord des Horizonts, Bewahrer des Weges, Dreschflegel der Gnade, der Hochgeborene, der Ewig Lebende Herrscher, verlangt Gehör!« donnerte Dios.

»... können unsere lange Tradition der Freundschaft ...«

»Hört die Weisheit Seiner Majestät, des Pharaos Teppicymon XXVIII., Herr des Himmels, Lenker des Sonnenwagens, Steuermann der Sonnenbarke, Hüter des Geheimen Wissens, Lord des Horizonts, Bewahrer des Weges, Dreschflegel der Gnade, des Hochgeborenen, des Ewig Lebenden Herrschers!«

Das Echo verklang.

»Könnte ich Sie kurz sprechen, Dios?«

Der Hohepriester beugte sich näher.

»Ist das alles notwendig?« flüsterte Teppic.

Dios' adlerartiges Gesicht gewann den steinernen Ausdruck eines Mannes, der sich mit völlig neuen Vorstellungen konfrontiert sieht.

»Natürlich, Gebieter«, brachte er schließlich hervor. »So ist es Tradition.«

»Ich dachte, ich sollte mich mit diesen Leuten unterhalten«, sagte Teppic. »Über Grenzen, Handel und andere Dinge. Ich habe lange darüber nachgedacht und mehrere Ideen. Ich meine, wir können doch kein vernünftiges Gespräch führen, wenn wir dauernd schreien.«

Dios lächelte höflich.

»Seien Sie unbesorgt, Gebieter. Es ist bereits alles geregelt, Gebieter. Ich habe die beiden Delegationen heute morgen empfangen und eine Vereinbarung mit ihnen getroffen.«

»Und was erwartet man von mir?«

Dios hob kurz die Hand.

»Praktisch nichts, Gebieter. Ich schlage vor, Sie lächeln ein wenig. Es kommt darauf an, daß sich die Gesandten in Ihrer Heiligen Präsenz wohl fühlen.«

»Das ist *alles*?«

»Der Gebieter könnte sie fragen, ob sie Spaß daran haben, Diplomaten zu sein, Gebieter«, sagte Dios. Teppics finsterer Blick prallte wirkungslos an ihm ab.

»Ich bin der *Pharao*«, zischte der Pharao.

»Selbstverständlich, Gebieter. Und es liegt mir fern, Sie mit den Routineangelegenheiten der Regierung zu belasten, Gebieter. Morgen, Gebieter werden Sie den Vorsitz des Obersten Gerichts führen. Wie es einem Monarchen Ihres Ranges gebührt, Gebieter.«

»Oh. Ja.«

Ein ziemlich schwieriger Fall. Es ging um einen angeblichen Viehdiebstahl, und das außerordentlich komplizierte djelibebische Bodenrecht fügte Dutzende von Komplikationen hinzu. *So etwas habe ich mir erhofft*, dachte Teppic zufrieden. *Niemand weiß, wem der verdammte Ochse gehört, und deshalb muß der Pharao entscheiden. Nun, mal sehen. Vor fünf Jahren hat er den Ochsen an ihn verkauft, aber wie sich herausstellte ...*

Er musterte die besorgten Mienen der beiden Bauern. Sie preßten sich ihre zerfransten Strohhüte an die Brust, und die Gesichter zeigten den ehrfürchtigen Respekt von Männern, die sich aufgrund einer eigentlich banalen Meinungsverschiedenheit auf marmornem Boden wiederfanden, direkt vor ihrem Gott. Teppic zweifelte nicht daran, daß sie sofort auf den umstrittenen Ochsen verzichtet hätten, wenn sie dadurch in der Lage gewesen wären, zehn Meilen entfernt aus ihrem Alptraum zu erwachen.

Es ist ein ziemlich alter Ochse, dachte er. *Wird Zeit, daß man ihn schlachtet. Tja, selbst wenn er ihm gehört: Mehrere Jahre lang hat er das Gras der Nachbarswiese gefressen, und deshalb verdienen sie beide die Hälfte. Oh, dieses Urteil geht in Djelibebys juristische Geschichte ein.*

Teppic hob die Sichel der Gerechtigkeit.

»Seine Majestät Pharao Teppicymon XXVIII., Herr des Himmels, Lenker des Sonnenwagens, Steuermann der Sonnenbarke, Hüter des Geheimen Wissens, Lord des Horizonts, Bewahrer des Weges, Dreschflegel der Gnade, der Hochgeborene, der Ewig Lebende Herrscher, wird nun das Urteil sprechen! Kniet nieder und empfangt das Urteil Seiner Majestät, des Pharaos Tep ...«

Teppic unterbrach den Hohenpriester.

»Wir haben uns beide Seiten angehört«, sagte er fest, und die goldene Maske verlieh seiner Stimme einen dumpfen Klang. »Die verschiedenen Ausführungen und Hinweise sind sehr beeindruckend, und wir vertreten die Ansicht, daß der fragliche Ochse unverzüglich geschlachtet und sein Fleisch gerecht zwischen Kläger und Beklagtem geteilt werden soll.«

Er lehnte sich zurück. *Man wird mich Teppic den Weisen nennen*, dachte er. *Solche Entscheidungen gefallen dem Volk.*

Die Bauern blickten verwirrt zu ihm auf, und einige Sekunden später schien sich der Boden unter ihnen zu drehen. Sie wandten sich gleichzeitig um und sahen Dios an, der neben einigen nicht ganz so hohen Hohenpriestern saß.

Dios stand auf, strich seinen Umhang glatt und hob den Amtsstab.

»Höret die interpretierte Weisheit Seiner Majestät, Pharaos Teppicymon XXVIII., Herr des Himmels, Lenker des Sonnenwagens, Steuermann der Sonnenbarke, Hüter des Geheimen Wissens, Lord des Horizonts, Bewahrer des Weges, Dreschflegel der Gnade, des Hochgeborenen, des Ewig Lebenden Herrschers«, sagte er. »Unser heiliges Urteil lautet: Das umstrittene Tier ist Eigentum Rhumusphuts. Unser heiliger Wille gebietet, es auf dem Altar der Mannigfaltigen Götter zu opfern, als Dank für die Aufmerksamkeit Unseres Heiligen Selbst. Darüber hinaus verordnen wir auch noch, daß Rhumusphut und Ktoffel drei Tage lang auf den Feldern des Pharaos arbeiten, um dieses Urteil zu bezahlen.«

Dios hob den Kopf, starrte an seiner langen Nase entlang und beobachtete Teppics Maske. Er hob beide Hände.

»Groß ist die Weisheit Seiner Majestät, des Pharaos Teppicymon XXVIII., Herr des Himmels, Lenker des Sonnenwagens, Steuermann der Sonnenbarke, Hüter des Geheimen Wissens, Lord des Horizonts, Bewahrer des Weges, Dreschflegel der Gnade, des Hochgeborenen, des Ewig Lebenden Herrschers!«

Die Bauern verneigten sich dankbar und wichen zurück. Zwei Wächter geleiteten sie aus dem Saal.

»Dios«, sagte Teppic langsam.

»Gebieter?«

»Wenn Sie bitte zu mir kommen würden ...«

»Gebieter?« Der Hohepriester materialisierte neben dem Thron.

»Nun, Dios, bitte berichtigen Sie mich, falls ich einen falschen Eindruck gewonnen haben sollte, aber ich glaube, Ihre Übersetzung ist nicht ganz korrekt.«

Der Priester wirkte überrascht.

»Ich bin sicher, da irren Sie sich, Gebieter. Ich lasse

immer große Sorgfalt walten, wenn ich Ihre Entscheidungen verkünde. Ich erlaube mir nur, Einzelheiten hinzuzufügen, die mit Präzedenzfällen und Tradition in Einklang stehen.«

»Wie bitte? Der blöde Ochse gehörte beiden Bauern!«

»Aber Rhumusphut gilt als sehr frommer Mann, der pünktlich seine Opfer darbringt, Gebieter. Er läßt keine Gelegenheit ungenutzt, um die Götter zu preisen. Von Ktoffel hingegen heißt es, ihm gingen närrische Gedanken durch den Kopf.«

»Was hat das mit Gerechtigkeit zu tun?«

»Eine Menge, Gebieter«, sagte Dios glatt.

»Aber jetzt verlieren *beide* den Ochsen!«

»In der Tat, Gebieter. Ktoffel bekommt ihn nicht, weil er ihn nicht verdient. Und Rhumusphut erringt durch sein Opfer größeren Ruhm in der Unterwelt.«

»Ich nehme an, Ihr heutiges Abendessen besteht aus einer leckeren Ochsenschwanzsuppe und einem saftigen Steak, nicht wahr?« fragte Teppic.

Ebensogut hätte er den Thron heben und ihn auf den Kopf des Hohenpriesters schmettern können. Dios wankte entsetzt einen Schritt zurück, und in seinen Augen glühte Schmerz.

»Ich esse kein Fleisch, Gebieter«, erwiderte er heiser. »Es befleckt die Seele. Darf ich nun den nächsten Fall aufrufen, Gebieter?«

Teppic nickte. »Meinetwegen.«

Einige Minuten später hörte sich Teppic die Gründe für einen Streit an, der hundert Quadratmeter Pachtland am Fluß betraf. Fruchtbarer Acker stand in Djelibeby hoch im Kurs, denn die Pyramiden beanspruchten einen großen Teil davon. Mit anderen Worten: Es ging um eine ernste Angelegenheit.

Sie wurde noch ernster, weil sich der Pächter als gewissenhafter, hart arbeitender Mann erwies, während die Rechtschaffenheit des *reichen* Eigentümers zumindest bezweifelt werden mußte.* Unglücklicherweise war er auch im Recht, wenn man die Fakten berücksichtigte.

Teppic dachte gründlich nach und warf Dios einen unauffälligen Blick zu. Der Hohepriester nickte.

»Mir scheint ...«, begann Teppic. Er sprach so schnell wie möglich, aber eben nicht schnell genug.

»Höret das Urteil Seiner Majestät, des Pharaos Teppicymon XXVIII., Herr des Himmels, Lenker des Sonnenwagens, Steuermann der Sonnenbarke, Hüter des Geheimen Wissens, Lord des Horizonts, Bewahrer des Weges, Dreschflegel der Gnade, des Hochgeborenen, des Ewig Lebenden Herrschers!«

»Mir scheint ...« Teppic unterbrach sich kurz. »Uns scheint, ich meine ... Wenn man alle Dinge in Erwägung zieht, vor allem diejenigen, die sich jenseits sterblicher List verbergen, so gelangt man zwangsläufig zu dem Schluß ...« Er zögerte erneut. *Nein, so spricht kein Gottkönig*, dachte er.

»Der Grundbesitzer wurde gewogen und für zu leicht befunden!« dröhnte Teppics Stimme durch den Mundschlitz der Maske. »Wir entscheiden uns für den Pächter.«

Die Blicke aller Anwesenden richteten sich auf Dios, der mit einigen anderen Priestern flüsterte und dann aufstand.

»Hört die interpretierte Weisheit Seiner Majestät, des Pharaos Teppicymon XXVIII., Herr des Himmels, Lenker des Sonnenwagens, Steuermann der Sonnenbarke, Hüter des Geheimen Wissens, Lord des Horizonts, Bewahrer des Weges, Dreschflegel der Gnade, des Hochgeborenen, des Ewig Lebenden Herrschers! Der Bauer

---

* Junge Assassinen sind meistens sehr arm und haben ziemlich klare Vorstellungen von der Moral des Reichtums — bie sie ältere Assassinen werden, denen es für gewöhnlich nicht an Geld fehlt. Dann neigen sie zu der Ansicht, daß Ungerechtigkeit auch Vorteile hat.

Ptorne wird unverzüglich achtzehn Groß-Talente ausstehende Pacht an den Prinzen Imtebos zahlen! Der Prinz Imtebos wird der Tempelkasse für die Götter des Flusses unverzüglich zwölf Groß-Talente spenden! Lang lebe der Pharao! Der nächste Fall!«

Teppic winkte Dios herbei.

»Gibt es einen besonderen Grund, warum ich hier bin?« fragte er ebenso leise wie hitzig.

»Bitte beruhigen Sie sich, Gebieter. Wenn Sie nicht zugegen wären ... Wie sollten die Leute dann wissen, daß der Gerechtigkeit Genüge getan wird?«

»Aber Sie ignorieren meine Entscheidungen!«

»Keineswegs, Gebieter. Sie fällen das Urteil eines Menschen. Ich interpretiere das Urteil des Pharaos.«

»Ich verstehe«, sagte Teppic grimmig. »Nun, von jetzt an ...«

Laute Stimmen erklangen im Flur. Offenbar wartete dort ein Angeklagter, der nur geringes Vertrauen zur königlichen Gerechtigkeit hatte. Teppic konnte ihm deshalb keinen Vorwurf machen. Die Urteile des Pharaos bedeuteten offenbar nicht viel, solange Dios in der Nähe weilte.

Der Angeklagte erwies sich als *die* Angeklagte: eine dunkelhaarige junge Frau, die in den Armen von zwei Wächtern zappelte. Sie trat und schlug mit geballten Fäusten um sich, traf dabei zielsicher empfindliche Stellen der männlichen Anatomie. Ihre Kleidung wäre selbst für ein Weintrauben schälendes Dienstmädchen zu knapp gewesen.

Sie sah Teppic, und zu seinem heimlichen Vergnügen bedachte sie ihn mit einem haßerfüllten Blick. Den ganzen Nachmittag über hatte man ihn wie eine geistig zurückgebliebene Statue behandelt, und er empfand es als angenehm, daß jemand Interesse an ihm zeigte.

Er wußte nicht, was man der jungen Frau zur Last legte, aber ihre derzeitige Verhaltensweise (die beiden Wächter stöhnten leise und krümmten sich immer wieder zusammen) ließ die Vermutung zu, daß sie energisch und voller Entschlossenheit gehandelt hatte.

Dios beugte sich zu den Ohröffnungen der goldenen Maske herab.

»Sie heißt Ptraci«, sagte er. »Ein Dienstmädchen Ihres Vaters. Sie hat sich geweigert, den Trank zu nehmen.«

»Was für einen Trank?« fragte Teppic.

»Es ist Brauch, daß ein toter Pharao sein Personal in die Unterwelt mitnimmt, Gebieter.«

Teppic nickte bestürzt. Ein eifersüchtig gehütetes Privileg, die einzige Möglichkeit für einen mittellosen Bediensteten, Unsterblichkeit zu erringen. Er erinnerte sich an Opas Bestattung, an die dumpfen, durch dicke Mauern filternden und ziemlich aufgeregten Stimmen des Personals. Sein Vater war tagelang deprimiert gewesen.

»Ja, aber es ist nicht obligatorisch«, sagte Teppic.

»Da haben Sie völlig recht, Gebieter. Es ist nicht obligatorisch.«

»Mein Vater hatte viele Dienstboten.«

»Ich glaube, an Ptraci fand er besonders großen Gefallen, Gebieter.«

Kann ich mir denken, fuhr es Teppic durch den Sinn. »Na schön. Was genau wirft man ihr vor?«

Dios seufzte wie jemand, der einem extrem geistesbehinderten Kind etwas zu erklären versucht.

»Sie hat sich geweigert, den Trank zu nehmen, Gebieter.«

»Wenn ich mich nicht sehr irre, wiesen Sie eben darauf hin, niemand sei verpflichtet, den Trank zu trinken, Dios.«

»Ja, Gebieter. Das stimmt auch, Gebieter. Trotzdem hat Ptraci es abgelehnt, den Becher zu leeren.«

»Ah«, murmelte Teppic, »eine von *den* Situationen.« Es gab sie tausendfach in Djelibeby, und wer sie zu verstehen versuchte, lief Gefahr, den Verstand zu verlieren. Wenn einer der früheren Pharaonen den Tag per Dekret in Nacht verwandelt hätten, würde sich das Volk selbst im hellen Sonnenschein mit ausgestreckten Armen durch die verordnete Dunkelheit tasten.

Teppic beugte sich vor.

»Komm näher, junge Dame«, sagte er.

Ptraci sah Dios an.

»Seine Majestät Pharao Teppicymon XXVIII. ...«, begann der Hohepriester.

»Müssen wir das dauernd wiederholen?«

»Ja, Gebieter. ... Herr des Himmels, Lenker des Sonnenwagens, Steuermann der Sonnenbarke, Hüter des Geheimen Wissens, Lord des Horizonts, Bewahrer des Weges, Dreschflegel der Gnade, der Hochgeborene, der Ewig Lebende Herrscher, befiehlt dir, deine Schuld zu bekennen!«

Die junge Frau riß sich von den Wächtern los, trat auf den Thron zu und bebte voller Grauen.

»*Er* hat mir gesagt, daß ihm nichts daran liegt, in einer Pyramide bestattet zu werden«, erklärt sie. »Er meinte, er schaudere bei der Vorstellung, unter Millionen Tonnen Gestein begraben zu werden. Ich möchte noch nicht sterben!«

»Du weigerst dich, freiwillig den Trank zu nehmen?« fragte Dios.

»Ja!«

»Aber, Kindchen ...« Der Hohepriester schüttelte den Kopf. »Dann muß dich der Pharao zum Tode verurteilen. Ist es nicht besser, sich voller Würde zu verabschieden und ein ehrenvolles Leben in der Unterwelt zu beginnen?«

»Mir liegt nichts an einem ehrenvollen Leben in der Unterwelt!«

Die übrigen Priester stöhnten entsetzt. Dios nickte.

»Dann wird dich der Seelenfresser holen«, sagte er. »Gebieter, wir warten auf Ihr Urteil.«

Teppic stellte fest, daß sein Blick an der jungen Frau

festklebte. Irgend etwas an ihr erschien ihm rätselhaft vertraut, und er fragte sich, ob er Ptraci schon einmal gesehen hatte, irgendwo ... »Laßt sie gehen.«

»Seine Majestät Pharao Teppicymon XXVIII., Herr des Himmels, Lenker des Sonnenwagens, Steuermann der Sonnenbarke, Hüter des Geheimen Wissens, Lord des Horizonts, Bewahrer des Weges, Dreschflegel der Gnade, der Hochgeborene, der Ewig Lebende Herrscher, hat gesprochen! Morgen bei Sonnenaufgang wird man dich den Krokodilen im Fluß zum Fraß vorwerfen. Groß ist die Weisheit des Pharaos!«

Ptraci drehte sich um und starrte Teppic an. Er gab keinen Ton von sich. Er wagte es nicht, den Mund zu öffnen — aus Furcht davor, was seine Zunge anstellen mochte.

»Das war der letzte Fall, Gebieter«, sagte Dios.

»Ich ziehe mich jetzt in meine Gemächer zurück«, erwiderte Teppic kühl, »um über gewisse Dinge nachzudenken.«

»Ich gebe der Palastküche Bescheid, damit man Ihnen das Abendessen bringt.« Der Hohepriester legte eine kurze Pause ein. »Heute gibt es Hähnchen.«

»Spaghetti mit Tomatensoße wären mir lieber.«

Dios lächelte. »Nein, Gebieter. Am Mittwoch wünscht der Pharao immer ein gebratenes Hähnchen, Gebieter.«

Die Pyramiden entluden sich. Das von ihnen ausgehende Licht wirkte seltsam matt und körnig, fast grau, doch über den Schlußsteinen flackerte es weitaus heller. Flammenzungen leckten nach dem dunklen Firmament.

Das leise Schaben von Metall auf Stein weckte Ptraci aus einem unruhigen Schlaf. Langsam stand sie auf und schlich zum Fenster.

Normale Zellenfenster waren breit und hoch, und der Gefangene mußte nur den einen oder anderen Eisenstab lockern, um in die ersehnte Freiheit zu gelangen. In diesem Fall aber handelte es sich nur um einen fünfzehn Zentimeter breiten Schlitz. Siebentausend Herrschaftsjahre hatten die Pharaonen des Djel-Tals gelehrt, daß Zellen dazu bestimmt waren, Häftlinge an der Flucht zu *hindern.* Um durch die schmale Öffnung zu passen, mußte man sich vorher in kleine Stücke schneiden.

Vor dem Licht der Pyramiden zeichnete sich ein Schatten ab, und eine leise Stimme sagte: »Pscht.«

Ptraci preßte sich an die Wand, streckte den Arm aus und versuchte, den Schlitz zu erreichen.

»Wer bist du?«

»Ich bin gekommen, um dir zu helfen. Oh, verdammt. Das hier soll ein Fenster sein? Aufgepaßt, ich werfe jetzt ein Seil.«

Ein dicker silberner Strick, der an mehreren Stellen Knoten aufwies, fiel an der jungen Frau vorbei. Ein oder zwei Sekunden lang beobachtete sie ihn unschlüssig, streifte die kleinen Schnabelschuhe ab und begann zu klettern.

Eine dunkle Kapuze verbarg den größten Teil des Gesichts jenseits der Öffnung, aber Ptraci bemerkte trotzdem die Sorge in den schemenhaften Zügen.

»Verzweifle nicht!« sagte der Unbekannte.

»Das liegt mir fern. Ich habe geschlafen.«

»Oh, entschuldige die Störung. Ich gehe wieder und lasse dich allein, in Ordnung?«

»Ich verzweifle erst, wenn ich morgen früh aufwache. Worauf stehst du da, Dämon?«

»Schon mal was von Steigeisen gehört?«

»Nein.«

»Nun, zwei davon geben mir Halt.«

Eine Zeitlang musterten sie sich schweigend.

»Na schön«, sagte das Gesicht schließlich. »Offenbar muß ich einen Umweg machen. Die Tür dürfte ein wenig breiter sein. Geh nicht weg!« Die dunkle Gestalt glitt nach oben.

Ptraci nahm auf dem kalten Boden Platz. Der Dämon wollte durch die Tür hereinkommen? Lächerlich. Zuerst mußte sie von Menschen geöffnet werden.

Sie hockte in der fernsten Ecke der Zelle und starrte auf das hölzerne Rechteck in der gegenüberliegenden Wand.

Lange Minuten verstrichen. Irgendwann hörte das Dienstmädchen etwas. Es klang wie ein dumpfes Ächzen.

Kurz darauf klickte Metall, so leise, daß praktisch alles still blieb.

Weitere Tropfen der Zeit fielen ins Meer der Ewigkeit, und dann veränderte sich etwas. Die von der Abwesenheit aller Geräusche geprägte Stille im Korridor wurde zu jener Art von Stille, die jemand verursacht, der sich völlig lautlos bewegt.

Jetzt steht das Wesen direkt hinter der Tür, dachte Ptraci.

Einige Sekunden lang geschah gar nichts, zumindest nicht auf *dieser* Seite der Pforte. Teppic ölte Riegel und Angeln, und als er vorsichtigen Druck ausübte, schwang die Tür mit einem kaum hörbaren Seufzen auf.

»Hallo?« flüsterte eine Stimme in der Dunkelheit.

Ptraci drückte sich noch tiefer in die Ecke.

»Ich bin hier, um dich zu retten.«

Das durchs schmale hohe Fenster glühende Entladungslicht der Pyramiden fiel auf eine finstere schattenhafte Gestalt, die nicht annähernd so selbstbewußt wirkte wie ein dämonisches Geschöpf.

»Kommst du mit oder nicht?« fragte der Fremde. »Ich habe die Wächter nur ins Reich der Träume geschickt — immerhin ist es nicht ihre Schuld, daß man dich hier einkerkerte. Bestimmt erwachen Sie bald wieder. Uns bleibt nur wenig Zeit.«

»Ich soll morgen früh den Krokodilen zum Fraß vorgeworfen werden«, hauchte Ptraci. »Das hat der Pharao befohlen.«

»Wahrscheinlich ist ihm ein Fehler unterlaufen.«

Ptraci riß in ungläubigem Entsetzen die Augen auf.

»Der Seelenfresser wird mich holen!« sagte sie.

»Möchtest du dich von ihm holen lassen?«

Die junge Frau zögerte.

»Na bitte«, sagte der Unbekannte und griff nach Ptracis Hand. Sie widersetzte sich nicht, als er sie aus der Zelle führte. Draußen stolperte sie fast über den erschlafften Leib eines Wächters.

»Wer befindet sich in den übrigen Zellen?« fragte der Dunkle und deutete auf die anderen Türen.

»Keine Ahnung«, sagte Ptraci.

»Ich schlage vor, wir sehen nach.«

Der Schatten hob eine Ölkanne an Riegel und Angeln der nächsten Tür und stieß die Pforte auf. Das Entladungslicht flackerte auf einen Mann etwa vierzigjährigen Mann hinab, der mit überkreuzten Beinen auf dem Boden saß.

»Ich bin gekommen, um Sie zu retten«, sagte der Dämon.

Der Mann sah auf.

»Um mich zu *retten*?« vergewisserte er sich.

»Ja. Warum sind Sie hier?«

Der Gefangene ließ den Kopf hängen. »Ich habe den Pharao verflucht.«

»Wie kam es dazu?«

»Ein schwerer Stein fiel mir auf den Fuß. Jetzt wird man mir die Zunge herausreißen.«

Die finstere Gestalt nickte voller Mitgefühl.

»Ein Priester hat Sie gehört, nicht wahr?«

»Nein. Ich habe es einem Priester erzählt.« Der Mann fügte tugendhaft hinzu: »Derartige Worte dürfen nicht ungestraft bleiben.«

In dieser Hinsicht sind wir wirklich begabt, dachte Teppic. *Tiere wären dazu nicht imstande. Nur Menschen können so dumm sein.* »Was halten Sie davon, mich zu begleiten? Wir können unser Gespräch draußen fortsetzen.«

Der Mann stand langsam auf und wich zurück.

»Ich soll *fliehen?*« fragte er.

»Scheint mir eine gute Idee zu sein, nicht wahr?«

Der Gefangene starrte den Fremden groß an, und seine Lippen bewegten sich stumm. Schließlich traf er eine Entscheidung.

»Wächter!« rief er.

Die Stimme hallte viel zu laut durch den schlafenden Palast, und der verhinderte Retter schüttelte den Kopf.

»Verrückt«, sagte Teppic. »Die Leute hier sind total ausgerastet.«

Er verließ die Zelle, griff nach dem Arm der jungen Frau und eilte mit Ptraci durch den düsteren Gang. Hinter ihnen machte der Mann von seiner verurteilten Zunge Gebrauch und brüllte phantasievolle Verwünschungen.

»Wohin bringst du mich?« fragte Ptraci, als sie um eine Ecke hasteten und an den Säulen eines weiten Platzes vorbeistürmten.

Teppic zögerte. Bisher hatte er kaum Gedanken an die zweite Phase der Flucht verschwendet. Das Entkommen schien der wichtigste Punkt zu sein.

»Ich frage mich ernsthaft, warum man es überhaupt für notwendig hielt, die Türen mit Riegeln auszustatten«, sagte er und betrachtete die Säulen. »Es überrascht mich ein wenig, daß du nicht einfach in deine Zelle zurückkehrst.«

»Ich ... ich möchte nicht sterben«, sagte das Dienstmädchen.

»Kann ich gut verstehen.«

»Aber es ist völlig falsch! Normalerweise sollte man glücklich darüber sein, sterben zu dürfen!«

Teppic beobachtete das Dach am Rande des Platzes und holte ein Ankereisen hervor.

»Eigentlich *sollte* ich in meine Zelle zurückkehren«, sagte Ptraci, blieb jedoch stehen. »Man muß dem Pharao *immer* gehorchen.«

»Ach? Und was passiert, wenn man diesen Grund-satz nicht beachtet?«

»Irgend etwas Schlimmes«, erwiderte Ptraci vage.

»Ist es nicht schlimm genug, den Krokodilen zum Fraß vorgeworfen zu werden und die Seele an den See-lenfresser zu verlieren?« fragte Teppic. Das Ankereisen verhakte sich an einem verborgenen Vorsprung auf dem flachen Dach.

»Ein interessanter Hinweis«, kommentierte Ptraci und gewann den Teppic-Preis für klares Denken.

»Er ist es wert, berücksichtigt zu werden, nicht wahr?« Teppic zog versuchsweise an dem Seil.

»Vermutlich willst du auf folgendes hinaus«, sagte die junge Frau. »Wenn einem ohnehin das *Schlimmste* droht, braucht man sich deswegen keine Sorgen mehr zu machen. Ich meine, wenn einen der Seelenfresser *in jedem Fall* erwischt, kann man es wenigstens vermeiden, von den Krokodilen gefressen zu werden, stimmt's?«

»Du kletterst zuerst hoch«, stellte Teppic fest. »Es kommt jemand.«

»Wer *bist* du?«

Teppic griff in seine Tasche. Als er vor einer Ewigkeit nach Djelibeby zurückkehrte, kam er nur mit der Klei-dung an seinem Leib — aber es war die gleiche Klei-dung, in der er die Abschlußprüfung der Assassinen-Gilde bestanden hatte. Er hielt ein Wurfmesser vom Typ Zwei in der Hand, und die Klinge glitzerte im Ent-ladungslicht. Wahrscheinlich der einzige Stahl im gan-zen Königreich ... Djelibeby hatte sicher schon von Ei-sen gehört; für den Umstand, daß man es nur selten verwendete (um nicht zu sagen: nie), gab es einen ein-leuchtenden Grund. Wenn Kupfer für die Ahnen gut genug gewesen war, so genügte es auch für ihre Nach-kommen. Punktum!

Nein, die Wächter verdienten kein Messer. Sie traf nicht die geringste Schuld.

Teppic öffnete den Beutel an seinem Gürtel. Er enthielt einige kleine schlichte Fußangeln, und ihre Größe betrug kaum mehr als einen Zoll pro Spitze. Fußangeln brachten niemanden um, sorgten nur dafür, daß Verfolger erheblich langsamer wurden. Ein oder zwei in der Sohle eines Fußes führten zu extremer Vorsicht bei Leuten, die *nicht* mit den Schwingen enthusiastischer Begeisterung flogen.

Teppic warf einige der Fußangeln in die Passage, eilte zum Seil zurück und zog sich daran hoch. Er befand sich dicht unter dem Dach, als der erste Wächter das Ende des Korridors erreichte. Der junge Assassine und Pharao wartete, bis Flüche erklangen, rollte dann das Seil zusammen und folgte dem geretteten Dienstmädchen.

»Sie holen uns bestimmt ein«, sagte Ptraci.

»Das wage ich zu bezweifeln.«

»Und dann wird uns der Pharao den Krokodilen zum Fraß vorwerfen.«

»O nein, das glaube ich nicht ...« Teppic zögerte und dachte an die Gerichtsverhandlungen des vergangenen Nachmittags. Man konnte nie wissen, welches Urteil der Pharao traf.

»Vielleicht doch«, gab er zu. »In dieser Hinsicht ist es sehr schwer, völlig sicher zu sein.«

»Was tun wir jetzt?«

Teppic sah über den Fluß, dessen trübes Wasser Entladungsblitze widerspiegelte. Im Bereich der Großen Pyramide herrschte noch immer rege Aktivität — einige winzig wirkende Steinblöcke schwebten über ihr. Es war wirklich erstaunlich, wieviel Arbeit Ptaclusp in diesen Auftrag investierte.

Man stelle sich den Entladungsblitz der größten aller Pyramiden vor, dachte Teppic. *Bestimmt sieht man ihn selbst in Ankh-Morpork.*

»Sie sind schrecklich, nicht wahr?« sagte Ptraci hinter ihm.

»Meinst du?«

»Schrecklich und gespenstisch. Weißt du, der verstorbene Pharao konnte sie nicht ausstehen. Er sagte immer, die Pyramiden nageln das Königreich an der Vergangenheit fest.«

»Das hat er gesagt?«

»Nein. Er beschränkte sich darauf, sie zu verabscheuen. Er war ein netter alter Mann. Immer freundlich und zuvorkommend. Nicht so wie sein Nachfolger.« Ptraci putzte sich die Nase und verstaute das Taschentuch in ihrem paillettenbesetzten Büstenhalter.

»Äh, worin bestanden deine Pflichten als Dienstmädchen, äh?« Teppic beobachtete das Dachpanorama und versuchte, seine Verlegenheit nicht zu deutlich zu zeigen.

Die junge Frau lachte leise. »Du bist nicht von hier, oder?«

»Nein, eigentlich nicht.«

»Nun, ich habe mich mit dem alten Pharao unterhalten. Oder ihm zugehört. Er hatte einige recht interessante Dinge zu sagen und klagte, kaum jemand achte auf seine Worte.«

»Ja«, sagte Teppic und nickte langsam. »Und das war alles?«

Ptraci musterte ihn stumm und kicherte dann. »Ach, *das*. Nein, wie ich schon sagte: Er verhielt sich immer sehr zuvorkommend. Oh, ich hätte keine Einwände erhoben, nein, bestimmt nicht. Immerhin habe ich eine angemessene Ausbildung hinter mir. Tja, in gewisser Weise bin ich ein wenig enttäuscht gewesen. Die Frauen meiner Familie dienen den Pharaonen schon seit vielen Jahrhunderten ...«

»Tatsächlich?« brachte Teppic hervor.

»Es gibt da ein Buch mit dem Titel *In den Schlafzimmern* ...«

»... *des Palastes*«, murmelte Teppic.

»Ich dachte mir schon, daß ein Mann von Welt wie du darüber Bescheid weiß«, sagte Ptraci und stieß ihn

an. »Es ist eine Art Lehrbuch. Nun, meine Ururgroßmutter hat für die meisten Bilder posiert. Damals«, fügte sie hinzu, um jeden Zweifel auszuschließen. »Ich
meine, *vor* ihrem Tod; sie liegt schon seit zwanzig Jahren im Grab. Als sie jünger war. Es heißt, ich sähe ihr
sehr ähnlich.«

»Grgh«, entgegnete Teppic.

»Sie genoß einen ausgezeichneten Ruf, meine Ururr-
großmutter. Sie konnte die Füße bis hinter den Kopf
heben. Ja. Und dazu bin ich ebenfalls imstande. Ich habe die Stufe Drei erreicht.«

»Grgh?«

»Der alte Pharao hat einmal gesagt, die Götter gäben
den Menschen einen Sinn für Humor, um einen Ausgleich für alles Sexuelle zu schaffen. Ich glaube, zu jenem Zeitpunkt war er ein wenig niedergeschlagen.«

»Grgh.« Teppic rollte mit den Augen.

»Du bist nicht sonderlicher gesprächig, oder?«

Der Nachtwind blies ihm Ptracis Parfüm entgegen.
Seltsamerweise hatte der Duft die Wirkung eines Vor-
schlaghammers.

»Wir müssen ein Versteck für dich finden«, sagte er
und konzentrierte sich auf jedes einzeln Wort. »Du hast
nicht zufällig Eltern oder so?« Mit nur mäßigem Erfolg
bemühte er sich, nicht darauf zu achten, daß die Gerettete zu glühen schien.

»Nun, meine Mutter arbeitet noch immer irgendwo
im Palast«, erwiderte Ptraci. »Aber ich glaube kaum,
daß sie Verständnis für meine Lage aufbrächte.«

»Du mußt fort von hier«, sagte Teppic mit Nachdruck. »Die Priester dürfen dich nicht erwischen. Wenn
es mir gelingt, Pferde oder ein Boot aufzutreiben...
Dann kannst du nach Tsort oder Ephebe fliehen.«

»Ins Ausland?« Ptraci schürzte die Lippen. »Ich weiß
nicht recht, ob mir das gefiele.«

»Wäre dir die Unterwelt lieber?«

»Nun, wenn du mich vor eine solche Wahl stellst...«

Ptraci griff nach Teppics Arm. »Warum hast du mich gerettet?«

»Wie? Weil das Leben besser ist als der Tod. Glaube ich.«

»Was die *Schlafzimmer des Palastes* betrifft...«, sagte Ptraci nachdenklich. »Ich habe bis zum Abschnitt Sechsundvierzig gelesen, dem ›Kongreß der Fünf Vielversprechenden Ameisen‹. Wenn du ein wenig Joghurt hast, könnten wir...«

»Nein! Ich meine, nein. Nicht hier. Nicht jetzt. Bestimmt sucht man nach uns. Und außerdem geht bald die Sonne auf.«

»Du brauchst nicht gleich so aus der Haut zu fahren! Ich wollte nur freundlich sein.«

»Ja. Gut. Danke.« Teppic wandte sich ab und starrte verzweifelt über die Brüstung eines Lichtschachtes.

»Da unten befinden sich die Arbeitszimmer der Einbalsamierer«, sagte er. »Sicher gibt es dort zahlreiche Möglichkeiten, sich zu verstecken.« Er entrollte das Seil.

Sie ließen sich im Schacht herab und durchquerten mehrere Räume. Teppic fand einen, an dessen Wänden Bänke standen, und Holzspäne bedeckten den Boden. Eine schmale Tür führte in die nächste Kammer, in der einige Sarkophage standen, geschmückt mit einem puppenhaften Gesicht, das Teppic zu hassen begann. Er klopfte auf mehrere Deckel, hob einen an.

»Niemand zu Hause«, sagte er. »Hier kannst du es dir bequem machen. Ich sorge dafür, daß ein Spalt offen bleibt. Für frische Luft.«

»Ich soll mich in einen Sarg legen? Und wenn du nicht zurückkommst?«

»Keine Sorge, bis heute abend hörst du von mir«, erwiderte Teppic. »Und, äh... Vielleicht finde ich im Lauf des Tages Gelegenheit, dir etwas zu essen und zu trinken zu bringen.«

Ptraci stand auf den Zehenspitzen, und das leise

Klimpern ihrer Fußreifen erschütterte Teppics Libido. Aus einem Reflex heraus senkte er den Blick und stellte fest, daß jeder Zehennagel bunte Muster aufwies. Er entsann sich an ein Gespräch, daß er mit Käseweiß geführt hatte ... Sie standen hinter den Ställen, und der andere Schüler meinte geheimnisvoll, Mädchen, die ihre Zehennägel bemalen würden, seien ... Er konnte sich nicht mehr genau daran erinnern, wußte nur noch, daß er damals ziemlich verblüfft gewesen war.

»Sieht sehr hart aus«, sagte Ptraci.

»Was?«

»Wenn ich dort drin liegen soll, brauche ich ein Kissen.«

»Vielleicht genügen Holzspäne.« Teppic sammelte einige ein. »Beeil dich jetzt! Bitte!«

»Na schön. Aber du kehrst zurück, nicht wahr? Versprichst du es mir?«

»Ja, ja! Ich verspreche es!«

Teppic legte einen Holzkeil auf die Kante, schob den schweren Deckel zurecht und vergewisserte sich, daß er den Sarkophag nicht ganz verschloß. Dann wirbelte er herum und lief los.

Das Phantom des verstorbenen Pharaos starrte ihm hinterher.

Die Sonne ging auf. Als ihr goldenes Licht über das fruchtbare Djel-Tal strömte, verblaßten die Entladungsblitze der Pyramiden und verwandelten sich in ein geisterhaftes Flackern vor dem heller werdenden Himmel. Die Lautlosigkeit ging zu Bett, und erste Geräusche erwachten. Um genau zu sein: Ein ganz bestimmtes Geräusch hatte nicht geruht. Während der Nacht gelang es ihm mit routiniertem Geschick, sich der Aufmerksamkeit sterblicher Ohren zu entziehen, doch jetzt verließ es seinen Schlupfwinkel in den entlegensten Bereichen des Ultraschalls ...

KKKkkkkkkkhhheeee ...

Ein Schrei, der vom Himmel herabwimmerte. Es klang so, als ziehe jemand gleich mehrere Geigenbögen über den wunden Stirnlappen eines Gehirns.

kkkhheeeeeee . . .

Oder wie ein feuchter Fingernagel, der über einen freigelegten Nerv strich, wie manche Leute meinten. Man hätte die Uhr danach stellen können, behaupteten andere — obwohl niemand wußte, was eine Uhr war.

. . . keeee . . .

Das Geräusch wurde immer dumpfer, als das Sonnenlicht über die Steine tröpfelte. Wie das Heulen einer Katze, das allmählich dem Knurren eines Hundes wich.

. . . ee . . . ee . . . ee . . .

Letzte Entladungsblitze glühten. Und dann . . .

. . . uff.

»Ein herrlicher Morgen, Gebieter. Ich hoffe, Sie haben gut geschlafen.«

Teppic winkte Dios zu, gab jedoch keinen Ton von sich. Der Friseur vollführte gerade das Ritual des Unter dem Kinn Müssen Die Bartstoppeln Weg.

Und der Mann zitterte. Bis vor kurzer Zeit war er ein einhändiger arbeitsloser Steinmetz gewesen, doch dann befahl ihm der schreckliche Hohepriester, zum königlichen Friseur zu werden, was natürlich bedeutete, daß man den heiligen Pharao berühren mußte, aber in diesem Fall sei das völlig in Ordnung, meinten die Priester, er brauche nicht zu befürchten, weitere Gliedmaßen zu verlieren, und außerdem müsse er es als große Ehre empfinden, mit nur einer Hand für den Bart des Himmlischen Gebieters verantwortlich zu sein. Natürlich gab es gewisse Berufsrisiken . . .

»Sie sind in keiner Weise gestört worden?« fragte Dios. Sein argwöhnischer Blick kroch in alle Ecken des Zimmers, und es war erstaunlich, daß die Steine weder zurückwichen noch schmolzen.

»Waahh . . .«

»Wenn Sie bitte stillhalten würden, o Ewig Lebender Herrscher«, sagte der Friseur im Tonfall eines Mannes, dem eine Reise durch den Verdauungstrakt eines Krokodils bevorsteht, wenn das Rasiermesser ins königliche Kinn schneidet.

»Haben Sie keine seltsamen Geräusche gehört, Gebieter?« erkundigte sich Dios. Er trat ganz plötzlich zurück, um hinter den vergoldeten Pfauenschirm auf der anderen Seite des Zimmers zu sehen.

»Neeiin.«

»Seine Majestät ist heute morgen ein wenig blaß«, sagte Dios. Er nahm auf der Bank Platz, zwischen zwei marmornen Geparden. Normalerweise durfte niemand in der Präsenz des Pharaos sitzen — das war nur bei Zeremonien gestattet —, aber der Hohepriester bekam dadurch Gelegenheit, einen mißtrauischen Blick unter Teppics niedriges Bett zu werfen.

An Dios' Verwirrung konnte kein Zweifel bestehen. Ebensowenig an Teppics besonders guter Stimmung, die längst den Sieg über Muskelkater und Schlafmangel errungen hatte. Er rieb sich das Kinn.

»Es liegt am Bett«, sagte er. »Ich glaube, ich habe es bereits erwähnt. Das Zauberwort heißt: Matratze. Für gewöhnlich sind Matratzen mit Federn gefüllt. Wenn Sie nicht wissen, was damit gemeint ist: Fragen Sie die Piraten von Khali. Inzwischen schlafen die meisten von ihnen auf Gänsefeder-Matratzen.«

»Seine Majestät beliebt zu scherzen«, erwiderte Dios.

Teppic wußte, daß er sich damit begnügen sollte, aber er konnte der Versuchung nicht widerstehen.

»Stimmt was nicht, Dios?« fragte er.

»In der vergangenen Nacht schlich ein Schurke durch den Palast. Ptraci befindet sich nicht mehr im Kerker.«

»Das ist sehr bedauerlich.«

»Ja, Gebieter.«

»Vielleicht wurde sie von einem riesigen zweiköpfigen Vogel entführt.«

Das Gesicht des Hohenpriesters blieb völlig ausdruckslos. »Möglich, Gebieter.«

»Ich schätze, die heiligen Krokodile müssen hungern.« *Aber nicht sehr lange*, dachte Teppic. Man gehe ans Ende einer der kleinen Anlegestellen am Ufer und lasse seinen Schatten auf den Fluß fallen — und beobachte, wie sich schlammbraunes Wasser in schlammbraune Schuppenkörper verwandelt. Die Krokodile sahen aus, wie halb vermoderte große Baumstämme; allerdings gab es einen wichtigen Unterschied: Baumstämme öffnen nicht plötzlich den Rachen, um einem das Bein abzubeißen. Sie dienten als königliche Müllabfuhr, Flußpatrouille und gelegentlich auch als Friedhof.

Man konnte sie nicht einfach groß nennen. Wenn eins der größten Krokodile jemals auf den Gedanken gekommen wäre, sich gemütlich auf die Seite zu drehen, hätte es den Djel gestaut.

Der Friseur verließ das Zimmer auf leisen Sohlen. Zwei Bedienstete kamen auf Zehenspitzen herein.

»Ich habe die natürliche Reaktion des Gebieters vorweggenommen, Gebieter«, sagte Dios. Seine Stimme klang jetzt wie das leise Plätschern des Tropfwassers in dunklen Kalksteinhöhlen.

»Ausgezeichnet«, entgegnete Teppic und inspizierte die für diesen Tag bestimmte Kleidung. »Und woraus besteht — ich meine, *bestand* — meine natürliche Reaktion?«

»Sie haben eine gründliche Durchsuchung des Palastes befohlen, Gebieter. Zimmer für Zimmer.«

»Völlig klar, Dios. Ich erinnere mich genau daran, eine solche Anweisung erteilt zu haben.«

Mein Gesicht verrät überhaupt nichts, dachte er. *Alle Muskeln sind genau dort, wo sie sein sollen. Nirgends hat etwas gezuckt. Ich bin völlig sicher. Meine Züge sind so steinern wie fester Stein. Sein durchdringender Blick durchdringt mich nicht.*

»Ja, Gebieter.«

»Ich nehme an, inzwischen sind sie schon meilenweit entfernt«, sagte Teppic. »Wer auch immer ›sie‹ sein mögen. Die Verurteilte war doch nur ein Dienstmädchen, nicht wahr?«

»Es ist völlig unvorstellbar, daß jemand Ihren königlichen Befehl mißachtet! Im ganzen Königreich gibt es niemanden, der es wagen würde, Ihnen *nicht* zu gehorchen, Gebieter! Die betreffenden Frevler müßten damit rechnen, ihre Seelen an den Seelenfresser zu verlieren! Ich sorge dafür, daß man die Ketzer verfolgt, Gebieter! Daß man sie verfolgt und der gerechten Strafe zuführt!«

Die Diener hinter Teppic duckten sich unwillkürlich. Dies war mehr als nur gewöhnlicher Ärger. Es handelte sich um Zorn. Um echten, gut gelagerten, angemessen gereiften Zorn. Um einen Zorn, der heißer brannte als die Feuer der Verdammnis.

»Ist alles in Ordnung mit Ihnen, Dios?« fragte Teppic.

Der Hohepriester hatte sich umgedreht und starrte über den Fluß. Die Große Pyramide war fast fertig. Ihr Anblick schien Dios zu beruhigen oder zumindest auf ein stabileres mentales Plateau zu heben.

»Ja, Gebieter«, antwortete er. »Danke.« Er holte tief Luft. »Morgen, Gebieter, werden Sie beobachten, wie man den Schlußstein aufsetzt. Ein großartiges Ereignis. Natürlich dauert es noch eine Weile, bis alle Kammern ausgestattet sind.«

»Gut. Gut. Ich glaube, heute morgen möchte ich meinen Vater besuchen.«

»Das wird den verstorbenen Pharao sicher freuen, Gebieter. Es ist Ihr Wunsch, daß ich Sie begleite.«

»Oh.«

Im Multiversum gab es einige Dinge, an denen nicht einmal der Schöpfer etwas ändern konnte. Zum Beispiel verboten die Gesetze unausweichlicher Unveränderlichkeit einen guten freundlichen Großwesir. Offenbar erforderte dieser Beruf einen Hang zu Intrigen und Verschwörungen.

Hohepriester neigten dazu, in die gleiche Kategorie zu fallen. Ihre Gesichter ermöglichen den Schluß, daß sie sofort nach dem Amtsantritt beginnen, seltsame Befehle zu erteilen. Anders ausgedrückt: Sie lassen Prinzessinnen an Felsen fesseln, damit auch umherziehende Ungeheuer ihren Spaß haben, und sie finden großen Gefallen daran, kleine Kinder ins Meer zu werfen.

Nun, wer so etwas behauptet, macht sich der Verleumdung schuldig und muß mit einer harten Strafe rechnen. Die Wirklichkeit sieht so aus: Während der ganzen Geschichte der Scheibenwelt sind die meisten Priester ernste, fromme und gewissenhafte Männer gewesen, die mit großer Sorgfalt den Willen der Götter interpretierten. Manchmal ließen sie an nur einem Tag Hunderte von Menschen vierteilen, ans Rad schlagen oder bei lebendigem Leib die Haut abziehen, um ihre Opferbereitschaft zu zeigen.

Der Sarkophag des verstorbenen Pharaos sah prächtig aus. Er bestand aus Glänzgut, Funkelhell und teurem Schimmerfein. Man hatte ihn mit rosafarbener Jade, blauen Rubinen und grünen Opalen geschmückt, und sein Duft erinnerte an Harze und erlesene Kräuter...

Er bot einen wahrhaft beeindruckenden Anblick, aber Teppicymon XXVII. vertrat trotzdem die Ansicht, daß es nicht lohnte, für ihn zu sterben. Er drehte sich um und wanderte über den Hof.

Ein neuer Darsteller trat in das Drama seines Todes.

Grinjer, der Modellbauer.

Die kleinen Modelle hatten Teppicymon immer fasziniert. Selbst einfache Bauern erwarteten, daß man sie mit hölzernem Vieh zu Grabe trug — mit winzigen Ochsen und so weiter, die in der Unterwelt irgendwie zum Leben erwachten. Viele von ihnen begnügten sich im Diesseits mit einer Kuh, um sich im Jenseits eine große Herde leisten zu können. Adlige und Pharaonen bekamen die komplette Ausstattung, und dazu gehörten auch Modelle von Wagen, Häusern, Booten und allen anderen Dingen, deren Originale in der Grabkammer keinen Platz fanden. Sobald sie auf die *andere Seite* wechselten, wuchsen sie auf ihre richtige Größe und erfüllten den vorgesehenen Zweck.

Teppicymon runzelte die Stirn. Zu seinen Lebzeiten war er völlig sicher gewesen, daß dies alles der Wahrheit entsprach. Nicht der geringste Zweifel kratzte an den dicken Mauern seiner Überzeugung. Doch jetzt ...

Grinjers Zunge ragte aus dem einen Mundwinkel, als er nach einer Pinzette griff und der kleinen Trireme — Maßstab eins zu achtzig — ein noch viel kleineres Ruder hinzufügte. In der Werkstatt wimmelte es von zwergenhaften Tieren und anderen Dingen. Einige eindrucksvolle Artefakte hingen von der Decke herab.

Belauschte Gespräche gaben dem Phantom des Pharaos alle notwendigen Informationen: Grinjer war sechsundzwanzig, konnte nichts gegen seine wuchernde Akne unternehmen und wohnte bei der Mutter. Des Abends stellte er Modelle her. Tief im Düffelmantel seines Geistes hoffte er, eines Tages eine nette junge Frau zu finden, die verstand, wie wichtig es war, alle Einzelheiten eines sechsrädrigen Ochsenkarrens mit der erforderlichen Genauigkeit nachzubilden, die den Topf mit Klebstoff hielt und immer einen hilfsbereiten Finger anbot, wenn ein Teil festen Druck erforderte, bis der Kleister trocknete.

Fanfaren und aufgeregte Stimmen erklangen, aber Grinjer achtete nicht darauf. Seit einiger Zeit herrschte draußen ein ziemlicher Rummel, und vermutlich ging es dabei nur um irgendwelche Banalitäten. Seiner Ansicht nach versäumten es viele Leute, ihre Prioritäten richtig zu setzen. Zwei Monate lang hatte er auf mattschwarzen Lack warten müssen, und kaum jemand schien sich deswegen Gedanken zu machen. Grinjer schob die Brille höher auf den Nasenrücken und brachte ein winziges Steuerruder in die richtige Position.

Jemand stand neben ihm. Nun, vielleicht konnte er sich nützlich machen.

»Wenn du den Finger hier draufhalten würdest ...«, sagte er, ohne sich umzudrehen. »Nur eine Minute lang, bis der Klebstoff wirkt.«

Es kam zu einem plötzlichen Temperatursturz, und als der Modellbauer den Kopf hob, sah er in eine goldene Maske. Dahinter verfärbte sich Dios' Gesicht; aus der Version Nummer Dreizehen (blasse Haut) wurde Version Nummer Siebenunddreißig (purpurner Hochglanz-Sonnenuntergang).

»Oh«, sagte er.

»Sehr hübsch.« Teppic deutete auf das Modell. »Was stellt es dar?«

Grinjer sah den Pharao an und blinzelte. Dann blinzelte er noch einmal und blickte aufs Boot.

»Das Original ist eine fünfundzwanzig Meter lange khalianische Fluß-Trireme mit Bugramme und Fischschwanz-Heck«, antwortete er automatisch.

Gleich darauf gewann er den Eindruck, daß man mehr von ihm erwartete. Unsicher befeuchtete er sich die Lippen.

»Das Modell besteht aus mehr als fünfhundert Teilen«, fügte er hinzu. »Wenn man diesen Faden hier zieht ...«

Die Maske hatte sich bewegt, und Dios nahm nun ihren Platz ein. Er bedachte Grinjer mit einem Darüberreden-wir-später-Blick und eilte dem Pharao nach. Das Phantom des verstorbenen Teppicymon folgte ihm.

Teppic verdrehte die Augen hinter der Maske und spähte in das Zimmer mit den Sarkophagen. Auf der einen Seite stand der marmorne Behälter, in dem sich Ptraci verbarg. Der Keil steckte noch immer unter dem Deckel.

»Unser Vater liegt hier drüben, Gebieter«, sagte Dios. Er konnte so leise gehen wie ein Geist.

»Oh. Ja.« Teppic zögerte und trat an den großen Sarg heran, der auf einem Bock ruhte. Eine Zeitlang sah er stumm darauf herab. Das vergoldete Gesicht wirkte ganz und gar nicht vertraut.

»Eine gute Darstellung, Gebieter«, sagte Dios. »Die Ähnlichkeit ist unverkennbar.«

»J-ja«, erwiderte Teppic. »Vermutlich haben Sie recht. Er sieht wesentlich ... zufriedener aus. Glaube ich.«

»*Hallo, mein Junge*«, sagte der verstorbene Pharao. Er wußte inzwischen, daß ihn niemand hören konnte, aber er empfand es trotzdem als angenehm, die Lebenden anzusprechen. Selbstgespräche behagten ihm nicht. Dafür blieb ihm sicher noch genug Zeit.

»Das Bildnis zeigt ihn von der besten Seite, o Herr des Himmels«, sagte der Oberste Bildhauer.

»*Ich sehe aus wie eine Wachspuppe mit Hämorrhoiden.*«

Teppic neigte den Kopf zur Seite.

»Ja«, bestätigte er unsicher. »Ja. Äh. Gute Arbeit.«

Er drehte sich halb um und sah erneut durch die Tür des Nebenzimmers.

Dios gab den Wächtern auf beiden Seiten des Zugangs ein Zeichen.

»Wenn Sie mich bitte entschuldigen würden, Gebieter ...«, sagte er ölig.

»Hmm?«

»Die Suche wird fortgesetzt.«

»In Ordnung. Oh ...«

Mit der Beweglichkeit eines Flamingos sprang Dios an Ptracis Sarkophag heran, griff nach dem Deckel und schob ihn zurück: »Gebt acht! Was haben wir hier gefunden?«

Dil und Gern traten neugierig näher und blickten in den Behälter.

»Holzspäne«, sagte Dil.

Gern schnupperte. »Sie riechen irgendwie komisch.«

Die Finger des Hohenpriesters trommelten auf den Deckel. Teppic hatte Dios noch nie zuvor fassungslos gesehen und beobachtete fasziniert, wie er die Seiten des Sarkophags abklopfte. Offenbar suchte er nach verborgenen Klappen.

Vorsichtig rückte er den Deckel wieder zurecht und durchbohrte Teppic mit seiner Aufmerksamkeit. Der junge Pharao nahm dies zum Anlaß, dankbar dafür zu sein, daß die goldenen Maske keinen Blick auf sein Gesicht gewährte.

»*Ptraci ist nicht mehr hier*«, sagte der verstorbene Teppicymon. »*Sie verließ das Zimmer, als die Männer gingen, um zu frühstücken. Ich glaube, sie folgte einem Ruf der Natur.*«

Ptraci kann sich nicht einfach in Luft aufgelöst haben, dachte Teppic weise. *Die Frage lautet: Wo steckt sie jetzt?*

Dios sah sich argwöhnisch in der Kammer um und schwang einige Sekunden lang wie eine Kompaßnadel hin und her, bevor sich sein Blick auf den Sarkophag des Pharaos richtete. Er war besonders groß. Er bot besonders viel Platz. Er fiel sofort auf.

Mit langen Schritten durchquerte der Hohepriester das Zimmer und schob den Deckel beiseite.

»*Oh, Sie brauchen nicht anzuklopfen*«, sagte Teppicymon XXVII. »*Ich bin immer zu Hause.*«

Teppic sah über Dios hohe Schulter. Niemand leistete der Mumie seines Vaters Gesellschaft.

»Ist wirklich alles in Ordnung mit Ihnen, Dios?« fragte er.

»Ja, Gebieter. Wir müssen bei der Suche sehr gründlich sein, Gebieter. Die Entflohene ist nicht hier, Gebieter.«

»Sie sehen aus, als brauchten Sie frische Luft«, sagte Teppic und rügte sich für diese Bemerkung, obwohl sie ihm bemerkenswert glatt über die Lippen kam. Ein verwirrter, desorientierter Dios bewirkte Ehrfurcht und

Unbehagen, denn er ließ einen an der Stabilität des Universums zweifeln.

»Ja, Gebieter. Danke, Gebieter.«

»Setzen Sie sich. Ich sorge dafür, daß Ihnen jemand ein Glas Wasser bringt. Später inspizieren wir die Große Pyramide.«

Dios nahm Platz.

Irgend etwas knackte und splitterte.

»Er hat sich auf Grinjers Modell gesetzt«, sagte der tote Teppicymon. *»Und ich dachte immer, er hätte überhaupt keinen Humor.«*

Die Große Pyramide verlieh dem Wort ›massiv‹ eine ganz neue Bedeutung. Sie schuf eine weite Delle in der Landschaft. Ihr Gewicht schien die Form aller Dinge zu verändern. Teppic verglich sie mit einer Bleikugel, die den Gummistreifen des Alten Königreichs dehnte.

Das war natürlich eine verrückte Vorstellung. Die Pyramide mochte groß sein, aber neben einem Berg wirkte sie klein.

Doch alles andere verurteilte sie zu Zwergenhaftigkeit. Außerdem: Berge *sollten* groß sein; das Gefüge des Universums hatte sich längst daran gewöhnt. Die Pyramide hingegen war von Menschenhand geschaffen und weitaus größer, als von Menschenhand Geschaffenes eigentlich sein durfte.

Sie strahlte Kälte aus. An der schwarzen Marmorfassade glitzerte Rauhreif im bratenden Licht der Nachmittagssonne. Teppic hörte auf die Stimme des Narren in ihm und berührte eine Wand — einige Hautfetzen blieben darauf zurück.

»Sie ist eiskalt!«

»Sie sammelt bereits Energie, o Odem der Flüsse«, sagte Ptaclusp. Schweißperlen glänzten auf seiner Stirn. »Es liegt am — wieheißternoch? — Grenzeffekt.«

»Wie ich sehe, haben Sie die Arbeit in den Grabkammern eingestellt«, bemerkte Dios.

»Die Männer...«, murmelte Ptaclusp. »Die niedrige Temperatur ... Der Grenzeffekt ... Zu gefährlich ...«

Teppic musterte die beiden so unterschiedlichen Gestalten nacheinander.

»Was ist denn los?« fragte er. »Gibt's irgendwelche Probleme?«

»Äh«, sagte Ptaclusp.

»Sie sind dem Zeitplan voraus«, sagte Teppic. »Das ist sehr lobenswert. Sie haben viel Arbeit in das Projekt investiert.«

»Äh. Ja. Aber.«

Relative Stille schloß sich an. In der Ferne erklangen die Stimmen der Arbeiter, und hinzu kam das leise Zischen warmer Luft, die über kaltes Gestein strich.

»Bestimmt ergeben sich keine Schwierigkeiten mehr, wenn wir den Schlußstein hinzugefügt haben«, brachte Ptaclusp schließlich hervor. »Sobald sich die gespeicherte Energie entladen kann, ist alles in bester Ordnung. Äh.«

Er deutete auf den Elektrum-Block. Soweit man überhaupt von einem Block sprechen konnte: Das Ding durchmaß kaum einen halben Meter und ruhte auf kleinen Böcken.

»Morgen sollten wir eigentlich in der Lage sein, ihn auf die Spitze zu setzen«, sagte der Baumeister. »Haben Sie nach wie vor die Absicht, bei der feierlichen Zeremonie zugegen zu sein? O Gebieter?« Er zupfte nervös an seinem Umhang. »Es gibt kühle G-getränke«, stotterte er. »Äh, vielleicht auch warme. K-kommt ganz darauf an. Jeder Besucher erhält ein graues Handtuch, das er mitnehmen darf. Außerdem: Alle rufen ›Hurra!‹ und werfen ihre Hüte hoch.«

»Sie dürfen auf unsere Anwesenheit zählen«, sagte Dios. »Es wird eine Ehre sein.«

»Für uns ebenfalls, Gebieter«, sagte Ptaclusp pflichtbewußt.

»Ich *meine* für Sie«, fügte der Hohepriester hinzu. Er

sah über den weiten Platz, der sich zwischen der Pyramide und dem Fluß erstreckte. Dort standen Dutzende von Statuen und Bildnissen, die Pharao Teppicymons Heldentaten* verewigten.

»Lassen Sie das fortschaffen«, sagte Dios.

Ptaclusp musterte ihn mit bestürzter Unschuld.

»Ich spreche von einem ganz bestimmten Objekt«, erklärte der Hohepriester.

»Oh. Ah. Nun, wir dachten uns, sobald Sie die herrliche Statue an Ort und Stelle sehen, im richtigen Licht ... Wissen Sie, Hut der Geierköpfige Gott Unerwarteter Besucher könnte hier ...«

»Er verschwindet«, sagte Dios.

»Wie Sie wünschen, Euer Eminenz«, erwiderte Ptaclusp kummervoll. Derzeit stand dieser Punkt ganz unten auf der Liste seiner Probleme, aber er gewann langsam den Eindruck, von der Statue verfolgt zu werden.

Dios beugte sich etwas näher.

»Sie haben nicht zufällig eine Frau auf dem Bauplatz gesehen, oder?« fragte er.

»Nein, keine Frau, mein Lord«, antwortete Ptaclusp. »Sehr zu meinem Bedauern.«

»Die Betreffende trägt recht provokative Kleidung«, erklärte der Hohepriester.

»Nein, nein, keine Frauen!«

»Der Palast ist nicht weit entfernt«, fuhr Dios hart-

---

* Es handelte sich um die Werke besonders phantasievoller Bildhauer. Teppicymon XXVII. hatte viel vollbracht, doch Heldentaten fehlten in seinem Leistungskatalog. Der Punktestand lautete: Anzahl der unter den Rädern Seines Streitwagens zu Brei zermahlten Feinde — 0; Anzahl der von Seinen Sandalen zertretenen Throne — 0; Anzahl der weltweiten Märsche als triumphierender Koloß — 0. Aber es ließ sich auch Positives anführen: Anzahl der Schreckensherrschaften — 0; Anzahl der von feindlichen Sandalen zertretenen Throne — 0; Anzahl der von feindlichen Streitwagenrädern zu Brei zermahlten Verteidiger — 0; Anzahl viel zu teurer Kreuzzüge — 0. Mit anderen Worten: Teppicymon hatte zu seinen Lebzeiten null Punkte errungen und doch nicht verloren.

näckig fort. »Und hier gibt es bestimmt viele Möglich-keiten, sich zu verstecken.«

»Eminenz, ich versichere Ihnen, daß wir hier keine Frau gesehen haben«, sagte Ptaclusp.

Dios bedachte ihn mit einem finsteren Blick und wandte sich dann zu der Stelle um, an der Teppic bis vor einigen Minuten gestanden hatte.

»Bitte sagen Sie ihm, daß er niemandem die Hand schütteln soll!« rief Ptaclusp, als der Hohepriester über den Sand stürmte, in Richtung einer goldenen Maske, die in der Ferne glitzerte. Der Pharao schien sich noch immer nicht daran gewöhnen zu können, daß das Volk keinen Mann des Volkes als Herrscher wollte. Diejeni-gen Arbeiter, die ihm nicht rechtzeitig aus dem Weg ge-hen konnten, verbargen ihre Hände hinterm Rücken.

Ptaclusp seufzte, fächelte sich Luft zu und trat in den Schatten seines Zelts.

Dort warteten Ptaclusp IIa, Ptaclusp IIa, Ptaclusp IIa und Ptaclusp IIa auf ihn. In der Gegenwart von Buch-haltern fühlte sich Ptaclusp nie recht wohl, und es be-drückte ihn, daß gleich vier zugegen waren, noch dazu ein und dieselbe Person. Auch drei Ptaclusp IIbs saßen am Tisch. Die anderen vier (oder fünf?) befanden sich auf dem Bauplatz.

Der Baumeister winkte beschwichtigend.

»Immer mit der Ruhe«, sagte er. »Wo liegt heute das Problem?«

Einer der IIas deutete auf einen Stapel Wachstafeln.

»Hast du irgendeine Ahnung, was ›Kalkül‹ bedeutet, Vater?« fragte er in jenem rasiermesserscharfen Tonfall, den Buchhalter benutzen, wenn sie von besonders gro-ßen Zahlen auf der Passivseite einer Bilanz sprechen.

»Nein, aber du wirst es mir sicher gleich erklären.« Ptaclusp ließ sich auf einen Stuhl sinken.

»Ich mußte so etwas erfinden, um mit den Lohnab-rechnungen fertig zu werden, Vater«, warf ein anderer IIa ein.

»Ich dachte, das sei Algebra«, brummte Ptaclusp.

»Algebra hatten wir in der letzten Woche«, sagte ein dritter IIa. »Jetzt ist Kalkül dran. Ich bin viermal durch eine Schleife gegangen, um eine Lösung zu finden.« Er musterte seine Brüder. »Derzeit arbeiten drei von mir an Quanten-Buchführung.«

»Und warum?« fragte Ptaclusp müde.

»Wir brauchen sie in der nächsten Woche.« Der Chef-Buchhalter starrte auf die oberste Wachsplatte. »Um nur ein Beispiel zu nennen ... Kennst du den Freskenmaler Rthur?«

»Was ist mit ihm?«

»Er, ich meine, *sie* haben uns die Arbeit von zwei Jahren in Rechnung gestellt.«

»Oh.«

»Angeblich erledigten sie ihren Auftrag am letzten Dienstag. Und sie sprachen von verdrehter, *gekrümmter* Zeit.«

»Im Ernst?« stöhnte Ptaclusp.

»Die Kerle lassen sich immer wieder etwas Neues einfallen«, sagte einer der anderen Buchhalter und starrte die parakosmischen Architekten an.

Ptaclusp zögerte. »Wie viele Rthurs gibt es?«

»Woher sollen wir das wissen? Es *waren* dreiundfünfzig, und dann erreichten sie eine kritische Schwelle. Wir sind ihm ziemlich oft begegnet.« Zwei IIas lehnten sich zurück und preßten die Fingerspitzen aneinander — immer ein schlechtes Zeichen bei jemandem, der mit Geld zu tun hat. »Es gibt noch ein Problem«, fuhr einer von ihnen fort. »Nach der ersten Begeisterung kamen viele Männer auf den Gedanken, die Zeit-Schleifen heimlich zu durchschreiten. Um zu Hause zu bleiben und sich zur Arbeit zu schicken.«

»Das ist doch lächerlich«, wandte Ptaclusp kläglich ein. »Es sind keine unterschiedlichen Personen. Sie manipulieren sich selbst.«

»So etwas geschieht häufig, Vater«, sagte IIa. »Wie

viele Männer haben aufgehört, sich mit zwanzig das Hirn aus dem Schädel zu trinken — um einen Fremden davor zu bewahren, mit vierzig an Leberversagen zu sterben?«

Stille schloß sich an, und Ptaclusp versuchte, den Sinn der gerade verhallten Worte zu erfassen.

»Einen Fremden...?« wiederholte er unsicher.

»Ich meine, sein älteres Ich«, erwiderte IIa scharf. »Eine philosophische Metapher«, erläuterte er.

»Einer der Steinmetze hat sich gestern verprügelt«, sagte ein IIb düster. »Er schlug auf sich ein, und bei dem Streit ging es um seine Ehefrau. Jetzt wird er allmählich verrückt und zerbricht sich den Kopf darüber, ob er eine ältere Version ist oder zu den Ich-Entsprechungen gehört, die noch nicht geschlagen wurden. Er fürchtet, sich einen Hinterhalt zu stellen. Und das ist noch längst nicht der schlimmste Fall. Vater, wir bezahlen vierzigtausend Arbeiter, aber auf der Lohnliste stehen nur zweitausend Namen.«

»Und deshalb droht uns bald der Bankrott«, ächzte Ptaclusp. »Darauf willst du doch hinaus, oder? Ach, es ist meine Schuld. Ich wollte nur etwas schaffen, das ich euch vererben kann. Mit diesen Schwierigkeiten habe ich nicht gerechnet. Zu Anfang erschien alles ganz leicht.«

Einer der IIas räusperte sich.

»Die Lage ist, äh, nicht *völlig* hoffnungslos«, sagte er leise.

»Was soll das heißen?«

Der Buchhalter legte ein Dutzend Kupfermünzen auf den Tisch.

»Nun, äh«, begann er. »Wißt ihr, äh, was die vielen Zeitverschiebungen betrifft, äh, ich dachte mir, die Schleifen existieren nicht nur für Menschen, sondern auch für, äh, Objekte. Seht ihr die Münzen eigentlich hier?«

Eine von ihnen verschwand.

»Es sind temporale Replikationen, nicht wahr?« fragte einer der übrigen Ilas.

»Nun, äh, ja«, gestand der Buchhalter verlegen ein. Eigentlich ließ es sich nicht mit seiner persönlichen Religion vereinbaren, auf das heilige Wirken des Geldes Einfluß zu nehmen. »In Wirklichkeit ist es nur eine Münze, und sie existiert in Abständen von jeweils fünf Minuten.«

»Benutzt du diesen Trick, um die Arbeiter zu bezahlen?« fragte Ptaclusp dumpf.

»Von einem ›Trick‹ kann keine Rede sein«, widersprach Ila heftig. »Ich gebe ihnen den Lohn und bin nicht dafür verantwortlich, was nachher damit geschieht, oder?«

»Die Sache gefällt mir nicht«, sagte der Baumeister.

»Sei unbesorgt«, ließ sich ein anderer Ila vernehmen. »Letztendlich gleicht sich alles aus. Jeder bekommt, was er verdient.«

»Ja«, murmelte Ptaclusp. »Genau das befürchte ich.«

»Es ist nur eine andere Art und Weise, Geld für sich arbeiten zu lassen«, behauptete ein Sohn. »Vermutlich hat es was mit Quanten zu tun.«

»Oh, gut«, seufzte Ptaclusp.

»Heute abend setzen wir den Schlußstein auf die Spitze«, sagte ein Ilb. »Und wenn sich die gespeicherte Energie entladen hat, kommt alles ins Lot.«

»Ich habe dem Pharao gesagt, die Zeremonie findet morgen statt.«

Die Ilbs erbleichten synchron. Noch immer loderte die Sonne an einem wolkenlosen Himmel, aber im Zelt schien es plötzlich kühler zu werden.

»Heute abend, Vater«, sagte einer der Architekten. »Du meinst bestimmt heute abend.«

»Morgen«, sagte der Baumeister fest. »Es sind bereits alle Vorbereitungen getroffen. Markisen und so. Leute, die Lotosblumen ausstreuen. Außerdem spielt eine Kapelle. Glocken und Trompeten und krachende Becken.

Und Ansprachen und Tee und Fleischbrühe. Die Fertigstellung der Großen Pyramide muß richtig gefeiert werden. Dadurch locken wir neue Kunden an. Sie wollen sich bestimmt umsehen und ...«

»Vater, du weißt doch, wieviel Energie die Pyramide aufsaugt! Denk nur an den Rauhreif ...«

»Und wenn schon. Wir Ptaclusps laufen nicht einfach herum und setzen Pyramiden Schlußsteine auf, als ginge es nur darum, eine Gartenmauer zu vollenden. Wir schleichen nicht wie waswweißich durch die Nacht, um unser größtes Werk mit Elektrum zu krönen. Mit Fug und Recht erwartet man eine Zeremonie von uns.«

»Aber ...«

»Schluß damit. Ich habe mir diesen neumodischen Kram viel zu lange angehört. Morgen. Immerhin hat es keinen Sinn, die Bronzeplatte zu enthüllen, wenn niemand da ist, um ›Hurra!‹ zu rufen und zu applaudieren.«

Einer der Ilas zuckte mit den Schultern. »Es hat keinen Sinn, mit ihm zu streiten«, sagte er. »Ich komme drei Stunden aus der Zukunft und kenne das Ergebnis dieser Diskussion. Wir konnten seine Meinung nicht ändern.«

»Ich bin nur eine Stunde jünger als du«, sagte ein anderer Buchhalter. »Ich erinnere mich an deinen Hinweis.«

Jenseits der Zeltplanen zischte die Große Pyramide mit akkumulierter Zeit.

Pyramiden sind keineswegs geheimnisvoll, auch nicht rätselhaft.

Sie dienen als Dämme im Strom der Zeit. Wenn man sie richtig strukturiert und angemessene parakosmische Okkultkomponenten hinzufügt, kann das temporale Potential der Steinmasse verwendet werden, um die Zeit in einem kleinen Bereich zu beschleunigen oder umzukehren. Man denke in diesem Zusammenhang nur an eine Druckwasserpumpe, die imstande ist, das Wasser *gegen die Strömung* fließen zu lassen.

Die ursprünglichen Baumeister waren natürlich alt und daher sehr klug und weise. Sie wußten genau Bescheid und errichteten Pyramiden, um in der zentralen Kammer eine klar abgegrenzte Zone der Null-Zeit zu schaffen. Ein dort aufgebahrter, noch nicht völlig toter Pharao durfte tatsächlich auf ewiges Leben hoffen — oder zumindest darauf, nicht ganz zu sterben. Jene Zeit, die eigentlich verstreichen sollte, sammelte sich im Gestein der Pyramide und entlud sich jeweils einmal in vierundzwanzig Stunden.

Menschen neigen zu Vergeßlichkeit, wie man weiß, und nach ein paar Äonen glaubten die Nachkommen der Weisen, das gleiche Resultat erzielen zu können, indem sie a) Rituale vollführten, b) Leichen mit Stroh füllten und c) ihre Eingeweide in Krügen aufbewahrten.

Derartige Maßnahmen führen nur selten zum Erfolg.

Die Kunst der Feinjustierung von Pyramiden ging verloren, und das Wissen darum reduzierte sich auf einen kümmerlichen Rest aus falsch verstandenen Prinzipien und verworrenen Erinnerungen. Die Ahnen der modernen Architekten waren viel zu klug, sehr große Pyramiden zu bauen. Sehr große Pyramiden können höchst seltsame Dinge bewirken, und Fluktuationen in der Zeit spielen dabei nur eine untergeordnete Rolle.

Übrigens: Hier muß der weit verbreiteten Meinung, Pyramiden seien imstande, Rasiermesser zu schärfen, energisch widersprochen werden. Sie bringen die entsprechenden Klingen nur in eine Zeit zurück, in der sie noch nicht stumpf waren. Wahrscheinlich hat das irgend etwas mit Quanten zu tun.

Teppic lag auf seinem steinernen Bett und lauschte.

Draußen im Flur standen zwei Wächter. Zwei weitere lehnten an der Balkonbrüstung, und Nummer Fünf —

Dios' Weitblick beeindruckte den jungen Pharao — wartete auf dem Dach. Er hörte, daß sie versuchten, keine Geräusche zu verursachen.

Eigentlich konnte es Teppic dem Hohenpriester nicht verdenken. Wenn ganz in Schwarz gekleidete Ketzer und Frevler des Nachts durch den Palast schlichen, mußte Seine Majestät geschützt werden. Völlig klar.

Er kroch von dem harten Ruhelager herunter, huschte durchs Zwielicht und näherte sich einer Statue, die den katzenköpfigen Gott Bast zeigte. Rasch schraubte er den Schädel ab, griff in den hohlen Torso und holte die Assassinen-Kleidung hervor. Er streifte sie über und bedauerte kurz, sich nicht in einem Spiegel betrachten zu können, bevor er das Zimmer durchquerte und sich hinter eine Säule duckte.

Soweit es ihn betraf, bestand das einzige Problem darin, nicht laut zu lachen. Wer sich in Djelibeby für den Beruf des Soldaten entschied, durfte ziemlich sicher sein, daß er seine Rente genießen konnte. Es kam nie zu irgendwelchen Aufständen, und da die beiden Nachbarstaaten Tsort und Ephebe jederzeit in der Lage gewesen wären, das Königreich zu erobern, hatte es keinen Sinn, besonders fähige und kampfwillige Krieger auszubilden. Mit begeisterten Soldaten konnte Djelibeby nichts anfangen. Begeisterte Soldaten langweilten sich, wenn sie keine Gelegenheit bekamen, in die Schlacht zu ziehen. Wenn sich begeisterte Soldaten langweilten, kamen sie auf dumme Gedanken, zum Beispiel: *Sind wir nicht weitaus besser geeignet, die Staatsgeschäfte zu führen?* oder *Wozu brauchen wir den Pharao und die Priesterschaft?*

Der djelibebische Idealsoldat war groß, stämmig und konnte stundenlang an einem Fleck stehen, ohne sich zu langweilen. Der djelibebische Idealsoldat hatte die Statur eines Ochsen und dachte mit der Geschwindigkeit einer langsamen Schnecke. Eine ausgezeichnete Kontrolle über Blase und Darm kam hinzu.

Teppic trat auf den Balkon.

Er hatte längst gelernt, sich nicht verstohlen zu bewegen. Viele Millionen Jahre lang fielen Menschen Geschöpfen zum Opfer, die sich verstohlen heranschlichen, und irgendwann meinten die Instinkte, jetzt sei aber Schluß. Es genügte auch nicht, lautlos zu sein — kleine Bereiche dahinschwebender Stille weckten immer Argwohn. Nein, man mußte selbstsicher durch die Nacht gleiten, so wie die Luft.

Teppic schob sich an einem Wächter vorbei und kletterte langsam an der Mauer hoch. Sie war mit einem komplexen Flachrelief geschmückt, das die Triumphe verstorbener Monarchen verdeutlichte. Mit anderen Worten: Teppic ließ sich von seinen Vorfahren hinaufhelfen.

Ein warmer Wind wehte von der Wüste, als er sich über die Brüstung schwang und über das immer noch heiße Dach eilte. Die Luft schmeckte so, als habe man sie gerade gekocht und gewürzt.

Teppic empfand es als seltsam, über das Dach des eigenen Palastes zu schleichen, den eigenen Wächtern auszuweichen und eine Absicht zu verfolgen, die in krassem Gegensatz zu den eigenen Befehlen stand. Wenn man ihn erwischte, mußte er sich dazu verurteilen, den heiligen Krokodilen zum Fraß vorgeworfen zu werden. Vermutlich hatte er auch bereits Anweisung gegeben, ihm gegenüber keine Gnade walten zu lassen.

Die Gefahr, sich streng zu bestrafen, machte den nächtlichen Ausflug noch weitaus aufregender.

Teppic blickte über das weite Dach und atmete tief durch; hier bot sich ihm die einzige Freiheit, die es für den Pharao des Alten Königreichs gab. Voller Wehmut dachte er an die grundbesitzlosen Bauern im Delta, die wahrscheinlich mehr Freiheit genossen als er. Doch dann flüsterte eine rebellische, aufwieglerische Stimme in ihm: *Ja, sie haben die Freiheit, sich verschiedene Krank-*

heiten zu holen, langsam zu verhungern oder an Gicht zu sterben.

Trotzdem: Eine *gewisse* Freiheit ließ sich nicht leugnen.

Ein leises Geräusch in der schweren Stille der Nacht weckte Teppics Aufmerksamkeit, lockte ihn zum Rande des Daches. Der Djel floß im Mondschein, breit und ölig.

In der Mitte des Stroms tanzte ein kleines Boot auf den trägen Wellen; offenbar kehrte es gerade von der Nekropolis am anderen Ufer zurück. Die Gestalt am Ruder erschien viel zu vertraut — das Entladungslicht spiegelte sich auf einem kahlen Kopf wider.

Irgendwann einmal folge ich ihm, dachte Teppic. *Um herauszufinden, was er dort drüben anstellt.*

Vorausgesetzt natürlich, er setzt bei hellem Tageslicht über.

Tagsüber war die Nekropolis nur düster, als sei das Universum entschlossen, früher Feierabend zu machen. Teppic hatte sich die Nekropolis angesehen, und in seiner Vorstellung wanderte er noch einmal durch Straßen, die immer still und staubig waren, ganz gleich, welches Wetter auf der anderen, der *lebenden* Seite des Flusses herrschte. Noch einmal glaubte er, eine gewisse Atemlosigkeit zu spüren, die eigentlich nicht verwunderte, wenn man die speziellen Aspekte jenes Ortes berücksichtigte. Assassinen mochten die Nacht aus prinzipiellen Gründen, doch die Nacht in der Nekropolis stellte etwas Besonderes dar. Besser gesagt: Es handelte sich um eine nächtlichere Nacht. Außerdem: Es gab keine andere Stadt auf der Scheibenwelt, in der für Assassinen nicht die geringste Aussicht bestand, Aufträge zu bekommen.

Teppic erreichte den Lichtschacht, der zu den Arbeitszimmern der Einbalsamierer führte. Flink kletterte er herab, stand wenige Sekunden später auf dem Boden und schlüpfte ins Zimmer mit den Sarkophagen.

»Hallo, Junge.«

Teppic schob den Deckel beiseite, und erneut sah er nur Holzspäne.

»*Sie liegt in einem der Särge dort drüben*«, sagte der verstorbene Pharao. »*Ihr Orientierungssinn ließ schon immer zu wünschen übrig.*«

Es war ein ziemlich großer Palast. Schon am Tag fiel es Teppic schwer, sich darin zurechtzufinden, und er dachte nun daran, welche Chancen er hatte, wenn er die Suche in pechschwarzer Dunkelheit fortsetzte.

»*Weißt du, es liegt in der Familie. Bei deinem Großvater war's so schlimm, daß er sich Links und Rechts auf die Sandalen schreiben mußte. Glücklicherweise kommst du in dieser Hinsicht mehr nach deiner Mutter.*«

Eigentlich seltsam. Ptraci sprach nicht — sie schwatzte. Sie schien nicht in der Lage zu sein, einen Gedanken länger als etwa zehn Sekunden im Kopf zu behalten. Offenbar verfügte ihr Gehirn über eine direkte Verbindung zum Mund: Kaum dachte sie etwas, bewegten sich auch schon Lippen und Zunge. Im Vergleich mit den Damen, die Teppic bei den Soirees in Ankh-Morpork kennengelernt hatte — sie fanden großen Gefallen daran, junge Assassinen zu unterhalten, boten ihnen erlesene Delikatessen an und redeten von ebenso interessanten wie delikaten Angelegenheiten, während sich ihre Blicke in Diamantbohrer verwandelten und die roten Lippen feucht zu glänzen begannen ... Im Vergleich mit solchen Frauen war Ptraci so leer wie, nun, wie ein leeres Ding. Trotzdem verspürte Teppic den dringenden Wunsch, sie wiederzufinden. Ihre natürliche Anspruchslosigkeit übte einen enormen Reiz aus. Nein, es ging ihm nicht um die herrlich runden Brüste. Obgleich er runde Dinge mochte, vor allen Dingen dann, wenn sie zur weiblichen Anatomie gehörten.

»*Ich bin froh, daß du zurückgekehrt bist, um sie zu suchen*«, plauderte Teppicymon XXVII. »*Weißt du, sie ist deine Schwester. Deine Halbschwester, um ganz genau zu* sein. *Manchmal bedauere ich, ihre Mutter nicht geheiratet zu haben. Tja, in ihren Adern floß leider kein königliches Blut. Eine sehr kluge Frau, ihre Mutter. Und sie hatte auch noch andere Vorteile.*«

Teppic lauschte. Erneut glaubte er, ein leises Zischen zu vernehmen, das man nur hören konnte, weil die Nacht schwieg. Er schlich in den rückwärtigen Teil der Kammer, horchte erneut und hob einen anderen Deckel an.

Ptraci lag zusammengerollt in dem Sarkophag, schlief tief und fest. Ihr Kopf ruhte auf einem Arm.

Er drückte den Deckel vorsichtig beiseite und zupfte an einer Haarsträhne der jungen Frau. Sie murmelte etwas und drehte sich auf die andere Seite.

»Äh, du solltest jetzt aufwachen«, flüsterte Teppic.

Erneut bewegte sich Ptraci und gab einen Laut von sich, der wie ›Wstflgl‹ klang.

Teppic zögerte. Weder die Lehrer der Gilde noch Dios hatten ihn auf eine derartige Situation vorbereitet. Er kannte mindestens siebzig verschiedene Möglichkeiten, einen schlafenden Menschen zu töten, aber jetzt fragte er sich, wie man die betreffende Person vorher weckte.

Er berührte eine einigermaßen neutrale Stelle der Haut. Ptraci schlug die Augen auf.

»Oh«, sagte sie. »Du bist's.« Sie gähnte.

»Ich bin gekommen, um dich fortzubringen«, erklärte Teppic. »Du hast den ganzen Tag über geschlafen.«

»Ich habe jemanden gehört.« Ptraci streckte sich auf eine Art und Weise, die Teppic dazu veranlaßte, verlegen zur Seite zu blicken. »Es war der Priester, der aussieht wie ein kahlköpfiger Adler. Ein schrecklicher Mann.«

»Da bin ich ganz deiner Ansicht«, pflichtete Teppic bei. Es erleichterte ihn, daß Ptraci nichts von Dios hielt.

»Deshalb bin ich still geblieben. Außerdem kam auch noch der Pharao. Der *neue* Pharao, meine ich.«

»Oh.« Teppic schluckte. »Äh, er wollte dir ebenfalls einen Besuch abstatten, wie?« Die Bitterkeit in Ptracis Stimme kam einem Dolch vom Typ Fünf gleich, der sich ihm ins Herz bohrte.

»Die übrigen Dienstmädchen meinen, er sei wirklich *seltsam*«, fügte die junge Frau hinzu, als Teppic ihr aus dem Sarkophag half. »Du *kannst* mich ruhig anfassen. Ich bestehe nicht aus Porzellan.«

Teppic stützte Ptraci und wünschte sich: ein möglichst kaltes Bad und anschließend eine Runde übers Dach.

»Du bist ein Assassine, nicht wahr?« fragte die Verurteilte und Gerettete. »Ich habe mich daran erinnert, als du mich hier zurückgelassen hast. Ja, du bist ein Assassine und kommst von weither. Aus dem Ausland. Die schwarze Kleidung ... Besteht deine Absicht darin, den Pharao zu töten?«

»Dazu bin ich leider nicht imstande«, erwiderte Teppic. »Um ganz ehrlich zu sein: Er geht mir allmählich auf die Nerven. Äh, könntest du vielleicht die Arm- und Fußreifen abnehmen?«

»Warum?«

»Sie klimpern, wenn du dich bewegst.« Selbst Ptracis Ohrringe schienen die Stunde zu läuten, wenn sie den Kopf drehte.

»Ich möchte mich nicht von ihnen trennen«, sagte sie. »Ohne sie fühle ich mich nackt.«

»Selbst *mit* ihnen bist du fast nackt«, flüsterte Teppic. »Bitte!«

»*Sie beherrscht die Zimbel*«, sagte das Phantom Seiner Früheren Majestät. Die allgemeine Konversation gefiel ihm, und er wollte einen Beitrag leisten. »*Allerdings bringt sie dauernd irgendwelche Melodien durcheinander. Tja, sie ist erst auf Seite fünf des Lehrabschnitts ›Kleine Stükke für noch kleinere Finger‹.*«

Teppic huschte zum Gang, der in andere Regionen des Palastes führte, verharrte dort und lauschte. Stille patrouillierte durch die Kammern und Säle, während es in dem Zimmer mit den Sarkophagen rasselte: Ptraci legte ihren Schmuck ab.

Nach einer Weile schlich Teppic zurück.

»Bitte beeil dich!« drängte er. »Wir haben nicht mehr viel ...«

Tränen rollten über Ptracis Wangen.

»Äh«, sagte Teppic. »Äh.«

»Ein Teil davon stammt aus dem Erbe meiner lieben Großmutter«, schluchzte die junge Frau. »Einige andere Dinge bekam ich vom Pharao. Diese Ohrringe hier gehören zum Besitz meiner Familie, seit ... seit ... seit ziemlich langer Zeit. Wie würde es dir gefallen, dich von ihnen zu trennen?«

»*Weißt du, sie trägt den Schmuck nicht nur*«, sagte Teppicymon XXVII. »*Er ist vielmehr Teil ihres Wesens.*« Lieber Himmel, dachte er. Das muß eine *Erkenntnis* sein. Warum fällt einem das Denken soviel leichter, wenn man tot ist? Liegt es vielleicht daran, daß das Gehirn fehlt?

»Ich habe keine Ohrringe«, entgegnete Teppic.

»Aber du *hast* viele Messer und so.«

»Nun, ich brauche sie für meine Arbeit.«

»Eben.«

»Hör mal, du brauchst sie nicht zurückzulassen«, sagte Teppic hastig. »Steck sie in meine Tasche. Zusammen mit den anderen Sachen. Und laß uns endlich von hier verschwinden. Bitte!«

»*Auf Wiedersehen*«, murmelte das Phantom des verstorbenen Phraos traurig. Es schwebte zu seiner Leiche zurück und versuchte, einen Monolog mit ihr zu führen.

Ein stärkerer Wind wehte, als sie das Dach erreichten. Heiße trockene Böen stöhnten über dem Palast.

Auf der anderen Seite des Flusses entluden zwei ältere Pyramiden gespeicherte temporale Energie, doch die Flammen schienen nicht ganz bei der Sache zu sein.

»Ich fühle mich so komisch«, sagte Ptraci. »Stimmt was nicht?«

»Vielleicht nähert sich ein Gewitter«, erwiderte Teppic. Er starrte über den Fluß und beobachtete die Große Pyramide. Sie schien noch dunkler geworden zu sein, bildete jetzt ein schwarzes Dreieck in nächtlicher Schwärze. Vor ihr liefen kleine Gestalten hin und her — wie Wahnsinnige, die sich darüber freuten, daß ihre Irrenanstalt brannte.

»Gewitter?« wiederholte Ptraci verwirrt.

»Es ist sehr schwer zu erklären«, sagte Teppic besorgt. »Kannst du erkennen, was die Leute dort drüben machen?«

Ptraci kniff die Augen zusammen.

»Sie sind sehr aufgeregt.«

»Es sieht eher nach Panik aus, glaube ich.«

Einige andere Pyramiden entluden sich. Aber die Flammen weigerten sich, ordentlich zu züngeln: Statt dessen neigten sie sich im Wind hin und her.

Teppic schauderte. »Komm«, sagte er. »Ich schlage vor, wir verlassen diesen Ort.«

»Wir hätten gleich heute abend den Schlußstein aufsetzen sollen!« rief Ptaclusp IIb und versuchte, das Heulen der Pyramide zu übertönen. »Jetzt kann der Elektrumblock nicht mehr nach oben schweben. Die Turbulenzen sind viel zu stark!«

Das Eis und der Rauhreif des Tages dampften auf einer schwarzen Fassade, die immer wärmer wurde. Geistesabwesend betrachtete der Architekt den Schlußstein, der noch immer auf kleinen Böcken ruhte, sah dann seinen Bruder an, dessen Nachthemd wie ein Banner flatterte.

»Wo ist Vater?« fragte er.

»Ich habe einen von uns geschickt, um ihn zu wecken«, sagte IIa.

»Wen?«

»Nun, einen von dir.«

»Oh.« Erneut starrte IIb auf die Elektrummasse. »Das Ding ist nicht sehr schwer. Wir können es bestimmt nach oben tragen.« Er wartete auf eine Antwort.

»Bist du übergeschnappt? Frag die Arbeiter, ob sie sich einen Bonus verdienen wollen.«

»Sie sind alle weggelaufen.«

Eine Pyramide weiter flußabwärts versuchte, sich zu entladen. Sie zischte und brutzelte, holte tief Luft und spuckte eine fauchende Flamme, die einen weiten Bogen beschrieb und dann über den Sand vor der Großen Pyramide kochte.

»Bei allen Göttern, jetzt beginnen die ersten energetischen Quanten-Interaktionen!« platzte es aus IIb heraus. »Komm, wir müssen den Schlußstein anbringen. Wenn sich diese Pyramide nicht entladen kann, droht eine katastrophale Katastrophe.«

Die beiden Brüder griff nach dem Elektrumblock und wankten zum Gerüst. Der Wind heulte, wirbelte Staub auf und gab ihm seltsame Formen.

»Hörst du was?« fragte IIb, als sie die erste Plattform erreichten.

»Meinst du jenes Geräusch, das erklingt, wenn man Raum und Zeit durch die Mangel dreht?« erwiderte IIa.

Der Architekt bedachte seinen Bruder mit einem bewundernden Blick — solche Bemerkungen erwartete man nicht von einem Buchhalter. Dann kehrte der Schrecken in IIbs Gesicht zurück.

»Nein, das nicht«, sagte er.

»Meinst du die Luft, die gerade entsetzliche Qualen ertragen muß?«

»Noch einmal daneben getippt«, sagte IIb ein wenig verärgert. »Ich meine das Knarren.«

Drei weitere Pyramiden gaben gefangene Zeit frei. Die temporale Kraft jagte durch die Wolken am dunklen Himmel und zuckte zum schwarzen Marmor herab.

»Ich höre kein Knarren«, sagte IIa.

»Ich glaube, es stammt von *dieser* Pyramide.«

»Nun, vielleicht solltest du darauf verzichten, das Ohr an die Fassade zu pressen. Ich glaube, es wäre nicht besonders klug.«

Das Gerüst erzitterte im Sturm, als die beiden Brüder eine Leiter hochkletterten und den Schlußstein festhielten. »Wir hätten uns weigern sollen«, brummte der Buchhalter, als der Elektrumblock mit bemerkenswerter Zielsicherheit auf seine Zehen glitt. »Es war falsch, ein so großes Bauwerk zu errichten.«

»Sei still und heb dein Ende des Steins an.«

Sie brachten weitere Leitern hinter sich, kletterten langsam an den Flanken der Großen Pyramide hinauf, während die kleineren Grabstätten an den Ufern des Djel eine Salve nach der anderen feuerten. Zischende Zeit-Blitze rasten übers finstere Firmament.

Unterdessen lag der größte Mathematiker auf der ganzen Scheibenwelt im Stall und gab sich in aller Seelenruhe seinen Blähungen hin. Schließlich legte er beim Wiederkäuen eine Pause ein und stellte fest, daß mit den Zahlen etwas Sonderbares passierte. Mit *allen* Zahlen.

Das Kamel schielte über seine breite Schnauze und sah Teppic an. Sein Gesichtsausdruck machte deutlich, daß es nicht viel davon hielt, geritten zu werden. Und der Name Teppic stand jetzt an erster Stelle auf der Liste aller antipathischen Reiter. Kamele begegnen der Menschheit mit einer sehr demokratischen Einstellung. Sie hassen alle ihre Repräsentanten, ohne Rücksicht auf Rang oder Glauben.

Dieses besondere Exemplar erweckte den Eindruck, als habe es auf einem Stück Seife gekaut.

Teppic sah kummervoll an den Palastställen entlang, einst Heim von hundert Kamelen. Er hätte eine ganze Welt für ein Pferd gegeben — und einen kleinen Kontinent für ein Pony. Doch die Ställe enthielten nur mehr einige alte Streitwagen (Überbleibsel einer ruhmreichen Vergangenheit), einen älteren Elefanten (dessen Präsenz als ungelöstes Rätsel galt) und dieses Kamel. Es schien sich um ein ausgesprochen träges Tier zu handeln. Die Knie wirkten irgendwie abgewetzt.

»Tja, die Auswahl ist eher beschränkt«, sagte Teppic. »Ich wage es nicht, den Fluß während der Nacht zu überqueren. Nun, ich könnte versuchen, dich über die Grenze zu bringen.«

»Sitzt der Sattel richtig?« fragte Ptraci. »Er sieht komisch aus.«

»Es ist ein ziemlich komisches Wesen«, erklärte Teppic. »Wie steigt man auf?«

»Ich habe die Kameltreiber bei ihrer Arbeit beobachtet«, erwiderte Ptraci. »Ich glaube, sie holen mit einem Stock aus und schlagen fest zu.«

Das Kamel kniete nieder und warf ihr einen selbstgefälligen Blick zu.

Teppic hob die Schultern, öffnete die Tür zum Rest der Welt — und blickte in die Gesichter von fünf Wächtern.

Er wich zurück. Die Männer kamen näher. Drei von ihnen hoben schwere Djel-Bögen, die Pfeile durch dickes Holz katapultieren und ein angreifendes Nilpferd in ein drei Tonnen schweres Steak verwandeln konnten. Die Palastwächter hatten noch nie auf einen Mitbürger geschossen, aber jetzt schienen sie doch mit dem Gedanken zu spielen, entsprechende Erfahrungen zu sammeln.

Der Anführer klopfte einem seiner Männer auf die Schulter. »Gib dem Hohenpriester Bescheid.«

Er starrte Teppic an.

»Leg alle Waffen ab!« forderte er.

»Was, *alle?*«

»Ja, genau.«

»Das könnte eine Weile dauern«, erwiderte Teppic vorsichtig.

»Und halt die Hände so, daß ich sie sehen kann«, fügte der Anführer hinzu.

»Dadurch ergibt sich ein echtes Problem«, sagte Teppic taktvoll. Er musterte die Soldaten nacheinander. Als ausgebildeter Assassine kannte er mehrere Arten des unbewaffneten Kampfes, aber jede Version erforderte Gegner, die nicht sofort einen Pfeil von der Sehne schnellen ließen, sobald man sich bewegte. Nun, vielleicht konnte er sich zur Seite werfen, irgendwo in Deckung gehen und ...

Aber dann ließ er Ptraci im Stich. Außerdem: Welcher Pharao kämpfte denn gegen seine eigenen Wächter? Ein derartiges Verhalten widersprach allen Traditionen.

Hinter den Soldaten bewegte sich etwas, und Dios erschien mit der lautlosen Unvermeidlichkeit einer Mondfinsternis. Er hielt eine entzündete Fackel, und ihr Licht schuf seltsame Reflexe auf seinem kahlen Kopf.

»Ah«, sagte er. »Die Ketzer sind gefangen. Gut gemacht.« Er nickte dem Anführer der Wächter zu. »Werft sie den Krokodilen zum Fraß vor.«

»Dios?« fragte Teppic, als zwei Soldaten ihre Bögen senkten und sich ihm näherten.

»Hast du gesprochen?«

»Mann, Sie wissen doch, wer ich bin. Stellen Sie sich nicht so dumm an.«

Der Hohepriester hob die Fackel.

»Dummheit«, sagte er, »hängt ganz von den Umständen ab. *Dumme* Menschen neigen irgendwann dazu, einen fatalen Fehler zu machen. Wenn du verstehst, was ich meine.«

»Ich finde das keineswegs lustig«, entgegnete Teppic. »Sie werden den Soldaten sofort sagen, wer ich bin. Das ist ein Befehl.«

»Wie du willst, Junge. Dieser *Assassine*«, — Dios' Stimme kam einem Schneidbrenner gleich, dessen

Flamme sich durch den Stahl des Zweifels fraß —, »hat den Pharao getötet.«

»Verdammt, ich *bin* der Pharao!« entfuhr es Teppic. »Und ich habe mich nicht selbst umgebracht.«

»Du willst uns zum Narren halten, Junge, aber das wird dir nicht gelingen«, sagte Dios. »Diese Männer wissen genau, daß der Pharao weder nächtliche Wanderungen in seinem Palast unternimmt noch die Gesellschaft verurteilter Verbrecher sucht. Es bleibt nur noch festzustellen, wo du den Leichnam versteckt hast.«

Der Blick des Hohenpriesters blieb starr auf Teppics Gesicht gerichtet, und Teppicymon XXVIII. begriff plötzlich, daß Dios total verrückt war. Es handelte sich um eine sehr seltene Form von Wahnsinn. Um einen derartigen Wahnsinn zu entwickeln, muß man so lange in der Sphäre des eigenen Ichs existieren, daß sich gewohnheitsmäßige Vernunft in die Hirnrinde gräbt. *Ich frage mich, wie* alt *er ist*, dachte Teppic.

»Assassinen sind schlau und gerissen«, sagte Dios. »Gebt gut auf ihn acht.«

Neben dem Hohenpriester krachte etwas. Ptraci hatte einen Kamelstock geworfen und das Ziel verfehlt.

Als die Anwesenden wieder aufsahen, war Teppic verschwunden. Die Wächter neben ihm konzentrierten sich darauf, stöhnend zu Boden zu sinken.

Dios lächelte.

»Ergreift die Frau«, sagte er scharf, und der Anführer stürmte sofort los und packte Ptraci, die nicht den geringsten Widerstand leistete. Dios bückte sich und hob den Stock auf.

»Draußen stehen noch mehr Wächter«, sagte er und ließ seinen Blick durch den Stall schweifen. »Das dürfte dir sicher klar sein. Es liegt in deinem eigenen Interesse, dich zu stellen.«

»Warum?« erklang Teppics Stimme aus den Schatten. Er schob die Hand in den Stiefel und tastete nach seinem Blasrohr.

»Man wird dich den heiligen Krokodilen zum Fraß vorwerfen«, fuhr der Priester fort. »So lautet der Befehl des Pharaos.«

»Eine höchst angenehme Vorstellung«, brummte Teppic und schraubte hastig die Einzelteile zusammen.

»Es gibt weitaus unangenehmere Alternativen«, kommentierte Dios.

Die Dunkelheit störte Teppic nicht — mit den Fingerkuppen strich er über die winzigen codierten Schnitzmuster in den Pfeilschäften. Die meisten der besonders spektakulären Gifte waren inzwischen verdunstet oder hatten einen großen Teil ihres Wirkungspotentials eingebüßt, aber es gab noch einige andere Substanzen, deren Zweck nur darin bestand, dem Opfer tiefen Schlaf zu gönnen. Manchmal mußten Assassinen an mehreren aufmerksamen Wächtern vorbei, um eine bestimmte Person zu inhumieren; es war unhöflich, auch die Soldaten ins Jenseits zu befördern.

»Sie könnten uns gehen lassen«, sagte Teppic. »Das entspricht doch Ihrem Wunsch, nicht wahr? Bestimmt möchten Sie, daß ich das Königreich verlasse und nicht zurückkehre, oder? Nun, soll mir recht sein.«

Dios zögerte.

»Bei solchen Gelegenheiten erwartet man die Bemerkung ›Laß das Mädchen frei‹«, sagte er.

»O ja«, bestätigte Teppic. »Lassen Sie das Mädchen frei!«

»Nein«, widersprach der Hohepriester. »Es wäre eine Vernachlässigung meiner Pflichten dem Pharao gegenüber.«

»Um Himmels willen, Dios, Sie *wissen* doch, daß ich der Pharao bin!«

»Nein«, beharrte der Priester. »Ich habe eine sehr klare Vorstellung von dem Pharao, und du wirst ihr nicht gerecht, Junge.«

Teppic spähte über den Rand des Kamelstalls. Das Kamel spähte über seine Schulter.

Die ganze *Welt* schnappte über.
Na schön: Sie wurde *noch* verrückter.

Alle Pyramiden schienen in Flammen zu stehen, und rußiges Entladungslicht glühte hoch zum Himmel empor, als die Brüder Ptaclusp zur Hauptplattform kletterten.

Ila ließ sich auf die Bretter sinken und keuchte wie ein altersschwacher Blasebalg. Knapp einen Meter entfernt ragte eine schwarze und inzwischen ziemlich heiße Mauer in die Höhe. Nach Ilas Meinung konnte nicht mehr der geringste Zweifel daran bestehen, daß die Große Pyramide *tatsächlich* knarrte, so hingebungsvoll wie ein Segelschiff im Sturm. Über die eigentliche Mechanik hatte er nie sehr gründlich nachgedacht (sie stand in einem gewissen Gegensatz zu den Baukosten), aber inzwischen war er sicher, daß die seltsamen Geräusche so falsch waren wie die Summe V aus der Addition von II und II.

Sein Bruder streckte den Arm aus, um das Gestein zu berühren, aber er zog die Hand sofort wieder zurück, als Funken von seinen Fingern stoben.

»Man kann die hohe Temperatur spüren«, sagte er. »Es ist erstaunlich!«

»Warum?«

»Um eine solche Masse zu erwärmen ... Ich meine, viele Millionen Tonnen ...«

»Die Sache gefällt mir nicht, Zwei-Be«, wimmerte Ila. »Wir lassen den Schlußstein einfach hier, einverstanden? Bestimmt kommt alles in Ordnung. Morgen früh schicken wir eine Arbeitsgruppe hierher, um den Elektrumblock ...«

Er brach ab, als ein neuerlicher Entladungsblitz über den Himmel zuckte und fünfzig Meter weiter oben die Säule aus tanzender Luft traf. Ila hielt sich hastig am Gerüst fest.

»Zum Toifel damit!« platzte es aus ihm heraus. »Ich

gehe nach Hause zurück und verkrieche mich unter der Decke.«

»Toifel?« fragte IIb.

»Einer der Geringeren Götter. Glaube ich. Hat Hörner oder so.«

»Oh!« Dem Architekten fiel etwas ein. »He, einen Augenblick. Ich meine, *weshalb* knarrt die Pyramide? Stein kann nicht knarren.«

»Das ganze verdammte Gerüst schwankt hin und her, du Idiot!« IIa starrte seinen Bruder an und rollte mit den Augen. »Bitte sag mir, daß es am Gerüst liegt ...«

»Nein, diesmal bin ich ganz sicher. Das Geräusch kommt aus dem Innern.«

Sie sahen sich an, richteten ihre Aufmerksamkeit dann auf die Leiter, die zur Spitze hinaufführte — beziehungsweise dorthin, wo sich die Spitze befinden sollte.

»Ich halte es für eine gute Idee, diesen Ort so schnell wie möglich zu verlassen«, sagte IIb. »Die Pyramide kann sich nicht richtig entladen, sucht deshalb nach einer Möglichkeit, die gespeicherte Energie auf andere Art und Weise loszuwerden. Ich möchte nicht zu einem lebenden und nachher toten Blitzableiter wer ...«

Das Knarren verwandelte sich in ein Knirschen, so als schabten Kontinentalplatten übereinander.

Teppic fühlte es. Er glaubte zu spüren, daß ihm die Haut um mehrere Nummern zu klein wurde. Er gewann den Eindruck, daß jemand ihm die Ohren festhielt und den Kopf dazwischen fortzureißen versuchte.

Er sah, wie der Anführer der Wächter auf die Knie sank und sich bemühte, den Helm abzunehmen. Teppic nutzte die gute Gelegenheit und sprang über eine halbhohe hölzerne Trennwand.

Es wurde bereits angedeutet, daß seltsame Dinge geschahen. So wie jetzt. Teppic landete auf einem Boden, der sich danach sehnte, eine Wand zu sein. Irgendwie gelang es ihm, wieder auf die Beine zu kommen, und unmittelbar darauf schob ihn etwas zur Seite. Er mußte sich an der Stallbox festhalten, um nicht das Gleichgewicht zu verlieren.

Die Ställe schrumpften und dehnten sich wieder, wie das Bild in einem Zerrspiegel. Teppic hatte so etwas schon einmal gesehen, damals in Ankh-Morpork, als er zusammen mit Schelter und Arthur Dr. Mondlers Es-ist-wirklich-atemberaubend-Emporium besuchten. Nun, wenn man in einen Zerrspiegel blickte, erwartete man natürlich, einen wurstartigen Kopf und ballförmige Beine zu sehen. Teppic bezweifelte, ob es für die Vorgänge um ihn herum eine ebenso einfache Erklärung gab. Wahrscheinlich *benötigte* man verdrehtes Glas, um die richtigen Perspektiven wiederherzustellen.

Er lief mit Beinen aus weicher Schokolade los, näherte sich Ptraci und Dios, während die Welt fluktuierte, wuchs und sich zusammenzog. Es erfüllte ihn mit einer gewissen Genugtuung, als er sah, wie sich die junge Frau aus dem festen Griff des Hohenpriesters wand und ihm die Faust an den kahlen Schädel rammte.

Teppic bewegte sich wie in einem Traum. Die Entfernungen veränderten sich dauernd, als sei die Realität ein Gummiband. Ein weiterer Schritt — und er prallte gegen Dios und Ptraci. Mit energischer Behutsamkeit packte er das Dienstmädchen am Arm und kehrte zum Stall zurück, in dem das Kamel in aller Ruhe wiederkäute und die Ereignisse mit gelindem Interesse beobachtete. Teppic zögerte nicht und schloß die Hand — sie schien aus Schlagsahne zu bestehen — ums Zaumzeug.

Niemand hielt sie auf, als sie vorsichtig durch die Tür traten und das Kamel mit sich zerrten. Draußen spielte die Nacht verrückt.

»Mit geschlossenen Augen kann man es weitaus besser ertragen«, sagte Ptraci.

Teppic senkte die Lider. Es klappte. Die Pupillen behaupteten, der Platz vor den königlichen Ställen sei ein zitterndes Rechteck, dessen Ränder sich wie Bogensehnen spannten, aber das Gedächtnis bestand darauf, daß es sich um einen ganz gewöhnlichen Hof handelte. Füße und Beine stellten sich auf die Seite der Erinnerungsstimme.

»Donnerwetter, ein guter Trick«, lobte Teppic. »Wie bist du darauf gekommen?«

»Ich kneife immer die Augen zu, wenn ich mich fürchte«, erwiderte Ptraci.

»Eine ausgezeichnete Strategie.«

»Was ist hier *los?*«

»Keine Ahnung. Ich möchte es auch gar nicht herausfinden. Ich schlage vor, wir verschwinden von hier. Wie bringt man ein Kamel dazu, freundlich niederzuknien? Ich habe viele scharfe Dinge bei mir.«

Das Kamel verstand die Sprache der Menschen ziemlich gut, wenn es um Drohungen ging, und mit ungelenkem Geschick knickte es die Knie ein. Teppic und Ptraci kletterten an Bord, und kurz darauf schwankte die Welt erneut, als sich das Tier wieder aufrichtete.

Höhere Mathematik wird nicht ohne Grund in heißen Klimazonen erfunden. Es liegt an der morphischen Resonanz aller Kamele — ihr verächtlicher Gesichtsausdruck und die bereits berühmt gewordenen vorgestülpten Lippen sind ein natürliches Ergebnis der Fähigkeit, quadratische Gleichungen zu lösen.

Nur wenige Personen sind sich darüber klar, daß Kamele gut mit höherer Mathematik zurechtkommen, insbesondere dann, wenn es um Ballistik geht. Es ist eine Eigenschaft, die das Überleben der Art sichern soll. Man mag sie mit der menschlichen Koordination zwischen Hand und Auge vergleichen, mit der Tarnung eines Chamäleons, auch mit der allgemein bekannten Neigung von Delphinen, Schwimmer vor dem Ertrinken zu retten. Normalerweise wäre es Delphinen weitaus lieber, ertrinkende Schwimmer als eine willkommene kulinarische Abwechslung zu erachten, aber wenn andere Menschen in der Nähe sind, gehen sie kein Risiko sein. Sie möchten es vermeiden, sich einen schlechten Ruf einzuhandeln, besonders bei Fischern.

Tatsache ist: Kamele sind weitaus intelligenter als Delphine.* Sie sind so intelligent, daß sie schnell begriffen haben, wie wichtig es sein kann, die eigene Intelligenz vor den Menschen zu verbergen — wenn man vermeiden will, viele Jahre in einem Laboratorium zu verbringen (mit dünnen Elektroden im Kopf), wenn man nichts davon hält, Minen an Schiffsrümpfen zu befestigen, wenn man es nicht als lustig empfindet, von Zoologen dressiert zu werden. Deshalb entschieden sich Kamele schon vor einer ganzen Weile für folgenden Lebensstil: Sie nehmen es hin, kostenlos Lasten zu tragen und mit Stöcken traktiert zu werden, bekommen dafür regelmäßige Mahlzeiten, werden gelegentlich gebürstet und nutzen die Gelegenheit, ungestraft in menschliche Augen zu spucken.

Jahrmillionen selektiver Evolution hatten ein Geschöpf hervorgebracht, das die Sandkörner einer mittelgroßen Wüste zählen, die Nase ganz nach Belieben schließen und selbst in heißer Hitze tagelang ohne Wasser auskommen konnte. Die Namensgebung wurde dieser breiten Fähigkeitspalette nicht ganz recht: Dieses besondere Kamel hieß Du Mistvieh.

Und es war der größte Mathematiker auf der ganzen Scheibenwelt.

Du Mistvieh dachte nach: Die dimensionale Instabilität in diesem Bereich scheint immer mehr zuzunehmen; es sieht ganz danach aus, als schwanke die kosmische Integrität zwischen null und fünfundvierzig Grad. Interessant. Was mag die Ursache sein? Nun, fangen wir

---

* Man traue niemals einer Spezies, die immerzu lächelt. Bestimmt plant sie etwas.

an. V gleich 3. Tau gleich Chi/4. *Kaukaukau*. Und Kappa/y? Setzen wir diese Variable mit dem von Stinkender Faulpelz* entwickelten Differentialtensor gleich. Vielleicht sollten man noch vier imaginäre Koeffizienten hinzufügen, um die hyperuniversale Auswölbung zu berücksichtigen ...

Ptraci holte mit ihrer Sandale aus und schmetterte sie auf den Kopf des Kamels. »Los, beweg dich endlich!« rief sie. Du Mistvieh dachte: Somit entspricht die zur Wirkung gelangende Kraft V/s. *Kaukaukau*. Woraus sich die ultrasyllogistische Schlußfolgerungen ergibt ...

Teppic sah sich um. Die seltsamen Verzerrungen der Landschaft ließen allmählich nach, und Dios ...

Dios trat aus dem Palast. Er hatte es tatsächlich geschafft, einige Wächter zu finden, deren Furcht vor Ungehorsam noch stärker war als ihr Entsetzen angesichts der veränderten Welt.

Du Mistvieh kaute in aller Gemütsruhe vor sich hin ... *Kaukaukau* was eine interessante Kurz-Oszillation zur Folge hat. Mit welcher Periode? Nun, bezeichnen wir die Periode als x. *Kaukaukau*. Zeit ist gleich t. Die Anfangsschwingungen ...

Ptraci hüpfte auf dem Hals des Kamels hin und her, winkelte die Beine an und trat zu. Ihr Bewegungsmuster hätte jeden männlichen Anthropoiden dazu veranlaßt, laut zu heulen und den Kopf an die nächste Wand zu stoßen.

»Es rührt sich nicht von der Stelle! Wie wär's, wenn du ihm einen ordentlichen Hieb versetzt?«

Teppic hob die Hand und schlug so fest wie möglich auf den Rücken des Kamels. Eine Staubwolke wirbelte auf, und das Gefühl wich aus Teppics Fingern — eben-

---

* Der größte Kamel-Mathematiker aller Zeiten. Er erfand die Mathematik des achtdimensionalen Raums, als er sich während eines heftigen Sandsturms hinter einer Düne niederhockte und die Nase schloß.

sogut hätte er auf einen mit Kleiderbügeln gefüllten Sack einschlagen können.

»*Beweg* dich«, brummte er.

Dios winkte.

»Halt, im Namen des Pharaos« rief er.

Ein Pfeil traf Du Mistviehs Hinterteil.

... ist gleich 6,333 und so weiter. Nun, wenn wir den Wert abrunden, lautet das ... *autsch* ... Ergebnis 314 Sekunden ...

Du Mistvieh drehte den langen Hals. Vorwurfsvoll wölbte er die breiten buschigen Brauen und kniff die gelben Augen zusammen. Er visierte den Hohenpriester an, unterbrach die Berechnungen der faszinierenden Dimensionsverschiebung und besann sich auf jene uralte Mathematik, die sein Volk schon vor langer Zeit perfektioniert hatte.

Entfernung gleich vierzehn Komma zwei Meter. Windgeschwindigkeit gleich 2. Vektor eins acht. *Kau*. Klebrigkeitsfaktor 7 ...

Teppic zog ein Wurfmesser.

Dios holte tief Luft. *Er wird den Soldaten befehlen, auf uns zu schießen*, dachte Teppic. *Und zwar in meinem Namen. Sein Mund gibt meine Anweisung, mich zu töten.*

... Winkel zwei fünf. *Kau*. Feuer.

Es war ein prächtiges Geschoß. Der Klumpen hatte die richtige Konsistenz und traf das Ziel mit einem Geräusch, das ... Nun, stellen Sie sich ein halbes Pfund teilweise verdautes Gras vor, das jemandem ins Gesicht klatscht. Genau *so* hörte es sich an.

Die darauf folgende Stille kam einem begeisterten Applaus gleich.

Erneut verzerrte sich die Landschaft, und daraus schloß Teppic messerscharf, daß sich dieser Ort nicht zu einem gemütlichen Picknick eignete. Du Mistvieh sah an seinen Vorderbeinen herab.

Beine gleich vier ...

Er trabte los. Kamele haben offenbar mehr Knie als

andere Geschöpfe, und Du Mistvieh rannte wie eine Dampfmaschine: Es kam zu seltsamen Bewegungen im rechten Winkel zur Laufrichtung, begleitet von lauten Verdauungsgeräuschen.

»Verdammtes blödes Tier«, brummte Ptraci, als sie sich vom Palast entfernten. »Zum Glück scheint es endlich begriffen zu haben, daß wir von hier wegwollen.«

... Wiederholungsrate der Kaliber-Invariante 3,5/z. Wovon redet sie da? Verdammtes Blödes Tier lebt drüben in Tsort ...

Du Mistviehs Beine pochten so über den Boden hinweg, als seien die einzelnen Gelenke mit alten Gummibändern verbunden, aber trotzdem gelang es dem Kamel, recht schnell zu sein. Die Reise führte bereits durch die Stadt, über die Straßen aus festgetretener Erde.

»Es beginnt schon wieder, nicht wahr?« fragte Ptraci. »Ich schließe jetzt die Augen.«

Teppic nickte. Die backsteinroten Häuser um sie herum setzten ihren Zerrspiegel-Tanz fort, und der breite Weg vor ihnen hob und senkte sich auf eine Weise, wie man es nicht von anständigem Boden erwartete.

»Es erinnert mich ans Meer«, sagte Teppic.

»Ich kann nichts sehen«, erwiderte Ptraci.

»Ich meine das Meer. Den Ozean. Du weißt schon. Wellen.«

»Habe davon gehört. Verfolgt uns jemand?«

Teppic drehte sich im Sattel um. »Nein, ich glaube nicht«, antwortete er. »Man hat den Eindruck, als ...«

Er konnte an dem langen niedrigen Gebäudekomplex des Palastes vorbeisehen und über den Fluß blicken, bis hin zur Großen Pyramide. Dunkle Wolken umhüllten sie, aber trotzdem stellte Teppic fest, daß irgend etwas nicht stimmte. Normale Pyramiden hatten vier Seiten, doch er zählte acht.

Ihre Konturen verschwammen immer wieder, und sie pulsierte, was nicht ungefährlich zu sein schien: Immerhin bestand das Bauwerk aus mehreren Millionen Tonnen Gestein. Teppic verspürte den Wunsch, möglichst weit von der Großen Pyramide entfernt zu sein. Selbst das Kamel — *sicher kein sehr intelligentes Tier*, dachte er — teilte seine Ansicht und lief schneller.

Du Mistvieh rechnete: Delta im Quadrat. Woraus folgt, daß der dimensionale Druck *k* zu einer Transformation von neunzig Prozent führt, was sich mit *Chi*(16/x/pu)t und einem K-Strang aus drei Konstanten ausdrücken läßt. Mit anderen Worten — uns bleiben noch vier Minuten, plusminus zehn Sekunden...

Das Kamel blickte auf seine großen Plattfüße herab.

Geschwindigkeit gleich *Galopp*.

»Wie hast du das fertiggebracht?« fragte Teppic.

»Ich habe überhaupt nichts gemacht! Das Kamel reagiert von ganz allein! Fall bloß nicht runter!«

Ein Rat, den Teppic gern beherzigte. Allerdings ergaben sich einige Probleme. Er hatte Du Mistvieh zwar gesattelt, aber das Geschirr vergessen. Ptraci grub ihre Hände in langes Kamelhaar, und der junge Pharao konnte sich nur an dem Dienstmädchen vor ihm festklammern. Ganz gleich, wie sehr er sich auch bemühte: Überall berührten seine Finger warme weiche Haut. Seine lange Ausbildung in Ankh-Morpork hatte ihn nicht auf so etwas vorbereitet, ganz im Gegensatz zu Ptraci, die genau zu wissen schien, worauf es ankam. Ihr langes Haar wehte Teppic ins Gesicht und duftete verlockend nach einem erlesenen Parfüm.*

»Bist du soweit in Ordnung?« rief er. Der Wind riß ihm jedes Wort von den Lippen.

»Ich halte mich mit den Knien fest!«

»Das ist bestimmt sehr schwer!«

---

* Man stellte es aus folgenden Ingredienzien her: den Hoden von kleinen Bären, die in Bäumen lebten, einem Schuß Walspucke, Mäuse-Urin und einigen Rosenblättern. Vermutlich wäre Teppic dankbar gewesen, nichts davon zu wissen.

»Oh, ich habe Übung darin!«

Kamele galoppieren, indem sie ihre Beine so weit wie möglich fortschleudern und dann versuchen, sie einzuholen. Die Kniegelenke rasselten wie Kastagnetten. Du Mistvieh stürmte über den kurvenreichen Weg, der aus dem Tal führte, schnaufte kurze Zeit später durch eine schmale Schlucht. Jenseits der hohen Kalksteinwände erstreckte sich die Wüste.

Hinter dem Kamel und seinen Reitern schrie die Große Pyramide, von einer unerbittlichen Flut der Geometrie gequält. Sie konnte sich nicht entladen, gab dem Druck der dimensionalen Gezeiten nach und löste sich von ihrem Sockel. Die viele Millionen Tonnen schwere Masse sauste so unaufhaltsam wie etwas völlig Unaufhaltsames durch die Luft, drehte sich um genau neunzig Grad und bewirkte einen gründlichen Wandel im bis zum Zerreißen gespannten Raum-Zeit-Gefüge.

Du Mistvieh donnerte durch die Schlucht, den Hals zur vollen Länge ausgestreckt, die Nüstern wie zwei große Einlaßventile geöffnet.

»Das Kamel hat Angst!« rief Ptraci. »Tiere wissen über solche Dinge Bescheid!«

»Was für Dinge meinst du?«

»Feuer im Wald und so!«

»Hier gibt es keine Wälder!«

»Nun, Überschwemmungen und ... so! Tiere haben irgendwelche seltsamen Instinkte!«

... *Phi* 1700{u/v}. Seitlich e/v. Es bleibt eine hyperphysische Toleranzbreite von sieben bis zwölf ...

Das Geräusch holte sie ein. Es war so leise wie eine Löwenzahn-Uhr, die Mitternacht schlug, aber es übte *Druck* aus. Es rollte über sie hinweg, weich wie Samt, so abscheulich wie eine zerquetschte Zervelatwurst.

Und es verklang.

Du Mistvieh wurde langsamer — ein ziemlich komplizierter Vorgang, der präzise Anweisungen für jedes einzelne Bein erforderte.

Irgend etwas wich fort: eine schwere Last, die plötzlich ihr Gewicht verlor, eine Anspannung, die zu Erleichterung metamorphierte.

Du Mistvieh blieb stehen, als er im grauen Zwielicht einige Dornbüsche entdeckte, die zwischen den Felsen am Wegesrand wuchsen.

... Linker Winkel. X gleich 37. Y gleich 19. Z gleich 43. *Beißen* ...

Frieden senkte sich herab. Es blieb alles still — bis auf den Verdauungsapparat des Kamels und die fernen Schreie einer Wüsteneule.

Ptraci schwang sich von Du Mistviehs Rücken herunter, landete auf dem sandigen Boden und verzog das Gesicht. »Mein Po«, klagte sie dem Rest der Welt. »Mein Po ist eine einzige Blase.«

Teppic stieg ebenfalls ab, stakte und humpelte zum Geröll, erkletterte den Hang und starrte über die Kreidefelsen hinweg. Er rechnete damit, einen breiten Djel zu sehen.

Ungläubig riß er die Augen auf. Das Tal existierte nicht mehr.

Es war noch immer dunkel, als der Oberste Einbalsamierer Dil erwachte. Das seltsame Prickeln in seinem Leib wies ihn sofort darauf ihn, daß etwas nicht mit rechten Dingen zuging. Er schlüpfte unter der Decke hervor, zog sich an und strich den Vorhang beiseite, der als Tür diente.

Draußen erstreckte sich eine weiche samtene Nacht. Eine Zeitlang lauschte er, vernahm nicht nur das Summen und Zirpen der Insekten, sondern auch noch etwas anderes: ein dumpfes Brutzeln und Zischen an der Grenze des Hörbaren.

Vielleicht hatte ihn jenes Geräusch geweckt.

Warme und feuchte Luft wehten ihm entgegen. Dunstschwaden stiegen vom Fluß auf, und ...

Die Pyramiden entluden sich nicht mehr.

Dil war in diesem Haus aufgewachsen. Seit Tausenden von Jahren gehörte es der Familie des Obersten Einbalsamierers. Er hatte die Entladungsblitze der Pyramiden so oft gesehen, daß er sie mit der gleichen Aufmerksamkeit zur Kenntnis nahm wie seinen Atem. Doch jetzt herrschten Dunkelheit und Stille am anderen Flußufer — eine schreiende Stille, eine finster starrende Dunkelheit.

Aber das Schlimmste kam erst noch. Als Dil seinen entsetzten Blick gen Himmel richtete, als er das Firmament über der Nekropolis beobachtete, sah er die Sterne — und die Dinge, an denen sie befestigt waren.

Dil erschrak. Dann rief er sich zur Ordnung, überlegte gründlich und kam sich wie ein Narr vor. *Die Priester haben uns immer wieder darauf hingewiesen*, fuhr es ihm durch den Sinn. *Dort ist der Beweis. Zum ersten Mal kann man es ganz deutlich sehen.*

Na schön. Fühlst du dich jetzt besser?

Nein.

Der Einbalsamierer wirbelte herum und rannte mit fliegenden Sandalen über die Straße, bis er das Haus erreichte, in dem Gern und seine große Familie wohnten. Er zerrte den protestierenden Lehrling von der gemeinsamen Schlafmatte, zog ihn auf die Straße, richtete das picklige Gesicht nach oben und zischte: »Sag mir, was du siehst!«

Gern blinzelte.

»Ich sehe die Sterne, Meister«, erwiderte er.

»Woran sind sie befestigt, Junge?«

Gern entspannte sich ein wenig. »Das weiß doch jeder, Meister. Die Sterne kleben an der Göttin Nept, deren heiliger Leib sich über den ganzen Himmel ... O, verdammter Mist!«

»Du siehst sie ebenfalls, nicht wahr?«

»Oh, *oh*«, hauchte Gern und sank auf die Knie.

Dil nickte. Er war stolz darauf, fromm zu sein. Er empfand es als großen Trost, daß irgendwo dort draußen Götter existierten. Allerdings beunruhigte es ihn, daß sich die Distanz zu ihnen erheblich verkürzt hatte.

Am Firmament erstreckte sich der bläuliche Leib einer Frau; er glänzte matt im blassen Schein der Sterne.

Eine enorme Frau, mit interstellaren Maßen. Der Schatten zwischen ihren galaktischen Brüsten: ein dunkler Nebel. Die Bauchwölbung: eine ausgedehnte Region mit glühendem Gas. Und der Nabel: das kochende Plasmazentrum, in dem neue Sterne geboren wurden. Nept stützte den Himmel nicht. Sie *war* der Himmel.

Ihr gewaltiges trauriges Gesicht schwebte umgekehrt über dem drehwärtigen Horizont und starrte Dil an. Und Dil erfuhr in der eigenen Seele, wie heftig der Glauben erschüttert werden kann, wenn er plötzlich konkrete Gestalt annimmt. Im Gegensatz zur Volksweisheit ist Sehen keineswegs mit Glauben gleichzusetzen. Das Sehen zieht vielmehr die Grenzlinie, an der das Glauben seine Notwendigkeit verliert.

»Beim Toifel«, stöhnte Gern.

Dil zog seinen Lehrling auf die Beine.

»Hör auf damit«, sagte er fest, »und begleite mich.«

»Oh, Meister, was sollen wir jetzt tun?«

Dil hatte nicht die geringste Ahnung und sah sich in der schlafenden Stadt um.

»Wir gehen zum Palast«, beschloß er. »Vermutlich ist es nur eine, äh, optische Täuschung der Dunkelheit. Ein Trick der Nacht. Außerdem: Bald beginnt ein neuer Tag.«

Er ging los und wünschte sich, den Platz mit Gern tauschen und ebenfalls vor Grauen zittern zu können. Der Lehrling folgte ihm in einer Art kriechendem Galopp.

»Ich sehe Schatten vor den Sternen, Meister! Erkennst du sie ebenfalls, Meister? Am Rande der Welt, Meister!«

»Nur Nebelschwaden, Junge«, brummte Dil, blickte

starr geradeaus und wanderte so würdevoll, wie es sich für den Hüter Der Linken Tür Des Kohlensauren Natron-Quartiers und Empfänger mehrerer Auszeichnungen für gute Nadelarbeit gehörte.

»Dort«, sagte er. »Sieh nur, Gern! Die Sonne geht auf.«

Sie blieben stehen und beobachteten stumm, wie es heller wurde.

Nach einer Weile wimmerte Gern. Nach einer zusätzlichen Weile schwieg er und duckte sich.

Eine große flammende Kugel glitt langsam über den Himmel. Gefolgt von einem riesigen Mistkäfer, der sie schob.

DRITTES BUCH

DAS BUCH
DES
NEUEN SOHNES

Die Sonne stieg über den Horizont, und da sie nicht auf das Alte Königreich herabsah, handelte es sich nur um einen Ball aus brennendem Gas. In ihrem grellen Lötlampen-Schein verdunstete die purpurne Wüstennacht. Eidechsen krochen hastig unter Steine. Du Mistvieh ließ sich in den Schatten sinken, den die spärlichen Reste der Dornbüsche spendeten, starrte gelangweilt über die brodelnde Landschaft, kaute noch einmal das letzte Abendessen und berechnete Quadratwurzeln mit der Basis sieben.

Teppic und Ptraci suchten im Schatten einer Kalksteinwand Zuflucht und beobachteten die flirrende Hitze.

»Ich verstehe das nicht«, sagte Ptraci. »Hast du überall nachgesehen?«

»Es ist ein Land! Ein Staat! Djelibeby kann nicht einfach durch ein Loch im Boden fallen!«

»Vielleicht bekam es das Alte Königreich mit der Angst zu tun«, sagte Ptraci gleichmütig. »Vielleicht hat es sich vor der Großen Pyramide versteckt.«

Teppic stöhnte leise und trat aus dem Schatten. Die Hitze traf ihn mit der Wucht eines Hammers, aber er ging weiter und hielt so aufmerksam Ausschau, als seien dreihundert Quadratmeilen in der Lage, sich in einem Felsspalt oder hinter Sträuchen zu verbergen.

Der Weg neigte sich zwischen den Klippen nach unten, aber er stieg praktisch sofort wieder an und führte an Dünen vorbei. Es konnte überhaupt kein Zweifel daran bestehen, daß die Sandhügel zu Tsort gehörten. Teppic erkannte eine verwitterte Sphinx wieder, die als etwas ausgefallener Grenzstein fungierte. Einige Legenden behaupteten, die Sphinx patrouilliere am Rande von Tsort, wenn der Nation Unheil drohe. Leider fügten die Sagen keine plausible Erklärung hinzu.

Teppic wußte ganz genau, daß sie nach Ephebe geritten waren. Eigentlich sollte sein Blick jetzt auf das fruchtbare, von Pyramiden übersäte Djel-Tal fallen, auf die traditionelle Pufferzone zwischen den beiden weitaus größeren Reichen.

Eine Stunde lang hatte er vergeblich danach gesucht.

Es war rätselhaft. Es war unheimlich. Und es war außerordentlich peinlich.

Teppic beschattete die Augen und sah zum tausendsten Mal über die stille, bratende Landschaft. Und er drehte den Kopf nach rechts. Und er sah Djelibeby.

Das Alte Königreich huschte an ihm vorbei. Er wandte den Kopf nach links und sah es noch einmal: ein kurzes Aufblitzen, dunstige Farben, die sofort verblaßten, wenn er sich darauf konzentrierte.

Einige Minuten später blickte Ptraci über die Kalksteinwand hinweg und beobachtete, wie sich Teppic auf Hände und Knie sinken ließ. Als er damit begann, einzelne Steine umzudrehen, hielt sie es für angeraten, daß er in den Schatten zurückkehrte.

Er schüttelte ihre Hand von der Schulter und vollführte eine jähe Geste.

»Ich habe es gefunden!« Teppic zog ein Messer aus dem Stiefel und kratzte damit über den Fels.

»Wo?«

»Hier!«

Ptraci legte eine mit Ringen geschmückte Hand auf Teppics Stirn.

»O ja«, sagte sie. »Ich verstehe. Ja. Gut. Hier in der Sonne ist es ziemlich heiß. Du solltest ...«

»Im Ernst! Hier! Sieh nur!«

Ptraci seufzte leise, hockte sich nieder und starrte auf die Steine.

»Hier gibt es einen kleinen Riß«, sagte sie skeptisch.

»Sieh ihn dir genauer an! Du mußt den Kopf drehen und ihn aus den Augenwinkeln betrachten.« Die Messerklinge schabte über den Riß, der kaum mehr war als eine dünne Linie.

»Nun, er ist sehr lang«, sagte Ptraci und spähte über den kochenden Boden.

»Er reicht vom Zweiten Katarakt bis zum Delta«, erwiderte Teppic. »Es hilft, wenn man das eine Auge zuhält. Versuch es. Bitte!«

Ptraci hob die rechte Hand vors Auge und blinzelte gehorsam.

»Hat keinen Zweck«, murmelte sie nach einer Weile. »Ich kann überhaupt nichts *seeeehen* ...«

Einige Sekunden lang blieb die junge Frau völlig reglos, und dann warf sie sich plötzlich zur Seite. Teppic gab seine Bemühungen auf, das Messer in den Riß zu zwängen, kroch besorgt zu Ptraci.

»Ich stand direkt am Rand«, brachte sie hervor.

»Du hast es gesehen?«

Sie nickte, stand vorsichtig auf und wich zurück.

»Hattest du das Gefühl, als stülpten sich deine Augen um?« fragte Teppic.

»Ja«, antwortete Ptraci leise. »Könnte ich bitte die Arm- und Fußreifen zurückbekommen?«

»Was?«

»Meinen Schmuck. Er befindet sich in deiner Tasche. Ich möchte ihn zurück.«

Teppic zuckte mit den Achseln und öffnete seinen Beutel. Die Arm- und Fußreifen bestanden größtenteils aus Kupfer und wiesen kleine Emaille-Verzierungen auf. Hier und dort hatten ihre Hersteller mit nur mäßigem Erfolg versucht, interessante Dinge aus Drähten und bunten Glassplittern zu schaffen. Ptraci nahm ihren Schmuck entgegen und legte ihn an.

»Hat das Zeug irgendeine okkulte Bedeutung?« erkundigte sich Teppic.

»Mit okkulten Objekten kenne ich mich nicht aus«, erwiderte die junge Frau vage.

»Oh! Nun, wozu brauchst du die Sachen?«

»Das habe ich dir doch schon gesagt. Ohne sie fühle ich mich nicht richtig angezogen.«

Teppic wölbte kurz die Brauen und versuchte dann wieder, das Messer in den Riß zu schieben.

»Warum machst du das?« fragte Ptraci. Teppic legte eine Pause ein und überlegte.

»Keine Ahnung«, entgegnete er. »Du hast das Tal doch gesehen, oder?«

»Ja.«

»Na eben.«

»Eben was?«

Teppic rollte mit den Augen. »Hältst du diese Angelegenheit nicht für ein wenig, äh, seltsam? Ein ganzes Land, das einfach so verschwindet ... Bei den Göttern, so etwas geschieht nicht jeden Tag!«

»Woher soll ich das wissen? Ich habe das Tal noch nie zuvor verlassen. Ich meine, ich weiß nicht, wie es von außen betrachtet aussieht. Und fluch nicht!«

Teppic schüttelte den Kopf. »Ich glaube, ich sollte jetzt wirklich in den Schatten zurückkehren«, sagte er. »Beziehungsweise in den Rest davon«, fügte er hinzu, denn das Messinglicht der Sonne verbrannte selbst die Bereiche, die es gar nicht erreichen durfte. Teppic wankte an größeren Felsen vorbei und starrte Ptraci an.

»Das ganze Tal hat sich einfach ... geschlossen«, brachte er hervor. »Alle Bewohner ...«

»Ich habe Lagerfeuer gesehen«, sagte Ptraci und sank auf den heißen Fels.

»Bestimmt hat es irgend etwas mit der Großen Pyramide zu tun«, sinnierte Teppic. »Sie wirkte sehr seltsam, bevor wir Djelibeby verließen. Vermutlich ist Magie, Geometrie oder so etwas im Spiel. Glaubst du, wir können irgendwie zurück?«

»Ich will gar nicht zurück. Warum sollte ich zurück wollen? Die Krokodile warten bereits darauf, daß man mich ihnen serviert. Ich mag keine Krokodile. Ich *verabscheue* Krokodile, die mich fressen wollen.«

»Hm«, sagte Teppic. »Vielleicht finde ich eine Möglichkeit, dich zu begnadigen oder so.«

»O ja«, murmelte Ptraci und sah auf ihre Fußnägel. »Du hast behauptet, der Pharao zu sein, nicht wahr?«

»Ich *bin* der Pharao! Das dort drüben ist mein Königreich ...« Teppic zögerte kurz und wußte nicht so recht, in welche Richtung er zeigen sollte. »Ich meine, äh, das Tal im Riß. Ich herrsche darüber.«

»Du siehst nicht wie ein Pharao aus«, stellte Ptraci fest.

»Und wieso nicht?«

»Der Pharao trug immer eine goldene Maske.«

»Und dahinter befand sich *mein* Gesicht!«

»Also hast du befohlen, mich den Krokodilen zum Fraß vorzuwerfen?«

»Ja! Ich meine, nein.« Teppic zögerte erneut. »Ich meine, die Anweisung stammt vom Pharao. Nicht von mir. Wie dem auch sei: Ich habe dich gerettet«, fügte er galant hinzu.

»Genau darauf wollte ich hinaus. Außerdem: Wenn du der Pharao wärst, müßtest du auch ein Gott sein. Und im Augenblick hat dein Verhalten kaum etwas Göttliches.«

»Ach? Nun. Äh.« Teppic entwickelte das Zögern allmählich zu einer Kunst. Ptraci neigte dazu, alles wortwörtlich zu verstehen, und angesichts einer derartigen Haltung mußte er gründlich über seine Sätze nachdenken, bevor er sie der Welt anvertraute.

»Ich bin ziemlich begabt, wenn es darum geht, die Sonne über den Horizont steigen zu lassen«, sagte er. »Obwohl ich nicht genau weiß, wie man es anstellt. Und Flüsse. Wenn du möchtest, daß irgendwelche Flüsse über die Ufer treten, kannst du dich getrost an mich wenden. Wir, äh, Götter verstehen unser Handwerk.«

Er unterbrach sich, als ihm etwas einfiel.

»Ich frage mich, was dort drin ohne meine Gegenwart geschieht«, murmelte er.

Ptraci stand auf und ging zur Schlucht.

»Wohin willst du?«

Die junge Frau drehte sich um. »Nun, Herr König, Gott, Assassine oder was auch immer: Kannst du Wasser beschwören?«

»Hier?«

»Ich meine Wasser zum Trinken. Selbst wenn der schmale Riß einen breiten Fluß enthält — wir kommen nicht an ihn heran, oder? Also müssen wir versuchen, unseren Durst woanders zu stillen. Ich glaube, sogar Pharaonen können eine so einfache Logik verstehen.«

Teppic folgte Ptraci hastig und näherte sich dem Gebüsch, hinter dem Du Mistvieh lag. Das Kamel preßte Hals und Kopf an den Boden, vertrieb sich die Zeit damit, seine Ohren in der Hitze hin und her zu neigen. Gleichzeitig verwendete es die von Du Hinterhältiger Treter entwickelten semistabilen Integralsätze, um einige interessante zissoide Zahlen zu berechnen. Ptraci gab dem Tier einen ärgerlichen Tritt.

»Weißt du, wo wir Wasser finden können?« fragte Teppic

... e/27. Elf Meilen ...

Ptracis Augen funkelten über antimonschwarzen Ringen. »Soll das heißen, *du* weißt es nicht? Du wolltest mich in die Wüste bringen, ohne eine Ahnung zu haben, wo sich Wasser befindet?«

»Nun, ich hoffte eigentlich, vorher Gelegenheit zu bekommen, einige Schläuche und Beutel zu füllen.«

»Du hast nicht einmal daran gedacht!«

»Hör mal, wie sprichst du eigentlich mit mir? Ich bin der Pharao.« Teppic klappte den Mund zu.

Kurz darauf öffnete er ihn wieder. »Du hast völlig recht«, gestand er ein. »Ich habe wirklich nicht daran gedacht. In meiner Heimat ... Ich meine, in meiner *anderen* Heimat regnet's jeden Tag. Tut mir leid.«

Ptraci runzelte die Stirn. »Wer regnet jeden Tag?« fragte sie argwöhnisch.

»Der Regen. Du weißt schon. Tropfenförmiges Wasser, das vom Himmel fällt. Und so.«

»Welch komische Vorstellung! Außerdem habe ich noch nie jemanden kennengelernt, der zwei Heimaten hat.«

Teppic schnitt eine Grimasse. »Ich komme von Ankh-Morpork. Und ich bin hier geboren. Ich meine, nicht direkt hier, sondern in dem Riß dort drüben.« Er ächzte leise. »Im Djel-Tal, meine ich. Im Palast, um ganz genau zu sein. Als Sohn des Pharaos.« Er gab es auf, drehte den Kopf und hielt nach der haarfeinen Spalte im Fels Ausschau. Man konnte sie recht deutlich erkennen, wenn man genau wußte, wonach es Ausschau zu halten galt. Sie reichte zu beiden Seiten an der Schlucht empor, ein vertikaler Riß, so breit wie eine Linie. Zufälligerweise enthielt er ein komplettes Fluß-Königreich und siebentausend Jahre Geschichte.

Teppic haßte jede Sekunde, die er dort verbracht hatte. Und nun war er ausgeschlossen. Seltsam: Weil er nicht zurückkehren konnte, *wollte* er zurück. Soviel zur Logik menschlicher Wünsche.

Er trat darauf zu und hob die Hand vor ein Auge. Wenn man anschließend den Kopf ein wenig zur Seite drehte ...

Djelibeby zuckte vorbei und verschwand wieder. Teppic versuchte es noch einige Male, aber sein Reich versteckte sich vor ihm.

Und wenn er die Felsen wegräumte? *Nein,* dachte er. *Das nützt nichts. Es handelt sich um eine Linie. Linien haben weder Breite noch Dicke. Das ist eine allgemein bekannte Tatsache der Geometrie.*

Er hörte, wie Ptraci von hinten an ihn herantrat, und einen Sekundenbruchteil später spürte er ihre Hände am Hals. Teppic fragte sich kurz, ob sie den Kartharitischen Todesgriff kannte, doch die Finger der jungen Frau beschränkten sich darauf, Muskeln zu massieren. Ihr Geschick sorgte dafür, daß die Anspannung ebenso rasch schmolz wie Fett in einer heißen Pfanne. Teppic schauderte wohlig.

»Das tut gut«, murmelte er.

»Wir Dienstmädchen haben eine entsprechende Ausbildung hinter uns«, sagte Ptraci. »Meine Güte, die Knoten in deinen Sehnen sind so groß wie Pingpongbälle.«

Teppic ließ sich dankbar auf einen Stein am Rande des Hangs sinken und gab sich den schmalen Händen hin, die alle Probleme der Nacht aus ihm herauswrangen.

»Oh«, kommentierte er. »*Oh.* Das fühlt sich herrlich an.«

»Dienstmädchen können nicht nur Weintrauben schälen, weißt du«, sagte Ptraci. »Unsere erste Lektion lautet folgendermaßen: Wenn der Herr einen langen anstrengenden Tag hinter sich hat, sollte man ihm nicht den Kongreß des Fuchses und der Götterpflaume vorschlagen. Schließlich ist keine Akrobatik nötig, um Spaß zu haben und sich zu entspannen, oder?«

»Ich fühle mich verantwortlich.« Teppic wand sich wie eine Katze hin und her.

»Leider haben wir keine Zimbel — sonst könnte ich etwas für dich spielen«, sagte Ptraci. »Ich beherrsche das ›Kobold-Picknick‹ aus Buch Eins.«

»Ich meine, ein Pharao sollte sein Reich nicht einfach so verschwinden lassen.«

»Die anderen Mädchen ziehen Saiteninstrumente vor«, fuhr Ptraci wehmütig fort und massierte Teppics Schultern. »Aber meine Gesellschaft war dem alten Pharao lieber. Es gelang mir immer, ihn aufzuheitern. Das hat er selbst bestätigt.«

»Ich meine, man wird es das ›Verlorene Königreich‹ nennen«, murmelte Teppic. »Klingt nicht besonders gut, oder?«

»Auch mein Gesang gefiel ihm. Obgleich alle anderen Leute behaupteten, meine Stimme höre sich an wie das triumphierende Krächzen eines Geiers, der gerade einen toten Esel gefunden hat.«

»Ich meine, ›Pharao des Verlorenen Königreichs‹. Gefiele dir eine solcher Titel? Nein, bestimmt nicht. Ich muß Djelibeby zurückholen.«

Du Mistvieh wandte langsam den massigen Kopf und beobachtete den wankelmütigen Flug einer Schmeißfliege. Tief in seinem Hirn wanderten rote Zahlenkolonnen umher und gaben Auskunft über Vektor, Geschwindigkeit und Höhe. Die Gespräche der Menschen interessierten ihn nur selten, aber Du Mistvieh wußte, daß es zwischen menschlichen Männern und Frauen kaum zu Problemen kam, wenn sie aneinander vorbeiredeten. Bei Kamelen war alles viel einfacher ...

Teppic starrte auf die Linie im Fels. Geometrie. Ja, genau.

»Wir reiten nach Ephebe«, beschloß er. »Die Epheber wissen alles über Geometrie, und außerdem haben sie unvernünftige Vorstellungen. Ich könnte derzeit einige unvernünftige Vorstellungen gebrauchen.«

»Warum hast du alle diese Messer und übrigen Dinge dabei?« fragte Ptraci. »Ich meine, warum führst du sie *wirklich* mit dir?«

»Hmm? Wie bitte?«

»Die Messer. Und die übrigen Sachen. Welchem Zweck dienen sie?«

Teppic dachte kurz nach. »Ich glaube, ohne sie fühle ich mich nicht richtig angezogen.«

»Oh.«

Ptraci suchte pflichtbewußt nach einem anderen Thema. Zu den Aufgaben eines Dienstmädchens gehörte es auch, Themen Für Amüsante Konversation vorzuschlagen. In dieser Hinsicht ließen ihre Fähigkeiten ein wenig zu wünschen übrig. Die übrigen jungen Frauen boten eine breite Auswahl an: Das Gesprächsspektrum reichte von den Paarungsgewohnheiten der Krokodile bis hin zu Spekulationen über das Leben in der Unterwelt. Es fiel Ptraci nicht leicht, über so bedeutungsvolle

Dinge zu reden, nachdem man gerade das Wetter erörtert hatte.

»Nun«, sagte sie, »ich nehme an, du hast viele Leute umgebracht.«

»Mhm?«

»Als Assassine, meine ich. Assassinen werden bezahlt, um Menschen zu töten. Hast du viele ermordet? Weißt du eigentlich, wie verkrampft deine Rückenmuskeln sind?«

»Darüber spreche ich nicht gern«, erwiderte Teppic.

»Ich muß Bescheid wissen. Immerhin durchqueren wir zusammen die Wüste und so. Mehr als hundert?«

»Gütiger Himmel, nein.«

»Na schön. Weniger als fünfzig?«

Teppic rollte sich auf die andere Seite.

»Hör mal, selbst die berühmtesten Assassinen töten während ihrer Karriere nicht mehr als dreißig Personen«, sagte er.

»Also weniger als zwanzig?«

»Ja.«

»Weniger als zehn?«

»Vielleicht wäre es angebracht, eine Zahl zwischen null und zehn zu nennen«, schlug Teppic vor.

»Ich *sollte* Bescheid wissen. So etwas ist wichtig.«

Sie kehrten zu Du Mistvieh zurück, und diesmal wirkte Teppic neugierig.

»Was den Senat betrifft ...«, begann er.

»Den Kongreß«, berichtigte Ptraci.

»Du, äh ... Besteht er aus mehr als fünfzig Personen?«

»*Solche* Frauen nennt man anders«, sagte Ptraci. Aber es klang nicht sehr empört.

»Entschuldige. Weniger als zehn?«

»Eine Zahl zwischen null und zehn«, erwiderte Ptraci.

Du Mistvieh spuckte. Sechs Meter entfernt wurde die Schmeißfliege aus der Flugbahn gerissen und klebte an einem Felsen fest.

»Wirklich erstaunlich, wie Kamele so etwas fertig-
bringen«, sagte Teppic. »Vermutlich animalischer In-
stinkt.«

Du Mistvieh hob die Feg-den-Sand-Lider, warf ihm
einen hochmütigen Blick zu und dachte:

... Z gleich ei0. *Kaukaukau*. Dann dz gleich ie{i0}
d0=izd0 oder d0 gleich dz/iz ...

Ptaclusp trug noch immer sein Nachthemd, als er ziellos durch das Chaos vor der Großen Pyramide wanderte.

Sie summte wie eine Turbine. Ptaclusp runzelte verwirrt die Stirn. Er wußte nichts von den enormen Energien, die alle Dimensionen um neunzig Grad verdreht
hatten und festhielten, obgleich sie einem gewaltigen
Druck ausgesetzt waren. Wenigstens ließen die beunru-
higenden temporalen Veränderungen nach. Er sah weniger Söhne als sonst, wäre sogar damit zufrieden gewesen, nur einen oder zwei zu finden.

Zuerst fand er den herabgefallenen Schlußstein mit
der geborstenen Elektrum-Schale. Beim Sturz von der
Pyramide hatte er eine ganz bestimmte Statue getroffen, und Hut der Geierköpfige Gott wirkte ein wenig
überrascht.

Ptaclusp vernahm ein dumpfes Stöhnen und zupfte
an den kläglichen Resten eines Zelts. Er strich dickes
Leinen beiseite und zog einen verwirrt zwinkernden IIb
darunter hervor.

»Es hat nicht geklappt, Vater«, stöhnte er. »Wir wollten den Schlußstein gerade auf die Spitze setzen, als
sich alles *verdrehte!*«

Ptaclusp hebelte einen Balken von den Beinen seines
Sohnes.

»Irgend etwas gebrochen?« fragte er.

»Nur einige blaue Flecken. Glaube ich.« Der junge
Architekt setzte sich auf, schnitt eine Grimasse und ließ
seinen Blick über das Durcheinander schweifen.

»Wo ist Zwei-Ah?« fragte er. »Er befand sich noch weiter oben als ich, fast *ganz* oben ...«

»Ich habe ihn gefunden«, sagte Ptaclusp.

Baumeister verstehen sich nicht sonderlich gut darauf, differenzierte Sachverhalte zum Ausdruck zu bringen, aber diesmal glaubte IIb, metaphorisches Blei in der Stimme seines Vaters zu hören.

»Ist er etwa tot?« hauchte IIb.

»Ich glaube nicht. Nun, ich bin mir nicht ganz sicher. Er lebt. Aber. Er bewegte sich. Ich meine. Du solltest dir ihn selbst ansehen. Ich fürchte, ihm ist irgend etwas Quantenhaftes zugestoßen.«

Du Mistvieh trabte mit einer Geschwindigkeit von eins Komma zwei vier sieben Metern pro Sekunde und vertrieb sich die Zeit, indem er komplexe konjugierte Koordinaten berechnete. Seine ebenso großen wie breiten Plattfüße knirschten in einem beständigen Rhythmus über den Sand.

Auch der Mangel an Fingern stimulierte die Entwicklung des Kamel-Intellekts. Menschliche Mathematiker mußten immer mit gewissen Problemen ringen: Wenn sie es mit wirklich schwierigen Dingen zu tun bekamen — zum Beispiel mit dreiförmig-polynomischen oder gar parametrischen Differentialen —, neigten sie dazu, ihre Finger zu zählen. Kamele hingegen begannen gleich zu Anfang damit, *Zahlen* zu zählen.

Wüsten boten einen weiteren Vorteil. In Wüsten wird man kaum abgelenkt. Kamele empfanden es als großen intellektuellen Ansporn, wenig zu tun zu haben und sich ganz auf ihre Gedanken besinnen zu können.

Du Mistvieh erreichte die Kuppe einer Düne, beobachtete anerkennend die weite Sandlandschaft und dachte in Logarithmen.

»Wie ist das Leben in Ephebe?« fragte Ptraci.

»Ich bin noch nie dort gewesen. Angeblich wird das Land von einem Tyrannen regiert.«

»Ich hoffe, wir begegnen ihm nicht.«

Teppic schüttelte den Kopf. »Du machst dir falsche Vorstellungen«, sagte er. »Alle fünf Jahre bekommen die Epheber einen neuen Tyrannen, und vorher stellen sie irgend etwas mit ihm an.« Er zögerte. »Ich glaube, sie bestellen ihn ins Amt. Mit einer *Wa-hahl*.«

Ptraci runzelte argwöhnisch die Stirn. »Kommen solche Maßnahmen auch bei Katern und Stieren zur Anwendung?«

»Äh.«

»Ich meine, damit sie nicht mehr gegeneinander kämpfen. Damit sie hübsch sanft und friedlich werden.«

Teppic verzog wie gequält das Gesicht. »Offen gesagt, ich weiß es nicht genau«, erwiderte er. »Aber ich glaube nicht. Wie ich hörte, basiert die ganze Sache auf einer sogenannte Mokratie, und das bedeutet, jeder Bürger kann mitbestimmen, wer der neue Tyrann sein soll. Ein Mann, ein ...« Er zögerte erneut. Seit dem politischen Unterricht schien mindestens eine Ewigkeit vergangen zu sein, und die Lehrkonzepte standen in einem krassen Gegensatz zu den Traditionen in Djelibeby und Ankh-Morpork. Teppic gab sich einen inneren Ruck. »Ein Mann, ein Messer.«

»Bei der Wa-hahl?«

Er hob die Schultern. Vielleicht stimmte es sogar. »Wichtig ist: Jeder wird daran beteiligt. Die Epheber sind sehr stolz darauf. Jeder von ihnen hat ...« Teppic legte eine weitere Pause ein und ahnte langsam, daß er bestimmte Dinge durcheinanderbrachte. »Jeder hat eine Klinge. Frauen sind natürlich eine Ausnahme. Und Kinder. Und Verbrecher. Und Sklaven. Und Dumme. Und Bürger ausländischer Herkunft. Und Leute, die keinen guten Ruf genießen. Und noch viele andere. Aber die übrigen entscheiden über den Nachfolger des amtierenden Tyrannen. So etwas nennt man Zivilisation. Wenn du mich fragst: Ephebe ist eine sehr zivilisierte Zivilisation.«

Ptraci dachte darüber nach.

»Darauf läuft Mokratie hinaus?«

»Man hat sie in Ephebe erfunden«, entgegnete Teppic und fühlte sich in die Defensive gedrängt.

»Bestimmt fällt es dem Tyrannen schwer, so etwas zu exportieren«, sagte Ptraci mit fester Stimme.

Die Sonne war nicht nur ein Ball aus brennendem Dung, der von einem riesigen Käfer über den Himmel geschoben wurde. Sie stellte auch ein Boot dar. Es kam ganz auf die jeweilige Perspektive an.

Mit dem Licht stimmte etwas nicht. Es schien so schal zu sein wie Wein, den man wochenlang in einem Glas sich selbst überließ. Es fehlte optischer Geschmack. Der Sonnenschein brachte zwar Helligkeit, aber ohne jede Begeisterung. Er wirkte so lustlos wie der Glanz des Mondes nach einem sonnigen Tag.

Doch Ptaclusp dachte in erster Linie an seinen Sohn.

»Weißt du, was mit ihm los ist?« fragte er.

IIb nagte kummervoll an seinem Griffel. Die rechte Hand schmerzte. Er hatte versucht, seinen Bruder zu berühren, und sprühende Funken brannten ihm die Haut von den Fingern.

»Ich glaube schon«, erwiderte er besorgt.

»Kannst du ihm helfen?«

»Das bezweifle ich.«

»Wie lautet deine Diaknohse?« Der Baumeister räusperte sich. »Ich meine, *wie* geht es ihm?«

»Nun, äh, Vater. Als wir an der Pyramide hochkletterten, als sie sich nicht entladen konnte ... Weißt du, ich bin ziemlich sicher, daß sie sich drehte. In der Zeit. Und in einer anderen Dimension. Äh.«

Ptaclusp rollte mit den Augen. »So spricht kein Architekt, Junge«, sagte er. »Was ist mit Zwei-Ah?«

»Ich fürchte, er leidet an einer dimensionalen Störung, Vater. Er kann Zeit und Raum nicht mehr unterscheiden. Deshalb kriecht er ständig zur Seite.«

IIb sah seinen Vater an und lächelte schief.

»Er hielt nie viel davon, hoch erhobenen Kopfes zum Ziel zu marschieren«, wandte Ptaclusp ein. »Das ist natürlich im übertragenen Sinne gemeint. Ich meine ...«

Sein Sohn seufzte. »Du hast völlig recht, Vater«, erwiderte er. »Zwei-Ah neigte immer dazu, finanzielle Umwege zu machen. Investitions-Abkürzungen lehnte er ab. Völlig normal für einen Buchhalter, der sich ständig von roten Zahlen bedroht sieht. Aber jetzt *kriecht* er nicht etwa, weil er den Gerichtsvollzieher fürchtet. Auch die Steuerfahndung kann sein Verhalten nicht ausreichend erklären. Der Grund dürfte eine individuell veränderte Zeit-Struktur sein.«

»Völlig klar«, log Ptaclusp und runzelte die Stirn. IIbs Problem bestand nicht nur darin, daß er kroch. Hinzu kam, daß er flach war. Nein, nicht flach wie eine Karte. Eine flache Karte hat Kanten, die bei IIb völlig fehlten. IIb war so flach, wie man nur sein konnte.

»Er erinnert mich an die Leute in Fresken«, sagte der Baumeister. »Es gibt keine, äh, Tiefe.«

»Sie verbirgt sich bestimmt in der Zeit«, entgegnete IIb hilflos. »In seiner, nicht in unserer.«

Ptaclusp trat um seinen anderen Sohn herum und beobachtete, wie ihm das flache Etwas folgte. Er kratzte sich am Kinn.

»Er ist also imstande, sich in der Zeit zu bewegen?« fragte er langsam.

»Das wäre durchaus möglich, ja.«

»Könnten wir ihn vielleicht dazu überreden, einige Monate in die Vergangenheit zurückzukehren und uns vor dem Bau der Großen Pyramide zu warnen?«

»Er ist wohl kaum in der Lage, sich uns verständlich zu machen, Vater.«

»Nun, zumindest *das* hat sich nicht verändert.« Ptaclusp nahm Platz, stützte das Kinn auf die Hände und dachte über die gegenwärtige Situation nach. Ein Sohn völlig normal und dumm, der andere flach wie ein

Schatten. Welch ein Leben erwartete den armen flachen Burschen? Seine Aussichten bestanden darin, Schlösser zu knacken, Eis von Windschutzscheiben zu kratzen und kostenlos in den Hosenspannern von Hotelzimmern zu schlafen.[*] Daß er die Möglichkeit hatte, unter versperrten Türen hinwegzukriechen und in Büchern zu lesen, ohne sie vorher aufzuschlagen, bot keinen angemessenen Ausgleich.

IIa glitt als vager Schemen zur Seite.

»Können wir denn *überhaupt nichts* für ihn tun?« fragte Ptaclusp. »Wie wär's, wenn wir ihn zusammenrollen oder so?«

IIb hob kurz die Schultern. »Vielleicht sollten wir ihm etwas in den Weg stellen. Ja, das ist sicher eine gute Idee. Dadurch halten wir ihn auf. Und dann besteht nicht mehr die Gefahr, daß meinem Bruder noch schlimmere Dinge zustoßen. Sie haben gar keine Zeit, zu passieren. Glaube ich.«

Sie schoben die krumme Statue des Geierköpfigen Gottes Hut in den Weg des Flachen. IIa kroch weiterhin seitwärts, und nach knapp zwei Minuten erreichte er das Hindernis. Blaue Funken stoben und schmolzen einen Teil der Statue, doch der Buchhalter verharrte.

»Warum die Funken?« fragte Ptaclusp.

»Eine Art Entladungsblitz, nehme ich an.«

Ptaclusp wäre nicht da, wo er sich jetzt befand — *wo ich mich gestern abend befunden habe*, berichtigte er sich —, ohne selbst den seltsamsten Situationen Vorteile abzuringen.

»Er spart Kleidungskosten«, sagte er. »Ich meine, er braucht sich nur einen neuen Anstrich zu geben.«

---

[*] Dies ist natürlich eine ziemlich freie Übersetzung, denn Begriffe wie ›Eis‹, ›Windschutzscheiben‹ und ›Hotelzimmer‹ blieben für Ptaclusp völlig bedeutungslos. Ein interessanter Hinweis soll dem Leser nicht vorenthalten werden. Wenn man *Schnörkel Adler Adler Vase Wellenlinie Ente* wörtlich überträgt, so ergibt sich ›eine Presse für die Beinschienen eines Barbaren‹.

»Ich fürchte, du verstehst noch immer nicht ganz, wie es um ihn bestellt ist, Vater«, erwiderte IIb kummervoll. Er setzte sich neben Ptaclusp und starrte über den Fluß zum Palast.

»Dort drüben regt sich etwas«, stellte der Baumeister fest. »Glaubst du, die Leute wissen bereits, was mit der Großen Pyramide geschehen ist?«

»Würde mich nicht wundern. Immerhin hat sie sich um neunzig Grad verdreht.«

Ptaclusp blickte über die Schulter und nickte langsam.

»Komische Sache«, murmelte er. »Eine Art strukturelle Instabilität.«

»Es handelt sich um eine Pyramide, Vater! Wir hätten dafür sorgen sollen, daß sie sich entladen kann! Ich habe es dir doch *gesagt!* Die gespeicherten Energien waren einfach zu ...«

Ein Schatten fiel auf sie. Die beiden Männer sahen sich um. Sie sahen auf. Sie sahen noch etwas höher.

»Meine Güte«, ächzte Ptaclusp, »das ist Hut der Geierköpfige Gott Unerwarteter Besucher ...«

Um sie herum erstreckte sich Ephebe, ein gestaltgewordenes Epos aus weißem Marmor, das auf den Felsen der Bucht döste, umschmiegt von nassem Blau ...

»Was ist das?« fragte Ptraci und betrachtete das Phänomen aufmerksam.

»Der Ozean«, sagte Teppic. »Auch Meer genannt. Ich habe dir davon erzählt, erinnerst du dich? Wellen und so.«

»Du hast gesagt, es sei grün und aufgewühlt.«

»Wenn starker Wind weht. Wenn's stürmt. Wenn ein Orkan wütet.«

»Hmm.« Ptracis Tonfall wies darauf hin, daß sie nicht viel vom Meer hielt. Doch bevor sie eine entsprechende Bemerkung machen konnte, erklangen zornige Stimmen hinter einer nahen Düne.

An dem sandigen Hang stand ein Schild.

Die mehrsprachige Aufschrift lautete: EXPERIMEN-TIERSTATION FÜR AXIOME.

Und darunter verkündeten etwas kleinere Buchsta-ben: ACHTUNG — UNGELÖSTE POSTULATE.

Als sie die Warnung lasen — besser gesagt: Teppic las sie und Ptraci nicht —, ertönte ein dumpfes Pochen hinter der Düne, gefolgt von einem Klicken, gefolgt von einem Pfeil, der über sie hinwegsauste. Du Mistvieh beobachtete ihn kurz, senkte dann den Kopf und starr-te auf einen bestimmten Bodenbereich.

Wenige Sekunden später bohrte sich der Pfeil in die betreffende Stelle.

Anschließend prüfte das Kamel sein Gewicht und führte eine kurze Berechnung durch. Das Ergebnis ließ den Schluß zu, daß zwei Menschen auf seinem Rücken fehlten. Ein schlichte Addition fügte ihre Masse der Düne hinzu.

»Was ist denn in dich gefahren?« fragte Ptraci und spuckte Sand.

»Jemand hat auf uns geschossen!«

»Das bezweifle ich. Immerhin weiß niemand, daß wir hier sind, oder? Es gab nicht den geringsten Grund, mich einfach so zu Boden zu stoßen.«

Teppic räumte widerstrebend ein, daß Ptraci viel-leicht und unter Umständen recht haben mochte, er-kletterte dann vorsichtig den Dünenhang. Erneut er-tönten Stimmen.

»Gibst du auf?«

»Es liegt an den Parametern. Ich bin völlig sicher. Mit den Parametern stimmt was nicht.«

»Wir haben ein ganz anderes Problem.«

»Ach? Was denn für eins, hm?«

»Unser Vorrat an Schildkröten ist zur Neige gegangen, verdammt!«

Teppic spähte behutsam über die Dünenkuppe.

Weiter vorn sah er freies Gelände, gesäumt von einer

kompliziert wirkenden Anordnung aus bunten Pfählen und Markierungsfahnen. Teppic bemerkte zwei Gebäude, mehrere Käfige und andere, eher rätselhafte Konstruktionen. In der Mitte des Platzes standen zwei Männer, der eine klein, dick und nervös, der andere groß, gertenschlank und würdevoll. Ihre Kleidung schien aus Bettlaken zu bestehen. Mehrere fast nackte Sklaven warteten in der Nähe, und einer von ihnen hielt einen Bogen bereit.

Die Ausrüstung der anderen bestand aus Stöcken mit Schildkröten. Sie sahen aus wie besonders exotische Lutscher.

»Außerdem ist es grausam«, sagte der hochgewachsene Mann. »Arme Tiere. Sie sind so mitleiderweckend, wenn ihre Beine zappeln.«

»Die Logik verbietet den Pfeilen, sie zu treffen!« Der kleine Dicke gestikulierte ausladend. »Eigentlich müßte so etwas völlig ausgeschlossen sein. Bestimmt hast du mir die falschen Schildkröten gegeben«, fügte er vorwurfsvoll hinzu. »Wir sollten es mit schnelleren Exemplaren versuchen.«

»Oder mit langsameren Pfeilen?«

»Das wäre ebenfalls eine Möglichkeit.«

Teppic vernahm leises Knistern und beobachtete eine kleine Schildkröte, die an ihm vorbeitrippelte. Ihr Panzer wies mehrere Kratzspuren auf; vermutlich stammten sie von Pfeilspitzen.

»Ein letzter Test«, schlug der Dicke vor und wandte sich an die Sklaven. »He, ihr da! Sucht die entflohene Schildkröte!«

Das kleine Reptil sah Teppic betrübt an und appellierte stumm an sein Mitgefühl. Er erwiderte den Blick, griff nach dem Tier und setzte es hinter einen Stein.

Dann kehrte er zu Ptraci zurück.

»Dort drüben geschieht etwas höchst Eigenartiges«, sagte er. »Irgendwelche Männer schießen auf Schildkröten.«

»Warum?«

»Keine Ahnung. Offenbar glauben sie, die Tiere sollten in der Lage sein, den Pfeilen zu entkommen.«

»Das ist doch Unsinn.«

»Ganz meine Meinung. Wirklich eigenartig, nicht wahr? Um nicht zu sagen: sonderbar. Du bleibst hier. Ich pfeife, wenn keine Gefahr besteht.«

»Und was willst du tun, wenn's brenzlig wird?« erkundigte sich Ptraci.

»Dann schreie ich.«

Teppic schob sich erneut am Dünenhang hinauf, klopfte sich möglichst viel Sand von der Kleidung, stand auf und winkte mit der Mütze. Ein Pfeil riß sie fort.

»Oh!« entfuhr es dem Dicken. »Tut mir leid.«

Er näherte sich Teppic, der auf seine prickelnden Finger herabsah.

»Ich hatte den Bogen in der Hand«, schnaufte der korpulente Mann. »Und ich wußte gar nicht, daß ein Pfeil auf der Sehne ruhte. Ach, bestimmt hältst du mich jetzt für einen schießfreudigen Unhold. O weh!«

Teppic holte tief Luft.

»Ich heiße Xeno, jawohl«, fuhr der Dicke fort, bevor Teppic einen Laut hervorbringen konnte. »Bist du verletzt? Ich bin ganz sicher, daß wir Warnschilder aufgestellt haben. Hast du die Wüste durchquert? Deine Kehle ist bestimmt völlig ausgedörrt, nicht wahr? Möchtest du etwas zu trinken? Wer bist du? Du hast nicht zufällig eine entflohene Schildkröte gesehen? Sind verdammt schnell, wie geölte Blitze. Wenn die kleinen Biester losrennen, kann man sie kaum aufhalten.«

Teppic atmete wieder aus.

»Schildkröten?« vergewisserte er sich. »Sprechen wir von, äh, beweglichen Steinen?«

»Haargenau richtig«, bestätigte Xeno. »Man läßt sie eine Sekunde aus dem Auge, und *zack!*«

»Zack?« wiederholte Teppic. Er wußte über Schildkröten Bescheid. Im Alten Königreich gab es jede Menge davon. Sie mochten geduldige Vegetarier sein, auch nachdenklich, fleißig und sexbesessen. Aber *schnell*? Das Wort ›schnel‹ wurde bei Schildkröten häufig verwendet, weil es das genaue Gegenteil ihrer Fähigkeiten beschrieb.

»Bist du ganz sicher?« fragte Teppic.

»Die gewöhnliche Schildkröte ist das schnellste Tier auf der ganzen Scheibenwelt«, sagte Xeno, brachte es jedoch fertig, ein einschränkendes »Das behauptet jedenfalls die Logik« hinzuzufügen.[*]

Der hochgewachsene Mann nickte Teppic zu.

»Beachte ihn gar nicht, Junge«, sagte er. »Seit dem

---

[*] Wer kein logisches Bezugssystem hat, hält für gewöhnlich den überaus neurotischen Doppeldeutigen Puzuma für das schnellste aller Tiere.[**] Tatsächlich ist er so ungeheuer schnell, daß er im magischen Feld der Scheibenwelt fast Lichtgeschwindigkeit erreicht. Das bedeutet: Wenn Sie einen Puzuma sehen, ist er überhaupt nicht da. Die meisten männlichen Puzumas sterben schon recht jung an Knie- und Fußgelenksschwäche, weil sie nichtexistenten Weibchen nachrennen und dabei gemäß der relativistischen Theorie eine selbstmörderische Masse entwickeln. Die übrigen erliegen Heisenbergs Unschärferelation. Es ist ihnen nicht möglich, gleichzeitig zu wissen, wer und *wo* sie sind, und der daraus folgende Konzentrationsmangel hat zur fatalen Folge, daß sie nur im Ruhezustand ein Identitätsgefühl entwickeln, zum Beispiel zwanzig Meter in den Resten eines Berges, der ihrem Lichtgeschwindigkeitssprint ein recht massives Hindernis entgegenstellte. Es heißt, der Puzuma sei etwa so groß wie ein Leopard und habe ein einzigartiges, schwarzweißes Fleckenmuster. Die Gelehrten und Philosophen der Scheibenwelt vertreten eine andere Ansicht. Einige von ihnen gefundene Exemplare lassen den Schluß zu, daß der durchschnittliche Puzuma sehr flach, sehr dünn und sehr tot ist.

[**] Das schnellste *Insekt* ist der Bücherwurm vom Kaliber .303. Er hat sich in magischen Bibliotheken entwickelt, und in derartigen Ambienten kommt es darauf an, möglichst schnell zu fressen, um nicht von thaumaturgischer Strahlung in Mitleidenschaft gezogen zu werden. Ein erwachsener .303er Bücherwurm frißt sich so schnell durch ein ganzes Regal, daß er von der Wand abprallt.

Zwischenfall in der vergangenen Woche ist er ein wenig seltsam geworden.«

»Die Schildkröte *hat* den Hasen geschlagen«, erwiderte Xeno verdrießlich.

»Der Hase war *tot*«, stellte der Gertenschlanke ruhig fest. »Weil du ihn erschossen hast.«

»Ich habe auf die Schildkröte gezielt. Es bot sich eine gute Gelegenheit, zwei Experimente gleichzeitig durchzuführen. Ich wollte nur kostbare Forschungszeit sparen und die zur Verfügung stehenden Ressourcen möglichst gut nutzen ...« Xeno winkte mit dem Bogen und setzte geistesabwesend einen Pfeil auf die Sehne.

»Entschuldige«, sagte Teppic. »Könntest du das Ding bitte beiseite legen? Wenigstens für ein paar Minuten? Meine Gefährtin und ich haben einen weiten Weg hinter uns, und wir würden es vorziehen, nicht mit Pfeilen begrüßt zu werden.«

Diese beiden Männer sind harmlos, dachte er. Und fast gelang es ihm, sich davon zu überzeugen.

Er pfiff. Ptraci ließ nicht lange auf sich warten, kam hinter der Düne hervor und führte Du Mistvieh. Teppic bezweifelte, ob ihre Kleidung genug Platz bot, um irgendeine Tasche aufzuweisen; trotzdem war es der jungen Frau gelungen, ihr Make-up zu vervollständigen, Wimperntusche aufzutragen und das Haar in Ordnung zu bringen. Wie eine Schlange auf Rollen *wand* sie sich heran, dazu entschlossen, den Fremden mit der vollen Wucht ihrer Persönlichkeit zu begegnen. In der einen Hand hielt sie etwas.

»Sie hat die Schildkröte gefunden!« platzte es aus Xeno heraus. »Ausgezeichnet!«

Das Reptil zog den Kopf ein und kniff vermutlich auch die Augen zu. Ptraci bedachte Xeno mit einem finsteren Blick. Außer sich selbst hatte sie nicht viel auf der Welt, und offenbar ging es ihr gegen den Strich, nur als eine Wiederfinderin von Schildkröten anerkannt zu werden.

Der hochgewachsene Mann seufzte. »Ach, Xeno«, sagte er. »Ich glaube langsam, du siehst die Sache mit den Schildkröten und Pfeilen völlig falsch.«

Der Dicke schnitt eine Grimasse.

»Mein lieber Ibid«, erwiderte er steif. »*Dein* Problem besteht darin, daß du dich für einen Experten auf allen Fachgebieten hältst.«

Die Götter des Alten Königreichs erwachten.

Der Glaube entfaltet Kraft. Sie ist nicht sehr stark, wenn man sie mit der Gravitation vergleicht. Wenn es darum geht, Berge zu bewegen, erringt die Gravitation immer den Sieg. Aber die Kraft des Glaubens existiert, und jetzt fand sie eine gute Gelegenheit, sich auszuwirken: Das Alte Königreich war in sich selbst geschlossen, schwebte abseits des restlichen Universums und achtete nicht auf den mahnend erhobenen Zeigefinger der Realität.

Siebentausend Jahre lang hatten die Djelibeber an ihre Götter geglaubt.

Und jetzt existierten sie. Die Untertanen des Pharaos bekamen das vollständige Sortiment.

Woraus sich für die Bewohner des Djel-Tals einige neue Erfahrungen ergaben. Zum Beispiel stellten sie fast, daß Vut der Hundeköpfige Gott des Abends weitaus besser aussah, wenn man ihn auf einer Vase darstellte. Als zwanzig Meter große, knurrende und übelriechende Manifestation, die an der Haustür vorbeimarschierte, wirkte er eher beunruhigend.

Dios saß im Thronsaal, legte sich die goldene Maske des Pharaos auf die Knie und schnitt ein sehr ernstes Gesicht. Die weniger hohen Hohenpriester an der Tür brachten schließlich den Mut auf, sich ihm zu nähern, bewegten sich dabei so vorsichtig wie Leute, die den Ärger eines hungrigen Löwen fürchten. Wenn Götter erscheinen, sind gerade die Priester besonders besorgt. In ihrem Fall kann die göttliche Anwesenheit mit dem überraschenden Besuch eines triumphierend lächelnden Buchprüfers verglichen werden.

Koomi stand ein wenig abseits seiner Kollegen und überlegte hingebungsvoll. Seltsame, völlig ungewohnte Gedanken wanderten über nur selten benutzte neurale Pfade und orientierten sich mit Hilfe neuer Wegweiser. Koomi wartete gespannt darauf, welche Ziele sie anstrebten.

»O Dios«, murmelte ein für Ket den Ibisköpfigen Kopf der Gerechtigkeit zuständiger Priester. »Wie lautet der Befehl des Pharaos? Die Götter schreiten umher, kämpfen gegeneinander und brechen in Häuser ein, o Dios. Wo ist der Pharao? Welche Anweisungen hat er für uns?«

»Ja«, sagte ein anderer Priester, der sich um Schrubb den Schieber des Sonnenballs kümmerte. Er hatte das Gefühl, daß man mehr von ihm erwartete. »Und wahrhaftig«, fügte er hinzu, »Euer Lordschaft hat sicher bemerkt, daß die Sonne zittert, weil die Götter Der Sonne um sie ringen.« Er scharrte mit den Füßen. »Der heilige Schrubb entschloß sich zu einem strategischen Rückzug und, äh, mußte auf der Stadt Hort notlanden. Einige Gebäude wurden, äh, beschädigt. Ich meine, es blieb nur Schutt übrig.«

»Damit hat es durchaus seine Richtigkeit«, brummte der Hohepriester Thrrps des Streitwagenlenkers der Sonne ein. »Immerhin ist mein Herr der wahre Gott der...«

Die Stimme verklang.

Dios bebte am ganzen Leib, neigte den Oberkörper vor und zurück. Seine Augen starrten ins Leere, und die Hände schlossen sich so fest um die Maske, daß sie fast kleine Mulden im Gold hinterlassen hätten. Dios' Lippen formten lautlos die Worte des Rituals der Zweiten Stunde, die seit Jahrtausenden um diese Zeit ausgesprochen wurden.

»Wahrscheinlich ist es der Schock«, sagte einer der

Priester. »Ich meine, er nimmt die Traditionen noch weitaus ernster als wir. Äh.«

Die übrigen Geistlichen wollten unbedingt beweisen, daß sie der Situation gewachsen waren.

»Man hole ihm ein Glas Wasser.«

»Man ziehe ihm eine Papiertüte über den Kopf.«

»Man opfere ein Huhn unter seiner Nase.«

Draußen ertönte ein schrilles Heulen, gefolgt vom krachenden Donnern einer Explosion. Dumpfes Zischen schloß sich an, und Rauch wallte herein.

Die Priester eilten zum Balkon und überließen Dios seinem Trauma. Vor dem Palast hatten sich Hunderte von gläubigen Bürgern eingefunden, und sie alle starrten gen Himmel.

Der Hohepriester Cephuts, des Gottes des Eßbestecks, glaubte, etwas ruhiger und entspannter sein zu können. »Mir scheint, Thrrp hat die Sache verpatzt. Ein Überraschungsangriff Jehts des Ruderers der Sonnenkugel hat ihn zu Fall gebracht.«

In der Ferne summte etwas, und es hörte sich an, als gerieten mehrere Milliarden Schmeißfliegen in Panik. Ein finsterer Schatten schwebte über den Palast hinweg.

»Aber hier kommt Schrubb«, sagte der Priester Cephuts. »Ja, er gewinnt an Höhe und steigt kühn zum Meridian auf ... Jeht hat ihn noch nicht gesehen ... Und dort kommt auch Sessifet, Göttin des Nachmittags! Welche Überraschung! Meine Güte, welche Überraschung! Eine junge Göttin, die sich erst noch einen Namen machen muß, aber glauben Sie mir, sie ist wirklich vielversprechend und kann Erstaunliches leisten ... Und, ja, Schrubb muß eine Niederlage einstecken! Sessifet packt ihn an den Greifzangen, schleudert ihn übers Firmament ... Ja, meine Herren und Eunuchen, diese Runde geht eindeutig an die Göttin des Nachmittags ...«

Schatten tanzten über die Steine des Balkons.

»Aber... was ist das? Die älteren Götter... Sie verbünden sich miteinander — es gibt keinen passenderen Ausdruck —, um den dreisten Emporkömmlingen eine Lektion zu erteilen! Doch die tapfere Sessifet steht ihren Mann, ich meine, sie steht ihre Göttin, weicht nicht von der Stelle! Sie nutzt die Schwächen ihrer Widersacher und ... Ja, sie hat es geschafft! Welch großartiger Rückhandschlag! Und nun setzt sie sich ab, während Gil und Schrubb weiterhin miteinander kämpfen. Und jetzt ... Sessifet hat gewonnen! Es ist Mittag, Mittag, *Mittag!*«

Stille. Der Priester spürte die Blicke aller Anwesenden auf sich ruhen.

»Warum schreien Sie in den Rohrkolben?« fragte jemand.

»Äh, tut mir leid. Es kam einfach über mich«

Die Priesterin Sarduks des Gottes der Höhlen schnaubte leise.

»Und wenn einer der Götter vom Himmel gefallen wäre? Zum Beispiel auf den Palast?«

»Aber... aber...« Der Priester Cephuts schluckte. »Das ist doch nicht möglich, oder? Ich meine, nicht *wirklich* möglich. Bestimmt haben wir etwas gegessen, das uns schwer auf dem Magen liegt. Vielleicht waren wir auch zu lange in der Sonne oder so. Ich meine, wir *wissen* doch, daß die Götter gar nicht ... Ich meine, die Sonne ist eine Kugel aus brennendem Gas, nicht wahr, sie umkreist jeden Tag die Welt und und und die Götter ... Nun, es ist natürlich notwendig, daß die Bürger an sie *glauben,* bitte verstehen Sie mich nicht falsch ...«

Hinter Koomis Stirn trieben noch immer perfide Gedanken umher. Er verstand schneller als seine Kollegen.

»Schnappt ihn!« rief er.

Vier Priester ergriffen den bestürzten Verehrer des Eßbesteck-Gottes an Armen und Beinen, nahmen ordentlich Anlauf und warfen ihn über den Balkon. Unten im Djel platschte es.

Nach einigen Sekunden tauchte der Mann wieder auf.

»Warum behandeln Sie mich auf diese Weise?« jammerte er. »Ich habe erst letzte Woche gebadet. Und außerdem wissen Sie, daß ich recht habe. Niemand von Ihnen ...«

Das schlammbraune Wasser öffnete träge ein Maul, und der Priester verschwand, als Schrubb dicht über den Palast hinwegsegelte, abdrehte und in Richtung Berge flog.

Koomi wischte sich den Schweiß von der Stirn.

»Ziemlich knappe Sache«, sagte er. Die übrigen Geistlichen nickten, starrten in den Fluß und hielten vergeblich nach ihrem Kollegen Ausschau. Djelibeby war plötzlich kein Ort mehr für ernsten Zweifel. Ernster Zweifel könnte dazu führen, daß Krokodile eine zusätzliche Mahlzeit bekamen.

»Äh«, meldete sich jemand zu Wort. »Cephut könnte böse werden, oder?«

»Wir alle ehren Cephut!« riefen die Priester wie aus einem Mund. Nur für den Fall.

»Was für'n Blödsinn«, brummte ein älterer Hohepriester, der weiter hinten stand. »Ein Gott für Messer und Gabeln. Lächerlich.«

Man packte den Protestierenden und warf ihn in den Fluß.

»Wir alle ehren ...« Eine kurze Pause. »Welchen Gott pries er?«

»Bunu den Ziegenköpfigen Gott der Ziegen? Nicht wahr?«

»Wir alle ehren wahrscheinlich Bunu!« riefen die Priester, als sich mehrere Krokodile wie lebende U-Boote einem recht erschrocken paddelnden Opfer näherten.

Koomi hob beschwörend die Hände. Es heißt, gewisse Umstände können das wahre Ich eines Menschen ans Tageslicht bringen. Bei Koomi hießen die Umstände Hinterlist und Durchtriebenheit. In seinem kahlen

Schädel bildeten Schlußfolgerungen erste psychische Konturen; Ideen entfalteten sich wie Dinge, die viele Jahre lang in Steinen auf die Freiheit gewartet hatten. Er wußte noch nicht genau, warum es sich handelte, aber in seinen vagen Vorstellungen ging es um Götter, ein neues Zeitalter und um jemanden, der das Staatsruder fest in die Hand nehmen mußte. Außerdem sah Koomi ein mentales Bild, das ihm Dios zeigte, der den Magen eines Krokodils füllte. Freude und Entzücken vibrierten in ihm.

»Brüder!« rief er.

»Wie bitte?« zischte die Priesterin Sarduks.

»Und Schwestern ...«

»Herzlichen Dank.«

»... lasset uns jauchzen!« Die versammelten Priester schwiegen erwartungsvoll. Noch nie zuvor hatten sie eine Ansprache gehört, die mit solchen Worten begann. Koomi musterte seine Kollegen nacheinander und spürte eine seltsame Aufregung. Die Männer — und Frauen — vor ihm fürchteten sich so sehr, daß sie kaum einen klaren Gedanken fassen konnte, und sie hofften, daß *er* ihnen sagte, was es nun zu unternehmen galt.

»Fürwahr!« sagte er. »Und wahrhaftig. Die Stunde der Götter ...«

»... und Göttinnen ...«

»... ja, und der Göttinnen, hat, äh, geschlagen. Äh.« Was jetzt? *Was soll ich ihnen eigentlich sagen?* fuhr es Koomi in einem Anflug von Verzweiflung durch den Sinn. *Ich meine, Worte sind Wörter. Normalerweise teilen sie etwas mit. Oder so.* Dann dachte er: *Nun, eigentlich spielt es gar keine Rolle. Es kommt nur darauf an, daß ich überzeugend klinge. Der alte Dios brachte sie immer in Schwung. Er hat nicht versucht, sie zu führen. Ohne ihn sind sie völlig hilflos.*

»Und noch etwas, Brüder — und Schwestern. Wir müssen uns fragen, ja, wir müssen uns fragen, ob, äh, ja.« Neue Zuversicht gab Koomis Stimme einen volleren Klang. »Ja, wir müssen uns fragen, *warum* die Stunde der Götter geschlagen hat. Zweifellos liegt es daran, daß wir mit unseren Gebeten nicht gewissenhaft genug gewesen sind. Wir, äh, haben Götzenbilder verehrt. Äh.«

Die übrigen Priester wechselten erstaunte Blicke. Sie hatten Götzenbilder verehrt? Im Ernst? Wie stellte man so etwas an?

»Und, ja, was ist mit Opfern? Früher einmal waren Opfer richtige Opfer, kein Herumwerkeln mit Hühnern und Blumen.«

Irgendwo hüstelte jemand.

»Sprechen wir vielleicht von Jungfrauen?« fragte einer der Priester unsicher.

»*Ähem.*«

»Und eventuell auch von unerfahrenen jungen Männern?« fügte der Priester hastig hinzu. Sarduk gehörte zu den älteren Göttinnen, und die meisten Verehrerinnen teilten ihr Erscheinungsbild, eigneten sich daher kaum für den Opferaltar. Die Vorstellung, daß irgendwo eine Sarduk umherstapfte, deren Arme bis zu den Ellbogen blutbesudelt waren, trieb einem Tränen in die Augen.

Koomis Herz pochte lauter und schneller. »Nun, warum nicht?« fragte er. »Was hindert uns daran, die Vorteile der guten alten Zeit zu nutzen?«

»Aber, äh, ich dachte, solche Dinge seien nicht mehr an der Tagesordnung. Man denke nur an den Bevölkerungsschwund und ...«

Im Fluß platschte es laut. Tzut der Schlangenköpfige Gott des Oberen Djel tauchte auf und bedachte die Priester mit einem durchdringenden Blick. Einige Sekunden später erhob sich neben ihm Fhez der Krokodilköpfige Gott des Unteren Djel. Er versuchte, Tzut den Kopf abzubeißen. Gischt sprühte, als die beiden Götter ins trübe Wasser zurückfielen, und eine Welle schwappte über den Balkon.

»Ah, aber vielleicht nahm die Bevölkerungsdichte ab, weil wir *aufhörten*, Jungfrauen zu opfern — damit meine ich natürlich beide Geschlechter«, sagte Koomi. »Haben Sie jemals darüber nachgedacht?«

Die Priester holten es jetzt nach. Und überlegten noch etwas länger.

»Der Pharao hielte bestimmt nicht viel davon ...«, wandte jemand ein.

»Der Pharao?« rief Koomi. »Wo ist der Pharao? Zeigt mir den Pharao! Fragt Dios, wo sich der Pharao befindet!«

Etwas pochte neben ihm. Koomi riß entsetzt die Augen auf, als die goldene Maske über den Boden rutschte. Die Priester wichen ihr hastig aus, wie Kegel, die plötzlich eine Kugel fürchteten.

Dios trat ins Licht der umstrittenen Sonne, das Gesicht grau vor Wut.

»Der Pharao ist tot«, sagte er.

Koomi schwankte in den Orkanböen des Zorns, doch es gelang ihm, das Gleichgewicht zu wahren. Tapfer straffte er die Schultern.

»Sein Nachfolger ...«, begann er.

»Es gibt keinen Nachfolger«, donnerte Dios. Er sah zum Himmel hoch. Nur wenige Menschen sind in der Lage, direkt in die Sonne zu sehen, doch Dios' Blick hätte selbst die gelbe Scheibe am Firmament dazu veranlassen können, furchtsam zurückzuweichen. Die Augen des höchsten Hohenpriesters starrten wie zwei Entfernungsmesser an der langen krummen Nase vorbei.

»Sie kommen hierher, als gehörte ihnen das ganze Land«, sagte er wie zu sich selbst. »*Was fällt ihnen eigentlich ein?*«

Koomis Kinnlade klappte herunter. Er setzte zu einem Einwand an, doch Dios' Kilowatt-Blick brachte ihn zum Schweigen.

Er wandte sich an seine Kollegen, die ihre Fingernägel betrachteten oder mit großem Interesse über den Fluß sahen. Die stumme Botschaft lautete: *Nichts für ungut, Koomi, aber mit dieser Sache mußt du allein fertig werden.* Und wenn er durch irgendeinen glücklichen Zufall das Willensduell gewann, behaupteten die übrigen Priester sicher, von Anfang an auf seiner Seite gewesen zu sein.

»In gewisser Weise können sie Anspruch auf Djelibeby erheben«, murmelte Koomi.

»*Was?*«

»Sie, äh, haben das Land geschaffen. Und auch den Fluß. Und die Berge. Und den Sand.« Koomi konnte sich nicht länger beherrschen. »Verdammt, Dios, es sind die *Götter!*«

»Es sind *unsere* Götter«, fauchte der Hohepriester. »Wir sind nicht ihr Volk. Es sind *meine* Götter, und sie werden sich gefälligst an die Anweisungen halten, die ich ihnen gebe!«

Koomi verzichtete darauf, den Frontalangriff fortzusetzen. Dem saphirnen Blick Dios' konnte man unmöglich standhalten. Seine Nase wirkte wie eine Streitaxt, und hinzu kam eine ebenso unerschütterliche wie entsetzliche Rechtschaffenheit.

»Aber ...«, erwiderte er.

Dios winkte mit einer zitternden Hand, und daraufhin herrschte wieder Stille.

»Die Götter haben kein Recht, hier zu sein«, sagte er. »Ich habe ihnen nicht befohlen, bei uns zu erscheinen. *Sie haben kein Recht!*«

»Und was wollen Sie jetzt *tun?*« fragte Koomi.

Dios' Hände öffneten und schlossen sich krampfhaft. Er empfand so, wie ein Royalist empfinden sollte — ein guter Royalist, ein Royalist, der Fotos der königlichen Familie ausschnitt und in einem Sammelalbum verstaute, ein Royalist, der keine abfälligen Bemerkungen über seine Ideale duldete, ein Royalist, der alle Republikaner verachtete —, wenn ihm der König mitsamt den Prin-

248

zen einen Besuch abstattete, um die Wohnzimmereinrichtung zu verändern. Der Hohepriester sehnte sich nach der Nekropolis, der kühlen Stille bei seinen Freunden. Er wünschte sich einen ruhigen, erholsamen Schlaf, der ihn mit neuer Kraft erfüllte, ihm die Möglichkeit gab, weitaus klarer zu denken ...

Koomi schöpfte neue Hoffnung. Dios' Unbehagen war ein schmaler Spalt, der vielleicht genug Platz bot, um vorsichtig und behutsam einen Keil hineinzutreiben. Aber nicht mit einem Hammer. Wenn sich Dios bedroht fühlte, konnte er es mit der ganzen Welt aufnehmen.

Der alte Mann zitterte erneut. »Ich maße es mir nicht an, den Göttern zu sagen, wie sie ihre Angelegenheiten in den himmlischen Sphären regeln sollen«, sagte er. »Und ich werde allein über mein Königreich herrschen, ohne daß sich irgendwelche göttlichen Mächte einmischen.«

Koomi verstaute diese verräterische Bemerkung in seinem gedanklichen Archiv, um sich später eingehender damit zu befassen. Er klopfte Dios auf die Schulter.

»Sie sprechen mir aus der Seele«, sagte er. Der Hohepriester drehte den Kopf und musterte ihn.

»Tatsächlich?« fragte er argwöhnisch.

»Als Premierminister des Pharaos finden Sie bestimmt einen Ausweg. Sie haben unsere volle Unterstützung, o Dios.« Koomi winkte, und die übrigen Anwesenden beeilten sich, ihm begeistert zuzustimmen. Selbst wenn man Pharaonen und Göttern nicht mehr vertrauen konnte — auf Dios war immer Verlaß. Die Priester zogen göttlichen Zorn einem Tadel des höchsten Hohenpriesters vor. Es gab keine übernatürlichen Entitäten, die ihnen auf ebenso menschliche Art und Weise Angst einjagen konnten wie Dios. Ja, der Premierminister würde alles in Ordnung bringen.

»Wir achten nicht auf die absurden Gerüchte über das Verschwinden des Pharaos«, fügte Koomi hinzu.

»Bestimmt sind sie stark übertrieben oder völlig aus der Luft gegriffen.«

»Welche Gerüchte?« fragte Dios aus dem Mundwinkel.

»So erleuchten Sie uns, Meister, auf daß wir den rechten Weg finden.«

Dios zögerte.

Er wußte nicht, worauf es jetzt ankam. Er sah sich mit einer völlig neuen Situation konfrontiert, mit *Wandel* und *Veränderung*.

Ihm fielen nur die Worte für das Ritual der Dritten Stunde ein — sie flüsterten von ganz allein in seinem Geist. Wie oft hatte er sie ausgesprochen? *Zu* oft, viel zu oft! Schon vor vielen Jahren hätte er sich zur letzten Ruhe legen sollen, aber es kam nie der geeignete Zeitpunkt. Nie fand er einen kompetenten Nachfolger, dem er das Königreich überlassen konnte. Ohne ihn waren die Bewohner des Djel-Tals völlig hilflos, und er durfte nicht zulassen, daß das ganze Land dem Ruin anheimfiel. Dios wollte *niemanden enttäuschen*, und deshalb überquerte er den Fluß ... Jedesmal schwor er sich, die Nekropolis nicht noch einmal aufzusuchen, aber er brach den Eid, wenn die Kälte in seine Glieder zurückkroch, und schließlich wurden die Jahrzehnte ... länger. Jetzt brauchte Djelibeby seine Hilfe, doch die Silben des Rituals errichteten mentale Schranken und hinderten ihn daran, konzentriert nachzudenken.

»Äh«, sagte er.

Du Mistvieh kaute zufrieden. Teppic hatte ihn an einem nahen Olivenbaum festgebunden, der immer mehr Blätter und Früchte verlor. Manchmal hielt das Kamel inne, beobachtete die Möwen über der Stadt Ephebe und nahm sie mit Olivensteinen unter Beschuß.

Ein Teil seines Bewußtseins beschäftigte sich mit einem interessanten neuen Konzept taudimensionaler Physik, das Zeit, Raum, Magnetismus, Gravitation und, aus irgendeinem Grund, auch Brokkoli vereinte. Gelegentlich gab es Geräusche von sich, die wie Explosionen in einem fernen Steinbruch klangen, in seinem Fall jedoch nur darauf hindeuteten, daß alle Mägen bestens arbeiteten.

Ptraci saß unter dem Baum und fütterte die kleine Schildkröte mit Weinblättern.

Hitze knisterte über die weißen Marmorwände der Taverne, aber nach Teppics Meinung unterschied sie sich von der im Alten Königreich. Dort war selbst die Hitze alt. Voller Unbehagen erinnerte er sich an eine stickige leblose Luft, die wie ein Schraubstock zudrückte, aus gekochten Jahrhunderten zu bestehen schien. Hier wehte ständig eine frische, nach Salz riechende Brise vom Meer. Darüber hinaus trug sie vagen Weinduft mit sich, ein Aroma, das in der vergangenen halben Stunde immer stärker geworden war: Immerhin genehmigte sich Xeno bereits den zweiten Krug. Es handelte sich ganz offenbar um einen Ort, an dem Dinge sich die Ärmel hochkrempelten und begannen.

»Die Sache mit den Schildkröten verstehe ich noch immer nicht«, brachte Teppic mühsam hervor. Der erste Schluck Wein schien ihm die Kehle glasiert zu haben.

»Es is' doch ganz einfach«, erwiderte Xeno. »Nun, gehen wir mal davon aus, dieser Olivenstein sei der Pfeil, und das, und das ...« Er sah sich suchend um. »Und die betrunkene Möwe dort schtellen wir uns als Schildkröte vor, in Ordnung? Wenn ich jetzt den Pfeil von der Sehne schnelle lasche, fliegt er zur Möw ... zur Schildkröte, habe ich recht?«

»Ich glaube schon, aber ...«

»*Aber* inzwischen hat sich die Möw ... die Schildkröte bewegt, nicht wahr? Habe ich recht?«

»Vielleicht«, sagte Teppic hilflos. Xeno sah ihn siegesgewiß an.

»*Also* muß der Pfeil noch etwas weiter fliegen, schtimmt's, um die Schildkröte zu erreichen. Inzwischen is' die Schildkröte aufgestiegen und segelt ... ich meine, sie is' weitergekrochen, nicht viel, zugegeben, aber wenige Zentimeter genügen. Habe ich recht? Also muß der Pfeil *noch* etwas weiter fliegen, doch wenn er die Stelle erreicht, an der sich die Schildkröte *jetscht* befindet, is' sie gar nicht mehr da. Woraus folgt: Wenn die Schildkröte in Bewegung bleibt, kann sie unmöglich von dem Pfeil erreicht werden. Er kommt näher und näher, trifft jedoch nie das Ziel. Quod erat demonstrandum.*«

»Hast du recht?« fragte Teppic automatisch.

»Nein«, sagte Ibid kühl. »Mindestens ein Dutzend zerkratzte Schildkrötenpanzer beweisen, daß er sich irrt. Xenos Problem besteht darin, daß er den Unterschied zwischen Postulaten und den Metaphern der menschlichen Existenz nicht kennt. Es fällt ihm sogar schwer, Axiome von einem Loch im Boden zu unterscheiden.«

»Gestern habe ich nicht getroffen«, entgegnete Xeno eingeschnappt.

»Ja, ich weiß«, sagte Ibid. »Du hast kaum an der Sehne gezogen. Ich hab dich genau beobachtet.«

Woran sich eine neuerliche verbale Auseinandersetzung anschloß.

Teppic starrte in sein Weinglas. *Diese Männer sind Philosophen*, überlegte er. Sie hatten es ihm selbst gesagt. *Ihre Gehirne sind also so groß, daß dort Ideen Platz finden, über die andere Leute überhaupt nicht nachdenken.* Um nur ein Beispiel zu nennen: Auf dem Weg zur Taverne erklärte Xeno, warum es unmöglich sei, aus einem Baum zu fallen.

Teppic hatte das Verschwinden des Königreichs beschrieben, ohne auf seine Identität als Pharao einzugehen. Zwar fehlten ihm in dieser Hinsicht Erfahrungen, aber er ahnte zumindest, daß Herrscher ohne Herrschaftsgebiete in fremden Ländern nicht sehr populär

* Was zu beweisen war.

252

waren. Auch in Ankh-Morpork gab es den einen oder anderen Souverän — abgesetzte Könige, die aus ihrer Heimat fliehen mußten und nur das mitnehmen konnten, was sie am Leib trugen. Abgesehen natürlich von einigen Wagenladungen Kronjuwelen. Die Metropole am Ankh hieß jeden willkommen — Abstammung, Hautfarbe, Kastenzugehörigkeit oder Glauben spielten dabei nicht die geringste Rolle —, der eine Menge Geld mitbrachte, aber die Inhumierung überschüssiger Monarchen war eine wichtige Einkommensquelle für die Assassinen-Gilde. In den Renegaten-Staaten gab es immer jemanden, der dafür sorgen wollte, daß vertriebene Könige nicht zurückkehrten. Vermutlich ging es dabei um das wohlbekannte Prinzip: gestern Prinz, heute Erbe und morgen der Thron.

»Ich glaube, das Djel-Tal fiel der Geometrie zum Opfer«, sagte Teppic hoffnungsvoll. »Wie ich hörte, wissen Epheber gut über solche Dinge Bescheid«, fügte er hinzu. »Vielleicht könnt ihr mir dabei helfen, Djelibeby zurückzuholen.«

»Geometrie ist nicht gerade meine Stärke«, entgegnete Ibid. »Das dürfte dir klar sein.«

»Dürfte es das?«

»Hast du nicht mein Buch *Prinzipien Einer Idealen Regierung* gelesen?«

»Auf dieses Vergnügen mußte ich bisher verzichten.«

»Kennst du wenigstens mein Werk *Diskurs Über Historische Unvermeidlichkeit?*«

»Nein.«

Ibid wirkte niedergeschlagen. »Oh«, sagte er.

»Ibid is' eine weithin bekannte Kapazität auf allen Fachgebieten«, warf Xeno ein. »Abgesehen von Geometrie. Und Innenausstattung. Und elementarer Logik.« Ibid warf ihm einen finsteren Blick zu.

»Und du?« fragte Teppic.

Xeno leerte den zweiten Krug. »Ich habe mich darauf schpezialisiert, Axiome zu testen«, erklärte er. »Du solltest dich an Pthagonal wenden. Ein intelligenter Bursche, der viel von Winkeln hält.«

Das Pochen von Hufen unterbrach ihn. Mehrere Reiter galoppierten halsbrecherisch schnell an der Taverne vorbei und über die kurvenreichen kopfsteingepflasterten Straßen der Stadt. Sie schienen sehr aufgeregt zu sein.

Ibid schob eine zweite betrunkene Möwe von seinem Glas fort und runzelte nachdenklich die Stirn.

»Wenn das Alte Königreich wirklich verschwunden ist ...«, begann er.

»Derartige Vorgänge lassen kaum Platz für Zweifel«, sagte Teppic.

»Das bedeutet, Ephebe grenzt jetzt direkt an Tsort«, murmelte Ibid dumpf.

»Bitte?« fragte Teppic.

»Ich meine, es gibt keine Pufferzone mehr«, erläuterte der Philosoph. »Es bleibt uns also nichts anderes übrig, als Krieg zu führen.«

»Warum?«

Ibid öffnete den Mund, zögerte und wandte sich an Xeno.

»Warum müssen wir unbedingt Krieg führen?« fragte er.

»Historische Notwendigkeit«, antwortete Xeno.

»Ah, ja. Ich wußte, daß es etwas in der Richtung war. Tja, es läßt sich leider nicht vermeiden. Wirklich schade.«

Erneut klapperten Hufe. Reiter donnerten heran, und diesmal kamen sie aus der anderen Richtung. Sie trugen die federgeschmückten Helme ephebischer Soldaten und stießen begeisterte Schlachtrufe aus.

Ibid lehnte sich auf der Sitzbank zurück und faltete die Hände.

»Die Gardisten des Tyrannen«, sagte er, als die Soldaten durchs Stadttor ritten und den Weg über heißen Wüstensand fortsetzten. »Bestimmt sind sie angewiesen, die Grenze zu kontrollieren. Darauf kannst du wetten.«

Teppic wußte natürlich von der traditionellen Feindschaft zwischen Ephebe und Tsort. Das Alte Königreich hatte beträchtlich davon profitiert, indem es Kaufleuten aus beiden Ländern Möglichkeit gab, an geheimen Orten Geschäfte abzuschließen. Er trommelte mit den Fingern auf den Tisch.

»Zum letzten Mal seid ihr vor vielen tausend Jahren in den Kampf gezogen«, sagte er. »Damals waren eure Länder klein und unbedeutend, nicht annähernd so mächtig wie heute. Wenn ihr jetzt Krieg führt ... Habt ihr schon daran gedacht, daß irgend jemand zu Schaden kommen könnte?«

»Es ist eine Frage des Stolzes«, erwiderte Ibid, doch er klang nicht sehr überzeugt. »Ich glaube, uns bleibt gar keine Wahl.«

»Es war die verdammte Holzkuh«, sagte Xeno. »Deshalb sind die Tsortaner noch immer sauer auf uns.«

»Wenn wir nicht zuerst angreifen, müssen wir mit einem Überraschungsangriff rechnen«, fügte Ibid hinzu.

»Abscholut richtig«, bestätigte Xeno. »Deshalb sollten wir uns sofort zurückziehen, bevor Tsort mit einer Offensive beginnen kann.«

Die beiden Philosophen wechselten einen kummervollen Blick.

»Andererseits ...«, sagte Ibid. »Der Krieg macht es einem nicht gerade leicht, klar zu denken.«

Xeno nickte. »Dem kann ich nur zuschtimmen. Ich meine, Tote denken nur selten.«

Betretenes Schweigen folgte, und eine Zeitlang lauschten sie Ptraci, die der Schildkröte vorsang. Einige Möwen krächzten mehr oder weniger hingerissen.

»Welchen Tag haben wir heute?« fragte Ibid.

»Dienstag«, antwortete Teppic.

»Vielleicht solltest du uns zum Symposium beglei-

255

ten«, sagte der Gertenschlanke. »Es findet an jedem Dienstag statt. Die besten Denker und Experten Ephebes sind zugegen. Diese Angelegenheit muß ausführlich erörtert werden.«

Er sah Ptraci an.

»Deine junge Gefährtin darf natürlich nicht mitkommen«, fuhr Ibid fort. »Frauen ist die Teilnahme streng verboten. Ihre Gehirne überhitzen zu leicht.«

Pharao Teppicymon XXVII. schlug die Augen auf. *Warum ist es so zappenduster hier drin?* dachte er.

Dann stellte er fest, daß er seinen Herzschlag hörte, dumpf und einige Meter entfernt.

Und dann erinnerte er sich.

Er lebte. Obgleich er gestorben war. Er lebte *tatsächlich*, nicht nur als Phantom, dem niemand zuhören wollte. Allerdings gab es ein Integritätsproblem. Gewisse Teile seines Körpers fehlten.

Aus irgendeinem Grund hatte Teppicymon angenommen, in der Unterwelt zusammengesetzt zu werden, so wie eins von Grinjers Modellen.

Reiß dich zusammen, Mann! dachte er.

Du brauchst keine Bauanleitung, fuhr es ihm durch den Sinn. *Du weißt ganz genau, was wohin gehört. An die Arbeit!*

Er versuchte, tief Luft zu holen, was ihm ohne Lungen nicht gerade leichtfiel. *Na schön. Es existieren mindestens sechs Krüge. Meine Augen befinden sich in einem davon. Vielleicht sollte ich den Deckel abnehmen, damit ich sehenkann, was los ist.*

Dazu bauche ich Arme, Beine und Finger.

He, ich glaube, diese Sache könnte problematisch werden.

Versuchsweise streckte er steife Glieder und berührte etwas Festes und Schweres. Das Objekt fühlte sich an, als ließe es sich bewegen, und deshalb brachte er den anderen Arm in Position, drückte und schob.

Ein Knirschen und Pochen, gefolgt von dem Empfinden befreiender Leere. Teppicymon richtete sich auf, und sein ganzer Körper knarrte.

Die Seiten des Sarkophags behinderten ihn nach wie vor, aber er stellte überrascht fest, daß sie wie Papier nachgaben, als er dagegenstieß. *Das Einlegen und Ausstopfen*, überlegte er. *Offenbar bekommt man dadurch mehr Masse. Und Kraft. Klar, hab mich lange genug ausgeruht.*

Er tastete sich zum Rand der steinernen Platte, schwang die schweren Beine zu Boden und zögerte kurz, um aus reiner Angewohnheit zu schnaufen. Anschließend konzentrierte er sich auf die ersten unsicheren Schritte des gerade erwachten Untoten.

Es erwies sich als erstaunlich schwierig, mit strohgefüllten Beinen zu gehen, während das für die Koordination zuständige Hirn einige Meter entfernt in einem Konservierungsbehälter lag. Teppicymon schaffte es zur Mauer und tastete sich daran entlang, bis ein Scheppern und Klirren den Schluß zuließen, daß er die Krüge erreicht hatte. Vorsichtig nahm er den ersten Deckel ab und schob die Hand in das Gefäß.

Dies muß mein Gehirn sein, dachte er sehnsüchtig. *Grieß ist nicht so weich und schwammig. Ich habe meine Gedanken gesammelt, haha.*

Er versuchte es mit einigen anderen Krügen, bis plötzliches Licht verkündete, daß er seine Augen gefunden hatte. Fasziniert beobachtete er eine von Binden umwickelte Hand, die in den Behälter griff und immer größer wurde.

Teppicymon nahm die Augen und nickte zufrieden. *Das hätten wir. Der Rest kann warten. Bis ich Appetit bekomme und etwas essen möchte.*

Er drehte sich um, und sein Blick fiel auf Dil und Gern, die ihn mit einem gewissen Interesse beobachteten. Wahrscheinlich verspürten sie den Wunsch, noch weiter in die Ecke des Zimmers zurückzuweichen, doch dazu wären dreieckige Rücken notwendig gewesen.

»Ah. Hallo, Leute, wie geht's?« Der Pharao lauschte

dem hohlen Klang seiner Stimme. »Ich weiß viel über euch. Tja, ich würde euch gern die Hand schütteln, aber dazu müßte ich erst die Augen beiseite legen.«

»Gkkk«, erwiderte Gern.

»Gefallen euch Puzzlespiele?« fragte Teppicymon. »Ich meine, habt ihr Spaß daran, gewisse Dinge zusammenzusetzen? Ich denke da an meinen Körper und einige Organe, die mir ans Herz gewachsen sind. Sozusagen. Übrigens: Mit den Nähten ist alles in bester Ordnung. Gute Arbeit.«

Beruflicher Stolz splitterte die Entsetzensbarrieren in Dil.

»Du lebst?« fragte er. »Ich meine: Sie sind auferstanden, o verstorbener Pharao?«

»Das war doch beabsichtigt, nicht wahr?« erwiderte Teppicymon.

Dil nickte. Natürlich, darum ging es ja beim Einbalsamieren. Er hatte immer an ein Leben nach dem Tod geglaubt, aber trotzdem fiel es ihm schwer, es mit allem Drum und Dran für möglich zu halten. Nun, der Pharao lebte, und seine ersten Worte — abgesehen von einem bemerkenswert kameradschaftlichen Gruß und dem Hinweis auf Puzzlespiele und dergleichen — lobten die Nadelarbeit des Obersten Einbalsamierers. Dils Brust schwoll an. Es geschah nur sehr selten, daß ihm Mumien ihre Anerkennung aussprachen.

»Na bitte«, wandte er sich an Gern, dessen Schulterblätter versuchten, sich durch die Wand zu bohren. »Hör nur, was man über deinen Meister sagt.«

Der Pharao zögerte. Er rang sich allmählich zu der Erkenntnis durch, daß irgend etwas nicht mit rechten Dingen zuging. Die Unterwelt war *natürlich* wie das Diesseits, nur besser, und zweifellos warteten in ihr viele Diener und so weiter auf ihn. Trotzdem: Sie ähnelte zu sehr der Welt, die er kannte. Dil und Gern hätten eigentlich nicht zugegen sein dürfen. Soweit Teppicymon wußte, gab es für das gewöhnliche Volk eine andere gewöhnliche Unterwelt, in der sich Handwerker, Bauern und Arbeiter wohl fühlen konnten, ohne irgend jemandem zu Diensten sein zu müssen. Das Motto lautete: Freiheit, Gleichheit und Brüderlichkeit im Jenseits.

»Oh«, sagte er schließlich. »Es scheinen sich Komplikationen anzubahnen. Ihr seid nicht tot, oder?«

Dil zögerte. An diesem Tag hatte er Dinge gesehen, die berechtigten Zweifel weckten. Dennoch schien einiges darauf hinzudeuten, daß er noch immer lebte.

»Hm«, kommentierte Teppicymon. »Daraus ergibt sich die Frage: Was ist hier eigentlich los?«

»Das wissen wir leider nicht, o Pharao«, entgegnete Dil. »Wir haben keine Ahnung. Es ist alles wahr geworden, o Quelle des Wassers!«

»Was hat sich bewahrheitet?« erwiderte Teppicymon. Er glaubte, als Untoter auf das förmliche Sie verzichten zu können.

»Alles!«

»Alles?«

»Die Sonne, o Herr. Und die Götter! Oh, die Götter! Sie sind überall, o Gebieter des Himmels!«

»Wir haben uns durch die Hintertür hereingeschlichen«, sagte Gern und sank auf die Knie. »Verzeih uns, o Herr der Gerechtigkeit, der zurückgekehrt ist, um uns seine unvergleichliche Weisheit zu schenken. Das mit Glwenda tut mir leid. Die Dingsbums, äh, Leidenschaft überwältigte uns. Wir konnten uns einfach nicht beherrschen. Außerdem: Allein ich bin verantwortlich für ...«

Dil winkte, und daraufhin schwieg sein Lehrling demütig.

»Entschuldigung«, sagte er zu der Mumie. »Könnten wir uns unter vier, äh, Augen unterhalten? Von Mann zu ...«

»Leiche?« warf der Pharao ein, um den Einbalsamierer von seiner Befangenheit zu befreien. »Selbstverständlich.«

Sie gingen zur anderen Seite der Kammer.

»Nun, o gütiger Herr des ...«, begann Dil mit einem verschwörerischen Flüstern.

»Ich glaube, auf die Lobpreisungen können wir verzichten«, sagte Teppicymon. »Tote halten nicht von zeremoniellen Dingen. ›Pharao‹ genügt völlig.«

»Nun, es geht um folgendes — Pharao«, sagte Dil. Der Umstand, daß ihn Teppicymon XXVII. wie einen alten Freund behandelte, erfüllte ihn mit Aufregung und Zufriedenheit. »Gern dort drüben glaubt, es sei alles seine Schuld. Ich habe ihn immer wieder darauf hingewiesen, daß sich die Götter bestimmt nicht die Mühe machen, einen jungen Burschen zu bestrafen, nur weil er, äh, gewisse Bedürfnisse verspürt, wenn Sie verstehen, was ich meine.« Der Oberste Einbalsamierer legte eine kurze Pause ein und fügte behutsam hinzu: »Das stimmt doch, oder?«

»Da bin ich völlig sicher«, erwiderte der Pharao sofort. »Die Götter müssen sich um wichtigere Dinge kümmern.«

»Genau meine Meinung.« Dil seufzte erleichtert. »Gern ist ein guter Junge, Herr. Er hat nur eine sehr religiöse Mutter. Die Götter müssen sich um wichtigere Dinge kümmern — so lauteten meine Worte. Nun, Herr, ich wäre Ihnen sehr dankbar, wenn Sie mit meinem Lehrling sprechen, ihn ein wenig aufmuntern könnten, Sie wissen schon ...«

»Gern«, sagte Teppicymon freundlich. »Ich meine, geht klar.«

Dil schob sich noch etwas näher heran.

»Wissen Sie, Herr, die Götter ... Mit ihnen stimmt was nicht. Wir haben sie beobachtet, Herr. Nun, zumindest ich. Tja, ich bin aufs Dach geklettert. Gern zog es vor, unter einen Tisch zu kriechen. Die Götter sind irgendwie seltsam.«

»Inwiefern?«

»Nun, sie sind hier, Herr! Das ist doch sonderbar,

oder? Ich meine, sie sollten nicht *wirklich* hier sein. Sie schreiten umher und kämpfen gegeneinander und schreien brave Bürger an.« Dil sah nach rechts und links, bevor er hinzufügte: »Unter uns gesagt, Herr: Sie scheinen nicht besonders intelligent zu sein.«

Der Pharao nickte. »Und wie verhalten sich die Priester?« fragte er.

»Sie werfen sich gegenseitig in den Fluß, Herr.«

Teppicymon nickte erneut: »Klingt gut«, sagte er. »Offenbar sind sie endlich vernünftig geworden.«

»Wollen Sie meine Meinung hören, Herr?« fragte Dil mit ernster Rhetorik. »Alle die Dinge, an die wir glauben, werden wahr. Und ich habe noch etwas anderes gehört, Herr. Heute morgen — wenn es wirklich Morgen war, ich meine, die Sonne schwebt am Himmel, und es ist nicht die richtige Sonne nun, heute morgen ritten einige Wächter über die Straße nach Ephebe, und wissen Sie, was die Soldaten entdeckten?«

»Nein. Was denn?«

»Die Straße nach Ephebe führt nach Djelibeby!« Dil trat einen Schritt zurück, um die Bedeutung seiner Worte zu unterstreichen. »Die Wächter kamen bis zur Schlucht, und plötzlich fanden sie sich auf dem Tsort-Weg wieder. Irgendwie ist alles in sich selbst gekrümmt. Wir sind eingeschlossen, Herr. Mit unseren Göttern.«

Und ich sitze in meinem Körper fest, dachte Teppicymon. *All die Dinge, an die wir glauben, werden wahr? Und wir glauben nicht daran, woran wir zu glauben glauben. Äh.*

Der Pharao sah sich mit einigen Formulierungsproblemen konfrontiert, sortierte Silben und Gedanken. *Ich meine, wir* glauben, *daran zu glauben, daß die Götter weise und mächtig sind, aber in* Wirklichkeit *glauben wir, sie seien wir unser Vater nach einem anstrengenden Tag im Büro. Und wir glauben zu glauben, daß die Unterwelt eine Art Paradies ist, obgleich wir tief in unserem Innern wissen, daß sie sich direkt hier befindet, daß man sie im alten Körper erreicht, und das gilt auch für mich, ich meine, ich bin hier, in einer Mumie gefangen, und ich muß für immer und ewig im Diesseits bleiben, ohne Hoffnung, ohne die Chance, ein neues Leben im Jenseits zu beginnen ...*

»Wie beurteilt mein Sohn die derzeitigen Vorgänge?« fragte er.

Dil hüstelte. Es war ein unverheilverkündendes Hüsteln. Die Spanier verwenden ein umgekehrtes Fragezeichen, um darauf hinzuweisen, daß die nächsten Worte eine Frage bilden. Dils Hüsteln kündigte ein beginnendes Requiem an.

»Ich weiß nicht recht, wie ich es Ihnen sagen soll«, begann der Einbalsamierer.

»Heraus damit, Mann!«

»Herr, es heißt, er sei tot, Herr. Es heißt, er habe sich umgebracht und dann die Flucht ergriffen.«

»Er hat sich umgebracht?«

»Ja, Herr. Tut mit leid, Herr.«

»Und dann ist er weggelaufen?«

»Weggeritten, Herr. Auf einem Kamel.«

»In unserer Familie führt man ein ziemlich aktives Leben nach dem Tod, wie?« sagte der Pharao trokken.

»Wie bitte, Herr?«

»Ich meine, die beiden Bemerkungen schließen sich gegenseitig aus.«

Dil blinzelte, und seine Lippen bewegten sich lautlos.

»Das heißt, sie können nicht beide der Wahrheit entsprechen«, erklärte Teppicymon.

»Ähem«, erwiderte Dil.

»Ich bin ein besonderer Fall«, sagte der Pharao unwirsch. »In diesem Königreich glauben wir nur dann an die Auferstehung, wenn man sorgfältig einbalsa ...«

Er unterbrach sich.

Der Gedanke war zu gräßlich, um darüber nachzudenken. Trotzdem drehte ihn Teppicymon hin und her, betrachtete ihn von allen Seiten.

»Wir müssen sofort etwas unternehmen«, sagte er dann.

»In Hinsicht auf Ihren Sohn, Herr?« fragte Dil.

»Nein«, gab der Pharao scharf zurück. »Mein Sohn ist nicht tot. Ich wüßte bestimmt davon. Er kommt sicher allein zurecht. Immerhin ist er mein *Sohn*. Doch was meine Vorfahren betrifft ...«

»Aber sie sind *tot* ...«, begann Dil.

Es wurde bereits angedeutet, daß sich Dil nicht gerade durch ein Übermaß an Phantasie auszeichnete. Mangelnde Vorstellungskraft gehörte zu den Erfordernissen eines jeden guten Architekten. Doch vor seinem inneren Auge formte sich ein Panaroma, daß ihm Hunderte von Pyramiden am Ufer des Djel zeigte. Und die mentalen Ohren krochen durch dicke Türen, an denen alle Diebe und Einbrecher verzagen mußten.

Sie hörten ein leises Kratzen.

Sie hörten dumpfes Klopfen.

Sie hörten hohle Stimmen.

Teppicymon legte dem Einbalsamierer einen von Binden umwickelten Arm auf die Schulter.

»Ich weiß, wie geschickt du mit der Nadel bist«, sagte er. »Kannst du auch mit einem Vorschlaghammer umgehen?«

Copolymer, bester Geschichtenerzähler auf der ganzen Scheibenwelt, lehnte sich zurück und bedachte die größten Denker Ephebes mit einem strahlenden Lächeln.

Teppic hatte seinem neuen Wissen gerade ein weiteres Jota hinzugefügt. Bei einem ›Symposium‹ spielten nicht nur Diskussionen eine große Rolle, sondern auch Messer und Gabel, Teller, Tassen, Becher, Tabletts und große Schüsseln. Hinzu kamen vorher leere und nachher gut gefüllte Mägen.

»Nun ...«, sagte Copolymer und begann mit der Geschichte des Tsortanischen Krieges.

»Wißt ihr, es geschah folgendes. *Er* nahm *sie* mit nach Hause, und ihr Vater — ich meine nicht den alten König, sondern seinen Vorgänger, wie hieß er doch noch, er heiratete eine junge Frau aus Elharib oder so, sie schielte ein wenig und hieß Dingsbums, ihr Name begann mit einem P, oder vielleicht auch einem L. Nun, ihrem Vater gehörte eine Insel in der Bucht, ich glaube, man nannte sie Papylos. Nein, das stimmt nicht, eine glatte Lüge, Crinix hieß sie, jawohl. *Nun,* der König, der andere König, stellte ein Heer zusammen und ... Jetzt fällt's mir wieder ein. Elenor. So lautete ihr Name. Sie schielte ein wenig, wißt ihr. Aber ansonsten soll sie sehr attraktiv gewesen sein. Als ich von einer Heirat sprach, meinte ich das im übertragenen Sinne, ihr versteht schon. Die Sache war ein wenig inoffiziell. Äh. Nun, es gab da ein hölzernes Pferd, und nachdem sie alle hineingeklettert waren ... Habe ich euch schon von dem Pferd erzählt? Sah aus wie ein Pferd. Ja, da bin ich ziemlich sicher. Ein Pferd. Oder vielleicht ein Küken. Himmel, gleich vergesse ich meinen eigenen Namen! Der Soundso kam auf die Idee, der Hinker. Ich meine den Kerl, der dauernd hinkte. Mit den Beinen, um ganz genau zu sein. Habe ich ihn bereits erwähnt? Es kam zu einem Kampf. Nein, ich glaube, das war der andere. Ja. Nun, das hölzerne Schwein, wirklich eine tolle Idee. Sie stellten es aus Dingsbums her, liegt mir auf der Zunge, ja, aus Holz. Aber das kam erst später. Der Kampf! Hätte fast den Kampf vergessen. Ja. Ein verdammt guter Kampf. Alle hoben ihre Schilde und riefen laut und schwangen Speere. Soundsos Rüstung glänzte wie eine glänzende Rüstung. Es ging ganz schön rund. Bei dem Kampf, meine ich. Ja, es hätte gar nicht kämpfiger zugehen können. Ein Kampf hoch zwei. Zwischen Dingsbums, nicht dem Hinker, dem anderen, wiehießanoch, dem Rothaarigen. Ihr *wißt* schon. Hochgewachsener Typ. Lispelte ein wenig. He, einen Augenblick, gerade fällt mir ein, daß er von einer anderen Insel kam. Nicht er. Der Hinker. Er wollte nicht los und meinte, er sei völlig verrückt. Natürlich *war* er verrückt, total ausgeklinkt, um nicht zu sagen: übergeschnappt. Ich meine, eine hölzerne Kuh! Wie Dingsbums sagte, der König, nein, nicht *der* König, der andere, er sah die Ziege und sagte: ›Ich fürchte die Epheber, insbesondere dann, wenn sie verrückt genug sind, verdammt großes Holzvieh auf ihrer Türschwelle zurückzulassen, haben wirklich Nerven die Jungs, glauben wohl, wir seien von gestern, steckt das Zeug in Brand.‹ Und Wiehießanoch, der gewitzte Bursche, schlich sich von hinten heran und holte ordentlich mit seinem Schwert aus, jawohl. Wer zuletzt lacht und so. Habe ich schon gesagt, daß sie schielte? Es heißt, sie sei recht hübsch gewesen, ober so etwas ist natürlich relativ. Ja. Nun, es geschah folgendermaßen. Dingsbums, ich glaube, er hieß Melycanus, hinkte ein wenig, zog das eine Bein nach, glaube ich, tja, Melycanus wollte nach Hause zurückkehren, wen wundert's, ich meine, inzwischen waren Jahre vergangen, und er wurde nicht gerade jünger, nein, das nicht. Deshalb ließ er sich die Sache mit dem hölzernen Dingsbums einfallen. Nein, das stimmt nicht, eine glatte Lüge. Der Kerl mit dem schwachen Knie hieß Lavaelous. Es knickte dauernd ein, das Knie. Glaubt mir, guter Kampf, der Kampf.«

Copolymer schwieg zufrieden.

»Ziemlich guter Kampf«, murmelte er noch einmal, lächelte vage und schlief ein.

Teppic stellte fest, daß seine Kinnlade heruntergeklappt war. Er schloß den Mund wieder. Die übrigen Anwesenden am Tisch rieben sich die Augen.

»Magie«, sagte Xeno. »Reinste Magie. Jedes Wort eine Troddel am Baldachin der Zeit.«

»Mich erstaunt immer wieder, daß er sich an alle Einzelheiten erinnert«, murmelte Ibid. »Messerscharfes Gedächtnis. Ich meine, klar wie Kristall.«

Teppic musterte die Männer nacheinander und stieß

Xeno an, der neben ihm saß. »Was sind das für Leute?« fragte er.

»Nun, Ibid kennst du bereits. Und auch Copolymer. Das dort drüben ist Iesope, der beste Märchenerzähler aller Zeiten. Und dann Antiphon, begabtester Komödienautor der ganzen Welt.«

»Und Pthagonal?« fragte Teppic. Xeno deutete zum anderen Ende des Tisches, auf einen niedergeschlagen wirkenden, mit grimmiger Begeisterung trinkenden Mann, der gerade versuchte, den Winkel zwischen zwei Brotlaiben zu bestimmen.

»Ich stelle dich ihm später vor«, sagte der Postulat-Tester und Axiom-Experimentierer.

Teppic beobachtete kahle Köpfe und weiße Bärte — offenbar eine Art von Amtszeichen. Wenn man einen kahlen Kopf mitsamt weißem Bart hatte, schien der Bereich dazwischen mit Weisheit gefüllt zu sein. Die einzige Ausnahme bildete Antiphon, der den Eindruck erweckte, aus Schweinefleisch zu bestehen.

Dies sind ausgezeichnete, erfahrene Denker, dachte Teppic. *Diese Männer versuchen herauszufinden, wie die Welt funktioniert. Sie benutzen weder Magie noch Religion, verlassen sich einzig und allein auf ihre Intelligenz. Sie formen einen Keil aus ihrem Verstand, rammen ihn in einen philosophischen Spalt und erweitern den Riß, um dem Universum alle Geheimnisse zu entreißen.*

Ibid klopfte auf den Tisch und bat um Ruhe.

»Der Tyrann hat Tsort den Krieg erklärt«, sagte er. »Laßt uns nun überlegen, welchen Platz der Krieg in einer idealen Republik einnimmt. Wir müssen dabei berücksichtigen, daß ...«

»Entschuldige bitte«, warf Iesope ein. »Könntest du mir bitte den Stangensellerie reichen? Danke.«

»... dabei berücksichtigen, daß die ideale Republik auf fundamentalen Gesetzen basiert, die ...«

»Und das Salz. Steht direkt vor dir.«

»... auf fundamentalen Gesetzen, die für alle Bürger

gelten. Nun, es besteht natürlich kein Zweifel daran, daß der Krieg ... Würdest du bitte damit aufhören?«

»Sellerie«, sagte Iesope und kaute fröhlich. »Man kann Sellerie nicht *leise* essen.«

Xeno starrte argwöhnisch auf das herab, was er mit seiner Gabel aufgespießt hatte.

»He, das ist Tintenfisch«, sagte er. »Ich mag keinen Tintenfisch. Wer hat Tintenfisch bestellt?«

»... besteht kein Zweifel«, wiederholte Ibid und sprach lauter. »Nicht der geringste, das versichere ich euch ...«

»Ich glaube, dies ist Lamm-Kuskus«, ließ sich Antiphon vernehmen.

»Hast du Tintenfisch gewählt?«

»Nein. Ich wollte Schmakkaroni mit Pomatensoße probieren.«

»*Ich* habe mich für Lamm entschieden. Reich mir den Teller rüber, in Ordnung.«

»Was sollen wir bloß mit soviel Knoblauchbrot anfangen?« fragte Xeno.

»Hör mal, *einige* von uns versuchen, ein philosophisches Konzept zu diskutieren«, sagte Ibid sarkastisch. »Aber wir möchten dich keineswegs unterbrechen.«

Jemand warf ein Stück Käse nach ihm.

Teppic sah auf seinen eigenen Teller hinab. Im Alten Königreich servierte man nur selten Meeresfrüchte, und was sich nun den Blicken des jungen Pharaos darbot, wies eindeutig zu viele Saugnäpfe und Tentakel auf, um Appetit zu wecken. Vorsichtig hob er ein gekochtes Weinblatt und glaubte zu beobachten, wie sich etwas hinter einer Olive versteckte.

Das Symposium verhalf Teppic zu einer weiteren Erkenntnis. Die Epheber stellten Wein aus allem her, das in einem Eimer Platz fand — und sie aßen alles, was nicht herauskriechen konnte.

Er stocherte auf seinem Teller herum. Einige Dinge leisteten entschlossenen Widerstand.

Außerdem: Wenn Philosophen miteinander sprachen, hörten sie sich nicht richtig zu. Und sie blieben nie beim Thema. *Wahrscheinlich ist das angewandte Mokratie.*

Ein Brotlaib sauste an ihm vor. *O ja. Und sie haben ein überschäumendes Temperament.*

Teppic bemerkte einen dürren kleinen Mann, der ihm gegenübersaß und auf einem gummiartigen Fleischstück kaute. Er war der einzige, der seine Meinung nicht aus sich herausbrüllte — abgesehen vom Geometer Pthagonal, der mürrisch den Radius seines Tellers berechnete. Manchmal machte sich die vertrocknet wirkende Gestalt Notizen auf kleinen Pergamentfetzen, die sie anschließend in einer Tasche ihrer Toga verstaute.

Teppic beugte sich vor. Einige Meter entfernt wurde Iesope mit Olivensteinen und Brotstücken bedrängt; er gab schließlich nach und begann mit einem Märchen, in dem es um Fuchs, Truthahn, Gans und Wolf ging. Angeblich hatten die Tiere darum gewettet, wer am längsten unter Wasser bleiben konnte — mit schweren Gewichten an den Beinen.

»Entschuldigung«, sagte Teppic und hob die Stimme, um den allgemeinen Lärm zu übertönen, »wer bist du?«

Der kleine Mann bedachte ihn mit einem scheuen Blick. Seine außergewöhnlich langen Ohren erinnerten an die Henkel eines Krugs.

»Ich heiße Endos«, antwortete er.

»Warum nimmst du nicht an der philosophischen Diskussion teil?«

Endos zerschnitt eine seltsame Molluske.

»Eigentlich bin ich gar kein Philosoph«, sagte er.

»Schreibst du humoristische Stücke?« erkundigte sich Teppic.

»Nein, leider nicht. Ich bin ein Zuhörer. Endos der Zuhörer, so nennt man mich.«

»Faszinierend«, erwiderte Teppic automatisch. »Und worin besteht deine Tätigkeit?«

»Ich höre zu.«

»Du hörst einfach nur zu?«

»Dafür bezahlt man mich«, sagte Endos. »Manchmal nicke ich. Oder ich lächele. Oder ich nicke und lächele gleichzeitig. Ermutigend und aufmunternd. Das gefällt meinen Kunden.«

Teppic gewann den Eindruck, daß an dieser Stelle ein Kommentar von ihm erwartet wurde. »Donnerwetter«, murmelte er.

Endos nickte ermutigend, und sein Lächeln deutete darauf hin, daß er sich derzeit nichts mehr wünschte, als Teppic zuzuhören. Von seinen Ohren ging ein besonderer Reiz aus. Sie schienen gewaltige akustische schwarze Löcher zu sein, die sich danach sehnten, mit Worten gefüllt zu werden. Teppic spürte die Versuchung, über sein Leben und seine Hoffnungen zu sprechen ...

»Bestimmt bezahlt man dir eine Menge Geld«, sagte er.

Endos schmunzelte herzerfrischend.

»Hast du oft zugehört, wenn Copolymer seine Geschichte erzählte?«

Endos nickte und lächelte, obgleich ein Schatten des Schmerzes seinen Blick trübte.

»Vermutlich entwickeln die Ohren eines guten Zuhörers irgendwann eine Art Schutzmembram«, sagte Teppic.

Endos nickte. »Fahr fort!« drängte er.

Teppic drehte den Kopf und sah zu Pthagonal, der verdrießlich rechte Winkel in einen weiche, irgendwie *brodelnde* Käsemasse malte.

»Ich würde gern bleiben und zuhören, wie du zuhörst«, sagte er. »Aber dort drüben sitzt jemand, dem ich einige Fragen stellen möchte.«

»Erstaunlich«, entgegnete Endos, notierte sich etwas auf einem Zettel und richtete seine Aufmerksamkeit auf die anderen Gespräche am Tisch. Ein Philosoph betonte gerade mit Nachdruck, man könne das Wahre mit Schönheit gleichsetzen, obwohl Schönheit nicht immer wahr sei. Einige andere ephebische Denker hielten das für Unsinn. Erneut flogen Brotlaibe, Rinden und undefinierbare Dinge. Endos hörte konzentriert zu.[*]

Teppic stand auf, wanderte am Tisch entlang und näherte sich Pthagonal, der wie ein Häufchen Elend auf seinem Stuhl saß und mißtrauisch unter ein Stück Pastete spähte.

Teppic sah ihm über die Schulter.

»Ich glaube, dort hat sich was bewegt«, sagte er.

»Ah«, erwiderte der Geometer, griff nach einer Amphora, biß in den Korken und zog ihn heraus, »der rätselhafte junge Mann in Schwarz aus dem verlorenen Königreich.«

»Vielleicht kannst du mir dabei helfen, es wiederzufinden«, sagte Teppic. »Wie ich hörte, haben die Epheber unvernünftige Vorstellungen. Damit läßt sich bestimmt etwas anfangen.«

»Früher oder später mußte es geschehen«, murmelte Pthagonal. Er holte einen Stechzirkel hervor und maß das Pastetenstück nachdenklich. »Glaubst du, es handelt sich um eine Konstante? Ach, welch deprimierendes Konzept!«

»Wie bitte?« fragte Teppic.

»Der Durchmesser geteilt durch den Umfang. Eigentlich sollte sich der Wert drei ergeben. Damit rechnet man doch, nicht wahr? Aber ist das der Fall? Nein. Das Ergebnis lautet drei Komma eins vier eins und so wei-

---

[*] Die Tätigkeit der Zuhörer wird kaum angemessen gewürdigt. Jedermann weiß, daß die meisten Leute überhaupt nicht zuhören. Sie nutzen die Redezeit eines Gesprächspartners, um sich die nächsten Worte zurechtzulegen. Bei Völkern, die ihr kulturell-folkloristisches Erbe mit mündlichen Überlieferungen weitergeben, genießen begabte Zuhörer hohes Ansehen. An Barden und Dichtern herrscht kein Mangel, aber gute Zuhörer findet man nur selten. Und fast nie zweimal.

ter. Die verdammten Zahlen wollen einfach kein Ende nehmen. Kannst du dir vorstellen, wie sehr mich das ärgert?«

»Bestimmt bist du deshalb *sehr* verärgert«, antwortete Teppic höflich.

»Genau. Ich muß daraus den Schluß ziehen, daß der Schöpfer einen falschen Zirkel verwendete. Drei Komma eins vier eins Periode. Das ist doch keine anständige Zahl! Ich meine, drei Komma fünf wäre noch in Ordnung. Oder drei Komma drei. Hört sich weitaus besser an.« Pthagonal starrte mißmutig auf die Pastete herab.

»Entschuldige bitte. Eben hast du gesagt: ›Früher oder später mußte es geschehen‹.«

»Wie?« Pthagonal blinzelte verwirrt. »Blöde Pastete!« brummte er.

»Was mußte geschehen?«

»Mit der Geometrie sollte man nicht herumspielen, Freund. Pyramiden sind gefährlich. Damit fordert man Schwierigkeiten geradezu heraus.« Pthagonal schloß eine unsichere Hand um den Weinbecher. »Ich meine, warum mußten unbedingt immer größere Pyramiden gebaut werden? Ich meine, hatten die Architekten denn keine Ahnung, woher die Energie stammt?« Der Geometer bekam einen Schluckauf. »Ich meine, du bist dort gewesen, nicht wahr? Ist dir aufgefallen, wie langsam alles wirkt?«

»O ja«, erwiderte Teppic leise.

»Es liegt an aufgesaugter Zeit, verstehst du? Pyramiden. Deshalb müssen regelmäßige Entladungen erfolgen. Man spricht von Entladungsblitzen! Und manche Leute glauben sogar, es sei ein hübscher Anblick. Sie begreifen nicht, daß sie *ihre eigene* Zeit verbrennen!«

»Ich weiß nur, daß sich die Luft anfühlte, als habe man sie in einer alten Socke gekocht«, sagte Teppic. »Und im Prinzip kommt es zu keinen Veränderungen, selbst wenn nicht alles beim alten bleibt.«

»In der Tat.« Pthagonal rülpste. »Der Grund heißt

Vergangenheitszeit. Immer wieder wird Vergangenheitszeit benutzt. Die Pyramiden beanspruchen die ganze neue Zeit. Und wenn sie sich nicht entladen können, verdichtet sich die gespeicherte temporale Energie, bis ...« Er zögerte. »Ich nehme an, Djelibeby ist in eine Dingsbums, äh, in eine Raum-Spalte geraten.«

»Ich war dort, bevor das Königreich verschwand«, sagte Teppic. »Und ich habe gesehen, wie sich die Große Pyramide verdrehte.«

»Das erklärt alles«, behauptete Pthagonal mit der Sicherheit des Stockbetrunkenen. »Sicher hat sie die Dimensionen in ihrer Nähe um neunzig Grad versetzt.«

»Du meinst, dadurch wird Länge zu Höhe und Höhe zu Breite?«

Pthagonal schüttelte den Kopf und hob einen zitternden Zeigefinger.

»Neineinein«, sagte er. »Länge wird Höhe, Höhe zu Breite, Breite zu Länge, und Länge zu«, — Pthagonal rülpste erneut —, »Zeit. Es is eine zusätzliche Dimension, verschtehst du? Es gibt insgesamt vier von den Mistdingern, und die Zeit gehört dazu. Neunzig Dingsbums im Vergleich mit den anderen drei. Neunzig Grad, meine ich. Allerdings kann die Pyramide auf *diese* Weise nicht mehr in *unserer* Welt existieren, und deshalb mußte sich das ganze Tal ein wenig krümmen, kapiert? Andernfalls würden die Leute älter, indem sie seitwärts kriechen.« Der Geometer sah traurig in seinen Becher. »Bei jedem Geburtstag käme eine Meile hinzu«, sinnierte er.

Teppic starrte ihn entsetzt an.

»Tja, so sind Zeit und Raum«, fuhr Pthagonal fort. »Geraten ganz schön außer Rand und Band, wenn man nicht vorsichtig ist. Drei Komma eins vier eins. Wie soll man eine solche Zahl nennen?«

»Schrecklich«, sagte Teppic.

»Da hast du verdammt recht. Irgendwo ...« Pthagonal schwankte auf seinem Stuhl hin und her. »Irgend wo hat jemand ein Universum konstruiert, in dem es einen anständigen Wert für, für…« Er blickte aus trüben geröteten Augen auf den Tisch. »… für ein Stück Pastete gibt. Und nicht so eine blöde Zahl, die überhaupt kein Ende nimmt…«

»Ich meine, man stelle sich Leute vor, die älter werden, weil sie umherwandern!«

»Tja, ich weisch nicht. Man könnte einen Schpaziergang zu seinem achtzehnten Geburtstag machen. Oder in die Zukunft gehen und feststellen, was man als rüstiger Siebziger anschtellt. Wirklich *schwierig* wären Ausflüge in der Breite.«[*]

Pthagonal lächelte verträumt, neigte sich ganz langsam nach vorn und fiel in sein Essen. Ein Teil der Mahlzeit wich rechtzeitig zur Seite.

Teppic stellte fest, daß der philosophische Lärm etwas nachgelassen hatte. Er sah am Tisch entlang, bis sein Blick auf Ibid fiel.

»Ich bezweifle, ob es klappt«, sagte der Gertenschlanke gerade. »Der Tyrann wird kaum auf uns hören. Ebensowenig das Volk. Außerdem…« Er musterte Antiphon und runzelte unwillig die Stirn. »Außerdem können nicht einmal wir uns zu einem gemeinsamen Standpunkt durchringen.«

»Den verdammten Tsortanern muß eine Lektion erteilt werden«, sagte Antiphon fest. »Auf diesem Kontinent gibt es keinen Platz für zwei Heckemonialmächte. Die Burschen verstehen überhaupt keinen Spaß. Sind sauer auf uns, nur weil wir ihre Königin entführt haben. Nun, letztendlich setzt sich immer die Liebe durch…«

---

[*] Der Geometer irrte sich. Die Natur verabscheut dimensionale Anomalien und kapselt sie ein, so daß sie keine Unruhe schaffen. Nun, die Natur verabscheut viele Dinge, zum Beispiel Vakua, angeblich unsinkbare Schiffe namens *Titanic* und insbesondere Bohrfutterschlüssel für elektrische Bohrmaschinen.

Copolymer erwachte.

»Das siehst du völlig falsch«, brachte er hervor. »Der große Krieg brach aus, weil sie *unsere* Königin entführten. Wie hieß sie doch noch, hatte ein Gesicht, bei dem selbst Kamele zu zittern begannen, der Name begann mit einem A oder T oder ...«

»Die Tsortaner haben *unsere* Königin verschleppt?« platzte es aus Antiphon heraus. »Unerhört!«

»Ich bin ziemlich sicher«, bestätigte Copolymer.

Teppic seufzte und wandte sich Endos zu. Der Zuhörer war noch immer mit seiner Mahlzeit beschäftigt und schien entschlossen zu sein, keine Verdauungsstörungen zu bekommen.

»Endos?«

Der kleine Mann legte Messer und Gabel neben den Teller.

»Ja?«

»Die Philosophen sind total verrückt, nicht wahr?« fragte Teppic.

»Das ist höchst interessant«, sagte Endos. »Bitte sprich weiter.« Er griff verstohlen in eine Tasche seiner Toga, holte einen Zettel hervor und reichte ihn Teppic.

»Was ist das?«

»Meine Rechnung«, erklärte Endos. »Fünf Minuten Aufmerksames Zuhören. Die meisten anwesenden Herren haben Konten bei mir, aber du setzt deine Reise morgen früh fort, nicht wahr?«

Teppic gab auf. Er ging vom Tisch fort, verließ das Zimmer und erreichte kurz darauf den Garten, der die Zitadelle von Ephebe säumte. Hier und dort ragten weiße Statuen aus dem Grün, Bildnisse uralter Epheber, die völlig nackt irgendwelche Heldentaten vollbrachten. An anderen Stellen standen Säulen mit den Darstellungen ephebischer Götter. Es ließ sich kaum ein Unterschied feststellen. Dios — so erinnerte sich Teppic — warf den Ephebern vor, viel zu menschenähnliche Götter zu verehren. *Wenn die Götter wie gewöhnliche Leu-*

te aussehen, sagte der Hohepriester des öfteren, *weiß das Volk gar nicht, wie man sie verehren soll.*

Teppic gefielen die sakralen Bräuche in Ephebe. Nach den Legenden waren die ephebischen Götter wie Menschen. Allerdings nutzten sie ihre göttliche Macht, um Dinge zu bewerkstelligen, die Menschen nicht vollbringen konnten. Zum Beispiel fanden sie großen Spaß daran, die Gestalt von Tieren anzunehmen, um die Gunst bestimmter Frauen zu gewinnen. Ein Gott hatte sich sogar in eine goldene Dusche verwandelt, um seiner Lieblings-Ephebern möglichst nahe zu sein. Vor diesem soziokulturellen Hintergrund ergaben sich einige interessante Fragen, etwa in Hinsicht auf das Nachtleben in gewissen Stadtvierteln.

Ptraci saß im Schatten einer Pappel und fütterte die Schildkröte. Teppic bedachte das kleine Reptil mit einem argwöhnischen Blick — für den Fall, daß es sich um einen getarnten Gott handelte. Es wirkte nicht sonderlich göttlich. Wenn sich unter dem Panzer wirklich eine heilige Entität verbarg, so verdienten ihre schauspielerischen Fähigkeiten höchsten Respekt.

Ptraci bot dem Tier ein Salatblatt an.

»Liebe kleine Schildkröte«, sagte sie und sah auf. »Oh, du bist's«, sagte sie. Es klang fast enttäuscht.

»Du hast nicht viel verpaßt«, sagte Teppic und ließ sich ins Gras sinken. »Die Philosophen sind völlig ausgerastet. Als ich ging, begannen sie gerade damit, ihre Teller zu zertrümmern.«

»Das ptraditionelle Ende einer ephebischen Mahlzeit«, erwiderte Ptraci.

Teppic dachte darüber nach. »Warum nicht vorher?« fragte er.

»Und anschließend spielen Musikanten zum Ptanz auf«, fügte Ptraci hinzu. »Vielleicht sollte ich mich anbieten, ein wenig zu singen.«

»Dann besteht die Gefahr, daß Xeno und seine Freunde rasch wieder nüchtern werden«, murmelte

Teppic so leise, daß ihn die junge Frau nicht hören konnte. Er räusperte sich. »Du sprichst ziemlich gut Ephebisch.«

»Danke. Ich habe einen großen Pteil meiner Ausbildungszeit damit verbracht, fremde Sprachen zu lernen.«

»Allerdings höre ich da einen leichten Akzent.«

»Gehört zum Ptraining«, antwortete Ptraci. »Meine Großmutter sagte immer, die leichte Andeutung eines ausländischen Akzents mache Dienstmädchen noch reizvoller.«

»Ich verstehe, was du meinst«, entgegnete Teppic. »In der Gilde gab man uns einen ähnlichen Rat. Jeder Assassine soll immer ein wenig fremd wirken, ganz gleich, wo er sich befindet.« Er zuckte betrübt mit den Achseln. »In dieser Hinsicht lassen meine Begabungen nichts zu wünschen übrig.«

Ptraci massierte seinen Hals.

»Ich bin zum Hafen gegangen«, sagte sie. »Dort gibt es komische Objekte, wie große Flöße, weißt du. Kamele des Meeres ...«

»Schiffe«, brummte Teppic.

»Und sie segeln überallhin. Man kann zu jedem beliebigen Ort reisen. Die Welt gehört uns; wir brauchen sie nur in die Ptasche zu stecken.«

Teppic berichtete von Pthagonals Theorie. Die junge Frau schien nicht sehr überrascht zu sein.

»Wie ein alter Pteich ohne Zufluß«, kommentierte sie. »Alle Leute stapfen dauernd in der gleichen Pfütze umher. Die gelebte Zeit wiederholt sich ständig. Ebensogut könnte man das Badewasser anderer Leute benutzen.«

»Ich kehre zurück.«

Ptracis Finger verharrten an einem Muskelknoten.

»Wir könnten zu jedem beliebigen Ort reisen«, wiederholte sie. »Uns in der Welt umsehen. Wenn wir Geld brauchen, verkaufen wir einfach das Kamel. Was hältst du davon, mir Ankh-Morpork zu zeigen? Ist bestimmt eine interessante Stadt.«

Teppic überlegte, welche Wirkung Ankh-Morpork auf Ptraci haben mochte. Oder umgekehrt. Die junge Frau ... erblühte. Im Alten Königreich beschränkte sich ihre intellektuelle Aktivität auf die Auswahl der nächsten Weintraube, die es zu schälen galt, aber inzwischen schien sie sich verändert zu haben. Nun, ihr Kinn war noch immer klein und recht hübsch, wie Teppic zugeben mußte, aber aus irgendeinem Grund fiel es mehr auf als vorher. Früher hatte Ptraci immer zu Boden gesehen, wenn sie mit ihrem Retter sprach. Selbst jetzt hielt sie manchmal den Kopf gesenkt, doch es lag daran, daß sie über andere Dinge nachdachte.

Teppic fühlte sich versucht, sie höflich, taktvoll und möglichst behutsam daran zu erinnern, daß er Pharao war. Aber wahrscheinlich hätte sie geantwortet: »Wie bitte? Ich habe dich nicht richtig verstanden. Könntest du das wiederholen?« *Und dann sieht sie mich an. Und dann entsteht ein Kloß in meinem Hals. Und dann bringe ich keinen Laut mehr hervor.*

»Du kannst dich auch allein auf den Weg machen«, schlug Teppic vor. »Du brauchst sicher keine Hilfe. Ich wäre in der Lage, dir einige Namen und Adressen zu nennen.« Mit voller Absicht benutzte er den Konjunktiv.

»Und du?«

»Mir graut bei der Vorstellung, was derzeit im Alten Königreich geschieht«, sagte Teppic. »Ich sollte irgend etwas unternehmen.«

»Das ist doch ptotal verrückt. Warum einen Versuch wagen und sich in Gefahr bringen? Selbst wenn du kein Assassine sein möchtest ... Es gibt andere Möglichkeiten, sich den Lebensunterhalt zu verdienen. Du hast selbst gesagt, daß der Mann sagte, niemand könne das Tal erreichen und so etwas sei ohnehin nicht ratsam. Außerdem: Ich hasse Pyramiden.«

»Sicher gibt es in Djelibeby Leute, die dir etwas bedeuten. Oder?«

Ptraci zuckte mit den Schultern. »Wenn sie tot sind, kann ich nichts mehr für sie tun«, erwiderte sie. »Und wenn sie noch leben, brauchen sie mich nicht. Also bleibe ich dem Djel fern. Dort warten hungrige Krokodile auf mich.«

Teppic musterte die junge Frau bewundernd. Ihre Situationsanalyse erschien ihm bemerkenswert exakt und plausibel, aber es gelang ihm einfach nicht, Ptracis Einstellung zu teilen. Sein Körper war sieben Jahre lang fort gewesen, doch sein Blut erinnerte sich an eine tausendmal längere Heimatgeschichte. Oh, sicher, er *hatte* die Absicht verfolgt, das Djel-Tal für immer zu verlassen, aber genau darum ging es ja. ›Verlassen‹ bedeutete, daß man sich von etwas abwandte, das nach wie existierte, das hinter einem nicht einfach verschwand. Selbst wenn Teppic bereit gewesen wäre, den Rest seines Lebens in Ankh-Morpork zu verbringen: Er hätte die ganze Zeit über gewußt, daß Djelibeby auf ihn wartete, daß es nur seine Entscheidung erforderte, irgendwann zurückzukehren.

»Ich fühle mich so verdammt miserabel«, sagte Teppic.

»Ich meine, fünf Minuten würden mir genügen. Eine Gelegenheit, mich zu verabschieden und Dios zu versichern, daß er mich nie wiedersieht. Ach, wahrscheinlich ist alles meine Schuld.«

»Es gibt keinen Weg zurück!« beharrte Ptraci. »Du mußt dich endlich damit abfinden. Sonst bist du dauernd ptraurig, so wie die verstoßenen Monarchen, von denen du mir erzählt hast. Die armen ehemaligen Herrscher, die abgewetzte Purpurmäntel tragen und würdevoll um Almosen betteln. Ein König ohne Königreich ist so nutzlos wie ... wie ein Krokodil ohne Zähne. Denk mal darüber nach.«

Sie wanderten durch die Straßen der Stadt, während

sich die Sonne dem Horizont entgegenneigte. Alle Wege führten zum Hafen.

Jemand entzündete gerade eine Fackel im Leuchtturm, der zu den Mehr Als Sieben Weltwundern gehörte und von Pthagonal errichtet worden war, mit Hilfe der Goldenen Regel und den Fünf Ästhetischen Prinzipien. Unglücklicherweise stand er am falschen Platz, denn an der richtigen Stelle hätte er das Hafenpanorama gestört. Dennoch betonten die Seeleute, er biete einen prächtigen Anblick, während man darauf wartete, von Rettungsbooten am Riff endlich abgeholt zu werden.

Dutzende von Schiffen lagen an den Kais. Teppic und Ptraci gingen an großen Frachtkisten und Containern vorbei, blieben schließlich auf dem bogenförmigen Schutzwall stehen, der den Hafen vom offenen Meer trennte: Auf der einen Seite glänzte fast spiegelglattes Wasser, und auf der anderen donnerten hohe Wellen. Oben am Hang flackerte es im Leuchtturm.

Jene Schiffe steuern exotische Orte an, deren Namen ich nicht einmal kenne, dachte Teppic. *Die Epheber sind gute Händler, Kaufleute und Seefahrer. Ich könnte nach Ankh-Mopork zurückkehren und mein Diplom holen — dann wäre die Welt tatsächlich das Opfer meiner Wahl. Ich habe genug Messer, um eine Menge zu erreichen.*

Ptraci griff nach seiner Hand.

Außerdem brauchte er keine Verwandten zu heiraten. Die in Djelibeby verbrachten Monate erschienen ihm bereits wie ein Traum, wie einer jener Träume, die sich ständig wiederholen, von denen man sich nie ganz befreien kann und die Schlaflosigkeit wünschenswert erscheinen lassen. Hier lag die Zukunft vor ihm, entrollte sich wie ein Teppich.

Bei solchen Gelegenheiten braucht man ein Zeichen, eine Art *Gestalte Dein Schicksal Selbst*-Handbuch. Das Problem mit dem Leben bestand darin, daß es einem ständig an Erfahrungen mangelte: Man lernte aus der

Vergangenheit, ja, aber die Zukunft hielt Neues und Unerwartetes bereit, und ...

»Lieber Himmel! Bist du das, Teppic?«

Die Stimme erklang in Bodenhöhe. Ein Kopf schob sich hinter dem Kai hervor, gefolgt von einem Körper. Einem gut und erlesen und teuer gekleideten Körper. Der Eigentümer hatte nicht an Edelsteinen, Pelzbesatz, Seide und Spitzen gespart und bevorzugte ganz offensichtlich schwarze Tönungen, von Pechrabenschwarz bis Mitternachtsdunkel Bei Einer Mondlosen Nacht Mit Bedecktem Himmel Und Ohne Lampen.

Der lächelnde Schelter trat näher.

»Was tut er jetzt?« fragte Ptaclusp.

Sein Sohn spähte über die geborstenen Reste einer Säule und beobachtete den Geierköpfigen Gott Hut.

»Er schnüffelt herum«, sagte er. »Ich glaube, er mag die Statue. Im Ernst, Vater: Ich begreife noch immer nicht, wie du so ein Ding kaufen konntest.«

»Ein Sonderangebot«, erwiderte Ptaclusp. »Und ich dachte, so etwas liege im Trend.«

»In *wessen* Trend?«

»Nun, zum Beispiel in *seinem*. Ihm gefällt sie, oder?«

Ptaclusp IIb warf einen zweiten unsicheren Blick auf das sonderbare Ungetüm, das noch immer inmitten der Ruinen umherhüpfte.

»Biet ihm die Statue an«, schlug er vor. »Sag ihm, er könne sie gratis haben, wenn er von hier verschwindet.«

Ptaclusp schnitt eine Grimasse. »Ein *Rabatt*«, entgegnete er. »Ein spezieller Nachlaß für übernatürliche Kunden.«

Er starrte zum Himmel empor. Sie hatten sich auf dem ehemaligen Baugelände versteckt, und hinter ihnen summte die Große Pyramide wie ein Elektrizitätswerk. Ganz deutlich konnten sie die Ankunft der Götter beobachten, zuerst blieb Ptaclusp relativ gelassen. Götter waren sicher gute Kunden: Sie wollten dauernd

Tempel und Statuen, und er sah die Möglichkeit, direkt mit ihnen zu verhandeln, ohne irgendwelche Priester, die Anspruch auf Vermittlungsgebühren erhoben.

Dann dachte er daran, was geschehen mochte, wenn ein Gott mit dem von Menschen geschaffenen Werk unzufrieden war, wenn die Stukkaturarbeiten nicht exakt den heiligen Wünschen entsprachen oder sich eine Seite des Tempels nach unten neigte, weil der Architekt Treibsand übersehen hatte. Ein verärgerter Gott kam bestimmt nicht ins Büro und verlangte, den Geschäftsführer zu sprechen. Nein, ein Gott wußte immer, wo man sich befand, und er kam ohne Umschweife zur Sache. Darüber hinaus standen Götter in dem Ruf, überaus schlechte Zahler zu sein. Was auch auf Menschen zutraf, zugegeben. Aber Menschen warteten nur selten darauf, daß man starb, bevor sie ihre Rechnungen beglichen.

Ptaclusp senkte den Kopf und musterte — beziehungsweise betrachtete — seinen anderen Sohn: eine bunte Silhouette vor der Statue, der Mund zu einem lautlos staunenden O geöffnet. Der Baumeister überlegte und traf eine Entscheidung.

»Mir reicht's jetzt mit Pyramiden«, sagte er. »Erinnere mich daran, Junge. Wenn wir diese Sache überstehen, bauen wir keine Pyramiden mehr. Ich meine, Pyramiden sind ohnehin kaum noch eine Herausforderung für uns. Vier schräge Mauern, und damit hat es sich. Wird Zeit, daß wir umsatteln.«

»Darauf weise ich dich schon seit einer *Ewigkeit* hin, Vater«, gab IIb zurück. »Mit einigen anständigen Aquädukten erzielen wir bestimmt einen enormen ...«

»Ja, ja, ich erinnere mich«, warf Ptaclusp ein. »Aquädukte. Ja. Mit Bögen und solchen Sachen. Ich frage mich bloß, wo man den Sarkophag unterbringt.«

»*Vater!*«

»Schon gut, Junge. Ich glaube, ich werde langsam verrückt.«

Ich könnte schwören, dort drüben eine Mumie und zwei Männer gesehen zu haben, dachte Ptaclusp. *Einer von ihnen trug einen Vorschlaghammer.*

Die Begegnung mit Schelter stellte eine große Überraschung dar.

Und das galt auch für sein Schiff.

Teppic wußte, daß in einer anderen Küstenregion der Serif von Al Khali in einem wundervollen Palast wohnte, den angeblich ein dienstbarer Geist in nur einer Nacht errichtet hatte. Mythen und Legenden priesen die Pracht jenes Bauwerks.* Die *Namenlos* war ein schwimmender Palast — und noch etwas mehr. Ihre Entwickler litten offenbar an einem Vergoldungskomplex. Überall glänzte es gelb, und hinzu kamen verschnörkelte Säulen und kostbare Vorhänge; daraus entstand der Eindruck, als handele es sich nicht um ein Schiff, sondern um ein Boudoir, das gerade mit einem Nachtklub kollidiert war.

Tatsächlich brauchte man die geschulte Aufmerksamkeit eines Assassinen, um feine Einzelheiten zu erkennen, die sich mit Prunk und Flitter tarnten. Zum Beispiel wirkte der Rumpf erstaunlich schnittig, und wenn man das Volumen der Kabinen und Frachtkammern addierte, blieb noch immer rätselhaft viel Platz übrig. Das Wasser am ›spitzen Ende‹, wie Ptraci meinte, schien nicht so glatt zu sein wie an anderen Stellen, aber es war natürlich absurd anzunehmen, ein Handelsschiff könne eine verborgene Ramme aufweisen — oder daß fünf Minuten Arbeit mit einer guten Axt genügten, um dieses mit Segeln ausgestattete Luxus-Schloß in etwas zu verwandeln, das vor praktisch allen schwimmenden Dingen zu fliehen vermochte. Wer trotzdem imstande war, die *Namenlos* einzuholen, bekam zweifellos Gelegenheit, das sehr zu bereuen.

---

* Die Umgangssprache bezeichnete es als Dschinn-Palast.

»Wirklich beeindruckend«, murmelte Teppic.

»Der größte Teil ist nur Angeberei«, erwiderte Schelter.

»Ja, das sehe ich.«

»Ich meine, wir sind arme Händler.«

Teppic nickte. »Es müßte heißen: *Wir sind arme, aber ehrliche Händler.*«

Schelter lächelte das Lächeln eines Geschäftsmanns. »Oh, ich glaube, wir sollten uns zunächst mit dem ›arm‹ begnügen. Wie geht es dir, Teppic? Und zum Toifel auch, was tust du hier? Ich habe gehört, du seiest irgendwo zum Pharao geworden. Und wer ist diese *entzückende* junge Dame?«

»Ihre Na...«, begann Teppic.

»Ich heiße Ptraci«, sagte Ptraci.

»Sie ist Dienstmä...«, fügte Teppic hinzu.

»Bestimmt ist sie eine königliche Prinzessin«, sagte Schelter glatt. »Es wäre mir eine große Freunde, wenn sie, ich meine, wenn ihr *beide* heute abend mit mir essen würdet. Leider kann ich euch nur eine einfache Seemannsmahlzeit anbieten, das versteht ihr sicher. Mit gewissen Dingen muß man sich eben abfinden. Es herrscht kein Mangel, nein, nein, aber der Überfluß... Ach, der Überfluß bleibt ein Wunschtraum.«

»Hast du die Absicht, ephebische Spezialitäten servieren zu lassen?« fragte Teppic besorgt.

»Schiffszwieback, gesalzenes Fleisch und solche Sachen«, entgegnete Schelter. Er sah noch immer Ptraci an; sein Blick klebte an ihr fest, seit sie an Bord gekommen war.

Dann lachte er. Teppic erkannte das vertraute Schelterlachen, in dem der Humor nicht völlig fehlte, das jedoch der strengen Kontrolle bestimmter Hirnbereiche unterlag.

»Welch bemerkenswerter Zufall«, sagte er. »Auch wir wollen die Reise morgen früh fortsetzen. Darf ich euch frische Kleidung anbieten? Ihr seht ein wenig, äh, mitgenommen aus.«

»Rauhes Leinen und grober Kanevas, nehme ich an«, warf Teppic ein. »Wie es sich für einen schlichten Händler geziemt. Berichtige mich, falls ich mich irren sollte.«

Man führte ihn in eine kleine Kabine, die er mit einem teuer eingerichteten Ei verglich. Auf dem Bett lagen die erlesensten Kleidungsstücke des Runden Meeres. Sie schienen aus zweiter Hand zu stammen. Mit anderen Worten: Man hatte sie gründlich gewaschen und alle Risse sorgfältig vernäht, so daß die von Schwertklingen hinterlassenen Löcher nicht zu deutlich wurden. Nachdenklich beobachtete Teppic Haken an den Wänden und einige etwas hellere Stellen am dunklen Holz. Offenbar waren einige Dinge entfernt worden, bevor er die Kammer betrat.

Kurze Zeit später ging er in den schmalen Korridor und begegnete Ptraci. Sie trug nun ein rotes Hofkleid (vor zehn Jahren hätte es perfekt der Mode in Ankh-Morpork entsprochen) mit weiten Ärmeln, üppigen Stickmustern und mühlsteingroßen Rüschen.

Einmal mehr machte Teppic eine neue Erfahrung. Sie lautete: Frauen, die normalerweise nur wenige Quadratzentimeter Seide tragen, *können* weitaus attraktiver und reizvoller sein, wenn sie ihren Körper von Kopf bis Fuß bedecken. Ptraci drehte sich elegant um die eigene Achse.

»Hier drin gibt es enorm viele Dinge«, sagte sie. »Bevorzugt man in Ankh-Morpork solche Kleidung? Es fühlt sich an, als trüge man ein Haus. Und man schwitzt überhaupt nicht, komisch, was?«

»Hör mal, was Schelter betrifft ...«, begann Teppic. »Ich meine, er ist ein guter Kumpel und so, aber ...«

»Er ist sehr nett, nicht wahr?« unterbrach ihn Ptraci.

»Nun. Ja. Zweifellos«, bestätigte Teppic unsicher. »Ich bin seit vielen Jahren mit ihm befreundet und ...«

»Das freut mich.«

Ein Besatzungsmitglied materialisierte am Ende des

Korridors und geleitete sie mit mehreren Verbeugungen in die Kajüte des Käpt'n. Der Mann zeichnete sich durch ein makelloses vornehmes Flair aus — sah man von den Narben auf seinem Kopf und einigen Tätowierungen ab, neben denen die Bilder des erotischen Lehrbuches *In den Schlafzimmern des Palastes* wie Illustrationen in den Unterlagen eines Heimwerker-Fernkurses wirkten. Er konnte seltsame Dinge damit anstellen, indem er die Muskeln spannte, und auf diese Weise gelang es ihm, die Gäste von Hafenkneipen stundenlang zu faszinieren. Der Seemann wußte nicht, daß ihn nur noch wenige Minuten vom schlimmsten Augenblick seines Lebens trennten.

»Macht es euch gemütlich«, sagte Schelter, schenkte Weißwein ein und nickte dem Tätowierten zu. »Du kannst jetzt die Suppe bringen, Alfons.«

»Hör mal, Schelter, du bist doch kein Pirat, oder?« fragte Teppic fast verzweifelt.

»Machst du dir darüber Sorgen?« erwiderte Schelter und lächelte schief.

Teppics Sorgen galten nicht nur der Art des Broterwerbs seines ehemaligen Mitschülers, aber auf der Liste des Unbehagens belegte dieser Punkt einen der vorderen Plätze. Er nickte.

»Nein, ich bin ebensowenig Pirat wie meine Gefährten. Es ist uns nur lieber, äh, bürokratischen Hindernisse auszuweichen, wann immer sich eine Möglichkeit dazu bietet. Verstehst du? Wir möchten unsere Mitbürger nicht damit belasten, ständig über uns Bescheid wissen zu wollen.«

»Die umfangreiche Garderobe an Bord ...«, begann Teppic.

»Oh, es geschieht ziemlich oft, daß uns Piraten *angreifen*. Deshalb hat mein Vater die *Namenlos* gebaut. Sie hält immer die eine oder andere Überraschung parat. In moralischer Hinsicht ist die Sache völlig in Ordnung. Wir bekommen Schiffe und Beute der Angreifer. Wir

befreien ihre Gefangenen und bringen sie nach Hause
— sie brauchen nicht einmal viel dafür zu bezahlen. Ja,
unsere Tarife sind konkurrenzlos niedrig.«

»Und was macht ihr mit den Piraten?«

Schelter warf Alfons einen kurzen Blick zu.

»Das hängt ganz vom jeweils aktuellen Arbeitsmarkt
ab«, sagte er. »Vater meint immer: Wenn jemanden das
Glück verläßt, so sollte man ihm helfen. Unter bestimmten Bedingungen. Wie kommst du als Pharao zurecht?«

Teppic erzählte es ihm. Schelter hörte aufmerksam
zu, drehte dabei sein Weinglas hin und her.

»Das ist also der Grund«, murmelte er. »Wir haben
gehört, es drohe ein Krieg. Deshalb brechen wir morgen früh auf.«

»Ich kann es dir nicht verdenken«, sagte Teppic.

»Nein, ich meine, um den Handel zu organisieren.
Natürlich mit beiden Seiten — wir sind strikt unpartei-
isch. Weißt du, auf diesem Kontinent stellt man die
schrecklichsten Waffen her. Sie sind regelrecht gefährlich. Du solltest uns begleiten. Wir könnten dich gut gebrauchen.«

»Noch nie zuvor in meinem Leben habe ich mich
nutzloser gefühlt«, seufzte Teppic.

Schelter musterte ihn verblüfft.

»Aber du bist Pharao!« stellte er fest. »Ein Monarch
und Herrscher!«

»Nun, ja, aber ...«

»Eines Landes, das noch immer existiert, obwohl es
für Normalsterbliche nicht mehr zugänglich ist?«

»Da hast du leider recht.«

»Und du kannst Gesetze erlassen, über Währungs-
und Steuerfragen bestimmen?«

»Ja, ich glaube schon, aber ...«

»Und trotzdem hältst du dich für nutzlos? Meine Güte, Tep, unseren Buchhaltern fallen bestimmt fünfzig
verschiedene Möglichkeiten ein, um ... Himmel, mir

bricht der Schweiß aus, wenn ich nur daran denke. Vermutlich schlägt mein Vater vor, unseren Geschäftssitz nach Djelibeby zu verlegen.«

»Schelter, ich habe es dir doch gerade erklärt«, sagte Teppic. »Das Djel-Tal hat sich, äh, eingekapselt. Es ist völlig unerreichbar.«

»Das spielt keine Rolle.«

»Es *spielt keine Rolle?*«

»Nein. Unsere wichtigste Zweigstelle gründen wir in Ankh-Morpork, und die Steuern bezahlen wir im Alten Königreich — wo auch immer es sich befinden mag. Wir brauchen nur eine offizielle Adresse, Pyramidenallee Siebzehn oder etwas in der Art. Wenn ich dir einen Rat geben darf: Triff keine wichtigen Entscheidungen, bevor dir mein Vater einen Sitz im Aufsichtsrat gegeben hat. Du bist ein König, ich meine, ein Pharao. So etwas ist immer beeindruckend ...«

Schelter plauderte weiter, und Teppic glaubte zu spüren, wie seine Kleidung heißer wurde.

Darauf lief es also hinaus. Man verlor sein Königreich, und dadurch wurde es noch wichtiger, weil man es in ein Steuerparadies verwandeln konnte. Anschließend bekam man einen Sitz im Aufsichtsrat — was auch immer das sein mochte —, und dann war alles bestens.

Ptraci entschärfte die Situation, indem sie nach Alfons Arm griff, als er den Fasan servierte.

»Der Kongreß Des Freundlichen Hundes und Die beiden Kleinen Kekse!« entfuhr es ihr. Sie betrachtete die komplexe Tätowierung. »So etwas sieht man nicht alle Tage. Eine sehr gute Darstellung. Man kann sogar den Joghurt erkennen.«

Alfons erstarrte. Alfons errötete. Ein rotes Glühen breitete sich in seinem Gesicht aus, erfaßte den ganzen Kopf — wie der Sonnenaufgang hinter einer Bergkette.

»Und das Bild auf dem anderen Arm?«

Alfons (seine Gestalt und Körpermasse deuteten darauf hin, daß er mehrere Jahre lang als Sturmbock gearbeitet hatte) hob zögernd den linken Arm.

»Eigentlich ist es nich für junge Damen bestimmt«, flüsterte er verlegen.

Ptraci strich geschickt das drahtige Haar beiseite, während Schelter sie mit offenem Mund anstarrte.

»Oh, das kenne ich«, sagte Ptraci und winkte ab. »Es stammt aus *130 Tage in Pseudopolis*. Reine Phantasie. Ich meine, eine solche Stellung ist nur dann möglich, wenn man sich verschiedene Dinge ausrenkt.« Sie ließ den Arm los und wandte sich wieder ihrer Mahlzeit zu. Nach einigen stillen Sekunden hob sie den Kopf, sah Schelter und Teppic an.

»Oh, ich wollte euch nicht unterbrechen«, sagte sie. »Setzt euer Gespräch ruhig fort.«

Schelter räusperte sich. »Alfons, ich schlage vor, du gehst in deine Kabine und ziehst dir ein Hemd an.«

Alfons wich zurück und starrte auf seine Arme herab.

»Äh, wo bin ich, äh, stehengeblieben?« fragte Schelter. »Tut mir leid. Hab den Faden verloren. Äh. Noch etwas Wein, Tep?«

Ptraci unterbrach nicht nur die Gedankengänge. Sie riß den Knüppel aus dem mentalen Getriebe, zertrümmerte alle Zahnräder und nahm sich anschließend die Kupplung vor. Andere Gänge hingegen verschonte sie, zum Beispiel die des Abendessens. Dem leckeren Fasan folgte eine mindestens ebenso schmackhafte Fleischpastete, und eine Viertelstunde später erfreuten frische Pfirsiche und gefüllte Seeigel den Gaumen. Teppic und Schelter unterhielten sich zwanglos über die gute alte Zeit in der Gilde. Ihre Abschlußprüfung lag erst drei Monate zurück, aber es erschien wie eine Ewigkeit. Drei Monate im Alten Königreich *waren* eine Ewigkeit.

Nach einer Weile gähnte Ptraci und zog sich in ihre Kabine zurück. Die beiden jungen Männer blieben allein. Nun, nicht *ganz* allein. Eine Flasche Wein leistete ihnen Gesellschaft. Schelter sah dem ehemaligen Dienstmädchen staunend nach.

»Gibt es viele solche Frauen in deiner Heimat?« fragte er.

»Keine Ahnung«, antwortete Teppic. »Vielleicht. Für gewöhnlich liegen sie im Palast, schälen Weintrauben oder wedeln Fächer.«

»Sie ist toll. Bestimmt wird sie Ankh-Morpork im Sturm nehmen. Mit einer solchen Figur...« Schelter fügte hastig hinzu: »Und dann erst ihr Verstand...« Er zögerte. »Gibt es zwischen euch... Ich meine, habt ihr...«

»Nein«, sagte Teppic.

»Sie ist sehr attraktiv.«

»Ja«, sagte Teppic.

Sie nahmen ihre Gläser und gingen an Deck. Einige Lichter der Stadt verblaßten im hellen Funkeln der Sterne, und das Meer erstreckte sich spiegelglatt bis zum Horizont.

Die Welt vor Teppics Augen drehte sich langsam. Wüste, Sonne, ephebische Spezialitäten im Magen (er hoffte inständig, daß sie nicht mehr lebten) und eine Flasche Wein — das alles hatte eine gewisse Wirkung auf seine Synapsen.

»Ich musch sagen...«, brachte er hervor und lehnte sich an die Reling. »Du hascht viel erreicht.«

»Oh, ich bin zufrieden«, erwiderte Schelter. »Die Tätigkeit als Geschäftsmann ist recht interessant. Es geht darum, neue Märkte zu schaffen, weißt du. Freier Unternehmungsgeist. Der Konkurrenz ein Schnippchen schlagen und so. Du solltest dich uns anschließen, Tep. Die Zukunft gehört dem klingenden Geldbeutel, sagt mein Vater immer. Nicht etwa Zauberern und Königen, sondern Geschäftsleuten, die es sich leisten können, Magier und Monarchen auf die Lohnliste zu setzen. Womit ich dir keineswegs zu nahe treten möchte.«

»Nur wir schind übriggeblieben«, sagte Teppic zu

seinem Weinglas. »Vom ganzen Djel-Tal. Nur Ptraci, ich und ein Kamel, dasch wie ein alter Teppich riecht. Ein uraltes Altes Königreich, einfach verschwunden.«

»Zum Glück war's kein Neues Königreich«, warf Schelter ein. »Die meisten Leute sind traurig, wenn sie etwas Neues verlieren.«

»Du ahnscht nicht einmal, was es mit meiner Heimat auf sich hat«, murmelte Teppic. »Sie ist wie eine riesige Pyramide. Aber umgekehrt, verstehst du? Die lange Geschichte, die vielen Vorfahren und Ahnen, das Volk — alles drückt auf mich herab. Ich befinde mich ganz unten, an der Spitze.«

Er ließ sich auf ein zusammengerolltes Seil sinken und nahm die Weinflasche entgegen.

»So etwas stimmt einen nachdenklich, nicht wahr?« sagte Schelter. »Ich meine, es gibt viele verlorene Städte und Königreiche. Es wimmelt geradezu von ihnen. Zum Beispiel Iieeh am Großen Nef. Berühmte Länder, die sich einfach in Luft auflösten. Irgendwo. Irgendwie. Vielleicht haben die Leute dort zu häufig und zu lange mit der Geometrie herumgespielt, was meinst du?«

Teppic schnarchte.

Schelter zögerte kurz, bevor er zur Reling schwankte, die leere Flasche über Bord warf — sie fiel mit einem leisen Platschen ins Meer, und einige Luftblasen stiegen auf, kräuselten die ansonsten völlig unbewegte Wasseroberfläche — und zu Bett ging.

Teppic träumte.

In seinem Traum stand er weit oben und mußte darauf achten, nicht das Gleichgewicht zu verlieren. Dafür gab es einen guten Grund. Er balancierte auf den Schultern von Vater und Mutter, und unter ihnen sah er die Großeltern. Seine Vorfahren bildeten eine gewaltige, weit in die Tiefe reichende ... ja, eine menschliche *Pyramide*, deren Fundament sich irgendwo unter den Wolken verbarg.

Das Murmeln gerufener Befehle und Anweisungen flüsterte zu Teppic empor.

Wenn du nichts unternimmst, haben wir nie gelebt.

»Dies ist nur ein Traum«, sagte er, trat einen Schritt zur Seite und fand sich in einem Palast wieder. Auf der steinernen Bank vor ihm saß ein Mann, der nur einen Lendenschurz trug. Er aß Feigen.

»Natürlich ist es ein Traum«, bestätigte der Fremde. »Die Welt ist der Traum des Schöpfers. Die Realität besteht aus verschiedenen Träumen. Angeblich überbringen sie irgendwelche Botschaften, zum Beispiel: Iß niemals Hummer, bevor du dich schlafen legst; er könnte im Traum aus dem Magen kriechen und dich in die Beine zwicken. Etwas in der Art. Sind dir bereits die sieben Kühe erschienen?«

»Ja«, sagte Teppic und sah sich um. Er hatte eine ziemlich gute Architektur geträumt. »Sechs waren einigermaßen normal. Die siebte blies in eine Posaune.«

»Ich habe immer eine Zigarre geraucht. Obwohl ich Zigarren nicht ausstehen kann. Ein typischer Ahnen-Traum, wenn du mich fragst.«

»Was bedeutet das?«

Der kleine Mann biß in eine andere Feige.

»Keine Ahnung«, erwiderte er. »Ich gäbe meinen rechten Arm, um eine Antwort darauf zu finden. Übrigens: Ich glaube, wir begegnen uns jetzt zum ersten Mal. Wenn ich mich vorstellen darf ... Khuft, Gründer dieses Königreichs. He, du träumst leckere Feigen.«

»Träume ich auch dich?«

»Na klar, Junge. Glaubst du etwa, ich würde sonst so reden? Früher bestand mein persönliches Vokabular aus achthundert Worten. Nun, wenn du dir Rat von mir erhoffst, muß ich dich enttäuschen. Dies ist ein *Traum*. Ich kann dir kaum etwas sagen, über das du nicht Bescheid weißt.«

»Du hast das Alte Königreich gegründet?«

»Damals war's ziemlich neu.«

»Ich ... ich habe mir dich ein wenig anders vorgestellt«, sagte Teppic.

»Wie denn?«

»Nun, die Statuen ...«

Khuft winkte ab.

»Public Relations, weiter nichts«, entgegnete er. »Ich meine, sieh mich an. Sehe ich patriarchalisch aus?«

Teppic musterte den kleinen Mann kritisch. »Nicht mit dem Lendenschurz«, gestand er ein. »Es ist zu, äh, fransig.«

»Man kann ihn noch jahrelang tragen«, behauptete Khuft. »Erste Qualität.«

»Nun, wahrscheinlich konntest du dir nichts anderes schnappen, als du fliehen mußtest«, sagte Teppic und bemühte sich, Verständnis zu zeigen.

Khuft griff nach einer weiteren Feige und sah ihn verwirrt an. »Wie bitte?«

»Man hat dich verfolgt«, erklärte Teppic. »Und du bist in die Wüste entkommen.«

»O ja. Du hast völlig recht. Ganz klar. Man verfolgte mich wegen meiner Ansichten.«

»Wie schrecklich«, sagte Teppic voller Mitgefühl.

Khuft spuckte. »Und ob. Meine Kunden stellten schon nach kurzer Zeit fest, daß ich ihnen Kamele mit falschen Zähnen verkauft hatte. Ich dachte, mir bliebe genug Zeit, um vorher die Stadt zu verlassen.«

Es dauerte eine Weile, bis Teppic verstand. Die Erkenntnis war wie ein Betonblock, der in den Treibsand seines Bewußtseins sank.

»Du bist ein *Verbrecher?*« kam es ihm fassungslos über die Lippen.

»Nun, ›Verbrecher‹ klingt irgendwie häßlich, meinst du nicht?« erwiderte der kleine Ahne. »Ich ziehe es vor, als Unternehmer bezeichnet zu werden. Tja, ich war meiner Zeit voraus. Darin bestand das Problem.«

»Und du bist weggelaufen?« erkundigte sich Teppic enttäuscht.

»Es wäre nicht besonders klug gewesen, in der Stadt zu bleiben«, lautete die Antwort.

»›Und Khuft der Kameltreiber verirrte sich in der Weiten Wüste. Und siehe, plötzlich sah er das Tal, ein Geschenk der Götter, ein Tal, in dem Milch und Honig flossen‹«, zitierte Teppic monoton. »Muß eine sehr klebrige Angelegenheit gewesen sein«, fügte er hinzu.

»Tja, dort taumelte ich, halb verdurstet, und um mich herum gerieten die Kamele außer Rand und Band, gierten nach herrlich kühlem Wasser. Und *zack!* Plötzlich erstreckte sich ein breites Flußtal vor mir, komplett ausgestattet mit Schilf und Nilpferden und so. Erschien einfach aus dem Nichts. Himmel, die Kamele hätten mich fast über den Haufen gerannt.«

»Nein!« widersprach Teppic. »Es war ganz anders! Die Götter des Tals hatten Mitleid und zeigten dir den Rechten Weg, nicht wahr?« Er klappte den Mund zu, überrascht vom flehentlichen Klang seiner Stimme.

Khuft schnaufte leise. »Oh, sicher. Ich habe mitten in der Wüste einen hundert Meilen langen Fluß gefunden, den alle anderen Leute übersahen, stimmt's? Nun, ein hundert Meilen langer Fluß ist ja auch nicht leicht zu finden, was? Man muß genau hinsehen, nicht wahr? weißt du, es lag mir natürlich fern, einem geschenkten Kamel ins Maul zu schauen. Ich ruhte mich einige Wochen lang aus und holte dann meine Familie und die übrigen Burschen. Sieh niemals zurück, so lautet meine Devise.«

»Das Tal erschien ganz plötzlich, sozusagen von einem Augenblick zum anderen?« vergewisserte sich Teppic.

»Haargenau. Kaum zu glauben, was?«

»Kommt darauf an«, hauchte Teppic. »Kommt ganz darauf an.«

Khuft hob einen faltigen Zeigefinger. »Ich habe immer vermutet, daß die Kamele dahintersteckten«, sagte er. »Ja, ich dachte immer, daß sie das Tal, äh, herbeigerufen haben, als sei es bereits immer dort gewesen, nur nicht *ganz*, wenn du verstehst, was ich meine. Vielleicht brauchte es nur gutes Zureden, ein wenig Willenskraft, um *real* zu werden. Nun, Kamele sind seltsame Wesen.«

»Ja, allerdings.«

»Noch seltsamer als Götter. Stimmt was nicht?«

»Entschuldige«, sagte Teppic. »Ich bin nur ein wenig schockiert. Ich meine, ich dachte, wir seien auserwählt und adlig. Ich meine, auserwählter und adliger als alle anderen.«

Khuft zupfte einen Feigenrest zwischen zwei schwarzen Stummeln hervor, die hier in Ermangelung eines besseren Ausdrucks ›Zähne‹ genannt werden sollen. Dann spuckte er.

»Es liegt ganz bei dir«, sagte er und verschwand.

Teppic wanderte durch die Nekropolis, beobachtete Pyramiden, die eine sägezahnartige Silhouette vor dem Nachthimmel bildeten. Vor einem Nachthimmel, der aus dem gewölbten Leib einer Frau bestand. Am Horizont standen die Götter. Sie sahen nicht aus wie jene Götter, die man seit Jahrtausenden an Tempelwände malte. Sie sahen weitaus schlimmer aus. Sie sahen aus, als seien sie älter als die Zeit. Außerdem: Götter mischten sich nur selten in die Angelegenheiten normalsterblicher Menschen. Wahrscheinlich zogen sie es vor, sich im Himmel von hübschen göttlichen Dienstmädchen göttliche Weintrauben schälen zu lassen.

Sie schienen auf irgend etwas zu warten.

»Was kann ich schon tun?« fragte Teppic laut.»Ich bin doch nur ein Mensch.«

Nicht ganz, antwortete jemand.

Teppic erwachte und hörte das Krächzen der Möwen.

Alfons — er trug nun ein langärmliges Hemd und schien entschlossen zu sein, es nie wieder auszuziehen — half einigen anderen Männern dabei, die Segel der

Namenlos zu entrollen. Er musterte Teppic, der auf einem Seil-Bett ruhte, und nickte einen wortlosen Gruß.

Sie stachen in See. Teppic setzte sich auf und beobachtete, wie das ephebische Kai in den grauen Morgen zurückwich.

Er stemmte sich in die Höhe, stöhnte, preßte beide Hände an den Kopf, nahm Anlauf und sprang über die Reling.

Heme Krona, Eigentümer des Mietstalls Hier Finden Sie die Besten Gebrauchten Kamele, ging langsam um Du Mistvieh herum und summte leise. Er prüfte die Knie, trat versuchsweise auf einen großen Plattfuß. Mit einer ruckartigen Bewegung, die Du Mistvieh völlig überraschte, öffnete er das Maul, betrachtete große gelbe Zähne — und sprang hastig zurück.

Er holte ein breites Brett aus der Ecke, griff nach einem Pinsel, überlegte kurz und malte: AUS ERSTER HAND.

Er überlegte noch etwas länger und fügte hinzu: NUR WENIGE MAILEN.

Heme Krona wollte gerade GUTER LOIFER schreiben, als Teppic hereinwankte und sich schnaufend an den Türrahmen lehnte. Schon nach wenigen Sekunden standen seine Füße in kleinen Pfützen.

»Ich bin gekommen, um mein Kamel zu holen«, keuchte er.

Krona seufzte.

»Gestern abend hast du gesagt, du seiest in einer Stunde zurück«, erwiderte er. »Ich muß dir einen ganzen Tag in Rechnung stellen. Außerdem noch ein Gründliches Abbürsten und Fußpflege. Der übliche Service. Das macht fünf Wüstentaler, in Ordnung, Emir?«

»Äh.« Teppic klopfte seine Taschen ab.

»Weißt du, äh«, sagte er. »Ich bin in aller Eile aufgebrochen. Leider habe ich derzeit kein Bargeld dabei.«

»Macht nichts.« Krona blickte wieder auf das improvisierte Schild. »Wie schreibt man FIELE JAAHRE KARANTIEH?«

»Ich schicke dir das Geld, ganz bestimmt«, sagte Teppic.

Krona lächelte das müde Lächeln eines Mannes, der bereits alles gesehen hat: gurrende und miauende Esel, Elefanten mit Plastik-stoßzähnen, Kamele mit aufgeklebten Höckern. Er kannte den manchmal viel zu verschmitzten Einfallsreichtum der menschlichen Seele, wenn es ums Geschäft ging.

»Klar doch, Radscha«, entgegnete er. »Wie wär's, wenn du mir einen ungedeckten Scheck anbietest? Oder eine selbst hergestellte Kreditkarte? Vielleicht hast du zufällig einen Glasdiamanten dabei, hm?«

Teppic griff unter seinen Umhang.

»Ich könnte dir dieses wertvolle Messer überlassen«, sagte er.

»Tut mir leid, Emir. Ich ziehe anderes Metall vor. In Form von Münzen. Kein Geld, kein Kamel.«

»Und wenn ich dir den Dolch mit der Spitze zuerst gebe?« fragte Teppic verzweifelt. Eine derartige Drohung genügte, um aus der Gilde verbannt zu werden. Außerdem war es keine besonders gute Drohung. In der Assassinen-Schule fehlte das Unterrichtsfach *Wie man den Besitzer eines Mietstalls für Kamele bedroht.*

Krona nahm auf einem Strohballen Platz und winkte. Zwei große und recht kräftig gebaute Männer standen in der Nähe, entwickelten nun Interesse an den Geschehnissen im Stall. Sie hätten Alfons' ältere Brüder sein können.

In jedem für Fortbewegungsmittel bestimmten Depot des Multiversums existieren solche Gestalten. Es handelt sich nicht um Stallknechte oder Mechaniker, und sie lassen sich nur schwer den Kategorien ›Kunden‹ oder ›Angestellte« zuordnen. Ihre Tätigkeit bleibt meistens rätselhaft. Sie kauen auf Strohhalmen oder rauchen viel zu verstohlen Zigaretten. Wenn es irgendwelche Zeitungen in der Nähe gibt, lesen sie darin — oder sehen sich wenigstens die Bilder an.

Sie kamen langsam näher. Einer von ihnen griff nach zwei Ziegelsteinen, warf sie spielerisch hoch und fing sie wieder auf.

»Du bist noch jung, das kann ich deutlich sehen«, sagte Krona freundlich. »Du hast dein Leben gerade erst begonnen, Emir. Bestimmt möchtest du Schwierigkeiten vermeiden.« Er stand auf und trat vor.

Du Mistvieh drehte den großen zotteligen Kopf und sah Krona an. Irgendwo in den dunklen Tiefen seines Bewußtseins bildeten sich lange Zahlenkolonnen.

»Hör mal, ich bedauere es sehr, aber ich brauche mein Kamel«, sagte Teppic. »Es geht um Leben und Tod!«

»Da hast du wahrscheinlich wirklich recht«, gab Krona zurück und winkte erneut. Die beiden muskulösen Männer wirkten plötzlich sehr energisch und entschlossen.

Du Mistvieh trat den Mietstalleigner. Du Mistvieh hatte sehr klare Vorstellungen von Leuten, die ihm einfach so das Maul aufrissen, um die Zähne zu betrachten. Außerdem wußte er um die beiden Ziegelsteine und ihre Bedeutung. Es war ein guter Tritt: täuschend langsam, die Zehen gespreizt. Der platte Fuß traf Krona an der Brust und schleuderte ihn schnurstracks in eine mit sehr duftintensivem Mist gefüllte Ecke.

Teppic stürmte los, stieß sich von der Wand ab, griff nach Du Mistviehs staubigem Fall und schwang sich auf den Rücken des Kamels.

»Es tut mir leid«, betonte er noch einmal und vernahm Kronas dumpfes Ächzen. »Ich schicke dir das Geld, Ehrenwort.«

Unterdessen drehte sich Du Mistvieh immer wieder im Kreis. Kronas Mitarbeiter wahrten einen sicheren Abstand, als tellergroße Füße umherwirbelten.

Teppic beugte sich vor und flüsterte etwas in ein nervös zitterndes Ohr.

»Wir kehren heim«, sagte er.

Sie blieben an der ersten Pyramide stehen, und Teppicymon XXVII. blickte auf die Hieroglyphentafel.

»»Gepriesen sei Königin Far-re-ptah‹«, las Dil pflichtbewußt. »»Herrscherin des Himmels, Gebieterin des Djel, Blume des . . .‹«

»Oma Pooney«, sagte der Pharao. »In Ordnung. Fangen wir mit ihr an.« Er sah in überraschte Gesichter. »Als kleiner Junge habe ich sie immer Pooney genannt. Ich konnte Far-re-ptah nicht richtig aussprechen, wißt ihr. Nun, ans Werk. Warum starrt ihr mich so an? Brecht die Tür auf.«

Gern hob unsicher den Hammer.

»Es ist eine Pyramide, Meister«, wandte er sich an Dil. »Eigentlich sollte sie verschlossen bleiben.«

»Was schlägst du vor, Junge?« erwiderte der Pharao ungehalten. »Möchtest du lieber ein Küchenmesser in den Schlitz schieben und es so lange hin und her drehen, bis die Steinplatte beiseite weicht?«

»Also los, Gern«, sagte Dil. »Es hat bestimmt seine Richtigkeit.«

Gern zuckte mit den Schultern, spuckte in die Hände (obgleich der Schweiß des Entsetzens genug Feuchtigkeit zur Verfügung stellte) und holte aus.

»Noch einmal«, brummte Teppicymon.

Mit einem lauten Donnern prallte der Hammer an die dicke Platte, doch sie bestand aus Granit und gab nicht nach. Einige kleine Mörtelbrocken fielen zu Boden, und kurz darauf erklangen die Echos, dröhnten ziemlich laut durch die leeren, toten Straßen der Nekropolis.

»Das genügt nicht.«

Gerns Bizeps bewegten sich wie Schildkröten in Öl.

Diesmal reagierte etwas im Innern der Pyramide. Der

Pharao vernahm ein Pochen, so als fiele irgendwo in der Ferne ein schwerer Sarkophagdeckel zu Boden.

Sie schwiegen und lauschten einem leisen Schlurfen.

»Soll ich noch mal zuschlagen, Herr?« erkundigte sich Gern.

»Pscht!« machten Dil und Teppicymon gleichzeitig.

Die Steinplatte bewegte sich. Ein- oder zweimal blieb sie stecken, rutschte dann zur Seite und schwang einen halben Meter weit auf. Dil glaubte, in der Dunkelheit einen besonders dunklen Schatten zu erkennen.

»Sie wünschen?« fragte eine hohle Stimme.

»Ich bin's, Oma«, sagte der Pharao.

Der Schatten rührte sich nicht von der Stelle.

»Was, der junge Pootle?« erwiderte die finstere Gestalt mißtrauisch.

Teppicymon mied Dils Blick.

»Ja, Oma. Wir sind gekommen, um dich aus der Pyramide zu befreien.«

»Was sind das für Leute?« fragte der Schatten verdrießlich. »Meine Taschen und Schmuckkästchen sind völlig leer, junger Mann«, wandte er sich an Gern. »Ich habe kein Geld hier drin, und die Waffe kannst du ruhig weglegen. Damit jagst du mir keine Angst ein.«

»Es sind Bedienstete, Oma«, sagte Teppicymon.

»Können sie sich irgendwie identifizieren?« erwiderte die Mumie.

»*Ich* identifiziere sie, Oma. Wir sind hier, um dich herauszulassen.«

»Ich habe *stunden*lang geklopft«, sagte die verstorbene Königin und trat ins Sonnenlicht. Sie sah genauso aus wie der Pharao; ihre Binden waren nur grauer und staubiger. »Schließlich erschöpfte mich das Klopfen so sehr, daß ich beschloß, ein wenig auszuruhen. Niemand kümmert sich um einen, wenn man tot ist. Wohin gehen wir?«

»Um die anderen zu befreien«, sagte Teppicymon.

»Verdammt gute Idee.« Die alte Königin folgte ihm.

»Dies ist also die Unterwelt«, murmelte sie. »Ich habe sie mir etwas besser vorgestellt.« Sie stieß Gern in die Rippen. »Bist du ebenfalls tot, junger Mann?«

»Nein, Ma'am«, entgegnete Gern mit der zittrigen Stimme eines Akrobaten, der gerade auf einem Drahtseil die Schlucht des Wahnsinns überquert.

»Es ist nicht der Mühe wert zu sterben. Glaub mir. Ich weiß Bescheid.«

»Ja, Ma'am.«

Teppicymon schlurfte übers uralte Pflaster und näherte sich der zweiten Pyramide.

»Ah, die kenne ich«, sagte Oma Pooney. »Sie stand hier schon zu meinen Lebzeiten. Pharao Ashk-ur-mentep. Drittes Reich. Was willst du mit dem Hammer anstellen, junger Mann?«

»Bitte, Ma'am, ich muß die Tür aufhämmern, Ma'am«, sagte Gern.

»Du brauchst nicht anzuklopfen. Er ist bestimmt da.«

»Mein Assistent meint, er müsse die Siegel aufbrechen, Ma'am«, erklärte Dil hastig und lächelte möglichst freundlich.

»Wer bist du?« fragte die Mumie.

»Ich heiße Dil, o Königin. Und ich bin der Oberste Einbalsamierer.«

»Ah, ein Einbalsamierer. Das trifft sich gut. Ich glaube, einige meiner Nähte sollten erneuert werden.«

»Es wäre mir eine Ehre und ein Privileg, o Königin«, versicherte Dil.

»Ja, da hast du völlig recht«, bestätigte Oma Pooney und drehte sich knarrend zu Gern um. »So schwing nun den Hammer, Jüngling!« befahl sie.

Gern nickte, holte tief Luft und *schwang* den Hammer. Das Ding raste dicht an Dils Nase vorbei, surrte wie ein Rebhuhn und zerschmetterte die Siegel.

Als sich die Staubwolke lichtete, kam etwas zum Vorschein, dessen Kleidung nicht gerade der neuesten Mode entsprach. Die Binden waren braun und vermodert, und Dil stellt mit fachmännischer Sorge fest, daß sie sich an den Ellenbogen lösten. Die Stimme klang so, als ertöne sie aus einem besonders tiefen und von mehreren Erdrutschen heimgesuchten Grab.

»Ich bin erwachet«, sagte die Gestalt. »Und da waret kein Licht. Ist dühs die Unterwelt?«

»Ich glaube nicht«, antwortete die Königin.

»Dühs ist alles?«

»Leider ja. Lohnt den Tod nicht, oder?«

Der alte Pharao nickte ganz langsam, als fürchte er, den Kopf zu verlieren.

»Es müsset etwas unternommen werden«, verkündete er.

Er beobachtete die Große Pyramide und hob ein armartiges Etwas.

»Wer schlafet dort?« fragte er.

»Eigentlich ist es meine Pyramide«, sagte Teppicymon und trat rasch vor. »Ich glaube, wir haben uns noch nicht kennengelernt, ich meine, man hat es bisher versäumt, mich offiziell aufzubahren. Die Pyramide ist ein Geschenk meines Sohnes. Obwohl ich überhaupt nichts von Pyramiden halte.«

»Es isset ein schrecklich Ding«, stellte der alte Pharao fest. »Ich habe den Bau gespüret. Selbst im Schlafe des Todes. Jene Pyramide dort drübigen ist groß genug, um die ganze Welt zu umschließen.«

»Ich wollte im Meer begraben, ich meine, im Meer bestattet werden«, sagte Teppicymon. »Habe ich schon darauf hingewiesen, daß ich Pyramiden verabscheue?«

»Ja«, erwiderte Askh-ur-men-tep. »Aber du irrst dich.«

»Entschuldige, aber ich bin ganz sicher«, widersprach Teppicymon höflich. »Ich hasse Pyramiden.«

»Nein, du verspürest nur eine gelindige Abneigung«, sagte der alte Pharao. »Erst wenn du tausend Jahre in einer gelegen hast, kannest du begreifen, was Haß bedeutet.«

Teppicymon schauderte.

»Das Meer«, murmelte er. »Es ist viel besser. Man löst sich einfach auf.«

Sie gingen — beziehungsweise *schlurften* — zur nächsten Pyramide. Gern übernahm die Spitze, und sein Gesicht war ein Bild für die Götter (vermutlich des Nachts von einem Künstler gemalt, der seine Inspiration per Rezept bezog). Dil folgte ihm mit hoch erhobenem Kopf. Er hatte immer auf eine steile Karriere im Diesseits gehofft, und jetzt befand er sich in königlicher — wenn auch toter — Gesellschaft.

In der Wüste herrschte mal wieder prächtiges Wetter. Dort herrschte *immer* prächtiges Wetter, vorausgesetzt natürlich, man verstand darunter Backofentemperaturen und Sand, auf dem man Kastanien rösten konnte.

Du Mistvieh lief schneller als sonst, hauptsächlich deswegen, um den Boden so selten wie möglich zu berühren. Als sie die ersten Hügel erreichten, weit jenseits der olivgrünen, von Feldern und Äckern gesäumten Oase, in der sich die Stadt Ephebe erhob, sah Teppic zurück und glaubte, auf dem blauen Ozean einen kleinen Fleck zu erkennen. Die *Namenlos*. Oder nur eine besonders hell glitzernde Welle.

Dann brachten Teppic und Mistvieh die felsigen Anhöhen hinter sich; gelbe und ockerfarbene Töne prägten die Landschaft vor ihnen. Eine Zeitlang wuchsen Büsche und Sträucher aus dem kargen Boden, aber schließlich setzte sich der Sand durch, bildete eine Düne nach der anderen.

Die Wüste war nicht nur heiß, sondern auch still. Es gab keine Vögel; nirgends erklangen des Gesäusel und Gemurmel organischer Geschöpfe, die emsig lebten. Des Nachts mochte man das Summen von Insekten hören, aber derzeit befanden sie sich in verborgenen Schlupfwinkeln und warteten dort auf einen abkühlenden Abend. Gelber Himmel und gelber Sand formten eine echofreie Kammer, in der Du Mistviehs Atem wie das Zischen einer Dampfmaschine klang.

Seit dem Verlassen des Alten Königreichs hatte Teppic viele Dinge gelernt, und jetzt erwartete ihn eine neuerliche Erfahrung. Alle Fachleute sind sich einig: Wenn man eine brütend heiße Wüste durchquert, sollte man besser einen Hut tragen.

Du Mistvieh verfiel in einen gemütlichen Trab. Jedes gute Renn-Kamel kann sich stundenlang auf diese Weise bewegen, ohne zu ermüden.

Nach einigen Meilen sah Teppic eine Staubwolke hinter der nächsten Düne. Eine halbe Stunde später näherten sie sich dem Gros der ephebischen Armee, und erstaunt beobachtete Teppic mehrere Kampf-Elefanten. Die Soldaten trugen federgeschmückte Helme und winkten fröhlich.

Kampf-Elefanten! Der junge Pharao und Absolvent der Assassinen-Schule stöhnte innerlich. Auch in Tsort setzte man Kampf-Elefanten ein. Kampf-Elefanten waren seit einiger Zeit sehr in Mode. Sie nützten kaum etwas — sah man einmal davon ab, daß sie in der Schlacht unweigerlich in Panik gerieten und die eigenen Truppen zerstampften —, aber die Militärstrategen auf beiden Seiten hatten beschlossen, noch größere Elefanten zu züchten. Besonders große Kampf-Elefanten seien besonders eindrucksvoll, behaupteten sie.

Aus irgendeinem Grund zogen die rekrutierten Rüsselwesen große, mit Bauholz beladene Wagen.

Teppic ritt weiter, während die Sonne immer höher stieg und dabei anzuschwellen schien, bis sie fast die Wüste berührte, was natürlich überhaupt nicht geschehen konnte, und dann zitterten blaue und purpurne Punkte über dem Horizont und ...

Irgend etwas Seltsames bahnte sich an. Du Mistvieh lief über den Himmel, und in Teppics Ohren rauschte es.

Soll ich anhalten? dachte er. *Nein, besser nicht. Sonst fällt das Kamel herunter. Und ich mit ihm.*

Irgendwann am Nachmittag taumelte Du Mistvieh in den kochenden Schatten des Kalksteinvorsprungs, der einst den Rand des Tals gekennzeichnet hatte. Ganz langsam sank das Kamel in den Sand. Teppic rollte von seinem Rücken.

Einige Epheber starrten über die schmale Schlucht, und die gleiche Anzahl Tsortaner auf der anderen Seite erwiderte ihre Blicke. Gelegentlich hielt es der eine oder andere Soldat für erforderlich, mit dem Speer zu winken.

Als Teppic die Augen öffnete, starrte er in die fratzenhaften Bronzemasken ephebischer Krieger, die auf ihn herabsahen. Metallene Lippen lächelten mit verächtlichem Zorn. Glänzende Metallbrauen brachten wilde Entschlossenheit zum Ausdruck.

»Er kommt zu sich, Sarge«, sagte einer der Männer.

Ein Bronzegesicht — es sah aus wie die gestaltgewordene Wut der Elemente — schob sich näher heran und füllte Teppics Blickfeld.

»Wir sind ohne Hut unterwegs gewesen, nicht wahr, Söhnchen?« fragte es gutgelaunt. Die Stimme hallte ein wenig dumpf unter der Maske hervor. »Konntest es gar nicht abwarten, dem Feind zu begegnen, wie?«

Der Himmel zitterte und schwankte über Teppic, aber ein bestimmter Gedanke sprang in die Bratpfanne seines Bewußtseins, brachte die Stimmbänder unter Kontrolle und krächzte: »Das Kamel!«

»Du hast es ziemlich schlecht behandelt, und dafür sollte man dir die Hosen strammziehen«, sagte der Sergeant und hob den Zeigefinger. »Nie zuvor habe ich ein Kamel in einem solchen Zustand gesehen.«

»Es darf auf keinen Fall etwas trinken!« Teppic setzte sich ruckartig auf. Hinter seiner Stirn hämmerte jemand hingebungsvoll auf eine Trommel und veranstaltete gleichzeitig ein Feuerwerk. Die Soldaten wechselten kurze Blicke.

»Bei den Göttern, wie *sehr* er Kamele haßt!« kommentierte einer von ihnen. Teppic stemmte sich in die Höhe und wankte über den Sand. Du Mistvieh beschäftigte sich gerade mit einer komplexen Gleichung, von der er sich eine Lösung des Problems namens Aufstehen erhoffte. Die Zunge hing aus seinem Maul, und er fühlte sich nicht sehr gut.

Ein leidendes Kamel ist kein sonderlich scheues Geschöpf. Es sitzt nicht allein in der Kneipe und bestellt sich ein Bier nach dem anderen. Es ruft keine alten Freunde an, um sich bei ihnen auszuweinen. Es neigt nicht dazu, Trübsal zu blasen oder schwermütige Gedichte darüber zu schreiben, welche Lebens-Perspektiven möblierte Zimmer bieten. Ein leidendes Kamel streicht Begriffe wie ›Zurückhaltung‹ und ›Takt‹ aus seinem Wortschatz.

Ein leidendes Kamel erinnert sich an seine Lungen, die sich durch ein industrielles Leistungsvermögen auszeichnen. Und es schreit wie eine Eselherde, die von einer hungrigen Kettensäge bedroht wird.

Teppic überhörte das Blöken und setzte weiterhin einen Fuß vor den anderen. Du Mistvieh neigte den Kopf von rechts nach links, um eine genaue Peilung vorzunehmen. Er rollte mit den Augen, griff zu einem typischen Kameltrick und erweckte den Eindruck, als starre er Teppic mit den Nüstern an.

Er spuckte.

Er *versuchte* es zumindest.

Teppic schloß die Hand ums Halfter und zerrte daran.

»Steh auf, du Mistvieh!« sagte er. »Hier gibt es einen Fluß. Du *witterst* ihn bestimmt. Verdammt, du brauchst nur herauszufinden, wie man zu ihm gelangt.«

Teppic drehte sich zu den versammelten Soldaten um. Sie musterten ihn verblüfft — abgesehen von denen, die noch immer ihre Maskenhelme trugen und ihn mit metallenem Zorn anstarrten.

Er griff nach einer Feldflasche, zog den Stöpsel und

goß kühles — nun, zumindest *nasses* — Wasser in den Sand. Du Mistviehs Nüstern öffneten und schlossen sich in einem raschen Rhythmus, schienen zu pumpen.

»Hier fließt irgendwo der Djel-Strom«, sagte Teppic. »Du weißt, wo er ist. Lauf zum Ufer und still deinen Durst!«

Die Soldaten sahen sich nervös um. Einige Tsortaner, die neugierig näher gekommen waren, folgten ihrem Beispiel.

Du Mistvieh stand mit zitternden Knien auf und drehte sich im Kreis. Teppic ließ das Halfter nicht los.

... D gleich 4, dachte das Kamel verzweifelt. A/D gleich 90. Und Nicht-D gleich 45 ...

»Ich brauche einen Stock!« rief Teppic, als er an dem Sergeant vorbeigewirbelt wurde. »Diese blöden Tiere verstehen erst, wenn man sie schlägt. Stockhiebe sind wie Interpunktion für sie.«

»Wie wär's mit einem Schwert?«

»Nein!«

Der Sergeant zögerte, bevor er dem jungen Mann seinen Speer reichte.

Teppic packte ihn an der Spitze, wahrte mühsam das Gleichgewicht und schlug zu. Staub wallte vom Rücken des Kamels.

Du Mistvieh verharrte abrupt. Seine Ohren drehten sich wie Radarantennen. Er starrte auf die Felsen und rollte erneut mit den Augen. Teppic schwang sich ihm auf den Rücken, und daraufhin trabte er los.

... Du mußt hyper*ultra*dimensional denken, dachte Du Mistvieh.

»Äh, du reitest genau in Richtung ...«, begann der Sergeant.

Stille folgte und erwies sich als recht hartnäckig

Voller Unbehagen verlagerte der Sergeant das Gewicht vom einen Bein aufs andere. Dann blickte er über den Kalksteinvorsprung und begegnete dem Blick des tsortanischen Befehlshabers. Zenturionen und Feldwebel haben sich schon immer wortlos verstanden, und diese militärische Tradition setzte sich nun fort. Die beiden Männer lösten sich von ihren Truppen und traten aufeinander zu, blieben an dem kaum sichtbaren Riß in den Felsen stehen.

Der Tsortaner strich mit der Hand darüber hinweg.

»Eigentlich hätte irgend etwas zurückbleiben sollen«, sagte er. »Zum Beispiel Kamelhaar.«

»Oder Blut«, fügte der Epheber hinzu.

»Vermutlich handelt es sich um ein sogenanntes ›unerklärliches Phänomen‹.«

»Oh, dann ist ja alles in Ordnung.«

Eine Zeitlang starrten die beiden Soldaten stumm auf die Steine.

»Wie eine Fata Morgana«, sagte der Tsortaner.

»Ja, irgend so eine komische Sache.«

»Ich glaube, ich habe das Krächzen einer Möwe gehört.«

»Verrückt, nicht wahr? Ich meine, hier gibt's überhaupt keine Möwen.«

Der Tsortaner hüstelte höflich und blickte zu seinen Soldaten zurück. Dann beugte er sich ein wenig vor.

»Ich nehme an, Ihre restlichen Truppen treffen bald ein«, sagte er.

Der Epheber trat einen Schritt näher und sprach aus dem Mundwinkel, während sein Blick auf die Felsen gerichtet blieb.

»Ja«, antwortete er, »ebenso wie Ihre, nicht wahr?«

»In der Tat. Ich fürchte, wir müssen Sie massakrieren, wenn unsere Abteilungen schneller sind.«

»Ich schätze, uns ergeht es nicht anderes. Tja, Krieg ist Krieg.«

»Ein weiteres unerklärliches Phänomen«, sagte der Tsortaner. »Läßt sich nicht ändern.«

Der Epheber nickte. »Wenn man genauer darüber nachdenkt ... In der Welt geht es ziemlich seltsam zu.«

»Das ist genau meine Meinung.« Der Tsortaner löste

seinen Brustharnisch ein wenig und genoß den Schatten. »Wie sind die Rationen bei Ihnen?« fragte er.

»Oh, Sie wissen schon. Mehr schlecht als recht. Aber was hat's für einen Sinn, dauernd darüber zu jammern?«

»Keinen«, bestätigte der Tsortaner und nickte kummervoll.

»Ich meine, *wenn* man darüber klagt, wird das Essen *noch* schlechter.«

»Bei uns ist es ähnlich. Äh, Sie haben nicht zufällig ein paar Feigen übrig? Ich könnte jetzt wirklich eine leckere Feige vertragen.«

»Ich bedauere.«

»Dachte ich mir.«

»Wir haben jede Menge Datteln. Wenn Sie Datteln mögen ...«

»Nein, danke. Bekomme Sodbrennen davon.«

»Tut mir leid.«

Die beiden Männer schwiegen mehrere Minuten lang und hingen ihren Gedanken nach. Schließlich setzte der Epheber seinen Helm auf, und der Tsortaner rückte den Brustharnisch zurecht.

»Na schön.«

»Also gut.«

Sie strafften die Schultern, schoben das Kinn vor und marschierten fort. Kurz darauf blieben sie stehen, drehten sich um, wechselten ein verlegenes Lächeln und kehrten jeweils zu den richtigen Truppen zurück.

VIERTES BUCH

DAS BUCH DER
101 DINGE
DIE EIN JUNGE
BEWERKSTELLIGEN
KANN

T eppic hatte ...
... was erwartet?

Vermutlich das klatschende Pochen eines *weichen* Körpers, der an einem *harten* Felsen zerschmetterte. Und, vielleicht für wenige Sekunden, den Anblick des Alten Königreichs, das sich unter ihm ausbreitete, beziehungsweise in die Länge zog.

Der kühle, feuchte Nebel erstaunte ihn.

Die Wissenschaft weiß, daß es viel mehr als nur die klassischen vier Dimensionen gibt. Wissenschaftler vertreten die Ansicht, normalerweise bliebe dies ohne Einfluß auf die Welt, denn alle zusätzlichen Dimensionen seien sehr klein und in sich selbst gekrümmt, was im übrigen auch für die Realität gelte. Anders ausgedrückt: Entweder ist das Universum weitaus mehr voller Wunder, als wir uns vorstellen oder verstehen können — oder Wissenschaftler haben eine Menge Phantasie.

Nun, im Multiversum wimmelt es von kleinen Dimensiönchen, von Spielplätzen der Schöpfung, auf denen sich imaginäre Geschöpfe austoben können, ohne mahnende Ohrfeigen der ernsten Aktualität befürchten zu müssen. Manchmal schlüpfen solche Wesen durch Löcher in der Wirklichkeit, gelangen ins uns vertraute Hier und Jetzt und legen dort den Grundstein für Mythen und Legenden. Gelegentlich wirft man ihnen auch vor, die öffentliche Ordnung zu stören.

Du Mistvieh hatte einer Variablen einen falschen Wert zugewiesen, und daraus folgte eine Begegnung mit möglichem Fatalitätspotential.

Normalerweise irren sich Legenden recht häufig, aber in diesem Fall kamen sie der Wahrheit erstaunlich nahe. Die Sphinx lauerte *tatsächlich* an den Grenzen des Königreichs. Allerdings versäumte es die Legende, darauf hinzuweisen, um welche Grenze es sich handelte.

Die Sphinx ist ein unwirkliches Wesen. Sie existiert nur, weil man sie mit purer Vorstellungskraft geschaffen hat. Nun, in einem unendlichen Universum existieren alle Dinge, die man sich vorstellen kann, aber für einige von ihnen sollte es in einer anständigen, ordentlichen Raum-Zeit eigentlich keinen Platz geben, und deshalb schiebt man sie in eine Seiten-Dimension. Dies mag die chronische schlechte Laune der Sphinx erklären, obgleich hinzugefügt werden muß, daß jedes Geschöpf mit dem Körper eines Löwen, der Brust einer Frau und Adlerschwingen an einer umfassenden Identitätskrise leidet und daher leicht zornig wird.

Aus diesem Grund hatte es sich das Rätsel einfallen lassen.

Die Sphinx vertrieb sich damit in verschiedenen Dimensionen die Zeit — und bekam immer genug zu essen.

Teppic wußte nichts davon, als er Du Mistvieh durch den wallenden Nebel führte, doch die unter seinen Füßen knirschenden Knochen gaben ihm einen ersten Anhaltspunkt.

Viele Menschen waren hier gestorben. Man durfte vermuten, daß zumindest einige von ihnen die Reste der Vorgänger gesehen und beschlossen hatten, möglichst vorsichtig zu sein. Der erhoffte Erfolg schien sich nicht eingestellt zu haben.

Teppic sah keinen Sinn darin, zu schleichen und zu kriechen. Er beobachtete einige Felsen, die aus dem Dunst ragten, bemerkte ihre sonderbare Form. Dieser hier sah zum Beispiel aus wie ...

»Halt«, sagte die Sphinx.

Stille schloß sich an. Ein weiterer Knochen knackte, als Teppic das Gewicht verlagerte. Und hinzu kamen einige saugende Geräusche: Du Mistvieh versuchte, Feuchtigkeit aus der Luft zu lutschen.

»Du bist eine Sphinx«, sagte Teppic.

»Ich bin *die* Sphinx«, erwiderte die Sphinx.

»Donnerwetter. In meiner Heimat stehen viele Bildnisse von dir. Statuen und so.« Teppic sah hoch und noch etwas höher. »Ich hätte dich für kleiner gehalten.«

»Duck dich, Sterblicher«, sagte die Sphinx. »Denn du siehst dich der Weisheit und dem Schrecken gegenüber.« Sie blinzelte. »Taugen die Statuen was?«

»Sie werden dir nicht gerecht«, entgegnete Teppic.

»Im Ernst? Die Bildhauer haben oft Schwierigkeiten mit meiner Nase. Es heißt, mein rechtes Profil sei besonders gut, und ...« Die Sphinx stellte plötzlich fest, daß sie vom Thema abkam. Sie hüstelte streng.

»Bevor du mich passieren kannst, o Sterblicher«, verkündete sie, »mußt du mein Rätsel lösen.«

»Warum?« erkundigte sich Teppic.

»Was?« Die Sphinx zwinkerte erneut. Auf eine derartige Reaktion war sie nicht vorbereitet.

»Warum? Warum? Weil. Äh. Weil ... Warte einen Augenblick. Ich glaube, weil ich dir sonst den Kopf abbeiße. Ja, ich bin ziemlich sicher.«

»Na schön«, sagte Teppic. »Ich höre.«

Die Sphinx räusperte sich. Es klang wie ein leerer Lastwagen, der im Steinbruch zurücksetzte.

»Was geht morgens auf vier Beinen, Mittags auf zwei und abends auf drei?« fragte die Sphinx selbstgefällig.

Teppic überlegte.

»Das ist ein ziemlich schwieriges Rätsel«, sagte er nach einer Weile.

»Das schwierigste überhaupt«, bestätigte die Sphinx. »Hm.«

»Du kannst bestimmt nicht die richtige Antwort geben.«

»Tja ...«, murmelte Teppic.

»Würdest du bitte die Kleidung ablegen, während du nachdenkst? Einige Stoffetzen bleiben immer zwischen meinen Zähnen hängen.«

»Gibt es ein Tier, dem die Beine nachwachsen, nachdem man es ...«

»Da liegst du völlig falsch«, sagte die Sphinx und fuhr ihre Krallen aus.

»Oh.«

»Du hast nicht die geringste Ahnung, oder?«

»Ich überlege noch immer«, entgegnete Teppic.

»Das Rätsel bleibt dir ein Rätsel, nicht wahr?«

»Ich fürchte ja.« Teppic beobachtete die Klauen. *Dieses Tier ist bestimmt nicht annähernd so gefährlich, wie es den Anschein haben mag,* dachte er. *Die Natur hat es viel zu üppig ausgestattet. Außerdem: Die Brust stellt sicher eine Behinderung dar, vom Gehirn ganz zu schweigen.*

»Die Antwort lautet: ›Ein Mensch‹«, sagte die Sphinx. »Und jetzt ... Bitte leiste keinen Widerstand. Wenn Sterbliche wie du zu kämpfen versuchen, gelangen bittere Chemikalien in ihr Blut.«

Teppic wich zurück und entging einer Klauenpranke. »He, nicht so hastig!« brachte er hervor. »Was soll das heißen: ein Mensch?«

»Ganz einfach«, erwiderte die Sphinx. »Ein Baby krabbelt am Morgen auf allen vieren. Mittags steht es auf, und gegen Abend wird es zu einem alten Mann, der sich auf einen Stock stützt. Na, ist der Groschen gefallen?«

Teppic biß sich auf die Lippe. »Das alles passiert nur an *einem* Tag?« fragte er skeptisch.

Ein langes verlegenes Schweigen folgte.

»Es ist eine Dingsbums, eine Metapher«, gab die Sphinx verärgert zurück und streckte erneut die Pranke aus.

»Nein, nein, warte!« beschwichtigte Teppic. »Ich möchte, daß wir diesen Punkt klären. Ist doch nur fair, oder?«

»An dem Rätsel gibt's nichts auszusetzen«, stellte die Sphinx fest. »Es ist ein verdammt gutes Rätsel. Seit fünfzig Jahren verwirre ich Reisende damit zu Tode. Ja, sie zerbrechen sich den Kopf, denken noch in meinem Magen darüber nach.«

»Oh, ich möchte die Qualität des Rätsels keineswegs in Frage stellen«, versicherte Teppic. »Es ist sehr tiefsinnig und symbolisch. Das ganze menschliche Leben, mit wenigen Worten zum Ausdruck gebracht. Aber du mußt zugeben, daß so etwas nicht an einem einzigen Tag geschehen kann, oder?«

»Nun, mag sein«, erwiderte die Sphinx unsicher. »Aber das geht bereits aus dem Kontext hervor. Jedes gute Rätsel enthält Elemente dramatischer Analogie«, fügte sie hinzu. Sie schien diesen Satz vor langer Zeit gehört und Gefallen daran gefunden zu haben, doch Teppic bezweifelte, ob sie den Autor begnadigt hatte.

»Ja«, sagte er, setzte sich und strich einige Knochen beiseite. »Aber zeichnet sich die Metapher durch innere Logik aus? Nehmen wir einmal an, die durchschnittliche Lebenswertung beträgt siebzig Jahre, in Ordnung?«

»Meinetwegen«, brummte die Sphinx im Tonfall einer Hausfrau, die gerade den Verkäufer hereingelassen hat und überlegt, wie sie dem heimkehrenden Ehemann am Abend auf einen neuen Staubsauger und die entsprechende Rechnung vorbereiten soll.

»Na *schön*. Gut. Der Mittag des metaphorischen Tages wäre also mit einem Alter von fünfunddreißig Jahren gleichzusetzen, stimmt's? Nun, die meisten Kinder stehen bereits nach zwölf Monaten auf, und daher erscheint die Bezugnahme auf vier Beine nicht besonders angemessen, oder? Ich meine, der größte Teil des Morgens wird auf zwei Beinen verbracht. Wenn man dein Beispiel als Grundlage nimmt ...« Teppic zögerte, griff nach einem Oberschenkelknochen und schrieb Zahlen in den Sand. »Nach null Uhr dauert es zwanzig Minuten, höchstens eine halbe Stunde, bevor das vierbeinige Baby — obwohl nicht unerwähnt bleiben soll, daß hier zwei Arme im Spiel sind — zu einem zweibeinigen Kleinkind wird. Na, habe ich recht? Sei fair.«

»Nun ...«, kommentierte die Sphinx.

»Und wenn wir den gleichen zeitlichen Maßstab anlegen: Einen Stock benutzt man wohl kaum um sechs Uhr, denn zu jenem Zeitpunkt beläuft sich das Alter erst auf zweiundfünfzig Jahre.« Teppic rechnete hingebungsvoll. »Ich glaube, nach einer Gehhilfe hielte man erst gegen halb neun Ausschau. Wobei wir natürlich von der Annahme ausgehen, die ganze Lebensspanne eines Menschen beschränke sich nur auf einen Tag, was ich, ehrlich gesagt, für absurd halte. Tut mir leid. Im Prinzip ist mit dem Rätsel alles in Ordnung; unglücklicherweise steht es in keiner Verbindung mit der Wirklichkeit.«

»Nun«, wiederholte die Sphinx, und diesmal klang es enttäuscht, »es läßt sich nicht ändern. Ich habe kein anderes Rätsel und muß damit vorliebnehmen.«

»Vielleicht solltest du es ein wenig ändern.«

»Wie meinst du das?«

»Sorg dafür, daß es ein wenig realistischer wird.«

»Hmm.« Die Sphinx hob eine Klaue und kratzte sich an ihrer Mähne.

»Vielleicht hast du recht«, sagte sie. Es klang nicht sehr überzeugt. »Ich könnte fragen: Was geht auf vier Beinen ...«

»Im übertragenen Sinne«, warf Teppic ein.

»Was geht, im übertragenen Sinne, auf vier Beinen, und zwar ...«

»Etwa zwanzig Minuten lang. Darauf haben wir uns doch geeinigt, nicht wahr?«

»Ja, ja. Was geht, im übertragenen Sinne, auf vier Beinen, und zwar zwanzig Minuten lang am Morgen ...«

»Nun, es erscheint mir ein wenig übertrieben, vom ›Morgen‹ zu sprechen«, sagte Teppic. »Immerhin ist es erst kurz nach Mitternacht. Oh, sicher, definitionsgemäß handelt es sich um den Morgen, aber die Umgangssprache ordnet jene Phase der vergangenen Nacht zu. Was meinst du?«

Ein Schatten von Panik huschte durch das steinerne Gesicht der Sphinx.

»Was meinst *du*?« fragte sie verzagt.

»Mal sehen, ob wir alles in die richtige Reihenfolge bringen können. Was geht, im übertragenen Sinne, kurz nach Mitternacht auf vier Beinen, auf zwei den größten Teil des Tages über ...«

»Vorausgesetzt, es kommt zu keinen Unfällen«, sagte die Sphinx und bemühte sich damit, einen konstruktiven Beitrag zu leisten.

»Gut. Auf zwei Beinen — sofern Unfälle ausbleiben — bis mindestens zum Mittag. Nach einer kurzen Mahlzeit setzt es den Lebensweg auf drei Beinen fort ...«

»Ich habe Leute gesehen, die zwei Gehstöcke benutzen«, gab die Sphinx zu bedenken.

»In Ordnung. Wie wär's damit: Nach einer kurzen Mahlzeit setzt es den Weg auf zwei Beinen und mit Gehhilfen seiner Wahl fort?«

Die Sphinx erwog diesen Formulierungsvorschlag.

»Ja-ha«, sagte sie langsam. »Das scheint alle Möglichkeiten zu berücksichtigen.«

»Nun?« fragte Teppic.

»Nun was?« erwiderte die Sphinx.

»Nun, wie lautet die Antwort?«

Die Sphinx bedachte Teppic mit einem durchdringenden Blick, öffnete den Rachen und zeigte ihre Reißzähne.

»O nein«, grollte sie. »Du kannst mich nicht überlisten. Hältst du mich für so dumm? *Du* mußt *mir* die Antwort nennen.«

»Mist«, sagte Teppic.

»Du dachtest, mich hereinlegen zu können, wie?« fragte die Sphinx.

»Tja ...«

»Du hast gehofft, mich völlig zu verwirren, stimmt's?« Die Sphinx lächelte triumphierend.

»Es war einen Versuch wert«, sagte Teppic.

»Kann ich gut verstehen. Also schön: Wie lautet die Antwort?«

Teppic kratzte sich an der Nase.

»Ich habe nicht die geringste Ahnung«, sagte er. »Es sei denn — und das ist natürlich nur eine Vermutung —, das Rätsel beschreibt einen Menschen.«

Die Sphinx starrte ihn groß an.

»Haben wir schon einmal miteinander gesprochen?« fragte sie vorwurfsvoll.

»Nein.«

»Irgend jemand hat dir was verraten, nicht wahr?«

»Wie denn?« entgegnete Teppic. »Ist es irgendeinem Reisenden gelungen, das Rätsel zu lösen?«

»Nein!«

»Siehst du? Wer soll mir etwas verraten haben?«

Die Klauen der Sphinx trommelten auf hartes Gestein. »Ich glaube, du solltest jetzt besser gehen«, knurrte sie.

Teppic nickte und stand auf. »Wie du meinst.«

»Ich wäre dir sehr dankbar, wenn du die Lösung des Rätsels für dich behältst«, fügte die Sphinx kühl hinzu. »Ich möchte anderen Leuten nicht den Spaß daran verderben.«

Teppic erkletterte einen Felsen und schwang sich auf Du Mistviehs Rücken.

»Mach dir deshalb keine Sorgen«, sagte er und trieb das Kamel an. Aus den Augenwinkeln sah er, wie sich die Lippen der Sphinx bewegten — in Gedanken wiederholte sie noch einmal das Gespräch.

Du Mistvieh legte etwa zwanzig Meter zurück, bevor weiter hinten heiseres Gebrüll erklang. Das Kamel vergaß die Etikette, die von ihm verlangte, nur dann zu reagieren, wenn man es mit einem Stock schlug. Alle vier Beine prallten auf den Boden und stießen sich ab.

Diesmal hatten alle Variablen der Gleichung den richtigen Wert.

Die Bestürzung der Priester wuchs.

Es lag nicht nur daran, daß ihnen die Götter den Gehorsam verweigerten. Nein, die Götter waren sogar so frech und dreist, sie zu *ignorieren*.

In dieser Hinsicht hielten sie sich an eine lange Tradition. Man brauchte viel Erfahrung und noch mehr Geschick, um einen djelibebischen Gott dazu zu bringen, irgendwelchen Befehlen zu gehorchen. Nur die höchsten aller Hohenpriester wiesen derartige Qualifikationen auf. Um nur ein Beispiel zu nennen: Wenn sie einen Felsen über den Klippenrand rollten und anschließend ein rasches Gebet an die himmlischen Mächte richteten, konnten sie sicher sein, daß der Stein nach unten fiel. Auf die gleiche Art und Weise sorgten die Götter dafür, daß Sonne und Sterne in der richtigen Reihenfolge am Himmel erschienen. Wer die Götter darum bat, Bäume mit den Wurzeln im Boden wachsen zu lassen und die Blätter an Zweigen zu befestigen, durfte damit rechnen, daß man seine Wünsche erfüllte. Wer sich als Priester um solche Dinge kümmerte, errang einen priesterlichen Erfolg nach dem anderen.

Nun, es war eine Sache, der Gleichgültigkeit ferner und unsichtbarer Götter zu begegnen. Unbehagen entstand erst, wenn man von heiligen Entitäten ignoriert wurde, die überall herummarschierten. Unter solchen Umständen kam man sich wie ein Narr vor.

»Warum hören sie nicht auf uns?« fragte der für Schaf den Pferdeköpfigen Gott der Landwirtschaft zuständige Hohepriester. Tränen strömten ihm über die Wangen. Er hatte beobachtet, wie Schaf es sich auf einem Feld gemütlich machte, an Ähren zuckte zupfte und wie ein Irrer kicherte.

Den anderen Priestern erging es kaum besser. Von Jahrhunderten und Jahrtausenden geweihte Rituale füllten die Kammern und Säle des Palastes mit süßem, blauem Rauch, brieten außerdem genug Klein- und Großvieh, um die Bevölkerung eines mittelgroßen Staates auf Wochen hinaus zu ernähren. Aber die Götter ließen sich trotzdem so im Alten Königreich nieder, als gehöre es ihnen ganz allein, als seien die Menschen im Djel-Tal nur Ungeziefer.

Und draußen auf dem Platz versammelte sich das Volk. Seit siebentausend Jahren herrschte die Religion im Alten Königreich. Jeder einzelne Priester malte sich aus, was geschehen mochte, wenn die djelibebischen Bürger auch nur wenige Sekunden lang vermuteten, die Religion habe abgedankt.

»Und deshalb wenden wir uns an Sie, o Dios«, intonierte Koomi. »Welche Anweisungen möchten Sie uns geben?«

Dios saß auf der Treppe vor dem Thron und starrte düster zu Boden. Die Götter hörten nicht auf menschliche Stimmen. Das *wußte* er. Besser gesagt: *Er* wußte es. Es hatte nie eine Rolle gespielt. Man beschwor einfach eine Eingebung, eine göttliche Offenbarung, und daraufhin löste man alle Probleme. Es kam auf das Ritual an, nicht auf die Götter. Götter dienten nur als eine Art Megaphon, damit sich die Priester den normalen Menschen mitteilen konnten.

Während Dios klar zu denken versuchte, vollführten seine Hände das Ritual der Siebten Stunde. Sie bewegten sich wie von allein, führten memoriale Anweisungen aus, die so hart und unveränderlich waren wie besonders harte und unveränderliche Kristalle.

»Sie haben alles versucht?« fragte er.

»Alles, o Dios«, bestätigte Koomi. »Wir hielten uns dabei streng an Ihre Ratschläge.« Er wartete, bis ihn die meisten anderen Priester ansahen, fügte dann etwas lauter hinzu: »Wenn der Pharao hier wäre, könnte er sicher ein gutes Wort für uns einlegen.«

Koomi fing den Blick der Priesterin Sarduks ein. Er hatte die gegenwärtige Lage nicht mit ihr diskutiert — was gab es auch schon zu besprechen? Trotzdem glaubte er, in ihr einen Bruder, das heißt, eine Schwester im

Geiste zu erkennen. Sie mochte Dios nicht sonderlich, brachte ihm jedoch weniger Ehrfurcht entgegen als ihre Kollegen.

»Ich habe bereits erwähnt, daß der Pharao tot ist«, erwiderte Dios.

»Ja, so lauteten Ihre Worte. Allerdings fand niemand seine Leiche, o Dios. Dennoch glauben wir, was Sie uns sagen, denn die Worte stammen von dem weisen Dios, und wir hören nicht auf boshafte Zungen.«

Die Priester schwiegen. Boshafte Zungen? Hatte nicht bereits jemand Gerüchte erwähnt? Es ging wirklich nicht mehr mit rechten Dingen zu.

»Unsere Geschichte ist reich an Präzedenzfällen«, warf die Priesterin Sarduks ein. Sie hatte den stummen Hinweis verstanden. »Wenn das Königreich bedroht wurde oder der Fluß nicht über die Ufer treten wollte, wandte sich der Pharao an die Götter. Bei solchen Gelegenheiten haben wir ihn zu den Göttern *geschickt*.«

Ihr zufriedener Tonfall deutete darauf hin, daß der Kurierdienst keine Rückkehr vorsah.

Koomi schauderte entzückt und gleichzeitig entsetzt. O ja, damals ... Was für Zeiten. Einige Länder hatten mit dem Konzept des Opferkönigs experimentiert. Ein paar Jahre des Mästens und Herrschens, und dann Rübe ab, um Platz für eine neue Regierung zu schaffen.

»Bei der gegenwärtigen Krise genügt vermutlich ein adliger Premierminister«, fuhr die Priesterin fort.

Dios hob den Kopf, und sein Gesichtsausdruck spiegelte den Schmerz in rheumatischen Gelenken wider.

»Ich *verstehe*«, sagte er. »Und wer wird dann höchster Hohepriester?«

»Das müßten die Götter bestimmen«, antwortete Koomi.

»Oh, sicher«, erwiderte Dios. »Ich bezweifle nur, ob sie imstande sind, eine gute Wahl zu treffen.«

»Unsere Toten können die Götter in der Unterwelt beraten«, sagte die Priesterin.

»Aber die Götter sind *hier*«, stellte Dios fest und führte einen inneren Kampf gegen das Prickeln in seinen Beinen. Sie beharrten darauf, um diese Zeit durch den zentralen Korridor zu gehen, um das Ritual des Unter Dem Himmel zu beaufsichtigen. Der Körper sehnte sich nach dem Trost des Flusses. Und wenn er den Djel überquert hatte ... Für immer auf der anderen Seite bleiben ...

Unmöglich. Man brauchte ihn auf *dieser* Seite.

»In Abwesenheit des Pharaos nimmt der Premierminister seine Pflichten wahr«, sagte Koomi. »Das stimmt doch, Dios, oder?«

Ja, es stimmte. So stand es geschrieben. Und Geschriebenes wurde zu einer ehernen Wahrheit, sobald es auf einem Pergament stand. *Ich habe es selbst geschrieben, vor langer Zeit.*

Dios ließ den Kopf hängen. Dies war schlimmer als sanitäre Anlagen. Sogar noch schlimmer als Federbetten. Und doch, und doch ... *Du brauchst nur den Fluß zu überqueren* ...

»Na schön«, sagte er. »Aber ich habe noch eine letzte Bitte.«

»Ja?« Koomis Stimme hatte nun Timbre, klang bereits wie die des nächsten hohen Hohenpriesters.

»Bestatten Sie mich in ...«, begann Dios und unterbrach sich, als er das Murmeln der Priester hörte, die über den Fluß sehen konnten. Alle Blicke richteten sich auf das ferne, dunkle Ufer.

Das Heer der Pharaonen von Djelibeby marschierte.

Sie schlurften — aber bemerkenswert schnell. Ganze Bataillone zogen durch die Nekropolis. Gerns Hammer war nicht mehr erforderlich.

»Es liegt an der Marinade, mit der man uns konserviert«, sagte Teppicymon XXVII. und beobachtete einige Vorfahren, die sich ganz allein aus ihren Pyramiden befreiten. Siegel splitterten; dicke Steinplatten barsten auseinander. »Sie gibt uns Kraft. Ja, dadurch wird man richtig zäh.«

Einige der älteren Ahnen gerieten so sehr in Begeisterung, daß sie sich auch den Rest der Pyramiden vornahmen und schwere Granitblöcke noch etwas höher schoben. Teppicymon konnte es ihnen nicht verdenken. Wie schrecklich, tot zu sein und auch zu wissen, daß man tot ist. Wie schrecklich, als Toter in pechrabenschwarzer Finsternis zu leben.

Ich werde nie zulassen, daß man mich in einem solchen Ding bestattet, schwor sich der Pharao.

Schließlich erreichte die Flut aus Mumien eine weitere Pyramide. Sie war kleiner als die anderen, niedrig und dunkel, halb im Sand verborgen. Die Mauern bestanden nicht aus sorgfältig behauenen Steinen, sondern aus unregelmäßig geformten Felsblöcken. Ganz offensichtlich stammte dieses Bauwerk aus einer präpyramidialen Epoche — es stellte kaum mehr dar als einen Haufen aus aufgeschichtetem Geröll.

Der poröse Zugang wies die Hieroglyphen des Ur-Königreichs auf: KHUFT SCHUF MICH. DER ERSTE.

Mehrere Ahnen starrten auf die Inschrift.

»Meine Güte«, sagte Teppicymon. »Hier gehen wir vielleicht zu weit.«

»Der Erste«, flüsterte Dil. »Der Erste des Königreichs. Vor ihm gab es hier nur Nilpferde und Krokodile. Aus dem Innern dieser Pyramide blicken siebzig Jahrhunderte auf uns herab. Älter als alles andere ...«

»Ja, ja, schon gut«, sagte Teppicymon. »Wir brauchen es nicht gleich zu übertreiben. Immerhin war er ein Mensch wie wir.«

»›Und siehe, Khuft der Kameltreiber sah das Tal ...‹«, begann Dil.

»Nach siebentausend Jahren habet er gewiß Lust, es noch einmal zu sehen«, sagte Ashk-ur-men-tep.

»Wie dem auch ...« Teppicymon räusperte sich. »Vielleicht sollten wir ihn besser ...«

»Alle Toten sindet gleich«, sagte Askh-ur-men-tep. »Du, junger Mann. Rufet ihn heraus.«

»Wer, ich?« fragte Gern. »Aber er war der Er ...«

»Ja, das ist uns inzwischen klar«, warf Teppicymon ein. »An die Arbeit. Die Ahnen warten ungeduldig. Und das gilt sicher auch für ihn.«

Gern rollte mit den Augen und holte aus. Als er das Siegel zerschmettern wollte, sprang Dil vor, und Gern begann mit einem seltsamen Tanz, um zu vermeiden, den Kopf seines Meisters zu treffen.

»Der Zugang steht offen!« platzte es aus Dil heraus. »Seht nur! Die Steinplatte schwang gerade zur Seite!«

»Soll das heißen, der Erste isset nicht zu Hause?«

Teppicymon trat vor und griff nach der Tür. Sie ließ sich ganz leicht bewegen. Der Pharao betrachtete den Boden. Die Pyramide mochte ungeheuer alt und halb verfallen sein, aber irgend jemand hatte sich Mühe gegeben, den Pfad in Ordnung zu halten. Die Pflastersteine erweckten den Eindruck, als seien sie im Verlauf der Jahrtausende von vielen Füßen glattgeschmirgelt worden.

Von Pyramiden erwartete man natürlich etwas anderes. Normalerweise stellten sie das Ende der Lebens-Reise dar, und nicht nur eine Zwischenstation. Anders ausgedrückt: Sobald man sich in einer Pyramide befand, sollte man in ihr *bleiben*.

Die Mumien beobachteten den offenen Zugang und knarrten überrascht. Ein besonders alter Ahne, der sich kaum mehr zusammenhalten konnte, gab ein seltsames Geräusch von sich. Man denke an Termiten, die sich langsam durch einen vermoderten Baumstamm fressen — *so* hörte es sich an.

»Was hat er gesagt?« fragte Teppicymon.

»Er meint, es isset unheimlich«, übersetzte Askh-ur-men-tep.

Teppicymon nickte. »Ich sehe mir die Sache aus der Nähe an. Die beiden Lebenden begleiten mich.«

Dils Lippen zitterten. Er blinzelte. Er holte tief Luft.

»Ach, komm schon, Mann!« zischte Teppicymon und schob die Steinplatte ganz beiseite. »Nehmt euch ein Beispiel an mir! *Ich* habe keine Angst. Zeigt ein bißchen Rückgrat, so wie die anderen!«

»Wir brauchen, äh, Licht«, wandte Dil ein.

Einige in der Nähe stehende Mumien wichen hastig zurück, als Gern eine Zunderbüchse hervorholte.

»Wir benötigen etwas Brennbares«, fügte Dil hinzu. Die mit sehr *trockenen* Binden umwickelten Leichen wichen noch weiter zurück und murmelten etwas.

»Hier drin gibt's Fackeln«, sagte Teppicymon. Seine Stimme klang jetzt nicht nur hohl, sondern auch dumpf. »Ich schlage vor, du kommst mir mit ihnen nicht zu nahe, Junge.«

Es handelte sich um eine kleine Pyramide, ohne Labyrinth und Fallen. Ein schmaler Gang führte nach oben. Die beiden Einbalsamierer folgte dem siebenundzwanzigsten Pharao der Teppicymon-Dynastie, zitterten hingebungsvoll und rechneten jeden Augenblick damit, daß sich irgendein namenloser Schrecken auf sie stürzte. Nach einer Weile erreichten sie eine kleine quadratische Kammer, die nach Sand roch. Ruß klebte an der Decke.

Es fehlte ein Sarkophag. Es fehlte selbst ein schlichter Sarg. Auch die namenlosen Schrecken hielten sich verborgen. In der Mitte des Zimmers erhob sich ein kantiger Steinblock, und darauf lagen eine Decke und ein Kissen.

Sie wirkte nicht einmal besonders alt. Es war irgendwie enttäuschend.

Gern sah sich um.

»Eigentlich ganz nett«, sagte er. »Fast gemütlich.«

»Nein«, widersprach Dil.

»He, Herr Pharao, sehen Sie hier!« rief Gern und näherte sich einer Wand. »Jemand hat was in den Stein gekratzt. Kleine Linien, überall.«

»Und auch an dieser Wand«, brummte Teppicymon. »Und auf dem Boden. Jemand hat etwas gezählt. Jeweils zehn durchkreuzte Striche. Ja, jemand hat irgendwelche Dinge gezählt. Ziemlich viele Dinge, um ganz genau zu sein.« Er trat zurück.

»Welche Dinge?« fragte Dil und warf einen Blick über die Schulter.

»Seltsam«, sagte Teppicymon. Er beugte sich vor. »Man erkennt kaum mehr die Inschriften darunter.«

»Können Sie die Botschaft entziffern, Herr Pharao?« erkundigte sich Gern. Dil musterte ihn mißbilligend. Seiner Ansicht nach zeigte der junge Einbalsamierer zuviel Enthusiasmus.

»Nein, es ist ein uralter Dialekt«, erwiderte Teppicymon. »Derartige Hieroglyphen habe ich noch nie zuvor gesehen. Ich meine, gesehen habe ich sie schon, aber ich konnte sie nie verstehen. Vermutlich lebt heute niemand mehr, der diese Zeichen zu deuten vermag.«

»Bedauerlich«, sagte Gern.

»Ja, wirklich schade«, bestätigte Teppicymon und seufzte. Eine Zeitlang schwiegen sie betrübt.

»Vielleicht sollten wir einen der Toten fragen«, schlug Gern vor.

»Äh, Gern«, sagte Dil und wich fort.

Teppicymon klopfte dem Lehrling auf den Rücken und schleuderte ihn dadurch fast zu Boden.

»Verdammt gut Idee!« lobte er. »Wir holen einfach einen der ältesten Ahnen, bringen ihn hierher und … Oh.« Er gestikulierte vage. »Hat keinen Zweck. Niemand kann die ältesten Ahnen verstehen …«

»Gern!« ächzte Dil und riß die Augen auf.

»Kein Problent, Herr Pharao«, erwiderte Gern, der sich allmählich an seine neue Gedankenfreiheit gewöhnte. »Ich meine, jeder versteht *irgend jemanden*, äh, wir brauchen also nur die richtigen Toten zu finden.«

»Du bist wirklich helle, ja, nicht übel, mein Junge«, sagte Teppicymon.

»*Gern!*«

Lehrling und Pharao drehten sich erstaunt um.

»Ist alles in Ordnung mit dir, Meister?« fragte Gern. »Du bist plötzlich so blaß.«

»Die F...«, brachte Dil hervor und bebte voller Grauen.

»Die was, Meister?«

»Die F... Sieh nur die F...«

»Er sollte sich ein wenig ausruhen«, sagte Teppicymon. »Ich kennen diesen Typ. Typisch Künstler. Sind dauernd viel zu aufgeregt. Irgendwann brennt das Gehirn durch.«

Dil atmete tief ein.

»*Sieh dir die verdammte Fackel an, Gern!*« rief er.

Lehrling und Pharao betrachteten die Fackel.

Sie brannte rückwärts. Völlig lautlos verwandelte sich schwarze Asche in trockenes Stroh.

Vor Teppic erstreckte sich das Alte Königreich, und es wirkte irreal.

Er sah zu Du Mistvieh, der seine Schnauze in eine Quelle am Wegesrand gesteckt hatte und Geräusche verursachte, die an einen Milchshake-Becher erinnerten.[*] Du Mistvieh wirkte recht wirklich. Die Wirklichkeit scheint ohnehin ein Faible für große, massive Kamele zu haben — vielleicht fürchtet sie, angespuckt zu werden. Aber der Rest ... Nun, der Landschaft haftete etwas Ungewisses an, als müsse sie erst noch entscheiden, ob sie existieren wollte oder nicht.

Die Große Pyramide bildete eine Ausnahme. Sie hockte in der Ferne, so real wie ein Stift, der einen Schmetterling ans Brett nagelt. Sie versuchte mit großem Erfolg, einen möglichst festen und unerschütterli-

---

[*] Sie wissen schon: der letzte Tropfen, der sich dem Strohhalm widersetzt.

326

chen Eindruck zu erwecken, so als sauge sie alles Feste und Unerschütterliche aus der übrigen Welt.

Nun, ich bin hier, dachte Teppic. *Wo auch immer Hier sein mag.*

Wie tötete man eine Pyramide?

Und was geschah, wenn man sie umbrachte?

Teppic besann sich auf die Hypothese, daß in einem solchen Fall die Normalität beschloß, nach Djelibeby zurückzukehren, in die wiederaufbereitete Zeit des Alten Königreichs.

Eine Zeitlang beobachtete er die Götter, fragte sich, was sie darstellten und warum sie keine Rolle spielten. Sie schienen nicht realer zu sein als die Landschaft, über die sie hinwegmarschierten, um irgendwelchen göttlichen Dingen nachzugehen. Die Welt beschränkte sich darauf, ein Traum zu sein, und Teppic gelangte allmählich zu dem Schluß, daß ihn nichts mehr überraschen konnte. Wenn jetzt sieben fette Kühe vorbeigewandert wären, hätte er nur mit den Achseln gezuckt.

Er schwang sich wieder auf Du Mistviehs Rücken, versetzte ihm einige stimulierende Schläge und ritt über den Weg. Die Felder zu beiden Seiten erweckten den Anschein, als seien sie erst vor kurzer Zeit verheert worden.

Die Sonne ging unter. Die Götter der Nacht und des Abends setzten sich gegen die heiligen Entitäten des Tages durch, triumphierten, packten den glühenden Ball und zerrten ihn hinter den Horizont. Teppic seufzte und stellte sich vor, was nun mit der Sonne geschehen mochte. Vermutlich wurde sie von irgendwelchen Göttinnen verspeist, mit Booten unter die Welt getragen und so weiter. Vielleicht blieb nicht genug von ihr übrig, um die Nacht am nächsten Morgen zu beenden.

Alles blieb still und leer, als Teppic den Hof erreichte. Du Mistvieh stapfte gemütlich in seinen Stall und kaute dort genüßlich an einigen Strohresten. Er verspürte eine gewisse Anspannung in seinem Innern, besonders im Bereich von Darm und Blase, begann mit einer komplizierten Berechnung, die ihn in die Lage versetzen sollte, einen Druckausgleich herzustellen.

Teppic klopfte ihm auf den Rücken, wodurch eine neuerliche Staubwolke aufwirbelte. Dann verließ er den Stall und eilte die breite Treppe vor dem Palast hoch. Nirgends regte sich etwas. Weit und breit waren weder Wächter noch Bedienstete zu sehen, keine Menschenseele.

Wie ein Dieb, der beschlossen hatte, eine Tagesschicht einzulegen, schlich er durch seinen eigenen Palast und gelangte schließlich in das leere Arbeitszimmer des Obersten Einbalsamierers. Alles deutete darauf hin, daß dort ein exzentrischer Räuber am Werk gewesen war. Im Thronsaal roch es wie in der Küche, und irgend etwas schien die Köche veranlaßt zu haben, überstürzt zu fliehen.

Die goldene Maske der Pharaonen von Djelibeby lag verbeult in einer Ecke. Teppic hob sie auf, runzelte argwöhnisch die Stirn, nahm ein Messer und kratzte an dem Metall. Das Gold blätterte ab, und darunter kam eine silbergraue Masse zum Vorschein.

Er nickte langsam. Es gab einfach nicht genug Gold im Alten Königreich. Die Maske fühlte sich so schwer wie Blei an, weil sie aus Blei *bestand*. Teppic fragte sich, ob sie irgendwann einmal aus purem Gold angefertigt worden war, welcher Ahne die Verantwortung für den Austausch trug und wie viele Pyramiden man damit bezahlt hatte. Wahrscheinlich kam dem Blei irgendeine symbolische Bedeutung zu. Vielleicht symbolisierte es nichts im besonderen und sich selbst im allgemeinen.

Eine der heiligen Katzen versteckte sich unter dem Thron. Sie legte die Ohren an und spuckte, als sich Teppic bückte, um sie zu streicheln. Wenigstens das hatte sich nicht verändert.

Auch weiterhin blieb alles still. Der junge Pharao näherte sich dem Balkon ...

... und starrte auf eine große stille Menge hinab. Tausende von Bürgern standen im Zwielicht und starrten über den Fluß. Teppic drehte den Kopf und sah eine Flotte aus Booten und Flößen, die gerade das diesseitige Ufer verließ.

Wir hätten Brücken bauen sollen, dachte er. *Aber es hieß, dadurch lege man dem Djel Fesseln an.*

Er sprang übers Geländer, landete auf festgetretenem Boden und näherte sich der Menge.

Plötzlich traf ihn die volle Wucht ihres Glaubens.

In Hinsicht auf ihre Götter mochten die Bürger von Djelibeby verschiedene Auffassungen vertreten, aber viele tausend Jahre lang waren sie fest von der Heiligkeit ihrer Pharaonen überzeugt gewesen. Teppic hatte jetzt das Gefühl, in einem mit Alkohol gefüllten Bottich zu schwimmen. Er spürte, wie ihn die Kraft des Glaubens durchspülte, bis seine Arme prickelten, bis Funken von den Fingerspitzen stoben, bis sein Gehirn auf einer Flutwelle aus eingebildeter Allmacht tanzte. Er wußte zwar, daß er nicht genug wußte, doch gleichzeitig zweifelte er nicht daran, daß er bald handeln würde, so wie seit siebzig Jahrhunderten.

Das Empfinden erinnerte ihn an die sakrale Eingebung in Ankh-Morpork. Aber damals hatte er nur einen flüchtigen Eindruck bekommen, der jetzt von der Kraft des Glaubens verdichtet wurde, bis er klare Konturen gewann, bis er ihn energisch festhalten konnte.

Teppic vernahm ein leises Rascheln und senkte den Kopf. Neben seinen Füßen wuchs Gras grün und sanftig aus dem trockenen Sand.

Donnerwetter, dachte er. *Ich bin wirklich begabt.*

Und: *Hoffentlich bringe ich mich dadurch nicht in Schwierigkeiten. Diese Sache könnte peinlich werden*

Er bahnte sich einen Weg durch die Menge, bis er zum Ufer gelangte, blieb dort stehen und stellte geistesabwesend fest, daß um ihn herum Korn gedieh. Die Bürger bemerkten es ebenfalls, und einige von ihnen sanken auf die Knie. Die anderen folgten ihrem Beispiel, und Demut breitete sich wellenförmig aus.

Dies entsprach nie meiner Absicht! fuhr es Teppic durch den Sinn. *Ich wollte nur, daß mein Volk glücklich ist, da es endlich die Vorzüge sanitärer Anlagen kennenlernt. Ich wollte nur etwas gegen heruntergekommene Stadtzentren unternehmen. Sanierung nennt man so was. Ich wollte nur die Freundschaft der Djelibeber gewinnen und sie fragen, ob sie mit ihrem Leben zufrieden sind. Ich hielt Schulen für eine gute Idee — damit die Leute nicht sofort auf die Knie fallen, wenn sie jemanden mit grünen Füßen sehen.*

Und ich wollte die Architektur ein wenig verändern ...

Der Himmel verdunkelte sich wie erkaltender Stahl, und die Große Pyramide schien noch größer zu werden. Wenn man etwas bauen möchte, das Masse verkörpert, so sollte man sich für eine Pyramide entscheiden. Vor ihr standen einige Gestalten, halb verborgen in der Finsternis.

Teppic wandte sich der frommen Menge hinter ihm zu und richtete seine Aufmerksamkeit auf jemanden, der die Uniform der Palastwache trug.

»He, du da, steh auf!« verlangte er.

Der Mann bedachte ihn mit einem entsetzten Blick und erhob sich widerstrebend.

»Was ist hier los?«

»O Pharao, Herrscher des Himmels, Gebieter ...«

»Ich glaube, dafür haben wir keine Zeit«, sagte Teppic scharf. »Ich weiß, wer ich bin. Ich möchte wissen, was hier geschieht.«

»O Pharao, wir haben gesehen, wie die Toten ihre Grabstätten verließen! Die Priester überquerten den Fluß, um mit ihnen zu reden.«

»Die *Toten* wandern umher?«

»Ja, o Pharao.«

»Sprechen wir hier von gestorbenen Menschen?«

»Ja, o Pharao.«

»Oh. Nun, besten Dank. Ihre Mitteilung ist zwar

nicht sonderlich informativ, dafür aber ausreichend knapp. Gibt es hier irgendwelche Boote?«

»Die Priester ließen keine zurück, o Pharao.«

Teppic nickte. Normalerweise dümpelten Dutzende von Booten neben den Kais, aber jetzt waren die Anlegestellen völlig leer. Als er aufs Wasser starrte, wuchsen dem Fluß plötzlich zwei Augen und eine lange Schnauze — ein deutlicher Hinweis darauf, daß man besser nicht versuchen sollte, zum anderen Ufer zu schwimmen. Ebensogut hätte man sich bemühen können, Nebel an die Wand zu nageln.

Der junge Pharao ließ seinen Blick über die Menge schweifen. Alle sahen ihn erwartungsvoll an, offensichtlich davon überzeugt, daß er genau wußte, was es nun zu unternehmen galt.

Er wandte sich wieder dem Fluß zu, hob die Arme, preßte sie aneinander und breitete sie langsam aus.

Irgend etwas gurgelte und schäumte, und das Wasser des Djel teilte sich vor ihm. Die Menge seufzte beeindruckt, war jedoch nicht annähernd so überrascht wie einige Krokodile, die sich plötzlich drei Meter über dem ehemaligen Grund des Flusses wiederfanden, in leerer Luft.

Teppic eilte an der Uferböschung herab, lief über den Schlick und wich peitschenden Schuppenschwänzen aus

Rechts und links ragten zwei lehmbraune Mauern aus gestautem Wasser auf, und Teppic lief durch eine feuchte, dunkle Gasse. Hier und dort lagen Knochen, alte Schilde, gesplitterte Speere und Reste von Booten. Geschickt sprang der junge Pharao über den Müll der Jahrhunderte hinweg.

Vor ihm schwamm ein großer Krokodilbulle verträumt aus einer Wasserwand und trachtete vergeblich danach, sich an Luft festzuklammern, die bekanntermaßen nur wenig Halt bietet. Teppic trat ihm ordentlich auf die Schnauze und lief weiter.

Hinter ihm reagierten einige der nicht ganz so begriffsstutzigen Bürger. Sie sahen die verwirrten und benommenen Reptile im Schlamm und begannen damit, nach geeigneten Steinen Ausschau zu halten. Seit prähistorischen Zeiten waren die Krokodile unumstrittene Herren des Flusses, doch jetzt schienen sie einen großen Teil ihres Status verloren zu haben. Es gab da noch die eine oder andere Rechnung zu begleichen ...

Als Teppic das andere Ufer erreichte, begann hinter ihm eine Metamorphose, die Echsen in Handtaschen, Gürtel und Stiefel aus garantiert echtem Krokodilleder verwandelte. Eine lange Reihe aus Ahnen reichte durch die Kammer und den dunklen Korridor bis nach draußen. Geflüsterte Worte glitten in beiden Richtungen daran entlang — es klang so, als ließ der Wind trockenes sprödes Papier rascheln.

Dil lag im Sand, und Gern fächerte ihm mit einem Tuch Luft zu.

»Was tun sie jetzt?« fragte der Oberste Einbalsamierer.

»Sie lesen die Inschrift«, antwortete Gern. »Das solltest du sehen, Meister! Derjenige, der die Inschrift zu entziffern versucht ... Er ist praktisch ...«

»Ja, ja, schon gut«, brummte Dil und stand auf.

»Ich meine, er ist mehr als sechstausend Jahre alt! Sein Enkel hört ihm zu und sagt es *seinem* Enkel, und der wiederum ...«

»Ja, ja, schon ...«

»›Und-Khuft-saget-auch-zu-dem-Ersten, Was-sollen-wir-dir-geben, Der-du-uns-den-Rechten-Weg-gezeiget-hast‹«, sagte Teppicymon*, der am Ende der Reihe

---

* In dieser Hinsicht gab es einige Probleme. Botschaften verändern sich, wenn man sie weitergibt, und manche Ahnen hatten Schwierigkeiten mit der richtigen Artikulation. Andere wollten helfen und fügten angeblich fehlende Worte hinzu. Die von Teppicymon wiederholte Mitteilung lautete ursprünglich: »Die Tante dürstete, denn sie war mit Handschellen ans Bett gefesselt und konnte nicht in die Küche gehen, um sich ein Glas Wasser zu holen.«

stand. »»Und-der-Erste-sprachet, Und-er-sprachet-die-se-Worte: Bauet-für-mich-eine-Pyramide, Auf-daß-ich-ruhen-kann, Und-bauet-sie-in-diesen-Dimensionen, Auf-daß-es-recht-und-billig-sei. Und-so-wurde-die-Pyramide-gebauet, Und-der-Name-des-Ersten-lautet ...««

Doch es folgte kein Name. Laute Stimmen und uralte Flüche erklangen entlang der Reihe trockener Ahnen, wie hungriges Feuer, das einer Schießpulverfährte folgt. Als es Teppicymon erreichte, explodierte er.

Der ephebische Sergeant schwitzte stumm im Schatten und beobachtete etwas, das er halb erwartet und ganz befürchtet hatte. Am fernen Horizont zeigte sich eine Staubwolke.

Das Gros der tsortanischen Armee marschierte zur Grenze, und die ephebischen Streitkräfte ließen noch immer auf sich warten.

Er erhob sich, nickte dem Befehlshaber auf der anderen Seite einen kollegialen Gruß zu und näherte sich seiner Kompanie, die nur aus zwei Dutzend Männern bestand.

»Ich benötige einen Kurier, der eine, äh, Botschaft zur Stadt bringt«, sagte er. Alle Soldaten hoben die Hände. Der Sergeant seufzte und entschied sich für den jungen Nachhauseschnell, der seine Mutter vermißte.

»Lauf geschwind wie der Wind«, sagte er. »Nun, wahrscheinlich ist es gar nicht nötig, daß ich dazu auffordere, oder? Und dann ... und dann ...«

Stumm bewegte er die Lippen, während heißer Sonnenschein heiß auf die heißen Felsen herabbrannte. Einige Insekten mit Asbestpanzer summten im Gestrüpp. Der Sergeant überlegte angestrengt. In den Dienstvorschriften fehlte leider das Kapitel ›Berühmte Letzte Worte‹.

Er streckte den Arm aus und deutete in Richtung Heimat.

»Geh und sag den Ephebern ...«, begann er.

Die Soldaten warteten.

»Was?« fragte Nachhauseschnell schließlich. »Was soll ich ihnen sagen?«

Der Sergeant entspannte sich wie ein Ballon, aus dem die Luft entwich.

»Lauf los und sag es ihnen«, erwiderte er. »Worauf wartest du noch?« Am nahen Horizont stieg eine zweite Staubwolke auf und kam näher.

Schon besser. Wenn es wirklich zu einem Massaker kommen mußte, sollten beide Seiten ihren Spaß daran haben.

Vor Teppic lag Nekropolis. Nach der Metropole Ankh-Morpork, die praktisch ihr genaues Gegenteil darstellte (dort lebte selbst die Bettwäsche), war es vermutlich die größte Stadt auf der Scheibenwelt. An Superlativen brauchte nicht gespart zu werden: Hier gab es die erlesensten Straßen und pyramidischsten Pyramiden.

Was die Bevölkerungsdichte anging, übertraf die Nekropolis alle anderen Städte im Alten Königreich. Aber ihre Bewohner gingen praktisch nie aus, und selbst der Samstagabend bot nur wenig Abwechselung.

Bis jetzt.

Jetzt ging es in der Nekropolis recht turbulent zu.

Teppic hockte auf einem verwitterten Obelisken und beobachtete graue, braune — hier und dort auch einige grüne Ahnen, die in mehr oder weniger einheitlichen Mumiengewändern über die breiten Alleen wanderten. Die Pharaonen legten einen gewissen Wert auf Demokratie. Nach der Öffnung aller Pyramiden besuchten sie die schlichteren Grabstätten, und jetzt gab es in der Totenstadt nicht nur ehemaliger Herrscher, sondern auch Kaufleute, Händler, Adlige und sogar Handwerker. Was das äußere Erscheinungsbild betraf, ließ sich kaum ein Unterschied feststellen.

Sie alle, bis auf die letzte Leiche, waren zur Großen

Pyramide unterwegs, die wie ein Karbunkel alle anderen Gebäude überragte. Außerdem wirkten sie aus irgendeinem Grund verärgert, sogar zornig.

Teppic ließ sich fallen, landete auf dem flachen Dach einer Mastaba, überquerte es und sprang auf eine marmorne Sphinx. Dumpfe Besorgnis regte sich in ihm, aber diese steinerne Figur blieb völlig bewegungslos und machte keine Anstalten, ihm irgendein Rätsel zu stellen. Rasch entrollte er sein Seil, warf das Ankereisen und befand sich wenige Sekunden später auf einer mittelhohen Pyramidenstufe.

Letztes Tageslicht kroch müde über die stille Landschaft, als Teppic von Monument zu Monument hastete, hoch über der leise knarrenden und knisternden Mumien-Armee dahineilte.

Hinter ihm bildeten sich Triebe im uralten Gestein, erweiteren schmale Risse und verwelkten.

Hierfür bist du ausgebildet, sang das in Teppics Körper zirkulierende Blut. *Selbst Mericet mußte dich dafür loben. Durch die Schatten hoch über einen stummen Stadt huschen, so flink und geschmeidig sein wie eine Katze, selbst dort Halt finden, wo eine Eidechse aufgeben müßte — und am Ziel ein Opfer.*

Allerdings bestand es aus mehreren Milliarden Tonnen Gestein und hieß Große Pyramide. In Hinblick auf Gewicht und Masse hielt der (zu seinen Lebzeiten) dreihundertsiebzehn Kilo schwere Despot von Quirm den Rekord aller bisherigen Inhumierungs-Aufträge. *Ich verewige mich in den Annalen der Gilde*, dachte Teppic nicht ohne eine gewisse Zufriedenheit.

Eine hohe Säule, deren Basrelief von den Leistungen eines vor viertausend Jahren verstorbenen Pharaos berichtete (die Darstellungen wären sicher noch weitaus informativer gewesen, wenn Sandstürme nicht den Namen des betreffenden Monarchen ausradiert hätten), diente Teppic als Leiter. Kurze Zeit später hielt er sich an ihrer Spitze fest, warf erneut das Ankereisen und beobachtete, wie es sich zwischen den ausgestreckten Fingern eines vergessenen Herrschers verhakte. Versuchsweise zog er an dem Seil, ließ los und schwang sich auf das Dach einer weiteren Grabstätte.

Teppic hielt nicht inne, stürmte sofort weiter, kletterte und hämmerte Steigeisen in die Gedenktafeln der Toten.

Lagerfeuer markierten die Standorte der gegnerischen Truppen. Zwischen Tsort und Ephebe herrschte eine traditionelle und unpersönliche Feindschaft, aber beide Nationen hielten sich an einen Brauch, der den Krieg des Nachts, während der Ernte und bei schlechtem Wetter verbot. Mit anderen Worten: Der Krieg war wichtig genug, um für besondere Gelegenheiten reserviert zu werden. Wer sich in dieser Hinsicht zu sehr ins Zeug legte, machte die ganze Sache zu einer Farce.

Im Zwielicht auf beiden Seiten erklang lautes Hämmern.

Es heißt, Generäle seien immer bereit, die letzte Schlacht zu wiederholen. Nun, die letzte Schlacht zwischen Tsort und Ephebe hatte vor einigen tausend Jahren stattgefunden, aber Generäle haben ein besonders gutes Gedächtnis, und sie waren entschlossen, ihre Chance nicht ungenutzt verstreichen zu lassen.

Auf beiden Seiten entstanden große Holzpferde.

»Er ist weg«, sagte Ptaclusp IIb und kroch übers Geröll zurück.

»Wurde auch Zeit«, erwiderte sein Vater. »Hilf mir, deinen Bruder zusammenzurollen! Bist du ganz sicher, daß es ihm nicht weh tut?«

»Nun, wenn wir vorsichtig sind, ist er nicht mehr imstande, sich in der Zeit — beziehungsweise in der Breite bewegen. Und wenn keine Zeit für ihn verstreicht, kann er unmöglich Schmerzen empfinden.«

Ptaclusp dachte ans Damals, als der Pyramidenbau

darin bestand, einen Felsblock auf den anderen zu setzen. Man mußte nur daran denken, oben weniger Steine aufzuschichten. Jetzt führten gewisse Komplikationen dazu, daß er einen Sohn faltete.

»In Ordnung«, sagte er skeptisch. »Gehen wir.« Er schob sich am Geröllhang empor, hob vorsichtig den Kopf und riß die Augen auf, als er die Toten sah. Die Vorhut der Mumien-Armee schlurfte gerade an der nächsten kleinen Pyramide vorbei.

Zuerst dachte Ptaclusp: *Sie sind gekommen, um sich zu beschweren.*

Er hatte sich immer Mühe gegeben, aber es war eben nicht leicht, sich ständig im Rahmen des Kostenvoranschlags zu bewegen. Manchmal sah man sich mit der Notwendigkeit konfrontiert, hier und dort etwas einzusparen. Was dazu führte, daß nicht alle Einzelheiten den Plänen entsprachen. Zum Beispiel mochten die Stukkaturarbeiten in den Grabkammern nur eine halbe Ewigkeit überdauern. Oder ...

Aber sie können nicht alle *die Absicht haben, sich zu beschweren,* fügte der Baumeister in Gedanken hinzu. *Es sind zu viele.*

Ptaclusp IIb starrte ebenfalls. Die Kinnlade klappte ihm herunter.

»Woher kommen all die Mumien?« fragte er.

»Du bist der Experte. Wie lautet die Antwort auf deine Frage?«

»Sind sie *tot*?«

Ptaclusp beobachtete einige der wankenden Gestalten. »Wenn nicht, geht's einigen von ihnen ziemlich schlecht«, sagte er.

»Ich schlage vor, wir laufen weg!«

»Wohin? Willst du zur Spitze der Pyramide fliehen?«

Hinter ihnen ragte die Große Pyramide empor, und ihr pulsierendes Summen schien immer lauter zu werden. Ptaclusp sah an ihr hoch.

»Was geschieht heute abend?« murmelte er.

»Wie?«

»Könnte sich das wiederholen, was *gestern* abend passierte?«

IIb musterte ihn kurz. »Keine Ahnung.«

»Gibt es keine Möglichkeit, Gewißheit zu erlangen?«

»Doch. Wir brauchen nur abzuwarten. Bei den Göttern, ich weiß nicht einmal, was die Pyramide *jetzt* anstellt.«

»Rechnest du mit einer angenehmen Überraschung?«

»Eigentlich nicht. Ach du meine Güte!«

»Was ist denn nun los?«

»Sieh nur dort drüben.«

Ein anderes Heer marschierte heran, hielt direkt auf die Armee der Toten zu. Dutzende, nein, *Hunderte* von Priestern folgten Koomi wie ein Kometenschweif.

Im hölzernen Pferd war es nicht nur heiß, stickig und dunkel, sondern auch ziemlich eng.

Die Soldaten warteten und schwitzten,

»Was geschieht jetzt, Sergeant?« fragte der zurückgekehrte Nachhauseschnell.

Der Sergeant bewegte versuchsweise einen Fuß. Die räumlichen Verhältnisse im Innern des Holzpferds hätten selbst bei einer Sardine zu ernsten klaustrophobischen Krisen führen können.

»Nun, Junge. weißt du, die Tsortaner finden uns und sind so beeindruckt, daß sie uns in ihre Stadt bringen. Und wenn's dunkel ist, klettern wir aus diesem Ding und schnappen uns alle Feinde. Ich meine, wir schnappen sie uns und bringen sie um. Vorher ziehen wir natürlich unsere Schwerter. Und die Speere. Wir dürfen auf keinen Fall die Speere vergessen. Äh.« Er überlegte kurz. »Anschließend plündern wir die Stadt, brennen die Mauern nieder und streuen überall Salz aus. Erinnerst du dich, Junge? Am letzten Freitag habe ich dir gezeigt, wie so etwas gemacht wird.«

»Oh.«

Schweiß tropfte von mehreren Stirnen. Einige Männer versuchten, Briefe an ihre Familien zu schreiben. Ihre Griffel klebten an schmelzenden Wachstafeln fest.

»Und was geschieht dann, Sergeant?«

»Nun, Junge, *dann* kehren wir als Helden heim.«

»Oh.«

Die älteren Soldaten rührten sich nicht und starrten an die hölzernen Wände. Nachhauseschnell rutschte unruhig hin und her; irgend etwas schien ihn zu belasten.

»Meine Mutter meinte, sie erwarte mich mit meinem Schild oder darauf zurück.«

»Gut, Junge. Ausgezeichnet. Das ist die richtige Einstellung.«

»Uns passiert bestimmt nichts«, sagte Nachhauseschnell. »Ich meine, uns passiert doch nichts, oder?«

Der Sergeant blickte in die stinkende Dunkelheit.

Nach einer Weile begann jemand damit, auf einer Mundharmonika zu spielen.

Ptaclusp drehte ansatzweise den Kopf, und eine Stimme direkt neben seinem Ohr fragte: »Sie sind der Pyramidenbauer, nicht wahr?«

Eine dritte Gestalt befand sich in ihrem Schlupfloch. Eine ganz in Schwarz gekleidete Gestalt. Im Vergleich zu ihr war der Schritt einer Katze so laut wie dröhnender Trommelschlag.

Ptaclusp nickte und brachte keinen Ton hervor. An diesem Tag hatte er mehr als genug Schocks hinnehmen müssen.

»Schalten Sie sie ab. Und zwar *sofort.*«

IIb beugte sich heran.

»Wer bist du?« Er räusperte sich und hielt eine gewisse Förmlichkeit für angebracht. »Äh, wer sind Sie?«

»Ich heiße Teppic.«

»Was, wie der Pharao?«

»Ja. Wie der Pharao. Schalten Sie jetzt das Ding ab.«

»Es ist eine Pyramide!« erwiderte IIb. »Pyramiden kann man nicht einfach abschalten!«

»Dann sorgen Sie dafür, daß sie sich entlädt.«

»Das haben wir bereits gestern abend versucht.« IIb deutete auf den geborstenen Schlußstein. »Roll Zwei-Ah auseinander, Vater.«

Teppic betrachtete den flachen Bruder.

»Ist das eine Art Plakat?« fragte er schließlich.

IIb sah herab. Teppic bemerkte eine Bewegung und senkte ebenfalls den Kopf. Gras und junge Ähren reichten ihm bis zu den Waden.

»Entschuldigen Sie«, sagte er. »Ich kann nichts dagegen machen.«

»Eine ziemlich üble Angelegenheit«, entgegnete IIb betont ernst. »Ich weiß, wie das ist. Ich hatte mal eine Warze, und sie wollte einfach nicht verschwinden.«

Teppic ging vor dem gesplitterten Schlußstein in die Hocke.

»Dieses Ding ...«, brummte er. »Was hat es damit auf sich? Ich meine, es ist mit Metall überzogen. Warum?«

»Die Spitze der Pyramide muß aus Metall bestehen, damit sie sich entladen kann«, erklärte IIb.

»Ach?« erwiderte Teppic. Es klang fast enttäuscht. »Mehr steckt nicht dahinter? Handelt es sich um Gold?«

»Um Elektrum. Eine Legierung aus Gold und Silber. Der Schlußstein muß aus Elektrum bestehen.«

Teppic kratzte an dem Stein. Hauchdünne Metallfladen lösten sich.

»Hm«, machte er und sah den Baumeister an.

»Tja, äh, wissen Sie«, sagte Ptaclusp, »er muß nicht unbedingt massiv sein. Äh, Folie genügt.«

»Könnten Sie nicht etwas Billigeres verwenden? Zum Beispiel Stahl?«

Ptaclusp schnaubte abfällig. Er hatte keinen besonders guten Tag hinter sich. Vernunft und Rationalität waren nurmehr Erinnerungen. Aber einige Fakten blieben Fakten.

»Stahl taugt nichts«, sagte er. »Würde nur ein oder zwei Jahre lang halten. Denken Sie an den Tau und so. Rost leitet keine temporale Energie. Es wären höchstens zwei- oder dreihundert Entladungen möglich.«

Teppic stützte den Kopf an die Pyramide und spürte das Vibrieren der kalten Wand. Irgendwo surrte etwas, und hinzu kam ein lauter werdendes Schrillen, das man nicht in dem Sinne hören, sondern eher fühlen konnte.

Die Große Pyramide wuchs gen Himmel. IIb hätte Teppic darauf hinweisen können, daß dieser Effekt auf die um exakt sechsundfünfzig Grad geneigten Mauern zurückging. Der Umstand, daß sich die Pyramide nach oben hin verjüngte, verstärkte diesen Eindruck. IIb wäre vermutlich bereit gewesen, Fachbegriffe wie Perspektive und virtuelle Höhe zu verwenden.

Der schwarze Marmor war so glatt wie Glas — die Steinmetze hatten gute Arbeit geleistet. Der junge Pharao beobachtete die dünnen Spalten zwischen den einzelnen Blöcken, gerade breit genug, um ein Messer hineinzuschieben. Gerade breit genug …

»Genügt eine Entladung?« fragte Teppic.

Koomi knabberte geistesabwesend an den Fingernägeln.

»Feuer«, sagte er, »Feuer ist bestimmt wirkungsvoll. Die trockenen Binden brennen wie Zunder. Oder Wasser. In Wasser lösen sie sich einfach auf.«

»Einige von ihnen haben *Pyramiden* zerstört«, wandte der Hohepriester Jufs des Kobraköpfigen Gottes Aller Papyrusrollen ein.

»Warum sind Tote so verärgert und wütend, wenn sie aus dem Jenseits zurückkehren?« fragte ein anderer Priester.

Koomis Verwirrung nahm zu, als er die heranmarschierende Mumien-Armee beobachtete.

»Wo ist Dios?« erkundigte er sich.

Man schob den alten Hohenpriester nach vorn.

»Was soll ich ihnen sagen?« fragte Koomi.

Man kann nicht gerade behaupten, daß Dios lächelte. Er hielt es nur selten für erforderlich, amüsiert zu schmunzeln; seine Mimik war einfach nicht daran gewöhnt. Aber diesmal zuckte seine Lippen kurz, und einige Falten fraßen sich tiefer in die Augenwinkel.

»Sie könnten ihnen sagen, daß eine neue Epoche begonnen hat, die neue Männer erfordert«, antwortete er. »Sie könnten ihnen sagen, daß die Stunde für junge, einfallsreiche Leute geschlagen hat. Sie könnten ihnen sagen, daß sie zu alt und aus der Mode gekommen sind. Ja, das alles könnten Sie ihnen sagen.«

»Sie brächten mich auf der Stelle um.«

»Ich bezweifle, ob die auferstandenen Toten solchen Wert auf Ihre ewige Gesellschaft legen.«

»Sie sind noch immer der höchste Hohepriester.«

»Möchten Sie wirklich darauf verzichten, mit ihnen zu sprechen?« fragte Dios. »Vergessen Sie nicht, die Mumien darauf hinzuweisen, daß man sie ohne Gnade ins Jahrhundert der Kobra zerren wird.« Er reichte Koomi seinen Amtsstab. »Vorausgesetzt, dies ist das Jahrhundert der Kobra.«

Koomi fühlte die Blicke der priesterlichen Brüder und Schwestern auf sich ruhen. Er hüstelte, rückte seinen Umhang zurecht und wandte sich den Toten zu.

Die Mumien murmelten und brummten ein ganz bestimmtes Wort. Koomi konnte es nicht verstehen, aber es schien der Grund für den Zorn der zurückgekehrten Ahnen zu sein.

Er hob den Stab, und im dunkler werdenden Zwielicht wirkten die geschnitzten Schlangen seltsam lebendig.

Die Götter der Scheibenwelt — und hier sind die wahren Götter gemeint, die über dem religiösen Glauben stehen, in einer abgelegenen Walhalla auf dem unerhört hohen Zentralberg wohnen und ihre Zeit damit verbringen, die Possen die Menschen zu beobachten und festzustellen, welchen Einfluß die Gletscher der Eisriesen auf den himmlischen Immobilienmarkt nehmen — die Götter der Scheibenwelt haben sich immer über das einzigartige Geschick der Menschen gewundert, genau zum falschen Zeitpunkt die falschen Worte zu sagen.

Wir sprechen hier nicht von schlichten verbalen Ausrutschern wie ›Es ist völlig sicher‹ oder ›Bellende Hunde beißen nicht‹. Gemeint sind vielmehr einfache Sätze, die unter gewissen Umständen ebenso wirken können wie eine Stahlstange, die man in den Ansaugstutzen einer mit 3300 Umdrehungen arbeitenden 660-Megawatt-Dampfturbine wirft.

Wer sich mit der menschlichen Fähigkeit auskennt, selbst in gut versteckte Fettnäpfchen zu treten, ahnt es bereits: Bei dem Wettbewerb ›Wie lautet die dümmste Bemerkung aller Zeiten‹ hätte Hoot Koomis Beitrag ›Hebe dich hinfort, Abschaum der Unterwelt‹ mit ziemlicher Sicherheit den ersten Platz belegt.

Die Ahnen ganz vorn blieben stehen, und ihre mumifizierten Verwandten drängten nach.

Pharao Teppicymon XXVII. — die stille Übereinkunft der sechsundzwanzig anderen Teppicymons hatte ihn zum Sprecher ernannt — schlurfte allein weiter und packte einen zitternden Koomi an den Armen.

»Ich erinnere mich an dich«, knurrte er. »Du bist immer durch den Palast geschlichen, auf der Suche nach irgendwelchen Dienstmädchen. ›Ein schmieriger Bursche‹, dachte ich damals, ›aalglatt und ölig.‹«

Er starrte die anderen Priester an.

»Es sind alle zugegen, nicht wahr? Die ganze Priesterschaft ist gekommen, um ›Entschuldigt bitte, wir haben's nicht so gemeint‹ zu sagen, wie? *Wo steckt Dios?*«

Die Ahnen schoben sich näher, flüsterten und raunten. Wenn man mehrere hundert Jahre lang tot gewesen ist, bringt man jenen Leuten, die einem eine vergnügliche Zeit im Jenseits versprachen, nicht gerade freundschaftliche Gefühle entgegen. Irgendwo in der Menge knisterte und knirschte es: Einige jüngere Kollegen hielten Pharao Psam-nut-kha fest, der fünftausend Jahre damit verbracht hatte, die Innenflächen seiner Lider zu beobachten.

Teppicymon richtete seine Aufmerksamkeit wieder auf Koomi, der am liebsten unsichtbar geworden wäre.

»›Abschaum der Unterwelt‹, hm?«

»Äh«, sagte Koomi.

»Laß ihn«, sagte Dios und verzichtete auf das Sie. Aus irgendeinem Grund erschien es nicht angemessen, eine Mumie zu siezen. Er zog den Amtsstab aus Koomis erschlafften Händen. »Ich bin Dios, der höchste Hohepriester und erster Premierminister. Warum seid ihr hier?«

Er sprach ganz ruhig und gelassen. Ernste Sorge erklang in seiner Stimme, an deren Autorität jedoch nicht der geringste Zweifel bestehen konnte. Jahrtausendelang hatten die Pharaonen von Djelibeby diese Stimme gehört. Es war eine Stimme, die ihren Tagesablauf regelte, Rituale verordnete, die Zeit sorgfältig in kleine Stücke schnitt, den Willen der Götter interpretierte. Die Ahnen erinnerten sich viel zu deutlich an sie. Einige Mumien senkten verlegen den Kopf und scharrten mit den Füßen.

Ein jüngerer Pharao trat vor.

»Du verdammter Mistkerl«, sagte er. »Du hast uns nacheinander in Pyramiden eingesperrt und bist die ganze Zeit über im Diesseits geblieben. Die Leute dachten, der Name werde vererbt, aber das ist nicht wahr. Du warst so dreist, ständig weiterzuleben. Wie *alt* bist du, Dios?«

Es herrschte völlige Stille. Niemand bewegte sich. Leichter Wind wirbelte dünne Staubschleier auf.

Dios seufzte.

»Ich wollte es gar nicht«, erwiderte er. »Aber es gab zuviel zu tun. Der Tag hatte nie genug Stunden. Um ganz ehrlich zu sein: Ich wußte überhaupt nicht, was geschah. Ich hielt es nur für erfrischend, schöpfte keinen Verdacht. Für mich folgten nicht etwa Jahre aufeinander, sondern Rituale.«

»Stammst wohl aus einer recht langlebigen Familie, wie?« fragte Teppicymon sarkastisch.

Dios starrte ihn an, und seine Lippen bebten kurz. »Familie«, wiederholte er langsam, und plötzlich klang seine Stimme sanft. »Familie. Ja. Früher hatte ich einmal eine Familie, nicht wahr? Aber ich entsinne mich nicht mehr daran. Mein Gedächtnis ist sehr schlecht. Liegt an den Pyramiden. Sie erhalten keine Erinnerungen.«

»Dios, Fußnoten-Verwahrer der Geschichte«, zischte Teppicymon.

Der Hohepriester murmelte etwas und lächelte. »Bestimmte Dinge vergesse ich. Aber das ist nicht weiter schlimm. Die Erinnerungen nehmen um mich herum Gestalt an. Man kann sie in Schriftrollen und Büchern festhalten.«

»Du meinst die Geschichte des Königreichs, verdammt!«

»Ja. Meine Erinnerungen.«

Teppicymon entspannte sich ein wenig. Erschrockene Faszination löste den Knoten der Wut.

»Wie alt bist du?« fragte er.

»Ich glaube ... siebentausend Jahre. Aber manchmal habe ich das Gefühl, noch viel älter zu sein.«

»*Sieben*tausend Jahre?« wiederholte der Pharao. »Im Ernst?«

»Ja«, sagte Dios.

»Wie kann man so etwas ertragen?« fragte Teppicymon.

Dios zuckte mit den Schultern.

345

»Siebentausend Jahre bestehen aus einzelnen Tagen«, erwiderte er. »Ein Tag nach dem anderen.«

Er verzog mehrmals das Gesicht, als er sich langsam auf die Knie sinken ließ und mit zitternden Händen den Stab hob.

»O Pharaonen«, intonierte er, »ich habe nur gelebt, um zu dienen.«

Langes verlegenes Schweigen folgte.

»Wir zerstören die Pyramiden«, sagte Far-re-ptah und setzte einen bindenumwickelten Fuß vor den anderen.

»Es wäre der Untergang des Königreichs«, entgegnete Dios. »Das kann ich nicht zulassen.«

»Du kannst es nicht zulassen?«

»Nein«, bestätigte Dios. »Was soll ohne Pyramiden aus uns werden?«

»Nun, wir wären endlich frei«, sagte Far-re-ptah. »Ich spreche natürlich für die Toten.«

»Ohne Pyramiden verwandelt sich Djelibeby in irgendeinen kleinen bedeutungslosen Staat«, sagte Dios. Entsetzt beobachteten die Ahnen, wie ihm Tränen in die Augen quollen. »Alles das, was uns am Herzen liegt, triebe im Strom der Zeit dahin, ohne eine führende Hand, Ungewißheit und *Veränderungen* ausgesetzt.«

»Wir sind bereit, das Risiko des Wandels einzugehen«, erwiderte Teppicymon. »Aus dem Weg, Dios.«

»Schweig!« donnerte der Hohepriester.

Dunkle Blitze flackerten zwischen den Ahnen. Dios blickte erstaunt auf seinen Amtsstab herab — zum ersten Mal entfaltete er eine derartige Kraft. Aber siebentausend Jahre lang hatten die Priester fest daran geglaubt, daß Dios' Stab über diese und auch die nächste Welt herrschen konnte.

In der plötzlichen Stille kratzte etwas. Weit oben an der Großen Pyramide schob jemand ein Messer zwischen zwei schwarze Marmorplatten.

Die Pyramide pulsierte unter Teppic, und der Marmor war so glatt wie Eis. Die Neigung der Wand erwies sich als nicht annähernd so hilfreich, wie er gehofft hatte.

Man darf nicht nach unten sehen, dachte Teppic. *Es kommt darauf an, den Blick nach vorn gerichtet zu halten, die gewaltige Höhe in einzelne Abschnitte einzuteilen. So wie die Zeit. Auf diese Weise überleben wir die Ewigkeit — man braucht sie nur in einzelne Stücke zu zerbrechen, um die Ehrfurcht vor ihr zu verlieren.*

Unter ihm erklangen Stimmen, und er starrte in die Tiefe. Er befand sich noch nicht einmal in halber Höhe, aber er konnte deutlich die Menge auf der anderen Seite des Flusses sehen: eine graue Masse, hier und dort die Flecken blasser Gesichter. Und diesseits des Djel ... Das bleiche Heer der Toten, davor die graue Gruppe der Priesterschaft mit Dios an der Spitze. Offenbar fand gerade irgendein Streitgespräch statt.

Das Zwielicht wurde noch etwas dunkler und kündigte die Nacht an. Es blieb nicht mehr viel Zeit.

Teppic streckte die Hand aus, fand den nächsten Spalt, hielt sich fest ...

Dios sah Ptaclusp, der über den Geröllhang spähte. Er schickte sofort zwei Priester, um den Baumeister zu holen. IIb folgte mit seinem sorgfältig zusammengerollten Bruder.

»Was treibt der Junge da oben?« fragte Dios.

»Er will dafür sorgen, daß sich die Pyramide entladen kann, o Dios«, antwortete Ptaclusp.

»Wie?«

»Indem er den Schlußstein, äh, einen Teil des Schlußsteins anbringt, bevor die Nacht beginnt, o Dios.«

»Und das genügt?« Dios wandte sich dem Architekten zu.

IIb zögerte. »Vielleicht«, erwiderte er unsicher.

»Was geschieht, wenn es gelingt? Kehren wir dann in die auswärtige Welt zurück?«

»Nun, das hängt davon ab, ob der dimensionale Effekt, äh, einklinkt und in allen seinen Entwicklungsstadien stabil bleibt. Wenn sich die Pyramide hingegen wie ein Stück weiches Gummi verhält, das man in verschiedene Richtungen zieht, äh ...«

IIb brach ab, als ihn Dios' Blick durchbohrte.

»Ich weiß es nicht«, gestand er ein.

»Zurück in die auswärtige Welt«, sinnierte Dios. »In eine uns fremde Welt. Unsere Welt ist das Tal. Unsere Welt ist eine Welt der Ordnung. Menschen brauchen Ordnung.«

Er hob den Stab.

»Mein Sohn!« rief Teppicymon. »Wag es bloß nicht, irgend etwas gegen meinen Sohn zu unternehmen! Er hat meine Nachfolge als Pharao angetreten!«

Bewegung kam in die langen Reihen der Vorfahren, doch keine Mumie trat vor. Niemand konnte sich aus dem Bann des Hohenpriesters befreien.

»Äh, Dios«, sagte Koomi.

Dios drehte sich um und hob die Brauen.

»Sie haben gesprochen?« fragte er würdevoll.

»Äh, wenn der Junge dort oben *wirklich* der Pharao ist, äh, ich meine, wir, äh, glauben, Sie sollten ihn in Ruhe lassen. Ich meine, das wäre doch eine gute Idee, nicht wahr? Ich meine, wenn er den Schlußstein oder einen Teil davon auf die Spitze der Großen Pyramide setzt, damit sie sich endlich entladen kann ...«

Dios' Amtsstab pochte auf den Boden, und die übrigen Priester erstarrten, als sich kalte, substanzlose Stricke um ihre zitternden Körper schlangen.

»Ich habe mein Leben für das Königreich geopfert«, verkündete Dios. »Immer und immer wieder. Was hier existiert, habe ich geschaffen. Und ich werde es nicht einfach so aufgeben.«

Dann sah er die Götter.

Teppic zog sich langsam hoch, legte einen weiteren halben Meter zurück und ließ vorsichtig den Arm sinken, um ein Messer aus dem Marmor zu ziehen. Zweifel entstanden in ihm. Das Messerklettern eignete sich in erster Linie für poröse, nicht ganz so hohe Stadtmauern, und es reagierte immer ein wenig unwillig, weil man nicht die Treppe benutzte. Das Messerklettern an Pyramiden zeichnete sich durch besonders schlechte Laune aus, und man konnte ihm nur dann ein zufriedenes Lächeln abgewinnen, wenn man genug Dolche bei sich führte.

Seltsame Schatten huschten über den dunklen Marmor, und Teppic warf einen Blick über die Schulter.

Die Götter gaben ihren Kampf um die untergegangene Sonne auf und kehrten vom Horizont zurück.

Sie hüpften, sprangen und marschierten über Felder, stapften durch den Fluß, zermalmten Schilf und näherten sich der Pyramide. Sie mochten nicht besonders intelligent sein, aber sie ahnten zumindest, was es mit dem Bauwerk auf sich hatte. Vielleicht begriffen sie sogar, was Teppic plante. Es fiel dem jungen Pharao schwer, die Mimik der verschiedenen Tierfratzen zu deuten, aber alles deutete darauf hin, daß die Götter sehr zornig waren.

»Hast du vor, sie deinem Willen zu unterwerfen, Dios?« fragte Teppicymon. »Möchtest du ihnen mitteilen, daß die Welt ohne Veränderungen bleiben soll?«

Der Hohepriester beobachtete, wie sich die Wesen gegenseitig anrempelten, als sie durch den breiten Strom wateten. *Zu viele Zähne*, dachte er. *Zu viele Zungen.* Die menschlichen Teile fielen nach und nach ab. Ein löwenköpfiger Gott der Gerechtigkeit — er hieß Henker, erinnerte sich Dios — hob seine Waage und schlug damit auf einen Flußgott ein. Chefet der Hundeköpfige Gott der Metallarbeit, knurrte und traktierte seine Kollegen mit einem dicken Hammer. *Chefet,* fuhr es Dios durch den Sinn. *Ich habe ihn geschaffen, um den Menschen ein Beispiel zu geben, um ihnen zu zeigen, wie aus dünnen Drähten filigrane Schönheit werden kann.*

Eigentlich durfte er stolz auf sich sein. Er hatte einem völlig kulturlosen Wüstenvolk die Kunst der Zivilisation beigebracht und es in die Geheimnisse der Pyramiden eingeweiht. *Damals brauchte ich die Götter.*

Das Problem mit Göttern bestand darin, daß sie zu existieren begannen, wenn die gewöhnlichen Bürger zu fest an sie glaubten. Und Götter warteten oft mit göttlichen Überraschungen auf. Anders ausgedrückt: Sie waren nicht so, wie sie eigentlich sein sollten.

Chefet, Chefet, dachte Dios. *Der himmlische Juwelier. Jetzt hat sich meine Phantasie verselbständigt und führt ein eigenes Leben. Sieh nur, wie sich seine Fingernägel in Klauen verwandeln ...*

So habe ich ihn mir nicht *vorgestellt.*

»Halt!« rief er. »Ich befehle euch, sofort stehenzubleiben! Ich habe euch geschaffen, und deshalb werdet ihr mir gehorchen!«

Wurde bereits erwähnt, daß es den Göttern an Dankbarkeit mangelt?

Teppicymon spürte, wie der Bann allmählich von ihm wich, als Dios seine Aufmerksamkeit ekklesiastischen Dingen widmete. Er blickte zur winzigen Gestalt an der Pyramide hoch und beobachtete erschrocken, wie sie den Halt verlor ...

Die übrigen Vorfahren sahen es ebenfalls, und plötzlich wußten alle Toten, was es zu tun galt. Dios konnte warten.

Dies war eine Familienangelegenheit.

Teppic hörte ein dumpfes Knirschen und hielt sich hastig mit einer Hand fest. Weiter oben steckte ein zweites Messer im Marmor, aber ... Nein, zwecklos. Er konnte es nicht erreichen. Es fiel ihm schwer genug, die Arme zu bewegen — sie fühlten sich an wie zwei feuchte Taue. Nun, wenn er alle viere von sich streckte, rutschte er vielleicht langsam genug ...

Er starrte nach unten und sah andere Kletterer, die sich ihm verblüffend schnell näherten, nach *oben* zu fallen schienen.

Stumm wie Efeu stiegen die Ahnen an der Pyramide empor. Jede neue Reihe blieb auf der früheren Generation stehen; die jüngeren Toten verharrten auf den Schultern ihrer verstorbenen Eltern. Knochige Hände hielten Teppic fest, als sich die Welle der Mumien dicht unter ihm brach, schoben und zerrten ihn über die dunkle Mauer. Um ihn herum ertönten Stimmen, die wie knarrende Sarkophage klangen. Sie stöhnten ermutigende Worte.

»Gut gemacht, Junge«, ächzte eine Leiche und hob Teppic hoch. »Du erinnerst mich an mich, als ich noch lebte. Jetzt bist du dran, Sohn.«

»Hab ihn«, sagte die nächste Mumie und zog Teppic mühelos zu sich heran. »Ein toller Familiengeist, nicht wahr, Junge? Beste Grüße von deinem Urururur-Onkel. Tja, wir haben uns leider nie kennengelernt. Weiter geht's.«

Andere Ahnen kletterten an Teppic vorbei, und man reichte ihn im wahrsten Sinne des Wortes von Hand zu Hand. Uralte Finger schlossen sich wie Stahlklammern um seine Arme und halfen ihm beim Aufstieg.

Die Pyramide wurde schmaler.

Ein nachdenklicher Ptaclusp sah nach oben.

»Was für eine Arbeiterschaft«, sagte er. »Ich meine, die ältesten Ahnen ganz unten müssen ein enormes Gewicht aushalten!«

»Vater ...«, sagte IIb. »Ich glaube, wir sollten jetzt weglaufen. Die Götter kommen näher.«

»Vielleicht können wir sie unter Vertrag nehmen«, überlegte Ptaclusp laut. »Wahrscheinlich verlangen sie nicht viel Geld. Immerhin sind sie tot, und ...«

»Vater!«

»... was die Verpflegung betrifft ...«

»Du wolltest nie wieder Pyramiden bauen. Du hast es versprochen. Und jetzt komm!«

Teppic erreichte die Spitze der Pyramide, und die beiden letzten Vorfahren stützten ihn. Einer von ihnen war sein Vater.

»Darf ich dir Urgroßmutter vorstellen?« fragte Teppicymon und deutete auf eine kleinere Mumie, die Teppic ernst zunickte. Er öffnete den Mund.

»Für freundliche Konversation haben wir jetzt keine Zeit«, sagte sie. »Du hast eine Aufgabe zu erfüllen.«

Teppic sah zum Horizont. Die Sonne blickte argwöhnisch über den Rand der Welt und stellte fest, daß die Götter nicht mehr um sie stritten. Trotzdem: Sie schien dem Frieden nicht ganz zu trauen und hielt es für besser, den Tag zu beenden und sich zur Nachtruhe zu begeben. Die heiligen Entitäten hatten unterdessen den Fluß durchquert. Sie kamen nur langsam voran, da sie sich immer wieder darüber zankten, wem der Vortritt gebührte, doch die ersten von ihnen marschierten bereits durch die Nekropolis und näherten sich Dios.

Die Ahnen wichen fort, glitten flink an der Pyramide herab und ließen Teppic allein auf einem Quadratmeter Marmor zurück.

Mehrere Sterne funkelten am Firmament.

Der junge Pharao beobachtete, wie die weißen (und auch braunen und grünen) Mumien davoneilten, als müßten sie etwas Wichtiges erledigen. Sie alle sprinteten zum breiten Fluß.

Die Götter verloren ihr Interesse an Dios, jenem kleinen Menschen, der krächzte und einen Stock schwang. Der nächste Gott, ein krokodilköpfiges Etwas, stapfte über den Platz vor der Pyramide, sah zu Teppic hoch und streckte eine Klauenpranke nach ihm aus. Der junge Pharao tastete nach einem Messer und fragte sich, mit was für einer Art von Dolch man Götter inhumierte.

Licht flackerte am Ufer des Djel — die kleineren Pyramiden öffneten temporale Ventile und entluden gespeicherte Zeit.

Priester und Ahnen flohen, als der Boden zu zittern begann. Selbst die Götter wirkten verwirrt.

IIb griff nach dem Arm seines Vaters und zog ihn mit sich.

»Komm!« rief er ihm ins Ohr. »Wir dürfen nicht in der Nähe sein, wenn sich die Große Pyramide entlädt! Sonst legt man dich heute abend an einem Kleiderbügel zu Bett!«

Um sie herum zuckten Entladungsblitze von den Schlußsteinen gewöhnlicher Pyramiden — dünne halbherzige Flammen, deren Licht mit dem Glühen am Horizont verschmolz.

»Vater! Wir müssen weg von hier!«

Ptaclusp taumelte übers Pflaster und starrte noch immer auf die massige Silhouette der Großen Pyramide.

»Sieh nur, es haben sich nicht alle aus dem Staub gemacht«, sagte er und streckte die Hand aus. Eine menschliche Gestalt stand auf dem Platz.

IIb blickte in die entsprechende Richtung und blinzelte.

»Der Hohepriester Dios«, erwiderte er. »Ich schätze, er hat irgend etwas vor, aber es ist besser, sich nicht in priesterliche Angelegenheiten einzumischen, würdest du jetzt bitte *mitkommen*.«

Der krokodilköpfige Gott drehte den Schädel von links nach rechts. Räumliches Sehen gehörte nicht zum Inventar seiner Sinne, und deshalb fiel es ihm schwer, die Entfernung zu Teppic einzuschätzen. Der gewaltige Körper wirkte halb durchsichtig — als habe jemand die Umrisse gezeichnet und darauf verzichtet, Farbe hinzuzufügen. Das Geschöpf trat auf eine kleinere Grabstätte, die sofort zu Staub zerfiel.

Eine Pranke schwebte über Teppic, und sie sah aus wie ein Kanu-Bündel mit Krallen. Der schwarze Marmor fühlte sich warm an, und die Pyramide erbebte. Aber sie schien nicht gewillt zu sein, sich zu entladen.

Die Pranke kam herab. Teppic sank auf ein Knie, umfaßte seine Waffe mit beiden Händen und hielt das Messer aus reiner Verzweiflung hoch über den Kopf.

Irgend etwas glitzerte über die Spitze der Klinge, und *dann* entlud sich die Große Pyramide.

Zuerst geschah alles in absoluter Stille. Eine blendend helle Flamme leckte gen Himmel, verwandelte das ganze Königreich in ein wirres Muster aus schwarzen Schatten und weißem Glanz — eine Flamme, die ihre Beobachter nicht nur in Salzsäulen verwandeln konnte, sondern in jedes Gewürz ihrer Wahl. Sie platzte wie eine Pusteblume auseinander, so lautlos wie das Schimmern der Sterne, so grell wie eine Supernova.

Einige Sekunden lang tauchte sie die Nekropolis in unglaublich helles Licht, und dann erklang das Geräusch. Es war ein Geräusch, das sich durch die Knochen bohrte, in jede einzelne Körperzelle kroch und mit nicht unbeträchtlichem Erfolg versuchte, die Eingeweide zu zerreißen. Es gibt Geräusche, die so laut sind, daß man sie gar nicht hört. Um ein solches Geräusch handelte es sich.

Schließlich beschloß es, auf der kosmischen Tonleiter nach unten zu klettern. Es verwandelte sich schlicht und einfach in das lauteste Geräusch, das man sich nur vorstellen konnte.

Und dann verklang es, hinterließ den dunklen metallenen Nachhall jäher Stille. Das Licht verblaßte, wurde zu einem blauen und purpurnen Glimmen, das über den Himmel tanzte und verschwand. Stille und Dunkelheit folgten. Vielleicht die Stille und Dunkelheit nach dem letzten Ereignis-Kapitel? Nein, keineswegs. Es schloß sich ein Augenblick des Gleichgewichts an. Man denke in diesem Zusammenhang an einen geworfenen Ball, der keine Beschleunigung mehr erfährt und glaubt, das Schlimmste überstanden zu haben: Er irrt sich natürlich, denn wir alle wissen, daß ihn noch die Aufmerksamkeit der Gravitation erwartet.

Diesmal kündigte sie sich mit einem schrillen Pfeifen weit oben und einem Brodeln in der Luft an. Das Brodeln metamorphierte zu einem Glühen, das Glühen zu einer anderen Flamme, zu einem Lodern, das nach unten raste, in die Große Pyramide, in eine gewaltige Masse aus schwarzem Marmor. Kleinere Blitze knisterten zu den übrigen Grabstätten. Schlangen aus weißem Feuer krochen von Pyramide zu Pyramide, durch die ganze Nekropolis. Teppic nahm den Gestank von verbranntem Stein wahr.

Während dies alles geschah, während sich temporale Energien austobten, schien die Große Pyramide einige Zentimeter anzusteigen. Sie ruhte auf einem Kissen aus purer Kraft und drehte sich um neunzig Grad. Wie es aussah? Stellen Sie sich eine optische Täuschung vor, die stattfinden kann, *obwohl überhaupt niemand hinsieht.*

Und dann, trügerisch gemächlich und würdevoll, explodierte das riesige Bauwerk.

Nun, die Bezeichnung ›Explosion‹ ist ein wenig zu kraß: Folgendes geschah: Die Große Pyramide zerlegte sich selbst in Einzelteile, jeweils so groß wie ein Einfamilienhaus. Die Blöcke schwebten träge voneinander fort und segelten über die Nekropolis. Einige von ihnen trafen andere Pyramiden, zertrümmerten sie in einer unbekümmerten, geistesabwesenden Art, setzten den Flug gelassen fort, erreichten den Boden, pflügten tiefe Furchen und hielten unter großen Geröllhalden inne.

Kurz darauf donnerte es. Ziemlich laut. Und ziemlich lange.

Graue Staubwolken wallten über das Königreich.

Ptaclusp stemmte sich in die Höhe, taumelte mit ausgestreckten Armen umher — und stieß gegen jemanden. Er schauderte unwillkürlich, als er daran dachte, was für Personen seit einiger Zeit in der Nekropolis umherwanderten. Allerdings war es nur ein kurzes Schaudern, denn das Denken fiel ihm nicht leicht. Irgend etwas schien ihn am Kopf getroffen zu haben ...

»Bist du das, Junge?« fragte er vorsichtig.

»Bist du das, Vater?«

»Ja«, sagte Ptaclusp.

»Ich bin's, Vater.«

»Ich bin *froh*, daß du es bist, Sohn.«

»Kannst du was sehen?«

»Nein. Es ist alles neblig und dunstig. Irgendwie verschwommen. Und so.«

»Dem Himmel sei Dank. Ich dachte schon, es läge an mir.«

»Du *bist* es doch, oder? Ich meine, bist du wirklich du? Eben hast du's behauptet?«

»Ja, Vater. Ich bin ich.«

»Wie geht's deinem Bruder?«

»Gut. Glaube ich. Ich habe ihn mir in die Tasche gesteckt, Vater.«

»In Ordnung. Freut mich, daß ihm nichts passiert ist.«

Sie gingen behutsam weiter, kletterten über Trümmerstücke, die sie kaum sehen konnten.

»Irgend etwas ist explodiert, Vater«, sagte IIb langsam. »Vermutlich die Große Pyramide.«

Ptaclusp rieb sich den Kopf an einer ganz bestimmten Stelle — zwei Tonnen fliegender Fels hatten ihn dort um genau eins Komma zwei Millimeter verfehlt. Der Baumeister wußte nun, wie weit die Unterwelt vom Diesseits entfernt war ... »Bestimmt liegt's an dem Zement, den uns der Epheber Merco verkauft hat ...«

»Ich glaube, diesmal geht es um mehr als nur schlechte Stukkaturarbeiten, Vater«, sagte IIb. »Ich fürchte, es ist weitaus schlimmer.«

»Ich meine, der Zement war ein bißchen Dingsbums, ein bißcher. zu sandig ...«

»Du solltest irgendwo Platz nehmen, Vater«, schlug IIb so freundlich wie möglich vor. »Hier, gib auf Zwei-Ah acht.«

Er setzte den Weg allein fort und schob sich an etwas vorbei, das schwarzem Marmor verdächtig ähnlich sah. IIb suchte einen Priester. Unter gewöhnlichen Umständen konnte er nicht viel mit Priestern anfangen, aber derzeit waren die Umstände alles andere als gewöhnlich. Deshalb hielt er nach einem Priester Ausschau. Vielleicht erhoffte er sich Trost und Zuspruch — oder die Gelegenheit, einen priesterlichen Hals umzudrehen.

Er fand jemanden, der auf Händen und Knien umherkroch und hingebungsvoll hustete. IIb half ihm — die Person war eindeutig ein Er; einige Sekunden lang hatte er befürchtet, sie könne ein Es sein — zu einem anderen Steinblock. Ja, schwarzer Marmor, kein Zweifel.

»Sind Sie ein Priester?« fragte der Sohn des Baumeisters.

»Ich bin Dil, Oberster Einbalsamierer«, antwortete der Mann.

»Ptaclusp IIb, parakosmischer Archi ...«, begann IIb und unterbrach sich. *Vielleicht sind Architekten derzeit nicht besonders beliebt*, dachte er und berichtigte sich schnell. »Ich bin Ingenieur«, sagte er. »Alles in Ordnung mit Ihnen?«

»Weiß nicht genau. Was ist geschehen?«

»Eine Explosion«, erklärte IIb. »Die Große Pyramide, nehme ich an.«

»Sind wir tot?«

»Vermutlich nicht. Sie sprechen, und ich kann mich nach wie vor bewegen.«

Dil schauderte. »Das hat nichts zu bedeuten, glauben Sie mir. Was tut ein Ingenieur?«

»Oh, er baut Aquädukte«, sagte IIb hastig. »Wissen Sie, die Dinger kommen bald ganz groß in Mode.«

Dil stand ein wenig unsicher auf und schwankte.

»Ich brauche was zu trinken«, murmelte er. »Lassen Sie uns zum Fluß gehen.«

Unterwegs trafen sie Teppic.

Der junge Pharao klammerte sich an einem stumpfem Pyramidensegment fest, daß einen großen Krater im Boden hinterlassen hatte.

»Ich kenne ihn«, sagte IIb. »Er ist der Junge von der Großen Pyramide. Hockte ganz oben. Ich frage mich, wie er *so etwas* überleben konnte.«

»Warum wächst Korn um ihn herum?« fragte Dil.

»Ich meine, vielleicht gibt's irgendeinen Effekt, wenn man sich in der Mitte des Entladungsblitzes befindet«, überlegte IIb laut. »Eine Art Ruhezone, so wie im Auge eines Strudels...« Aus einem Reflex heraus griff er nach seiner Wachstafel, ließ die Hand dann aber wieder sinken. Es geziemte sich nicht für den Menschen, über Dinge Bescheid zu wissen, der er durcheinanderbrachte. »Ist er tot?« fragte er.

»Keine Ahnung«, entgegnete Dil und trat zurück. Er ging eine mentale Liste möglicher neuer Berufe durch. Die Polsterei erschien ihm attraktiv. Stühle standen wenigstens nicht auf und folgten einem, nachdem man Stroh hineingestopft hatte.

IIb beugte sich über den reglosen Körper.

»Er hält etwas in der Hand«, sagte er, griff nach dem Objekt und strich vorsichtig die schlaffen Finger des Jungen beiseite. »Geschmolzenes und dann wieder erstarrtes Metall. Welchem Zweck dient es?«

... Teppic träumte.

Er sah sieben fette und sieben magere Kühe, und eine von ihnen fuhr mit einem Fahrrad.

Er sah singende Kamele, und ihr Gesang glättete die Falten in der Realität.

Er sah einen Finger, der etwas an die Wand einer Pyramide schrieb: *Es ist ganz leicht, über die Schwelle des Seins zu schreiten. Viel schwerer fällt es... (Bitte auf der nächsten Wand weiterlesen)*

Teppic ging um die Pyramide herum und beobachtete den schreibenden Finger. *Ins Vergangene zurückzugehen, denn so etwas erfordert festen Willen. Danke.*

Teppic dachte darüber nach und glaubte, daß sich in diesen Worten eine wichtige Botschaft verbarg. Er verstand sie nicht ganz, aber trotzdem begriff er, daß noch immer eine Aufgabe auf ihn wartete. Bisher hatte er nicht gewußt, wie er gerecht werden sollte, doch nun gelangte er zu der Erkenntnis, daß es nur um Zahlen und Buchstaben ging, die eine bestimmte Reihenfolge bilden mußten. Magie bedeutete, das Sein mit Worten zu beschreiben, die es nicht ignorieren konnte.

Er konzentrierte sich und schnaufte.

Irgend etwas bewegte sich, und zwar recht schnell

Dil und IIb sahen sich um, als Licht durch Nebel und Dunst filterte, die Landschaft in altes Gold verwandelte.

Die Sonne ging auf.

Vorsichtig öffnete der Sergeant die Luke im Bauch des Pferdes. Als sich keine Speere ins Holz bohrten, befahl er Nachhauseschnell, die Strickleiter zu entrollen. Kurze Zeit später kletterte er nach unten und blickte über eine noch kühle morgendliche Wüste.

Der junge Soldat folgte ihm und trat an die Seite des Befehlshabers. Er hüpfte von einer Sandale auf die andere — jetzt war der Sand eiskalt, aber gegen Mittag erreichte er die Temperatur einer besonders heißen Bratpfanne.

»Da«, sagte der Sergeant und streckte den Arm aus. »Sieh nur, auf der tsortanischen Seite.«

»Dort stehen einige hölzerne Pferde, Sarge«, erwiderte Nachhauseschnell. »Eins hat Kufen.«

»Bestimmt das Pferd der Offiziere. Hm. Die Tsortaner müssen uns für ziemlich blöd halten.« Der Sergeant vertrat sich ein wenig die Beine, atmete frische Luft und ging dann wieder zur Strickleiter.

»Komm, Junge!« brummte er.

»Müssen wir wirklich zurück?«

Der Sergeant zögerte mit dem Fuß auf der untersten Seilsprosse.

»Hast du denn keinen Verstand im Kopf, Bursche? Glaubst du etwa, die Tsortaner holen unsere Pferde, wenn sie uns hier draußen sehen? Wohl kaum, oder? Ich meine, das wäre doch dumm.«

»Sind Sie ganz sicher, daß die Tsortaner hierherkommen?« fragte Nachhauseschnell. Der Sergeant musterte ihn und runzelte die Stirn.

»Hör mal, Soldat«, sagte er, »wenn die Tsortaner so dämlich sind zu glauben, wir brächten einige mit Kriegern gefüllte Holzpferde in unsere Stadt, so sind sie gewiß dämlich genug, um *unsere* Holzpferde in *ihre* Stadt zu bringen. Quod erat demonstrandum.«

»Quoht ehratt ...«

»Das heißt: Die Strickleiter hoch, Lümmel!«

Nachhauseschnell salutierte. »Bitte zuerst um Erlaubnis, entschuldigt zu werden.«

»Ich soll dich entschuldigen? Weshalb?«

»Äh«, sagte Nachhauseschnell und wirkte ein wenig verlegen, »ich meine, im Pferd ist es recht eng, Sarge, wenn Sie verstehen, was ich meine.«

»Du brauchst mehr Willenskraft, wenn du bei den Kavalleristen bleiben willst, Junge. Ist dir das klar?«

»Ja, Sarge«, murmelte Nachhauseschnell betrübt.

»Ich gebe dir eine Minute Zeit.«

»Danke, Sarge.«

Nachhauseschnell wartete, bis sich die Luke über ihm schloß, bevor er an ein massives Pferdebein herantrat und es zweckentfremdete.

Bei solchen Gelegenheiten reicht der Blick häufig ins Leere, während man philosophischen Gedanken nachhängt. Das Schicksal nutzte genau diesen Zeitpunkt, um vor dem jungen Soldaten ein breites Flußtal entstehen zu lassen.

So etwas geschieht natürlich nicht sehr häufig, und daher kann man sich Nachhauseschnells Überraschung gut vorstellen. Sie führte unter anderem dazu, daß er seine Uniform waschen mußte.

Eine vom Meer her wehende Brise strich übers Alte Königreich, deutete den Geruch von Salz, Muscheln und in der Sonne backender Algen nicht nur an, sondern preßte ihn in alle Poren. Einige verwirrte Möwen segelten über der Nekropolis und beobachteten, wie der Wind über die Ruinen geborstener Pyramiden strich, umgestürzte Gedenktafeln und Säulen unter Sand begrub. Mit einem gelegentlichen Stuhlgang verkündeten die Vögel weitaus mehr, als Ozymandias jemals mit Worten zum Ausdruck bringen konnte.

Der Wind war kühl und nicht unangenehm. Hunderte von Bürgern arbeiteten im Freien, um die von den Göttern angerichteten Schäden zu beheben, und sie genossen die Brise, wandte sich ihr so zu wie Fische einer Strömung, die klares, frisches Wasser herantrug.

Niemand befand sich in der Nekropolis. Die meisten Pyramiden hatten ihre oberen Etagen verloren, qualmten stumm vor sich hin und wirkten wie kürzlich erloschene Vulkane. Hier und dort lagen schwarze Marmorblöcke auf dem uralten Pflaster. Einer von ihnen hätte fast die prächtige Statue des Geierköpfigen Gottes Hut zerschmettert.

Die Ahnen waren verschwunden. Kein Lebender verspürte den Wunsch, nach ihnen zu suchen.

Gegen Mittag segelte ein seltsames Schiff über den Djel. Es schien wie ein dickes, völlig hilfloses Nilpferd durch den Fluß zu gleiten, und erst nach einer ganzen Weile merkte man, daß es erstaunlich schnell vorankam. In der Nähe des Palastes ging es vor Anker.

Nach einer Weile wurde ein Beiboot zu Wasser gelassen.

Teppic saß auf dem Thron und beobachtete, wie sich Djelibeby allmählich von den Heimsuchungen der Götter und den übrigen Zwischenfällen erholte. Er verglich den Prozeß der Normalisierung mit einem gesplitterten Spiegel, den man wieder zusammensetzte und der das alte Licht auf eine völlig neue, unerwartete Weise reflektierte.

Eigentlich wußte niemand, *warum* Teppic auf dem Thron saß, aber sonst erhob keiner Anspruch auf den Platz. Alle empfanden es als Erleichterung, von einer klaren, selbstsicheren Stimme Anweisungen entgegenzunehmen. Es ist erstaunlich, wie gern Menschen gehorchen, wenn sie eine klare, selbstsichere Stimme hören. Außerdem: Das Königreich war an eine klare, selbstsichere Stimme gewöhnt.

Teppic gab Befehle, und diese Tätigkeit ersparte es ihm, über gewisse Dinge nachzudenken. Zum Beispiel darüber, was demnächst geschehen mochte. Die Götter beschränkten sich wieder darauf, nicht zu existieren (wodurch es den Leuten weitaus leichter fiel, an sie zu glauben), und das Gras zeigte keine Neigung mehr, unter den Füßen des jungen Pharaos zu wachsen.

Vielleicht gelingt es mir tatsächlich, Djelibeby in Ordnung zu bringen, überlegte er. *Aber was soll ich dann damit anfangen? Wenn wir doch nur Dios finden könnten. Er wußte immer, was es zu tun galt — das war sein großer Vorteil.*

Ein Wächter schob sich durch die Menge aus Priestern und Adligen.

»Bitte entschuldigen Sie, Gebieter«, sagte er. »Ein Kaufmann möchte Sie sprechen. Er meint, es sei sehr wichtig.«

»Nicht jetzt, Mann. In einer Stunde erwarte ich die Repräsentanten der tsortanischen und ephebischen Heere, und vorher muß noch eine Menge erledigt werden. Ich kann nicht jeden Händler empfangen, der zufällig vorbeikommt. Übrigens: Womit handelt er?«

»Mit Teppichen, Gebieter.«

»Mit *Teppichen?*«

Schelter grinste wie ein Honigkuchenpferd, als er durch den Saal schritt, gefolgt von einigen Besatzungsmitgliedern seines Schiffes. Neugierig betrachtete er die Tapisserien und Fresken, berechnete vermutlich ihren Marktwert. Als er den Thron erreichte, malte er zwei mentale Linien unter die Summe.

»Nettes Plätzchen«, sagte Schelter. Nur er schaffte es, mehrere tausend Jahre architektonischer Akkumulation in zwei schlichten Worten zum Ausdruck zu bringen. »Du ahnst nicht einmal, was passiert es. Wir segelten an der Küste entlang, und plötzlich entdeckten wir einen Fluß. Im einen Augenblick hohe Klippen, im nächsten ein breiter Strom. He, was für eine komische Sache, dachte ich. Bestimmt treibt sich irgendwo mein alter Kumpel Teppic herum.«

»Wo ist Ptraci?«

»Ich wußte natürlich, daß du den Komfort in Ankh-Morpork vermißt, und deshalb haben wir dir diesen Teppich mitgebracht.«

»Wo ist *Ptraci?*«

Die Seefahrer wichen beiseite, und ein lächelnder Alfons trat vor, löste die Schnüre eines Teppichs und rollte ihn auseinander.

Staub wallte auf. Mottenkugeln rochen ziemlich intensiv. Und dann kam ein anderer Duft hinzu. Ein Duft, der Erinnerungen in Teppic weckte. Der dicke Stoffballen gab Ptraci frei. Die junge Frau drehte sich mehrmals um die eigene Achse und stieß mit dem Kopf an Teppics Stiefel.

Er half ihr auf die Beine und zupfte einige Staubflokken aus ihrem Haar. Sie schwankte von einer Seite zur anderen, ignorierte ihn, wandte sich zornig an Schelter.

»Ich hätte da drin ersticken können!« entfuhr es ihr. »Nach dem Geruch zu urteilen, diente das verdammte Ding bereits einigen anderen Geschöpfen als Grab. Und dann die *Hitze!*«

»Du hast gesagt, bei Königin Dingsbums, Brumm-Summ-Hurra oder so, habe es funktioniert«, erwiderte Schelter. »Ich hielt es für meine Pflicht, deine Wünsche zu respektieren. Tja, in meiner Heimat hätte eine Halskette genügt.«

»Ich wette, der *Königin* stand ein weitaus besserer Teppich zur Verfügung«, fauchte Ptraci. »Kein Etwas, das sechs Monate in einer muffigen Frachtkammer lag.«

»Sei froh, daß wir überhaupt einen auftreiben konnten«, sagte Schelter ruhig. »Es war deine Idee.«

»Hmm«, brummte die junge Frau und drehte sich zu Teppic um. »Hallo. Dies sollte eigentlich eine tolle Überraschung sein.«

»Sie ist dir auch gelungen«, bestätigte Teppic hastig. »Ja, sie ist dir wirklich gelungen.«

Schelter lag auf einem Verandasofa, und drei Dienstmädchen wechselten sich dabei ab, Weintrauben für ihn zu schälen. Im Schatten stand ein Krug mit kühlem Bier. Der Geschäftsmann lächelte zufrieden.

Alfons rückte eine Decke zurecht, streckte sich auf dem Bauch aus und versuchte, mit seiner Verlegenheit fertig zu werden. Die Leiterin der königlichen Dienstmädchen-Abteilung hatte festgestellt, daß nicht nur Alfons' Arme Tätowierungen aufwiesen: Sein Rücken kam einer illustrierten Geschichte exotischer Techniken gleich, und einige junge Damen nutzten die Gelegenheit, ihre Kenntnisse zu erweitern. Schelters Gefährte zuckte immer wieder zusammen, wenn die Abteilungsleiterin mit ihrem Zeigestock auf interessante Details deutete, und er hielt sich energisch die Ohren zu, um nicht das leise Kichern zu hören.

Am anderen Ende der Veranda saßen Teppic und Ptraci. Eine stumme Übereinkunft der übrigen Anwesenden gab ihnen die Möglichkeit, sich ungestört zu unterhalten.

Das Gespräch blieb nicht ohne Probleme.

»Alles ist anders geworden«, sagte Teppic. »Ich will kein Pharao sein.«

»Du *bist* der Pharao«, hielt ihm Ptraci entgegen. »Daran kannst du nichts ändern.«

»Doch das kann ich. Indem ich abdanke. Es ist ganz einfach. Wenn ich nicht wirklich der Pharao bin, habe ich die Möglichkeit, jederzeit zu gehen. *Wenn* ich voll und ganz der Pharao bin, ist mein Wort Gesetz. Anders ausgedrückt: Dann genügt eine königliche Entscheidung, um jemand anders auf den Thron zu setzen. Wenn wir in der Lage sind, per Dekret das Geschlecht zu verändern, sollte die Ernennung eines Nachfolgers keine Schwierigkeiten bereiten. Bestimmt läßt sich irgendein Verwandter auftreiben, der den Job übernehmen kann. Meine Familie ist ziemlich groß, soweit ich weiß.«

»Den *Job?*« fragte Ptraci skeptisch. »Außerdem: Hast du nicht gesagt, du hättest nur eine Tante?«

Teppic runzelte die Stirn. Wenn man genauer darüber nachdachte, schien Tante Cleph-ptah-re nicht gerade die Art von Monarchin zu sein, die ein Königreich brauchte, um einen neuen Anfang zu machen. Tante Cleph zeichnete sich durch einige recht strenge Prinzipien aus, und bei den meisten davon ging es um das ordentliche Verdreschen von Leuten, die sie nicht mochte. Wobei ihre Antipathie praktisch allen Leuten galt, die noch keine fünfunddreißig Jahre alt waren.

»Nun, sicher finden wir jemand anders«, sagte Teppic nach einer Weile. »Dürfte eigentlich nicht weiter schwer sein. Hier in Djelibeby fließt königliches Blut in besonders vielen Adern. Wir fragen einfach, wer in letzter Zeit von Kühen geträumt hat.«

»Oh, meinst du den Traum, in dem dicke und dünne Kühe umhermarschieren?« erkundigte sich Ptraci.

»Ja, Pharaonen träumen davon.«

»Kann einem ganz schön auf die Nerven gehen, nicht

wahr? Eine der Kühe grinst dauernd und bläst in eine Trompete.«

»In eine Posaune«, sagte Teppic. »Ich glaube, es ist eine Posaune.«

»Wenn man genau hinsieht, erweist sie sich als Zeremonientrompete«, entgegnete Ptraci.

»Nun, ich schätze, man kann sie aus verschiedenen Blickwinkeln betrachten. Ich meine, vermutlich sieht jeder Träumende etwas anderes.« Teppic seufzte und beobachtete, wie die *Namenlos* entladen wurde. Die Frachtkammern des Schiffes enthielten erstaunlich viele Matratzen und Federbetten. Einige Leute, die über den Laufsteg gingen, trugen Werkzeugkästen und Rohre.

»Ich fürchte, es könnten sich einige Probleme ergeben«, murmelte Ptraci. »Du kannst doch nicht einfach sagen: ›Alle diejenigen, die von Kühen träumen, sollen vortreten.‹ Ich meine, dann ist das königliche Geheimnis deiner Ahnen überhaupt nicht mehr geheim.«

»Aber es hat wohl wenig Sinn, darauf zu warten, daß jemand mit einer entsprechenden Bemerkung an mich herantritt«, gab Teppic zurück. »Ich meine, laß uns doch mal vernünftig sein. Wie viele Leute würden sich melden und sagen ›He, gestern nacht hatte ich so einen komischen Traum über Kühe?‹ Abgesehen von dir, meine ich.«

Teppic und Ptraci starrten sich an.

»Sie ist meine *Schwester?*« fragte Teppic.

Die Priester nickten und überließen die Antwort Koomi. Zusammen mit der Leiterin der königlichen Dienstmädchen-Abteilung hatte er gerade die Akten durchgesehen.

»Ihr verstorbener Vater fand, äh, großen Gefallen an Ptracis Mutter«, sagte er. »Natürlich kümmerte er sich ebenso hingebungsvoll um das Mädchen wie auch um seinen Sohn. Äh. Alles deutet darauf hin, äh. Es hat ganz den Anschein, als äh. Nun, sie könnte auch ihre

Tante sein. Mit der Büroarbeit nehmen es die Konkubinen nicht ganz so genau. Sie halten die Unterlagen nur selten auf dem neuesten Stand. Äh. Wie dem auch sei. Ich bin ziemlich sicher, daß sie Ihre Schwester ist.«

Ptraci sah Teppic an. Tränen glänzten in ihren Augen.

»Tante oder Schwester«, murmelte sie. »Es spielt kaum eine Rolle, oder?«

Teppic starrte zu Boden.

»Nein, eigentlich nicht«, erwiderte er. Er hob den Kopf. »Wichtig ist nur: Du kannst Königin werden. Beziehungsweise Pharaonin.« Er sah die Priester an. »Das kann sie doch, oder«, sagte er fest.

Die Hohenpriester musterten sich gegenseitig und richteten ihre Blicke dann auf Ptraci, die neben dem Thron stand und leise schluchzte. Jung, im Palast ausgebildet, daran gewöhnt, Anweisungen entgegenzunehmen ... Koomi räusperte sich.

»Sie wäre ideal«, sagte er. Seine Kollegen murmelten zustimmend und wirkten plötzlich weitaus zuversichtlicher.

»Du hast es gehört«, wandte sich Teppic an Ptraci. Er lächelte aufmunternd.

Sie bedachte ihn mit einem finsteren Blick.

Der junge, ehemalige Pharao stand auf und trat die Treppe herunter.

»Na schön, ich mache mich jetzt auf den Weg«, sagte er. »Ich brauche nicht zu packen. Es ist bereits alles vorbereitet.«

»Wie?« fragte Ptraci. »Du gehst? Einfach so? Solltest du nicht irgendeine Ansprache halten?«

Teppic zögerte auf halbem Wege zur Tür. *Du könntest bleiben*, dachte er. Eine mahnende Stimme erklang hinter seiner Stirn. *Nein, es hat keinen Zweck. Bestimmt käme es zu einem enormen Durcheinander. Ihr würdet euch um das Königreich streiten. Das Schicksal hat euch zusammengeführt, aber das Schicksal kann sich auch irren, oder? Außer-*

dem: Du magst Sand nur, wenn er einen hübschen Strand bil-
det. Wüsten sind dir viel zu heiß.

»Kamele sind wichtiger als Pyramiden«, sagte er langsam. »Das sollten wir nie vergessen.«

Er lief los, als Ptraci nach einer handlichen Vase griff.

Die Sonne erreichte den Zenit, ohne von Käfern geschoben oder gezogen zu werden. Koomi stand neben dem Thron, und es gelang ihm mit großem Geschick, dem Geierköpfigen Gott Hut ähnlich zu sehen.

»Es ist der Gebieterin genehm, mich zum neuen höchsten Hohenpriester und ersten Premierminister zu ernennen«, sagte er.

»Wie?« Ptraci stützte das Kinn auf die eine Hand und winkte mit der anderen. »Oh. Ja. Einverstanden. In Ordnung.«

»Leider konnte bisher keine Spur von Dios gefunden werden, was wir alle sehr bedauern. Nun, er stand in unmittelbarer Nähe der Großen Pyramide, als sie ... sich entlud.«

Ptraci starrte ins Leere. »Du bist sein Nachfolger«, sagte sie. Koomi holte triumphierend Luft.

»Es dauert noch etwas, bis die offizielle Krönung stattfinden kann«, verkündete er und griff nach der goldenen Maske. »Dennoch ist es Euer Gnädigkeit genehm, die Maske königlicher Autorität zu tragen, denn es müssen einige dringende Angelegenheiten geregelt werden.«

Ptraci sah kurz zur Seite.

»Das Ding setze ich nicht auf«, sagte sie schlicht.

Koomi lächelte. »Es ist Euer Majestät genehm, die Maske königlicher Autorität zu tragen«, stellte er fest.

»Nein«, widersprach Ptraci.

Koomis Lächeln verblaßte ein wenig, als er versuchte, mit diesem neuen Konzept zurechtzukommen. Er war sicher, daß sich für Dios nie solche Schwierigkeiten ergeben hatten.

Koomi löste das Problem, indem er ihm auswich. Das Ausweichen hatte ihm ein recht erfolgreiches Berufsleben ermöglicht, und er sah keinen Grund, sich von guten Angewohnheiten zu trennen. Vorsichtig legte er die goldene Maske auf einen nahen Stuhl.

»Die Erste Stunde hat begonnen«, sagte er. »Euer Majestät wünscht sicher, das Ritual des Ibis zu leiten, und anschließend wird Euer Liebenswürdigkeit den Befehlshabern der tsortanischen und ephebischen Heere eine Audienz gewähren. Beide Gesandten bitten um Erlaubnis, das Königreich zu durchqueren. Euer Barmherzigkeit lehnt natürlich ab. Zur Zweiten Stunde gibt es ...«

Ptraci trommelte mit den Fingern auf die Armlehnen des Throns. Sie atmete tief durch. »Ich möchte ein Bad nehmen«, sagte sie.

Koomi hob die Brauen.

»Die Erste Stunde hat begonnen«, wiederholte er. Etwas anderes fiel ihm nicht ein. »Euer Majestät wünscht sicher ...«

»Koomi?«

»Ja, o gepriesene pharaonische Königin?«

»Sei still.«

»... das Ritual des Ibis ...«, stöhnte der neue höchste Hohepriester.

»Ich bin sicher, du kannst es auch allein durchführen«, sagte Ptraci. »Du scheinst mir ganz der Typ Mann zu sein, der die Dinge selbst in die Hand nimmt«, fügte sie verdrießlich hinzu.

»... die Befehlshaber der tsortanischen und ephebischen Heere ...«

»*Sag ihnen*«, begann Ptraci und überlegte kurz, »sag ihnen, sie können Djelibeby durchqueren. Nicht nur die tsortanischen *oder* ephebischen Soldaten, sondern *sowohl als auch*. Hast du mich verstanden?«

»Aber ...« Koomis Ohren schafften es endlich, die Aufmerksamkeit eines gequälten Intellekts zu wecken.

»Dann gelangen die Truppen jeweils auf die andere Seite. Ins Land des Feindes.«

»Ja. Bin gespannt, was sie dort mit ihren Holzpferden anstellen. Nachdem du mit den Befehlshabern gesprochen hast, wirst du einige Kamele kaufen. Ich kenne einen Händler in Ephebe, der ein recht gutes Angebot hat. Sieh dir die Zähne an. Und noch etwas: Bitte den Kapitän der *Namenlos*, zu mir zu kommen. Er wollte mir erklären, was es mit einem ›Freihafen‹ auf sich hat.«

»Soll er Sie im, äh, Bad besuchen, o Königin?« fragte Koomi heiser. Seine Besorgnis nahm zu, als er bemerkte, wie sich Ptracis Tonfall veränderte. Mit jedem Satz wurde die Flamme des genetischen Schweißbrenners heißer und verbrannte den Lack der Erziehung. In den Adern der jungen Frau brodelte das Blut der Ahnen.

»Warum nicht?« erwiderte sie scharf. »Und kümmere dich um die sanitären Anlagen. Rohre sind dabei sehr wichtig.«

»Für die Eselsmilch?« fragte Koomi. Er wußte nicht mehr nach rechts und links.*

»Sei still, Koomi.«

»Ja, o Königin«, sagte Koomi kleinlaut.

Er hatte sich Veränderungen gewünscht. Aber gleichzeitig wollte er, daß alles beim alten blieb.

Die Sonne kroch von ganz allein zum Horizont, und einige Leute hatten einen guten Tag hinter sich.

Das rote Licht der Abenddämmerung fiel auf die drei männlichen Angehörigen der Ptclusp-Dynastie, als sie sich über einen Bauplan beugten.

»Man bezeichnet so etwas als Brücke«, sagte IIb.

»Ist das eine Art Aquädukt?« fragte Ptaclusp.

---

* Bei jemandem, der in der Kunst des Ausweichens nicht ganz so bewandert ist, müßte es heißen: Er wußte weder vor und zurück noch ein und aus.

»Eher das Gegenteil, in gewisser Weise«, erwiderte IIb. »Man geht darüber hinweg, und das Wasser fließt unten.«

»Oh«, sagte Ptaclusp. »Der Pha ... Ich meine, die Königin wird nicht viel davon halten. Die königliche Familie war immer dagegen, den heiligen Djel mit Dämmen, Wehren und dergleichen zu fesseln.«

IIb grinste von einem Ohr zum anderen. »Die Königin hat es *vorgeschlagen*. Und freundlicherweise fügte sie hinzu: Es sollte auch einige geschützte Stellen geben, von denen aus man Steine auf die Krokodile herabwerfen kann.«

»Das hat sie wirklich gesagt?«

»Große, spitze Steine. So lauteten ihre Worte.«

»Bemerkenswert.« Ptaclusp wandte sich seinem anderen Sohn zu.

»Bist du sicher, daß mit dir alles in Ordnung ist?« fragte er.

»Daran kann überhaupt kein Zweifel bestehen«, antwortete IIa.

»Keine«, — Ptaclusp suchte nach den richtigen Worten —, »Kopfschmerzen oder dergleichen?«

»Es ist mir nie besser gegangen«, versicherte IIa.

»Mir fiel nur auf, daß du dich nicht nach den Kosten erkundigt hast«, stellte Ptaclusp fest. »Ich dachte mir, vielleicht fühlst du dich noch immer ein wenig fla ... ich meine, schlecht.«

»Die Königin braucht jemanden, der sich um die königlichen Finanzen kümmert, und es war ihr genehm, mich mit dieser Aufgabe zu betrauen«, erklärte IIa. »Sie sagte, Priester könnten nicht einmal zwei und zwei zusammenzählen.« Seine jüngsten Erfahrungen hatten keine schlechten Nachwirkungen hinterlassen — sah man einmal von der profitablen Tendenz ab, seinen Mitmenschen gegenüber in rechten Winkeln zu denken. Er strahlte übers ganze Gesicht, während er in Gedanken Tarife berechnete, Liegegebühren festlegte und ein komplexes Mehrwertsteuer-System entwickelte, das den unternehmungslustigen Kaufleuten in Ankh-Morpork bald einen ziemlichen Schock versetzen würde.

Ptaclusp dachte an einen viele Meilen langen jungfräulichen und völlig brückenlosen Djel. An Steinen herrschte kein Mangel; Millionen von Tonnen standen zur Verfügung. Und vielleicht... Ja, vielleicht gab es auf den zukünftigen Brücken Platz für die eine oder andere Statue. In dieser Hinsicht ließ sein Angebot keine Wünsche offen.

Er legte seinen beiden Söhnen die Arme um die Schultern.

»Jungs«, sagte er stolz, »ich glaube, uns steht etwas wirklich Quantenhaftes bevor.«

Das matte Glühen der untergehenden Sonne fiel auch auf Dil und Gern, obwohl es vorher einige Umwege durch die Lichtschächte des Palastes machte. Meister und Lehrling befanden sich nicht in ihrem Arbeitszimmer, und dafür gab es einen guten Grund: Seit einer Weile empfanden sie den Aufenthalt in ihrer Werkstatt als recht deprimierend. Sie konnten die Einsamkeit nicht mehr ertragen.

Um sie herum arbeiteten Köche und spürten die Niedergeschlagenheit der beiden Einbalsamierer. Selbst unter den günstigsten aller denkbaren Umstände nahmen Dil und Gern Pflichten wahr, die soziale Kontakte auf ein Minimum beschränkten und es nicht gerade erleichterten, Freundschaften zu schließen. Das Küchenpersonal hatte auch gar keine Zeit, die beiden Gäste zu trösten — es ging darum, die siebzehn Gänge des Krönungsmahls vorzubereiten.

Die Einbalsamierer saßen inmitten der allgemeinen Hektik und erhofften sich von zwei Bierkrügen Aufschluß über die Zukunft.

»Gwlenda kann bei ihrem Vater sicher ein gutes Wort einlegen«, sagte Gern.

»Das ist die richtige Einstellung, Junge«, erwiderte Dil dumpf. »Man darf nicht aufgeben. Für Knoblauch gibt es immer Verwendung.«

»Eine verdammt langweilige Angelegenheit«, platzte es überraschend laut aus Gern heraus. »Knoblauch, meine ich. Außerdem bekommt man dabei nur selten Gelegenheit, irgend jemanden kennenzulernen. Gerade das gefiel mir so an unserem Job. Dauernd sah man neue Gesichter.«

»Es werden keine Pyramiden mehr gebaut«, entgegnete Dil. Es klang nicht einmal bitter. »Die Königin hat es selbst verkündet. Du hast gute Arbeit geleistet, Meister Dil, sagte sie, aber ich werde dieses Land ins Jahrhundert des Flughundes zerren, ob es ihm gefällt oder nicht.«

»Kobra«, murmelte Gern.

»Wie?«

»Es ist das Jahrhundert der Kobra, nicht des Flughundes.«

»Spielt's eine Rolle?« erwiderte Dil verärgert. Kummervoll starrte er in seinen Krug. *Genau darin besteht das Problem*, dachte er. *Jetzt muß man sich sogar daran erinnern, in welchem Jahrhundert man lebt.*

Er blickte auf ein Tablett mit Appetithäppchen. Das war im Augenblick die große Mode. Alle spielten mit irgendwelchen Spezialitäten herum ...

Dil griff nach einer Olive und drehte sie hin und her.

»Eigentlich bedauere ich es gar nicht, kein Einbalsamierer sein zu können«, sagte Gern und leerte seinen Krug. »Aber du warst bestimmt sehr stolz darauf, Meister. Ich meine, deine Nähte haben gut gehalten.«

Dil sah auch weiterhin auf die Olive herab, als er langsam die rechte Hand sinken ließ und eins der kleineren, für besonders schwierige Schnitte bestimmte Messer hinter seinem Gürtel hervorzog.

»Ich sagte, es tut dir bestimmt leid, daß jetzt alles vorbei ist«, betonte Gern.

Dil hielt die Olive ins Licht und atmete schwer, als er sich konzentrierte.

»Aber du kommst sicher darüber hinweg«, fuhr Gern fort. »Man darf sich so etwas nicht zu Herzen nehmen ...«

»Leg diesen Stein beiseite!« bot Dil.

»Bitte?«

»Leg ihn irgendwohin«, brummte der Meister.

Gern zuckte mit den Schultern und nahm ihn entgegen.

»Na schön«, sagte Dil. Plötzliche Entschlossenheit vibrierte in seiner Stimme. »Und jetzt gib mir den Cayennepfeffer ...«

Die Sonne schien über dem Delta, einem Minikosmos aus Riedgras und Sandbänken, in dem der Djel den Schlick des Kontinents deponierte. Flamingos und andere, rechte seltsame Vögel stolzierten durch das grüne Labyrinth aus Myriaden Halmen und hielten nach der nächsten Mahlzeit Ausschau. Mücken tanzten im Zickzack über dem Brackwasser. Zumindest in diesem Bereich war die Zeit immer verstrichen, denn zweimal täglich atmete das Delta im Rhythmus der Gezeiten.

Gerade kam die Flut: frisches, kühles, von Schaum gekröntes Wasser, das im Schilf flüsterte und raunte. Hier und dort entrollten sich uralte eingeweichte Binden, zitterten wie greise Schlangen und lösten sich kommentarlos auf.

DIES IST HÖCHST UNGEWÖHNLICH.
Wir bitten um Verzeihung. Uns trifft keine Schuld.
WIE VIELE SEID IHR?
Mehr als eintausenddreihundert, fürchte ich.
NUN GUT. STELLT EUCH AN, UND HABT ETWAS GEDULD.

Du Mistvieh betrachtete seine leere Heuraufe.

Sie stellte einen Teilaspekt der allgemeinen Menge ›Heu‹ dar, zeichnete sich durch willkürliche Werte zwischen null und K aus.

Derzeit enthielt sie kein Heu. Es mochte sich sogar eine negative Quantität an Heu darin befinden, aber für einen hungrigen Magen war der Unterschied zwischen Heu und Minus-Heu nicht von großem Interesse.

Ganz gleich, wie das Kamel auch rechnete: Es änderte sich nichts am Ergebnis. Es handelte sich um eine geradezu klassisch schlichte Gleichung. Ihr haftete eine gewisse mathematische Eleganz an, doch im Augenblick sah sich Du Mistvieh außerstande, sie zu bewundern.

Er fühlte sich schlecht behandelt und ausgenutzt. Das war natürlich alles andere als ungewöhnlich — die meisten Kamele teilten derartige Empfindungen. Du Mistvieh kniete sich geduldig nieder, als Teppic die Satteltaschen packte.

»Wir machen einen Bogen um Ephebe«, sagte der abgedankte Pharao und versuchte den Anschein zu erwecken, als spreche er mit dem Kamel. »Wir folgen der Küstenlinie des Runden Meeres, reiten nach Quirm oder bis zu den Spitzhornbergen. Die Scheibenwelt ist ziemlich groß. Und interessant. Vielleicht sehen wir uns einige Verlorene Städte an, hm? Wird dir bestimmt gefallen.«

Es hatte keinen Sinn zu versuchen, ein Kamel aufzumuntern. Ebensogut konnte man Nougatringe in ein schwarzes Loch werfen.

Die Tür am anderen Ende des Stalls schwang auf, und ein Priester trat ein. Er wirkte irgendwie verlegen. Seit einiger Zeit mußten Priester ungewohnte Aufgaben wahrnehmen.

»Äh«, begann er, »Ihre Majestät verbietet Ihnen, das Königreich zu verlassen.«

Er hüstelte.

Und er fügte hinzu: »Soll ich ihr eine Antwort übermitteln?«

Teppic überlegte. »Nein«, sagte er, »nein, ich glaube nicht.«

»Ich soll Ihrer Gnädigkeit also sagen, daß Sie bald mit der königlich befohlenen Präsenz des Bruders rechnen kann?« fragte der Priester hoffnungsvoll.

»Nein.«

»Oh, das habe ich befürchtet«, ächzte der Geistliche und schlurfte mit hängenden Schultern davon.

Kurze Zeit später kam ein Koomi, dessen Wangen mit der Farbe einer überreifen Tomate wetteiferten.

»Ihre Majestät verlangt, daß Sie im Königreich bleiben«, sagte er.

Teppic kletterte auf Du Mistviehs Rücken und stieß das Kamel mit einem Stock an.

»Sie meint es ernst«, fügte Koomi hinzu.

»Daran zweifle ich nicht.«

»Ihre Lieblichkeit könnte Sie den heiligen Krokodilen zum Fraß vorwerfen lassen.«

»Seit einiger Zeit machen sich die Krokodile ziemlich rar«, erwiderte Teppic. »Vielleicht liegt's an den spitzen Steinen, die dauernd auf sie herabfallen.« Erneut hob er den Stock und schlug noch einmal zu.

Er ritt ins immer noch grelle Tageslicht und über Straßen, deren festgetretener Boden im Laufe der Zeit härter als Stein geworden war. Überall herrschte rege Aktivität. Und niemand achtete auf Teppic.

Was für ein wundervolles Gefühl, einfach übersehen zu werden!

Er setzte den Weg fort, erreichte die Grenze Djelibebys und hielt erst auf den Klippen inne. Hinter ihm erstreckte sich das Königreich. Ein heißer Wind wehte von der Wüste her und zupfte an den Dornbüschen, als Teppic das Kamel an einer schattigen Stelle festband, einen Felsen erkletterte und zurücksah.

Das Tal war alt. So alt, daß man glauben konnte, es

habe vor allem anderen existiert und beobachtet, wie sich der Rest der Welt formte. Teppic streckte sich aus und stützte den Kopf auf die Arme.

Nun, das Königreich hatte alt sein *wollen*. Über Jahrtausende hinweg lehnte es eine Zukunft ab, und jetzt erwies sich der Wandel als ebenso unerbittlich wie die Schwerkraft, die ein wagemutiges Ei über die Tischkante rollen und auf den Küchenfliesen zerplatzen ließ.

Vermutlich waren Dimensionen weitaus komplizierter, als Menschen glaubten. Und wahrscheinlich traf das auch auf die Zeit zu. Menschen mangelte es ebenfalls nicht an Komplexität, aber ihre Verhaltensmuster stellten nicht immer Überraschungen dar.

Teppic beobachtete eine Staubwolke, die vor dem Palast aufwirbelte, durch die Stadt kroch, sich an Feldern und Äckern vorbeischob, für kurze Zeit zwischen Palmen verschwand und dann am Fuß des Hanges erschien. Der ehemalige Pharao wußte bereits, daß sich ein königlicher Streitwagen in ihr verbarg, bevor er ihn sehen konnte.

Teppic sprang von dem Felsen herunter, kehrte zur Straße zurück und wartete am Wegesrand. Er brauchte sich nicht lange zu gedulden. Das kutschenartige Gebilde rollte vorbei, hielt nach mehreren Metern, wendete zwischen einigen Granitblöcken und rumpelte heran.

»Was hast du *vor*?« rief Ptraci und beugte sich über die Brüstung.

Teppic verneigte sich.

»Laß den Unsinn!« herrschte ihn die junge Frau scharf an.

»Gefällt es dir nicht, Königin zu sein?«

Sie zögerte. »Doch«, antwortete sie. »Ich finde es irgendwie ... angenehm.«

»Kann ich mir denken«, erwiderte Teppic. »Es liegt im Blut. Früher hätten die Thronfolger wie Tiger gekämpft. Brüder gegen Schwestern, Kusinen und Vettern gegen ihre Onkel. Schrecklich.«

»Aber du *mußt* Djelibeby nicht verlassen! Ich *brauche* dich!«

»Du hast Ratgeber«, entgegnete Teppic ruhig.

»Das meine ich nicht«, schnappte Ptraci. »Außerdem habe ich nur Koomi, und der Kerl taugt nichts.«

»Da kannst du von Glück sagen. Ich hatte Dios, und er verstand sein Handwerk. In dieser Hinsicht ist Koomi weitaus besser. Du kannst eine Menge lernen, indem du nicht auf ihn hörst. Inkompetente Ratgeber haben durchaus ihre Vorteile. Außerdem: Schelter wird dir bestimmt helfen. Er hat viele Ideen.«

Ptraci errötete. »An Bord seines Schiffes nannte er mir einige.«

»Na bitte. Ich wußte ja, daß ihr beide so gut zurechtkommt wie ein brennendes Haus.« Schreie, Flammen, fliehende Menschen, die sich in Sicherheit zu bringen versuchten ...

»Und du willst jetzt wieder ein Assassine sein, nicht wahr?« fragte Ptraci verächtlich.

»Nein, das glaube ich kaum. Ich habe nicht nur eine Pyramide inhumiert, sondern auch ein Pantheon und das ganze Alte Königreich. Vielleicht sollte ich es mit etwas anderem versuchen. Übrigens: Hast du zufälligerweise festgestellt, daß überall dort Gras und Korn wächst, wo deine königlichen Füße den Boden berühren?«

»Nein. Was für eine absurde Vorstellung.«

Teppic entspannte sich. Es schien wirklich überstanden zu sein. »Der wichtigste Punkt ist: Achte immer darauf, daß nichts unter dir sprießt«, sagte er. »Da fällt mir ein ... Hast du irgendwelche Möwen gesehen?«

»Heute krächzen ziemlich viele, findest du nicht?«

»Ja. Ein gutes Zeichen. Glaube ich.«

Du Mistvieh hörte dem Gespräch mit nur gelindem Interesse zu. Es handelte sich um die flüchtige, angespannt zwanglose Unterhaltung von zwei Personen unterschiedlichen Geschlechts, die sich in Gedanken mit ganz anderen Dingen befassen. Bei Kamelen war alles wesentlich einfacher: Die Kamelfrau brauchte sich nur über die Methodologie des Kamelmannes klarzuwerden.

Teppic und Ptraci küßten sich auf eine (für Kamele) recht keusche Art und Weise. Offenbar rangen sie sich zu einer Entscheidung durch.

An diesem Punkt verlor Du Mistvieh das Interesse und beschloß, sein Mittagessen noch einmal zu verspeisen.

DER ANFANG ...

Frieden herrschte im Tal. Der Strom floß an wilden, noch ungezähmten Ufern vorbei, gluckerte träge durch das Dickicht aus Schilf, Binse und Papyrus. Ibisse wateten durchs seichte Wasser. An den tiefen Stellen tauchten Nilpferde auf und verschwanden wieder, wie eingelegte Eier.

Die einzigen Geräusche in der feuchten Stille bestanden aus leisem Plätschern — wenn neugierige Fische einen Blick in die Welt aus Luft und einigermaßen festem Boden riskierten — und dem gelegentlichen Zischen eines Krokodils.

Dios blieb eine Weile im Schlamm liegen. Er wußte nicht genau, was ihn an diesen Ort geführt hatte und warum die eine Hälfte seines Umhangs zerrissen war, während die andere unübersehbare Brandspuren aufwies. Vage erinnerte er sich an etwas Lautes, an extrem hohe Geschwindigkeit, die ihn bewegte, obgleich er sich überhaupt nicht von der Stelle rührte. Derzeit strebte er nicht nach Antworten. Antworten erforderten Fragen, und Fragen führten zu nichts. Fragen schufen nur Unruhe. Eine Zeitlang gab er sich damit zufrieden, die kühle Umarmung des Schlamms zu genießen.

Die Sonne ging unter. Verschiedene nachtaktive Tiere näherten sich Dios, beschnüffelten ihn argwöhnisch und lauschten der Stimme ihres animalischen Instinkts:

Versucht bloß nicht, ihm ein Bein abzubeißen. Daraus ergä-
ben sich bestimmt Schwierigkeiten. Zum Beispiel fatale Ver-
dauungsstörungen.

Die Sonne ging wieder auf. Reiher schrien. Dunstschwaden glitten über Tümpel und verbrannten, als
sich das Blau des Himmels in heiße Bronze verwandelte.

Die Zeit entfaltete eine herrliche Ereignislosigkeit für
Dios, bis ein sonderbarer Laut die Stille packte und sie
mit einem rostigen Brotmesser in kleine Stücke zu
schneiden schien.

Es klang so, als werde ein Esel mit einer Kettensäge
gestreichelt. Das Geräusch unterschied sich so sehr von
›Melodie‹ wie eine Kiste mit Datteln vom Motorenkon-
zert eines Sandbahnrennens. Kurz darauf kam es zu einer seltsamen Veränderung. Stimmen gesellten sich
hinzu, einige gesplitterte, zerschmetterte und zermalmte Töne, von denen jedoch eine eigentümliche Faszination ausging. Die neuen Klänge zerrten mit der Un-
nachgiebigkeit eines Nachtclub-Rausschmeißers, saug-
ten so hingebungsvoll wie ein hungriger Strudel.

Sie erreichten einen Höhepunkt, schrillten mit dis-
harmonischen Dissonanzen. Und die Stimmen ... Einige Zehntelsekunden lang trennten sie sich voneinander
und trieben in unterschiedliche Richtungen davon.

Die Luft waberte. Der Sonnenschein erzitterte.

Ein Dutzend Kamele erschien auf einer fernen Hü-
gelkuppe und beschränkte sich nicht darauf, die neue
Umgebung verwundert zu beobachten. Die dürren
staubigen Tiere stürmten sofort los, und zwar in Richtung Fluß. Erschrockene Vögel verließen ihre Nester im
Schilf und stiegen auf. Von der Evolution vergessene
Saurier verließen ihre Plätze am Ufer und glitten in den
Strom zurück. Nur wenige Augenblicke später brodelte
und spritzte der Schlamm, als die Kamele hastig nie-
derknieten und das Maul tief ins Wasser tauchten.

Dios setzte sich auf und stellte fest, daß sein Amtsstab in der Nähe lag. An einigen Stellen zeigte sich Ruß, aber ansonsten schien alles in Ordnung zu sein. Ihm fiel etwas auf, das er noch nie zuvor bemerkt hatte. Zuvor? Gab es überhaupt ein Zuvor? Er entsann sich an einen Traum. Ja, es mußte ein Traum gewesen sein ...

Jede geschnitzte Schlange biß sich in den Schwanz.

Ein kleiner dunkelhäutiger Mann — gefolgt von einer zerlumpten, heruntergekommenen Familie — hastete den Hügelhang herab und winkte mit einem Kamelstock. Er wirkte ziemlich durstig und verwirrt.

Er sah wie jemand aus, der ermutigende Worte und guten Rat benötigte.

Dios richtete den Blick wieder auf den Amtsstab. Das Objekt schien irgendeine Bedeutung zu haben, an die er sich jedoch nicht erinnern konnte. Er entsann sich nur daran, daß der Stab sehr schwer war und man ihn nur mit Mühe aus der Hand legen konnte. So etwas erforderte eine enorme Anstrengung. Es mochte besser sein, ihn gar nichts erst aufzuheben.

Nun, vielleicht sollte ich ihn trotzdem nehmen, nur für eine Weile, dachte Dios. *Anschließend gehe ich zu dem Mann dort drüben, weise ihn auf die Götter hin und erkläre, warum Pyramiden so wichtg sind. Nachher finde ich bestimmt Gelegenheit, mich von dem Stock zu trennen.*

Der Hohepriester seufzte und raffte die Reste seines Umhangs zusammen, um sich ein wenig Würde zu geben. Dann griff er nach dem Amtsstab, stützte sich darauf und begann noch einmal von vorn.

HEYNE BÜCHER

Douglas Adams

Kultautor & Phantast

01/9404

Heyne-Taschenbücher

HEYNE
BÜCHER

Tom Holt

»Terry Pratchett
hat einen Rivalen
auf dem Gebiet
der humorvollen
Fantasy bekommen.«
Daily Telegraph

06/5896

Heyne-Taschenbücher